지리산과 한국문학

지리산과 한국문학

2013년 5월 28일 초판 1쇄 펴냄

지은이 이상구 · 김상일 · 이동재 · 김진욱
강정화 · 전병철 · 박찬모 · 장은석

펴낸이 김흥국

펴낸곳 도서출판 보고사

책임편집 이유나

표지디자인 윤인희

등록 1990년 12월 13일 제6-0429호

주소 서울특별시 성북구 보문동7가 11번지 2층

전화 922-5120~1(편집), 922-2246(영업)

팩스 922-6990

메일 kanapub3@naver.com

http://www.bogosabooks.co.kr

ISBN 979-11-5516-017-6 93810

정가 18,000원

이 도서의 국립중앙도서관 출판시도서목록(CIP)은 서지정보유통지원시스템 홈페이지(http://seoji.nl.go.kr)와 국가자료공동목록시스템(http://www.nl.go.kr/kolisnet)에서 이용하실 수 있습니다. (CIP제어번호: CIP2013006375)

지리산권문화연구단 연구총서 06

지리산과 한국문학

이상구 · 김상일 · 이동재 · 김진욱
강정화 · 전병철 · 박찬모 · 장은석

보고사

머리말

산은 오랜 시간 인간에게 다양한 존재로 인식되어 왔다. 정상을 오르는 등반의 산, 호연지기를 기르는 수양의 산, 삶의 터전과 안식을 제공해주는 넉넉하고 베푸는 산, 현실을 등지고 깊이 침잠하던 은거의 산, 새로운 세계를 꿈꾸며 찾아들었던 이상향의 산 등……산은 이렇듯 인간의 삶과 밀착된 생존의 터전으로 함께 해 왔다. 그래서 산은 늘 외경(畏敬)과 숭배의 대상이었다. 우리 민족은 이러한 숭배와 외경의 마음을 다양한 유형의 문학적 상상력으로 표출해 왔다.

우리나라의 명산 가운데 문학적 상상력의 표출 대상으로 인식된 산은 백두산, 금강산, 지리산이 대표적이다. 금강산이 비교적 이른 시기에 문학작품을 산출했다면, 백두산은 조선후기에 이르러서야 문학적 대상으로 다가올 수 있었다. 그에 비해 지리산은 조선 초기 문인에 의해 문학작품이 산출되기 시작하였다. 특히 우리가 사는 인근에 위치하고 있어, 두 산에 비해 인간의 삶과 보다 밀착된 '내 가까이 있는 산' 또는 '우리 고장의 산'으로 인식되어 왔고, 때문에 보다 다양하게 그리고 빈번하게 문학적 대상으로 자리매김해 올 수 있었다. '문학'이 인간 삶의 다양한 측면을 특별한 장치를 이용해 형상화하는 작업이라 한다면, 지리산만큼 적의(適宜)한 문학적 소재도 없었으리라.

『지리산과 한국문학』은 이처럼 지리산을 소재로 한 문학 연구의 일부를 정리한 성과이다. 조선초기부터 현대에 이르기까지 문학 분야의 여러 연구 성과를 집약하였다. 「최척전에 나타난 지리산권의 역사와 삶」은 임진년과 정유년 왜란 때 개인의 실제 경험을 소설화한 조위한(趙緯韓)의 「최척전」을 통해 16세기 말 지리산권의 상황과 참상을 알려주는 고전소설 분야의 연구이다. 「청매 인오선사의 생애와 임진왜란 관련 시고(詩考)」 및 「경암 응윤의 산거문학 연구」는 지리산권역의 대표적 승려인 청매 인오와 경암 응윤의 삶과 문학을 살피는 연구로, 지리산권 불교문학 연구의 대표적 성과라 할 수 있다.

「지리산권 사찰 제영시」는 조선조 문인에 의해 산출된 제영시를 망라하여 지리산권 사찰에 투영된 이미지와 그 특징을 고찰하였고, 「유람록으로 본 지리산 유람과 그 형상」 또한 조선조에 창출된 유산기(遊山記)를 통해 지리산 유람을 개관하고 작품에 투영된 지리산의 형상을 적출하였다. 「지리산권 유학자의 잠(箴) 창작과 시대적 요청」은 '잠'이라는 문체에 투영된 지리산권역 영·호남 유학자의 학문과 수신을 개괄하였다. 나아가 「자연 지배의 '전장(戰場)'으로서의 원시림, 지리산」은 식민지 시기 지리산 산행의 의미를 파악하기 위해 1900년대 이전부터 해방까지 신문과 잡지에 사용된 '등산'의 용례를 살폈고, 「지리산에 대한 시적 인식의 변화 연구」는 현대문학사에서 지리산이 시적 인식체로 변화해 가는 과정을 시를 통해 살피고 있다.

그러나 『지리산과 한국문학』이 이렇듯 폭넓은 시기에 걸친 다양한 문학 분야의 연구 성과를 담고 있지만, 이는 지리산문학 연구의 극히 일부 일뿐이다. 또한 이는 현재진행형에 있다는 의미이기도 하다. 지리산권문화연구단에서는 지난 6년 동안 지리산문학을 개괄하고 정리하기 위해 다양한 방법으로 연구를 진행해 왔다. 연구단 내 문학 분과에서의 심화연구는 물론이고, 외부 전문가를 초빙하여 지속적인 공동연구를 진행하였으며, 나아가 지리산권역 유관 연구기관인 (사)지리산문학관과 정기적인 학술모임을 개최해 오고 있다. 이 책에 수록된 외부 전문가의 글은 이러한 과정에서 산출된 것이다. 지리산문학 연구는 이에서 그치지 않고 향후에도 꾸준히 지속적으로 추진해 나갈 것이다.

끝으로 본 연구단의 발표와 원고 집필에 적극적으로 참여해 주신 여러 필자에게 깊은 감사의 뜻을 전한다.

2013년 4월

경상대학교 경남문화연구원장 장원철

차례

「최척전」에 나타난 지리산권의 역사와 삶

◉

이상구

Ⅰ. 머리말

고전소설 가운데 지리산권을 배경으로 삼은 작품으로는 김시습(金時習 1435~1493)의 「만복사저포기(萬福寺樗蒲記)」와 조위한(趙緯韓 1567~1649)의 「최척전(崔陟傳)」, 그리고 판소리계 소설인 「춘향전」·「흥부전」·「가루지기타령」 등을 들 수 있다. 「만복사저포기」는 고려 말기 남원의 만복사와 그 인근에 있었을 것으로 추정되는 개령동을 배경으로 삼고 있으며, 「최척전」은 16세기 말 임진왜란과 정유재란 때 남원의 만복사를 비롯하여 구례의 연곡사와 섬진강, 일본과 안남, 중국의 소흥부와 요양 등 동아시아 전역을 배경으로 삼고 있다. 「춘향전」·「흥부전」·「가루지기타령」은 모두 조선 후기를 시대적 배경으로 하고 있는데, 「춘향전」은 남원을, 「흥부전」은 전라도 운봉과 경상도 함양의 어름[1]을, 「가루지기타령」은 경상도 함양군 인근 지리산 자락을 주요 무대로 삼고 있다.

---

1) 현재 전라북도 남원군 인월면 성산리와 아영면 성리로 파악된다.

이들 작품은 유형에 따라 두 가지로 나뉜다. 「만복사저포기」와 「최척전」은 주로 소외된 지식인의 낭만적 원망을 담고 있는 전기소설(傳奇小說)에 해당하며, 나머지 세 작품은 모두 조선 후기의 민중적 의식을 반영한 판소리계 소설에 해당한다. 이렇듯 지리산권을 배경으로 삼고 있는 고전소설의 유형이 전기소설과 판소리계 소설로 특정되는 것은 일견 지역적 특수성과 관련지을 수도 있을 듯하다. 특히 판소리계 소설의 경우는 판소리가 전라도를 중심으로 발생·발전하였으며 명창들 가운데 지리산 자락에서 태어나거나 활동했던 사람들이 많았기 때문에 나름대로 지역적 특성과 연관하여 고찰할 여지가 있다. 그러나 「만복사저포기」와 「최척전」은 작가의 개인적인 경험이 크게 작용하여 지어진 것으로 판단되기 때문에 지역적 특성과 관련짓기가 쉽지 않다. 다만, 두 작품 모두 왜구의 침입 및 남원의 만복사와 깊은 관련을 맺고 있다는 점은 주목할 필요가 있을 듯하다. 즉 「만복사저포기」와 「최척전」은 각각 고려 말과 16세기 말에 왜구가 남원을 침략한 역사적 사실을 소설의 주요 제재로 삼고 있을 뿐만 아니라 만복사 부처가 사건의 전개과정에 개입하고 있는 것으로 형상화되어 있는 것이다. 그러나 이러한 두 작품의 특성에 근거하여 전기소설의 유형적 특성을 지리산권의 지역적 특성 및 지역주민들의 삶과 관련짓기가 쉽지 않다. 판소리계 소설의 경우도 갈래의 발생 및 발전을 지리산권의 지역적 특성과 관련지어 논의할 수는 있을지라도, 그것은 거시적이거나 추상적인 차원에서 크게 벗어나기 어렵다. 따라서 이들 작품에서 지리산권의 역사나 지역주민들의 삶과 관련지어 구체적인 논의를 개진하기 위해서는 불가피하게 각 작품의 내용적 측면에 주목할 수밖에 없다.

그런데 이들 다섯 작품은 모두 지리산권을 공간적 배경으로 삼고 있지만, 「최척전」을 제외하고는 모두 지리산권의 삶과 역사, 문화적 특성 등과 관련하여 특별하게 논의할 만한 요소를 발견하기가 쉽지 않다. 물론 판소리계 소설인 「춘향전」과 「흥부전」, 그리고 「가루지기타령」 등에는 지리산권역의 특성과 관련된 생활 양상이 어느 정도는 나타난다. 예컨대 「춘향전」과 「가루지기타령」 등에 나타나는 '농부가'나 '방아타령' 등을 들 수 있다. 이들 민요들을 다른 지역의 유사한 민요들과 비교하면서 그 차이를 세밀하게 고찰한다면 나름대로 지리산권의 삶의 양상과 그 특성을 추출할 수 있을 듯도 하다. 그러나 필자는 아직 이를 논의할 만한 역량을 갖추고 있지 않을 뿐만 아니라, '지리산권과 고전소설'이라는 주제에서 벗어나는 측면도 없지 않다. 이에 필자는 우선 「최척전」에 나타난 내용이나 사건들을 중심으로 지리산권의 역사와 삶의 단면을 추적 또는 추정해보고자 한다.

한문소설인 「최척전」에는 16세기 말 임진왜란과 정유재란 당시 지리산권의 상황과 참상이 매우 사실적으로 형상화되어 있으며, 이들은 역사적 사실과도 거의 일치하고 있다. 이는 「최척전」이 실제 인물의 경험담을 바탕으로 창작된 데서 비롯된 것일 터인데, 실제로 「최척전」 말미에는 다음과 같은 후기(後記)가 삽입되어 있기도 하다.

> 내가 남원의 주포에 머물고 있었는데, 때마침 최척이 방문해서 자기가 겪었던 일을 이처럼 이야기하고 이어서 그 전말을 기록하여 없어지지 않도록 해달라고 부탁하였다. 나는 어쩔 수 없이 그 경개를 대략 기술하였다.[2]

---

2) 규장각본 「최척전」. 余流寓南原之周浦 陟時來訪余 道其事如此 請乃記其顚末無使湮沒不獲已略擧其槪.

작가 조위한은 '최척이 직접 찾아와 자기가 겪었던 일을 이야기하고, 그 전말을 기록하여 없어지지 않도록 해달라고 부탁해서 이 작품을 지었다.'고 기록하고 있다. 이 기록의 사실성 여부에 대해서는 이견이 없지 않다. 그러나 근래 '최척은 문재가 출중한 남원의 향촌사족으로서 대략 스무 살 무렵인 1592년 9월경부터 1594년 5월 무렵까지 의병장 변사정의 막하에서 서기(書記)로 활동한 인물'이며, '조위한이 「최척전」을 지을 무렵에 최척과 교유했을 가능성이 매우 높았다.'는 사실이 밝혀졌다.[3] 작품에도 최척이 위의 기록과 유사한 시기에 의병장 변사정의 막하에서 의병으로 활동했다는 내용이 서술되어 있다. 이런 점들을 고려할 때, 「최척전」은 최척이라는 실존 인물의 사실적인 경험담과 어떤 방식으로든 관련을 맺고 있다고 생각한다.

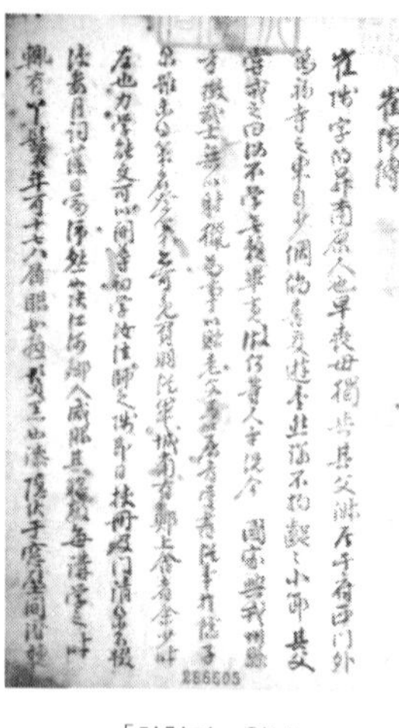
崔陟傳

「최척전」 원본

물론 「최척전」은 기본적으로 작가의 경험과 세계관을 바탕으로 창작된 하나의 허구적 서사임은 분명하며, 여기에는 작가의 실제적 경험이 적지 않게 투영되어 있다는 점 또한 부정하기 어렵다.[4] 조위한은 임진

3) 양승민, 「최척전의 창작동인과 소통과정」, 『고소설연구』 9집, 한국고소설학회, 2000, 69~77쪽.

4) 양승민은 「최척전」이 '조위한 자신의 경험적 사실과 세계관에 입각해 치밀하게 창안된 소설'(위 논문, 94쪽)이라는 견해를, 장효현은 '대부분 조위한의 실제적 경험 위에서 문학적 상상력이 투영되어 허구적으로 창조된 것'(「최척전의 창작 기반」, 『고전과 해석』 창간호, 2006, 150쪽)이라는 견해를 제시한 바 있다.

왜란 때 이곳저곳으로 피난을 갔다가 남원 주포에 정착하였으며, 이 시기에 의병장 김덕령의 막하에서 의병활동을 하기도 했다. 또한 그는 44세 때 사은사 서장관으로 중국을 다녀온 경험도 있다. 「최척전」에 형상화되어 있는 내용과 사건들은 이러한 작가의 경험과 유사한 측면이 매우 많은 바, 「최척전」에는 작가의 경험 또한 적지 않게 투영되어 있으리라 생각한다.

그러나 작가 조위한이 최척과 교유한 사실이 분명하다면, '최척 일가의 고생담을 전란의 와중에 신음하던 기층민의 뒷이야기'[5] 정도로 간주해서는 곤란하다. 실존 인물인 최척은 남원의 재지사족으로 문재가 걸출했으며, 그가 지은 한시(漢詩)가 여러 문인들 사이에서 회자될 정도로 알려져 있었다.[6] 게다가 최척은 작가 조위한과 동시대 사람이며 서로 교유했을 가능성이 매우 높다. 그런데 어떻게 조위한이 최척의 경험담을 듣지 않고서 그를 주인공으로 내세운 소설을 쓸 수 있으며, 또 '최척의 이야기를 듣고 지었다.'는 후기를 아무런 근거 없이 남길 수 있겠는가. 이것은 조위한과 최척이 '사실이 아니지만 작품의 사실성을 강조하기 위해 그렇게 하자.'고 서로 합의하지 않는 한 불가능한 일이다. 따라서 「최척전」은 작가의 경험도 투영되어 있겠지만, 적어도 최척의 실제 경험담을 토대로 했다는 점을 부정해서는 곤란할 것이다.

「최척전」에 나타난 남녀주인공의 기상천외한 행로와 안남에서의 남녀주인공의 극적 상봉 등과 같은 내용도 '「최척전」이 어떤 사실담에 기초한 것이 아니라 하나의 개연성에 입각한 허구에 불과하다는 것'의 근거[7]가 될 수 없다. 흔히 경험담이란 사실에 근거할지라도 과장되는 경

5) 양승민, 위 논문, 94쪽.

6) 양승민, 위 논문, 74쪽.

향이 있다. 그런데 「최척전」에 나타난 최척 일가의 기적적인 재회는 현실적으로 쉽게 일어날 수 있는 일이 아니다. 그러기에 최척이 조위한에게 자신의 경험을 이야기할 때 그 경험의 기이성과 이야기의 극적 효과를 위해 실제보다는 과장해서 말했을 가능성이 크며, 「최척전」의 허구성은 기본적으로 기이한 경험의 과장적 진술에 따른 것으로 이해해야 할 것이다.

필자가 이렇듯 「최척전」과 최척이라는 실존 인물의 실제 경험담과의 관련성을 강조하는 까닭은, 「최척전」의 전반적인 내용이 특정한 인물의 실제 경험담을 상정하지 않고는 생각하기 어려울 정도로 생생하다는 점 때문이다. 특히 임진왜란과 정유재란 당시 남원과 구례 등 지리산권에서 일어났던 일들은 매우 사실적으로 형상화되어 있을 뿐만 아니라 역사적 사실과도 거의 부합하고 있다. 이로 인해 우리는 「최척전」을 통해 16세기 말 임진왜란과 정유재란 당시 지리산권에서 어떤 일이 있었는가를 생생하게 파악할 수 있다. 또한 왜란 당시 지리산권에서 일어났던 일과 관련된 역사적 기록이 별로 없는 점을 고려할 때, 「최척전」의 사료적 가치는 매우 크다고 생각한다. 이에 본고는 16세기 말 왜란 시기에 「최척전」에 나타난 지리산권의 전란 상황과 그 참상, 그리고 세태를 역사적 사실 등과 관련지어 고찰하고, 아울러 「최척전」의 사료적 가치도 일정하게 드러내고자 한다.

7) 양승민, 위 논문, 88쪽.

Ⅱ. 「최척전」의 작자와 작품 내용

1. 작가의 삶

「최척전」의 작가 조위한의 호는 현곡(玄谷)이며, 본관은 한양이다. 1567년 서울 서부의 반석방(盤石坊)에서 아버지 양정(楊庭)과 어머니 곡산 한씨(谷山韓氏)의 4남 1녀 중 셋째 아들로 태어났다. 그는 10세 때 이미 시를 지어 주위를 놀라게 했으며, 15세 때는 사서삼경(四書三經)을 외웠고, 16세 때는 선진(先秦)의 고문(古文)을 널리 섭렵했다고 한다.[8] 26세 때 임진왜란이 일어나자 경기도 연천과 토산 등지로 피난하였으며, 그 해 겨울에 다시 어머니의 친정인 남원으로 내려와 피난살이를 하였다. 남원에서 피난 생활을 하는 동안 잠시 김덕령(金德齡 1567~1596) 장군의 수하에 들어가 의병활동을 하기도 했으나, 전란의 와중에서 딸·모친·아내 등을 잃은 나머지 실의에 차서 중국의 명승지를 유람할 계획을 세우기도 하였다.[9]

그는 향시(鄕試)에서는 여러 차례 두각을 나타내었으나 35세에 이르러서야 겨우 사마시(司馬試)에 합격하여 진사가 되었으며, 43세 때에 증광시(增廣試) 문과(文科)에 급제하여 비로소 관계에 진출하였다. 관계에 진출한 이후 예조정랑(禮曹正郎)·지제교(知製敎) 등을 역임하였으며, 광해군 2년 44세 때는 사은사(謝恩使) 서장관(書狀官)으로 명나라에 갔다 오기도 하였다. 그러나 45세 때 어머니의 묘를 이장하면서 너무 사치스럽게 했다는 사간원의 탄핵을 받고 파직 당했으며, 47세 때는 정협(鄭協)의 무고로 계축옥사에 연루되어 삭탈관직을 당하였다. 이후 그는 문

8) 민영대, 「최척전의 작자, 현곡 조위한론」, 『한남어문학』 15집, 1989, 31쪽.

9) 장효현, 「최척전의 창작 기반」, 『고전과 해석』 창간호, 152쪽.

란한 정치현실에 실망하여 가족을 이끌고 남원의 주포(周浦)로 이사를 하였으며, 이 무렵에 주로 권필(權韠 1569~1612)·이안눌(李安訥 1571~1637)·허균(許筠 1569~1618) 등 뜻 맞는 벗들과 어울려 시주(詩酒)와 여행을 즐기면서 생활하였다. 그가 「최척전」을 지은 것도 이 시기였다.[10)]

남원에 은거하던 조위한은 57세 때 인조반정이 일어나자 상경하여 다시 벼슬생활을 시작하여 사헌부 편수관·동부승지·예조참의 등을 두루 역임하였다. 76세 때 인조의 특명으로 공조참판에 제수되었고, 80세에는 기로소(耆老所)에 들어가는 영광을 누리다가 83세 되던 해인 1649년에 파란만장한 일생을 마쳤다. 그의 문집으로는 14권 3책으로 된 『현곡집(玄谷集)』이 남아 있으며, 광해군 시절 백성들의 처참한 생활을 읊은 「유민탄(流民嘆)」이라는 한글 가사를 지었다고 하나 현재 그 내용은 전해지지 않고 있다.

이상에서 대략 살펴보았듯이, 조위한은 사대부 가문에서 태어나 어린 시절부터 학문에 전념하였으며 문학적 재능도 뛰어났으나, 비교적 늦은 나이인 40대에 비로소 관계에 진출하였다. 이후 그의 벼슬살이도 순탄한 편이 아니었는데, 임진왜란의 와중에는 이곳저곳을 떠돌아다니는 피난생활을 하면서 혈육들과 사별하는 뼈저린 아픔을 맛보아야만 했다. 조위한이 최척이라는 실존 인물이 임진왜란을 계기로 겪어야만 했던 기이한 경험담을 듣고서 「최척전」을 짓게 된 것은 이러한 작가의 경험과 무관하지 않을 것이다.

---

10) 민영대, 앞 논문, 33~35쪽.

2. 작품의 내용과 성격

1) 줄거리

「최척전」은 동아시아를 휩쓴 정유재란이라는 역사적 사건을 무대로 남녀의 애정 문제와 함께 한 가족의 파란만장한 삶을 형상화한 작품으로, 그 줄거리는 다음과 같다.

친구와 어울려 놀기를 좋아하던 최척은 부친의 명에 따라 정상사에게 가르침을 받으며 공부를 열심히 하는데, 최척이 글을 읽을 때마다 어떤 아가씨가 창 밑에 숨어 몰래 그 소리를 듣는다. 그러던 어느 날 창틈으로 구혼의 내용이 담긴 종이쪽지 하나가 들어온다. 쪽지를 보낸 사람은 서울의 사족 출신인 옥영이었으며, 그녀는 모친인 과부 심씨를 따라 친척인 정상사 집으로 피난을 온 터였다. 이러한 사실을 알게 된 최척은 아버지를 통해 정상사에게 구혼을 하지만, 심씨가 최척이 가난하다는 이유로 이를 거절한다. 옥영은 심씨를 설득하여 최척과 약혼을 하나, 최척이 의병으로 뽑혀 가는 바람에 둘은 혼례를 치르지 못한다.

혼례 일이 되어서도 최척이 돌아오지 않자, 양생이란 남원의 부호가 정상사 부부를 통해 옥영에게 구혼하여 심씨의 허락을 받는다. 뒤늦게 이 사실을 알게 된 옥영은 자결을 기도함으로써 양생과의 혼약을 파기시키며, 이러한 내막을 전해들은 최척은 의병장에게 호소하여 집으로 돌아와 옥영과 혼례를 치른다. 결혼한 후 오래도록 자식을 낳지 못하던 최척과 옥영은 만복사에 기도한 이후 아들 몽석을 낳고 행복한 나날을 보낸다.

남원 만복사터

그런데 정유년 8월에 왜구가 남원을 함락하자 최척은 가족을 이끌고 연곡사로 피난을 간다. 최척이 구례로 식량을 구하러 나온 사이에 왜적이 연곡사에 쳐들어가 재물을 약탈하고 많은 사람들을 죽이거나 붙잡아 가버린다. 왜적이 물러간 뒤 연곡사로 돌아온 최척은 가족을 찾아 섬진강으로 가지만 찾지 못하고 혼자 남원으로 돌아온다. 삶의 의욕을 잃은 최척은 우연히 만난 명나라 장수인 여유문을 따라 중국으로 간다. 최척의 부친 최숙과 장모 최씨는 포로로 붙들려 가는 도중 달아나 연곡사로 되돌아오며, 이곳에서 뜻하지 않게 손자인 몽석을 찾아 함께 남원으로 돌아가 옛집을 수리하고 산다.

한편, 남장을 하고 있던 옥영은 왜병인 돈우에게 붙들려 일본으로 끌려간다. 돈우는 본래 배를 타고 장사를 하는 사람이었는데, 옥영을 남자로 알고 배에 태워 함께 장사를 다닌다. 중국으로 간 최척은 주우라는 사람을 따라 배를 타고 차를 팔면서 떠돌다가 안남에 이른다. 이때 옥영이 탄 배도 안남에 정착해 있었던 탓에 최척과 옥영은 머나먼 이국에서 기적적으로 만난다. 둘은 중국에 정착해 살면서 둘째 아들

몽선을 낳는데, 몽선이 성장하자 임란 때 조선 구원병으로 참전했다가 돌아오지 않은 진위경의 딸 홍도를 며느리로 맞이한다.

다음 해인 무오년에 오랑캐 추장이 요양을 침범하자, 최척은 부득이 참전했다가 오랑캐의 포로가 된다. 이때 강홍립을 따라 참전했던 몽석도 포로가 되어 최척과 함께 어떤 오랑캐의 뜰에 감금된다. 최척과 몽석은 뒤늦게 서로 부자지간이라는 것을 알고 통곡하는데, 늙은 오랑캐 병사가 이 광경을 목격한다. 그 오랑캐는 자신도 조선 사람이었는데 벼슬아치들의 학정을 견디지 못해 오랑캐 땅에 살게 되었다며 최척과 몽석을 풀어준다. 최척과 몽석은 고국으로 돌아오던 도중 홍도의 부친인 진위경을 만나 함께 남원에 이르러서 부친과 장모를 모시고 산다.

중국에 남아 있던 옥영은 최척이 살아남았다면 조선으로 갔을 것이라고 생각하여 아들의 반대를 물리치고 조선 행을 결심한다. 옥영은 아들과 며느리에게 조선과 일본 말을 가르치고 두 나라의 옷을 짓는 등 준비를 철저히 하여 배를 타고 조선으로 향한다. 도중에 중국인과 일본인 배, 해적선과 거센 풍랑 만나는 등 온갖 어려움을 겪는다. 그러나 옥영은 배를 탔던 경험과 지혜를 발휘하여 위기를 극복하고, 마침내 조선인 관곡선을 만나 무사히 남원에 이르러 온 가족과 상봉하게 된다. 이후로 최척과 옥영은 여러 가족들과 함께 동고동락하면서 남원 서문 밖 옛집에서 행복하게 산다.

2) 작품의 성격과 의의

「최척전」은 남녀 주인공의 애정을 바탕으로 하면서 전란으로 인해 야기된 한 가족의 이산과 기적적인 재회를 다루고 있는 작품이다. 「최척전」에서 최척과 옥영이 결연하는 과정은 「주생전(周生傳)」이나 「위경천전(韋敬天傳)」 등과 마찬가지로 전기소설의 틀을 유지하고 있다. 그러나 애정 갈등 및 그 전개 양상은 다르다. 「주생전」이나 「위경천전」에서는 남녀 주인공이 우연히 연인을 만나 가문의 멸망과 자신의 파멸을 불러올 수도 있는 '위험한 불장난'을 저지르긴 하지만, 자신들의 애정을 성취하기 위해 적극적으로 행동하지 않는다. 그럼에도 이들은 부모들의 자애를 바탕으로 일단 애정을 성취한다. 이로 인해 「주생전」이나 「위경천전」에서는 남녀의 애정에 따른 현실적 제약이 구체화되지 못하는 경향이 있다. 그런데 「최척전」에서 최척과 옥영, 특히 옥영은 자신의 애정을 실현하기 위해 적극적인 노력을 기울인다. 그녀는 최척에게 먼저 사랑을 고백할 정도로 대담할 뿐만 아니라, 최척의 집이 가난하다는 이유로 결혼을 반대하는 어머니를 논리적으로 설득하는 현명함을 보인다. 그 결과 「최척전」은 남녀 애정에 따른 갈등과 현실적 제약을 구체적으로 담아내는 성과를 이루었다고 할 수 있다.[11]

「최척전」은 전란의 성격과 형상화의 측면에서도 「주생전」이나 「위경천전」 등과 뚜렷한 차별성을 보인다. 전란 모티프는 「만복사저포기」나 「이생규장전」에도 나타나며, 「주생전」이나 「위경천전」은 물론 「최척전」의 전란 모티프도 이들 전기소설의 전통을 이어받은 것이라고 할 수 있다. 이들 작품 모두에서 전란은 주인공들의 운명을 결정적으로 좌우하는 계기로 작용하고 있는데, 「최척전」의 경우는 여타의 작품들과 근본적으로 성격을 달리하고 있다. 여타의 작품에서는 홍건적의 침입이나 임진왜란 등 역사적 사실을 전란 모티프로 활용하고 있으면서

11) 이상구, 「17세기 애정전기소설의 성격과 그 의의」, 『어학연구』 11집, 순천대학교 어학연구소, 2000.

도 전란의 참상 등이 구체적으로 형상화되어 있지 않다. 이는 작가가 전란을 사회적 측면이나 민중적 삶과 연계시키지 않고 개인적인 측면에서만 바라본 탓이라고 할 수 있는데, 그 결과 이들 작품에서 전란은 그저 남녀 주인공의 애정을 파탄시키는 운명적 불행 그 자체이거나 우연한 불행의 싹이라는 성격을 갖는다. 그런데 「최척전」에서는 전란으로 인해 한 가족이 뿔뿔이 흩어지게 된 상황과 민중들이 겪는 고통의 실상이 구체적으로 형상화되어 있다. 이는 작품의 후기에 씌어 있는 대로 「최척전」이 사실에 기초하여 창작된 것과 무관하지 않을 것이다. 그러나 이것만으로 「최척전」에 여실하게 그려진 전란의 참상을 다 설명할 수는 없다. 여기에는 전란이 민중의 삶에 어떠한 운명의 그림자를 드리우는가에 대한 작가의 탐구정신이 깃들어 있었던 것이다. 그 결과 「최척전」에서의 전란은 남녀 주인공의 애정을 파탄시키는 계기로서만이 아니라 민중들의 고통과 생존의 문제를 심각하게 제기하는 비극적이며 극한적인 상황으로서의 성격을 갖게 된다.[12)]

이렇듯 「최척전」은 애정 갈등은 물론 전란의 참상을 한 가족의 이합집산을 중심으로 사실적이면서도 구체적으로 형상화하고 있다. 이러한 성과는 현실주의적 성취라는 측면에서 볼 때 이전의 소설에서는 찾아보기 어려운 것이며, 17세기 소설 가운데서도 「운영전」과 함께 가장 뛰어난 성취를 이룬 작품이라고 할 수 있다. 또한 「최척전」은 한반도 전역은 물론 일본과 안남, 중국과 만주 등 동아시아 전반을 무대로 삼아 사건을 전개함으로써 서사의 화폭을 크게 확장시켰는데, 이는 우리 고전소설에서는 거의 찾아보기 어려울 만큼 대단한 성과라 할 수 있다.

12) 이상구, 「전란 모티프의 성격과 역사적 전개 과정」, 『택민김광순교수 정년기념논총』, 새문사, 2004, 487~488쪽.

그러나 이러한 「최척전」도 한계가 없는 것은 아니다. 먼저 광대한 서사의 화폭에 비해 사건과 갈등의 전개 양상이 단순하거나 단선적이라는 점을 들 수 있다. 물론 「최척전」에는 최척 일가 외에도 남원의 정상사와 양생, 의병장 변사정과 일본군인 돈우, 명나라 장수인 오세영, 중국인인 홍도와 진위경, 강홍립과 후금에 귀화한 조선인 출신 오랑캐 병사 등 다양한 인물들이 등장한다. 사건도 임진왜란과 정유재란, 명나라와 후금의 전쟁 등 거대한 역사적 사실들이 작품에 나타나 있기도 하다. 그러나 이 모든 인물들과 사건들이 오로지 최척 일가의 이산과 재상봉을 위한 부수적인 요소로서만 작용하고 있다. 즉 「최척전」은 다양한 인물과 역사적 사건을 끌어들이고 있음에도 불구하고 서술의 초점을 최척 일가의 이산과 재상봉에 한정함으로써 광대한 서사적 편폭에 비해 사건 전개가 단순한 측면이 있다. 이 작품이 장편소설로 나아가지 못하고 중편소설 정도에 그친 것도 이 때문이라 할 수 있다. 그러나 「최척전」이 우리 소설사에서 초기 단계에 해당하는 17세기 초반에 창작된 점을 고려한다면, 이런 점들 또한 높게 평가해야 할 것이다.

다음은 최척 일가의 기적적인 재회를 만복사 장육금불의 가호라는 초현실적인 힘의 작용으로 그리고 있다는 점이다. 최척과 옥영은 장육금불이 현몽한 이후 두 아들을 낳으며, 위기를 맞이한 옥영은 죽으려고 했다가 꿈에 장육금불이 나타나 만류한 탓에 자살을 포기한다. 그리하여 옥영은 "우리가 오늘 이처럼 만난 것은 실로 장육금불께서 은연중에 은혜를 베푸셨기 때문"이라고 말하는데, 이러한 「최척전」의 요소는 현실주의적 시각에서 볼 때 분명 한계라 하지 않을 수 없다. 그러나 이것도 단순히 한계나 문제점으로 치부해서는 안 될 것이다. 「최척전」은 '기우록(奇遇錄)'이라 일컬을 만큼 최척 일가의 이산과 기적적인 재회를 중심 내용으로 하고 있다. 머나먼 이국에서 최척과 옥영의 재회, 오랑캐 감옥에서 최척과 몽석의 만남, 홍도와 진위경의 만남 등은 가히 기적이라 할 만큼 현실에서 일어나기 어려운 일들임에 틀림이 없다. 그러나 때로 현실은 소설보다도 더 소설적인 경우도 없지 않기에, 이것은 현실적으로 있을 수도 있는 일이다. 문제는 연속적으로 이루어지는 기적적인 만남이 아무리 '사실'이라 할지라도 이것을 소설로 형상화할 때 기적 그 자체로 그리기가 쉽지 않다는 점이다. 만약 그랬다면, 「최척전」은 소설 내적 필연성이나 통일성을 갖추지 못했을 뿐만 아니라, 허무맹랑하거나 황당한 이야기 정도에 머물고 말았을 것이다. 「최척전」의 불교적 요소는 이러한 점을 고려하여 작가가 현실적으로 일어나기 어려운 기적 같은 일들이 연속적으로 일어난 데 대해 나름대로 필연성과 통일성을 부여하기 위해 끌어들인 것으로 보인다.[13] 따라서 「최척전」에 나타난 불교적 요소가 비현실적인 것이라고 해서 이를 무조건 현실주의적 성취와 관련하여 한계나 문제점으로 이해해서는 곤란할 것이다.

Ⅲ. 「최척전」에 나타난 왜란의 상황과 세태

1. 임진왜란(1592년) 직후

「최척전」의 서두에 나타난 시대적 배경은 임진왜란 직후이며, 공간적 배경은 남원이다. 남자 주인공 최척은 남원의 향반(鄕班)으로 어려서 어머니를 여의고 아버지와 함께 남원부 서문밖에 있는 만복사의 동쪽

13) 박희병, 「최척전」, 『한국고전소설작품론』, 집문당, 1990, 96쪽.

에서 살고 있었다. 그는 어려서부터 뜻이 크고 기개가 있었으며, 친구들과 어울려 놀기를 좋아하고, 사소한 예절에는 구애를 받지 않았다. 이에 그의 아버지 최숙이 다음과 같이 경계하여 말한다.

> "네가 배우지 않으면 무뢰한(無賴漢)이 될 터인데, 너는 장차 어떤 사람이 되려 하느냐? 하물며 지금 나라에 전쟁이 일어나 바야흐로 고을마다 무사(武士)를 징집하고 있는데, 너는 활쏘기나 말타기 등을 일삼으며 늙은 아비에게 근심만 끼치고 있으니 효자라고 할 수 있겠느냐? 머리를 숙이고 선비를 좇아 과거 공부를 한다면, 비록 과거에 급제하여 벼슬길에는 오르지는 못할지라도 등에 화살을 지고 군대에 종사하는 일은 면할 수 있을 것이다. 성남(城南)에 사는 정상사(鄭上舍)는 나와 죽마고우(竹馬故友)이다. 그는 힘써 배워서 학문이 두텁고도 뛰어나며 또 처음 배우는 사람을 잘 인도하여 가르치니, 너는 성남으로 가서 그를 스승으로 섬기도록 해라."[14)]

최숙은 아들 최척에게 '지금 나라에 전쟁이 일어나 바야흐로 고을마다 무사를 징집하고 있다.'고 말하는데, 여기에서 말하는 전쟁은 임진왜란이다. 임진왜란이 일어나자 국가에서는 각 고을마다 병사들을 징집했을 터인데, 최척은 이러한 문제에 대해서 특별한 관심을 보이지 않는다. 그는 향반의 자제이면서도 공부는커녕 활쏘기나 말 타기 등을 일삼으며 친구들과 어울려 놀기만 했던 것이다. 이는 최척 개인의 성향과도 관련이 없지 않았겠지만, 임진왜란 직후만 해도 남원에는 아직

---

14) 이상구 역주, 「최척전」, 『17세기 애정전기소설』, 월인, 1999, 189~190쪽.
앞으로 「최척전」의 원문을 인용할 경우 이 책을 활용하며, 각주에는 작품명과 쪽수만을 기록한다.

전란의 파장이 미치지 않은 지역이었음을 시사한다.

임진왜란 초기 일본군 주력부대는 부산을 거쳐 계속 북진했으며, 일부 병력은 배를 타고 연해안을 따라 전라도 지역으로 진입하였다. 그러나 한산도해전에서 이순신 장군에게 패하자, 일본군은 다시 육로를 통해 호남으로 진출하려고 하였다. 당시 진주성은 호남으로 진출할 수 있는 교두보였기에 일본군은 1592년 10월 6일부터 10일까지 1만 명 이상의 군사를 동원하여 진주성을 공격하였다. 이때 진주성 안에서는 목사 김시민의 지휘 아래 군과 민이 힘을 합쳐 싸우고, 성 외곽에서는 곽재우가 급파한 의병들이 일본군을 공격하였다. 이 진주성전투에서 진주목사 김시민은 비록 전사하였으나 일본군은 1만여 명의 사망자를 남긴 채 후퇴할 수밖에 없었으며, 호남지방으로 진출하려던 일본의 계획은 좌절되고 말았다.[15] 이로 인해 임진왜란 직후까지만 해도 남원은 전란의 와중에서는 벗어나 있었으며, 서울 등 전란에 휩싸인 다른 지역 사람들이 피난할 수 있는 지역으로 인식되었던 듯하다.

이러한 사실은 여주인공인 옥영의 행적을 통해서도 추정할 수 있다.

> "우리 주인댁은 본래 서울 숭례문 밖 청파리(靑坡里)에 있었으며, 주인 어른인 경신(景新)께서는 일찍 돌아가시고 과부인 심씨(沈氏)가 딸 하나와 그곳에서 외롭게 살고 있었습니다. 그 처녀의 이름은 옥영(玉英)인데, 시를 창틈으로 던지고 화답시를 요청했던 분이 바로 이 분입니다. 우리는 지난 해 배를 타고 강화도(江華島)로 피난을 갔다가 다시 나주(羅州) 땅 회진(會津)에 와서 머물러 있었는데, 가을에 다시 회진에서 이곳으로 굴러 들어오게 되었습니다. 이 집의 주인은 우리 마님과 친척이라서 우리

15) 국민대학교 사학과, 『지리산권문화』, 역사공간, 2004, 224~225쪽.

에게 매우 잘해 주십니다. 또 장차 낭자를 위해 혼처(婚處)를 구하려고 하는데, 아직 마땅한 혼처를 구하지 못하고 있는 터입니다."[16]

옥영은 본래 서울에서 태어나 대문 밖 길가마저도 나가 본 일이 없는 양반댁 처자였다. 그런 그녀가 지난 해 배를 타고 강화도로 피난을 갔다가, 다시 나주의 회진을 거쳐 남원에 이르러 친척집에 머물게 되었다고 한다. 여기서 '지난 해'란 1592년일 것이니, 현재 시점은 1593년(癸巳年)이라고 할 수 있다. 옥영 일가가 강화도로 피난을 갔다가 나주를 거쳐 남원에서 피난 생활을 한 것은, 남원에 친척이 있었던 탓도 있겠지만, 1953년경까지만 해도 남원은 전란의 와중에서 일정하게 비켜 있었기 때문이라고 생각된다. 이러한 사정은 작가의 행적을 통해서도 추정할 수 있다. 작가인 조위한도 임진왜란이 발발하자 가족을 거느리고 경기도 연천(漣川)·토산(兎山) 등지로 피난을 갔다가, 그 해 겨울에 다시 어머니의 친정이 있는 남원으로 내려와 피난살이를 했던 것이다.[17]

한편, 위 대목과 관련하여 주목할 부분은 전란과 관련한 최척과 최숙의 태도이다. 최숙의 말대로 임진왜란이 발생하여 나라에서는 병사들을 징집하고 있는 상황인데도 최척은 전란에 대해 거의 관심을 보이지 않는다. 그는 아버지 최숙이 보기에 무뢰한처럼 친구들과 어울려 놀기만 하는데, 이는 당시 남원 향반 출신의 젊은이들이 임진왜란이라는 국가적인 중대사에 대해 별로 관심이 없었던 현실을 사실적으로 반영한 결과로 생각된다.

최척의 아버지 최숙 또한 이 점에 대해서는 최척과 크게 다르지 않았

16) 「최척전」, 191쪽.
17) 장효현, 앞 논문, 152쪽.

던 것으로 보인다. 그는 아들 최척이 활쏘기나 말타기 등을 일삼고 친구들과 어울려 노는 것을 탓하면서 최척에게 공부하기를 요구하는데, 그 이유로 '과거에 급제하여 벼슬길에 오르지는 못할지라도 등에 화살을 지고 군대에 종사하는 일은 면할 수 있을 것'이라는 점을 들고 있다. 최숙은 자신이 몰락한 향반이기 때문에 자식이 공부를 할지라도 과거에 급제할 것이라고 기대하지는 않았던 듯하다. 그러기에 그는 자식이 혹 군대에 종사하게 되었을 경우 적어도 화살을 메고 싸우는 군졸이 되지 않기를 바라는 마음에서 아들에게 공부하라고 꾸짖었던 것으로 보인다. 즉 최숙은 임진왜란이 발발한 사실을 알고서도 나라의 안위보다는 자식의 안위를 걱정하는 부모의 마음에서 벗어나지 못하고 있는 것이다. 이러한 최척과 최숙의 태도는 임진왜란 직후 남원 지역 향반들의 일반적인 세태와 의식을 사실적으로 반영한 것으로 생각된다.

2. 2차 진주성 전투(1593년) 시기

「최척전」에서 최척과 옥영은 우여곡절 끝에 혼약을 맺고 그 해 9월 보름에 혼례를 치르기로 약속한다. 그런데 혼례를 올리기 전에 의병장 변사정이 봉기하여 최척을 의병으로 뽑아 영남으로 간다.

> 정공은 바로 그날 중매쟁이를 최숙에게 보내어 혼인을 약속하고, 오는 9월 보름에 혼례를 치르기로 결정하였다. 최척은 너무 기뻐 손가락을 꼽아 가면서 그날이 오기를 기다렸다. 세월이 어느 정도 흐른 뒤였다. 남원부 사람으로 전에 참봉을 지냈던 변사정이 의병(義兵)을 모집하여 영남(嶺南)으로 가려고 하였는데, 최척은 활쏘기와 말타기를 잘했기 때문에 의병에 뽑혀서 동행하게 되었다. 최척은 진중(陣中)에 있으면서

옥영에 대한 근심과 걱정으로 몸이 아프게 되었다. 혼례를 치르기로 약속한 날이 되어 소장(訴狀)을 올려 휴가를 청하자, 의병장이 화를 내며 말했다.

"지금이 어느 때인데 감히 혼사(婚事)에 대해서 말하느냐? 임금께서도 난리를 당하고 피난을 가서 풀숲을 방황하고 계시니, 이러한 때 신하된 자는 마땅히 창을 베고 잘 겨를도 없어야 할 것이다. 하물며 너는 아직 결혼할 나이도 되지 않았으니, 도적을 모두 물리치고 난 뒤에 결혼식을 올리더라도 늦지 않을 것이다."

의병장은 이렇듯 꾸짖으며 끝내 최척의 귀가를 허락하지 않았다. 옥영도 최생이 종군(從軍)하여 돌아오지 않자 혼례를 치르지 못하고 결혼할 날을 헛되게 보낼 수밖에 없었다. 이후로 옥영은 밥을 먹거나 잠을 자지 못하였으며, 날이 갈수록 근심만 깊어 갔다.[18]

작품에 나타난 변사정(邊士貞 1529~1596)은 실제 인물이다. 그는 서울에서 태어났으나 어려서 부모를 모두 잃고 장형(長兄) 사원(士元)의 집에서 지내다가, 25세 때 처가가 있는 남원으로 내려왔다. 26세 때는 지리산 자락에 위치한 도탄에 정사를 짓고 일재(一齋) 이항(李恒)을 스승으로 삼아 학문에 전념하였다. 그는 평생 관직을 멀리하여 55세 때 진전참봉(眞殿參奉)에 제수되었으나 나가지 않았으며, 56세 때 전목서주부(典牧署主簿)에 제수되었으나 역시 나가지 않았다. 62세 때는 재릉참봉(齋陵參奉)에 제수되었는데 송강 정철의 간곡한 권유 때문에 마지못해 응했다가 얼마 되지 않아 사직하였으며, 왜란 중이던 67세에 첨정(僉正)에 제수되었으나 응하지 않았다.[19]

---

18) 「최척전」, 197~198쪽.

19) 정시열, 「도탄 변사정론-지리산 자락에서 꽃핀 극적 인생의 변주-」, 『민족문화논총』 48집, 영남대 민족문화연구소, 2011, 267~272쪽에서 발췌 정리.

이렇듯 벼슬을 멀리하고 학문에만 정진하던 변사정은 64세 때인 1592년에 임진왜란이 일어나자 노구임에도 불구하고 봉기하였으며, 주위의 추대를 받아 의병장이 된다. 2000여명의 의병을 모집한 변사정은 1592년 9월 권율을 도와 왜적을 물리치는 등 큰 전과를 올렸다. 전란이 2년차로 접어들던 1593년에는 왜군이 진주성으로 진격해 오자, 변사정은 군량을 조달하는 임무를 맡고 진주성에서 하루 정도 떨어진 거리에 주둔하였다.[20] 최척이 변사정을 따라 영남으로 간 것은 바로 이때였던 것으로 보인다.

제2차 진주성전투는 1593년 6월 22일부터 29일까지 7일간 전개되었다. 1593년 조·명연합군의 반격을 받고 남쪽으로 퇴각하기 시작한 왜군은 상주·선산·안동·대구 등에 주둔했다가, 경상우도의 요지이자 전라도로 진입하는 육상의 관문인 진주성 공략을 다시 계획한다. 앞서 제1차 진주성 전투에서 조선 군민에 패배한 것을 설욕하고 또 호남의 곡창지대를 점령하기 위한 것이었다. 이를 위해 도요토미는 제2차 진주성 전투에 9만 3천 명이라는 대군을 투입한다. 당시 진주성에는 3천 5백 명의 군사와 6만 명의 주민들이 입성하여 창의사 김천일 등의 지휘 하에 치열하게 싸운다. 그러나 결국 7일 동안의 전투 끝에 왜군에 의해 진주성은 함락되고, 성안의 모든 군민들은 함락과 동시에 전멸한다.[21]

---

20) 정시열, 위 논문, 275쪽.

21) 국민대학교 사학과, 앞 책, 226~227쪽.

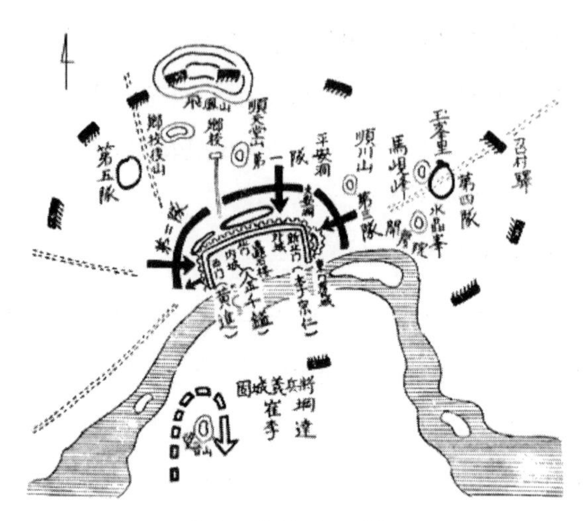

제2차 진주성 전투 개황도

제2차 진주성전투에서 변사정은 진주성 밖에 있었던 탓에 살아남았으며, 그의 의병들 역시 살아남았던 것으로 보인다. 이후 변사정과 그의 의병들이 어떤 활동을 했는지 자세히 알려져 있지 않다. 다만, 진주성전투에서 패배한 이후 변사정이 선조에게 올린 다음과 같은 상소 내용으로 보아 의병장의 역할을 계속 수행했던 것으로 생각된다.

> 우리가 급히 성에 들어가지 않을 수 없었는데 군량을 운반하기가 극히 어려웠으므로, 대장은 모름지기 외진에 나뉘어 있으면서 군량을 운송하라고 했습니다. 그래서 산음현으로 물러나왔으니 여기서 진주까지의 거리가 하룻길이었습니다. 겨우 세 번 군량을 운반한 후에 이미 진주성이 포위되었다는 말을 들으니, 신은 고립된 군대로서 들어가 도울 수가 없어 답답하게도 침묵한 채 주둔하고만 있었습니다. 신에게 있어서도 또한 가만히 머물러 있었던 죄가 지극하니 마땅히 참하고 용서함이 없어야 합니다.……진주성이 포위되어 위급해진지 이미 7~8일에 이르

> 도록 한 사람도 촌철을 보내어 구원한 사람이 없었습니다. 그러므로 짧은 거리에 사람의 자취가 끊기고, 소식이 통하지 않아 진나라와 월나라가 서로 막힌 것 같이 되니 마침내 충량한 장졸들이 모두 더러운 칼날에 죽었습니다. 십만의 쓰러진 시신을 대수롭지 않게 보니, 아득한 하늘이여, 이 어떤 사람들입니까. 바로 지금 기강이 어지러워 호령이 행해지지 않고, 상벌이 밝지 않으니 무엇으로 권면하고 징계하겠습니까. 난이 일어난 이래 의병을 거느린 자로 전후에 죽은 자가 이미 한둘이 아닌데, 관군을 거느린 자가 서서 그 죽음을 보고 감히 구하지 않아도 즉시 군율로 다스리지 않고 임시방편으로 정치를 합니다. 그러므로 지금 모두 이와 같으니 그 무엇으로써 회복을 도모하겠습니까.[22)]

변사정이 위의 상소를 언제 올렸는지는 정확하게 알 수 없으나, 제2차 진주성전투에서 패배한 후 얼마 지나지 않은 시점임에는 분명하다. 또 자신과 같은 의병뿐만 아니라 진주성을 구원하지 못한 관군들을 비판하는 상소 내용으로 보아, 이 시기에도 변사정은 의병활동을 했던 것으로 판단된다. 이는 「최척전」의 내용을 통해서도 어느 정도 확인된다. 최척은 1593년 9월 보름에 옥영과 혼례를 올리기로 했는데, 의병장 변사정이 휴가를 허락하지 않아 그날 혼례를 올리지 못한다. 그러다가 옥영의 자살 기도 소식을 들은 후에 의병장의 허락을 받아 남원으로 돌아와 그해 11월에 혼례를 올린 것으로 되어 있다. 이런 점을 고려할 때 최척이 변사정의 허락을 받고 남원으로 돌아온 것은 대략 1593년 10월경이라고 해야 할 것인데, 이 시기는 바로 제2차 진주성전투가 끝난 지 3~4개월 뒤인 것이다.

작품에서 변사정은 국가와 임금을 위해서는 개개인의 사정을 전혀

---

22) 정시열, 앞 논문, 290쪽.

고려하지 않는 인물로 형상화되어 있다. 즉 그는 "지금이 어느 때인데 감히 혼사(婚事)에 대해서 말하느냐? 임금께서도 난리를 당하고 피난을 가서 풀숲을 방황하고 계시니, 이러한 때 신하된 자는 마땅히 창을 베고 잘 겨를도 없어야 할 것이다."라며, 최척의 휴가를 허락하지 않았던 것이다. 이러한 변사정의 성향은 다음과 같은 「창의격서」에도 거의 그대로 드러난다.

> 남원인 전 참봉 변사정은 글을 써서 호남·호서·영동 삼도(三道)의 대소 군읍에 정중히 고하노니 위로 수령에서부터 방방곡곡의 사대부, 농민, 중서인에 이르기까지 이 고함을 다 같이 들으시오. 의기에 격분하여 신명과 처자를 돌볼 겨를이 없이, 흰 칼날을 밟을 수 있고, 펄펄 끓는 물과 불에 나아갈 수 있는 자는 오늘이 우리 임금의 신민이 아니겠는가. 저 섬나라의 오랑캐는 이리 같은 성품이라 감히 스스로 맹세를 어기고 우리가 경계하지 않은 틈을 타서 국력을 다 기울여 침범했는데, 적의 기병이 앞장서서 진을 치고 돼지처럼 돌진하니 여러 고을이 대부분 지키지 못하였다. 흉봉이 멀리 달려 바로 올라가니 도성이 또한 이미 함락되어 대가(大駕)가 궁색하게 서쪽으로 떠났고, 궁궐은 소진되어, 종묘사직이 위태로운 지경에 이르렀으며, 백성들은 창끝에 맡겨졌으니 이 무슨 수치이며, 이 무슨 재앙인가. 우리 주상의 신민(臣民)된 자, 누가 소리 내어 통곡하지 않겠으며, 누가 분해서 죽고자 하지 않겠는가.[23)]

23) 정시열, 위 논문, 299쪽.

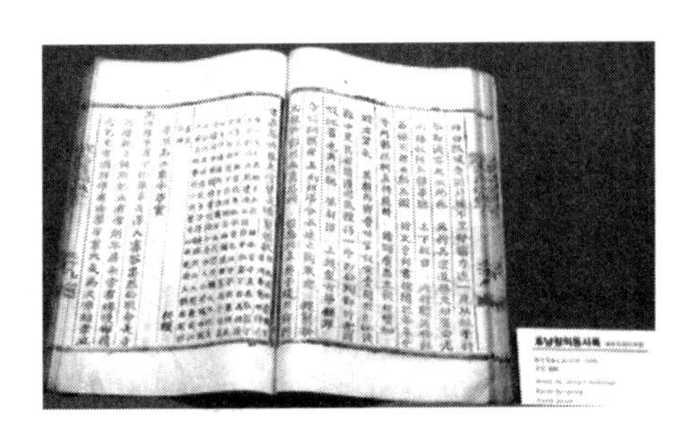

『호남창의동사록(湖南倡義同事錄)』
*변사정의 「창의격서」가 수록되어 있음

변사정은 의병을 모집하기 위한 격서에서 '대가(大駕)가 궁색하게 서쪽으로 떠난' 점과 함께 '우리 임금의 신민은 의기에 격분하여 신명과 처자를 돌볼 겨를이 없이 흰 칼날을 밟을 수 있고, 펄펄 끓는 물과 불에 나아갈 수 있는 자'가 되어야 한다고 외친다. 이러한 격서의 내용은 바로 「최척전」에서 변사정이 최척에게 했던 말 그대로이다. 이런 점에서 작품에 나타난 변사정의 형상 역시 매우 사실적이며, 나아가 이것은 「최척전」이 얼마나 인물과 상황 등을 사실적으로 형상화하고 있는가를 입증한 것이라고 할 수 있다.

위와 같은 사정을 고려할 때, 다음과 같은 작품의 내용도 매우 사실적인 것으로 판단된다.

> 이때 남원부중(南原府中)에 양생(梁生)이란 사람이 있었는데, 집안이 매우 부유하였다. 그는 옥영이 어질고 똑똑하며, 최척이 진중에서 돌아오지 않았다는 말을 들었다. 그래서 이 틈을 이용해 옥영에게 구혼하기 위해 몰래 뇌물을 주어 정공의 아내와 결탁하였다. 이에 정공의 아내는 심씨에게 양생을 침이 마르도록 칭찬하고, 옥영을 양생과 혼인시키도록 권하며 말했다.[24]

최척이 변사정을 따라 종군한 뒤 혼례를 올리기로 한 날에도 돌아오

24) 「최척전」, 198쪽.

지 못하자, 양생이란 남원부중 사람이 옥영에게 구혼을 한다. 양생은 매우 부유한 것으로 되어 있는데, 실제로도 당시 남원의 토호였던 것으로 보인다. 오늘날에도 남원에는 남원 양씨가 지역의 오랜 유지로서 자부하고 있는 터이니, 그 유래가 적어도 임란 때까지 소급될 수 있을 듯하다.[25] 즉 당시 남원에는 변사정처럼 나라를 위해 죽음을 각오하고 의병에 참여한 양반이 있었는가 하면, 양생처럼 개인의 이익을 위해 종군한 사람의 정혼자마저 앗으려는 토호들이 있었던 것이다. 또한 최척의 스승이면서 옥영의 외척인 정공은 양생의 뇌물을 받고 옥영의 모친인 심씨를 설득하는데, 당시 남원에는 전란의 와중에서도 개인의 이익을 위해 도의를 저버리는 향반들 또한 존재했던 것으로 보인다.

3. 정유재란(1597년) 직후

임진왜란 때 호남지방은 왜군의 침략을 거의 받지 않았기 때문에 피해를 입은 것도 별로 없었다. 그러나 정유재란 때는 완전히 사정이 달라진다. 일본군은 임진란 때 전라도를 차지하지 못한 것이 가장 큰 실패의 원인이라고 판단하고, 정유년에는 호남지방을 우선적으로 장악하는 것을 첫째 목표로 삼았다. 그리하여 일본군은 1597년 7월 초순 6백여 척의 군선과 약 14만여 명의 병력을 좌우 양군과 수군으로 나누어 전라도를 공격하였다. 좌군은 약 5만여 명으로 구성하여 고성·사천·하동으로 서진한 후 구례와 남원을 거쳐 전주로 향하게 하고, 우군은 군사 6만 4천여 명으로 구성하여 거창·안의·진안을 거쳐 전주로

---

25) 「만복사저포기」에 나오는 남자 주인공도 양씨인데, 그는 몰락한 양반 자제로 형상화되어 있다.

직행토록 하였다. 수군 7천 2백여 명은 좌군과 함께 하동으로 진출한 다음 섬진강을 거슬러 올라가 구례에서 좌군과 합류하도록 하였다.[26)]

당시 왜군의 주요 진격로에 있는 구례 석주관은 구례현감 이원춘(李元春)이 지키고 있었으나, 일본군 주력부대가 밀려들자 8월 6일 석주관을 포기하고 남원성으로 후퇴해버린다. 그 결과 일본군은 아무런 저항도 받지 않은 채 구례에 입성한 후 곧바로 남원성을 공격하였다. 당시 남원은 전라도의 관문이자 경상도와 충청도를 잇는 전략적 요충지였기 때문에 조선과 명나라의 연합군 4천여 명이 지키고 있었다. 이들은 11만 명이나 되는 일본의 주력군에 맞서 8월 13일부터 16일까지 치열하게 싸웠으나 끝내 성을 지키지 못하고 모두 전사하였다. 이때 일본군에게 학살된 민·관·군의 수는 거의 1만여 명이나 된다.

정유재란 당시 남원성 함락도

26) 김동수, 「정유재란기 호남지역 의병의 향토방위전 사례 검토」, 『역사학연구』 30집, 호남사학회, 2007, 32~33쪽.

남원성을 함락한 일본군은 살인과 약탈을 자행한 뒤 전주로 북상하였다. 이때 일본군이 저지른 만행은 이루 말로 표현할 수 없을 정도였다고 하는데, 이와 관련한 내용은 우리나라의 문헌에서는 찾아보기 어렵고 일본군의 종군승(從軍僧)이었던 경념(慶念)의 『조선일일기(朝鮮日日記)』에 비교적 상세하게 기록되어 있다고 한다.[27] 그런데 바로 「최척전」에도 당시의 참상이 잘 그려져 있다.

> 정유년 8월에 왜구(倭寇)가 남원을 함락하자 사람들이 모두 피난 가 숨었으며, 최척의 가족들도 지리산 연곡사(鷰谷寺)로 피난을 갔다. 최척은 옥영에게 남장(男裝)을 하게 했는데, 뭇 사람에 뒤섞이어도 보는 사람들마다 옥영이 여자인 줄을 몰랐다. 지리산으로 들어온 지 며칠이 지나자 양식이 다 떨어져 거의 굶주리게 되었다. 최척은 장정(壯丁) 서너 사람과 함께 양식도 구하고 왜적의 형세도 살펴볼 겸 산에서 내려왔다. 최척 일행은 구례(求禮)에 이르러서 갑자기 적병을 만나게 되었는데, 모두 바위 골짜기에 몸을 숨겨 겨우 붙잡히는 것을 면했다.[28]

경신년(1593) 11월에 결혼한 최척과 옥영은 심씨와 최숙, 그리고 아들 몽석과 함께 한동안 행복한 삶을 영위한다. 그런데 정유년 8월에 왜구가 남원성을 함락하고 약탈을 자행하자, 최척은 가족들을 거느리고 구례 연곡사로 피난을 간다. 연곡사는 지리산 피아골의 깊숙한 산속에 자리 잡고 있기에 당시 남원이나 구례 인근의 많은 사람들이 이곳으로 피난을 왔던 듯하다. 『난중잡록(亂中雜錄)』의 저자이며 의병장으로 활약했던 조경남(趙慶男 1570~1641)도 남원성이 함락된 후 가족을 거느리

---

27) 조원래, 「정유재란과 호남의병」, 『역사학연구』 8집, 전남사학회, 1994, 64쪽.
28) 「최척전」, 202~203쪽.

고 산속으로 피난을 했다[29]고 하는데, 그가 피난 갔던 곳도 연곡사일 가능성이 크다.[30] 그러나 연곡사도 악랄한 왜구의 손아귀에서 벗어날 수 없었다. 섬진강을 따라 연곡사에까지 올라온 왜구들은 연곡사의 재물을 모두 약탈해 간 것은 물론 그곳에 숨어있던 피난민들을 살해하거나 포로로 잡아갔던 것이다.

> 이날 왜적들은 연곡사로 가득히 쳐들어가 아무 것도 남기지 않고 다 약탈해 갔다. 최척 일행은 길이 막혀 3일 동안이나 오도 가도 못하고 숨어 있었다. 왜적들이 물러가기를 기다렸다가 간신히 연곡사로 들어가 보니, 시체가 절에 가득히 쌓여 있고 피가 흘러 내를 이루고 있었다. 그런데 이때 숲 속에서 신음소리가 은은히 들려왔다. 최척이 달려가 찾아보니, 노인 몇 사람이 온 몸에 상처를 입고 신음하고 있었다. 노인들은 최척을 보자 통곡하며 말했다. "적병이 산에 들어와서 3일 동안 재물을 약탈하고 인민들을 베어 죽였으며, 아이들과 여자들은 모두 끌고 어제 겨우 섬진강으로 물러갔네. 가족들을 찾고 싶으면 물가에 가서 물어보게나."[31]

---

29) 김동수, 앞 논문, 47쪽.

30) 조경남은 정유년 11월 9일에 의병을 거느리고 연곡사에 쳐들어가 60여 명의 왜적을 격파하고 우리 포로 200여 명을 구출하기도 했다(조원래, 앞 논문, 79쪽).

31) 「최척전」, 203쪽.

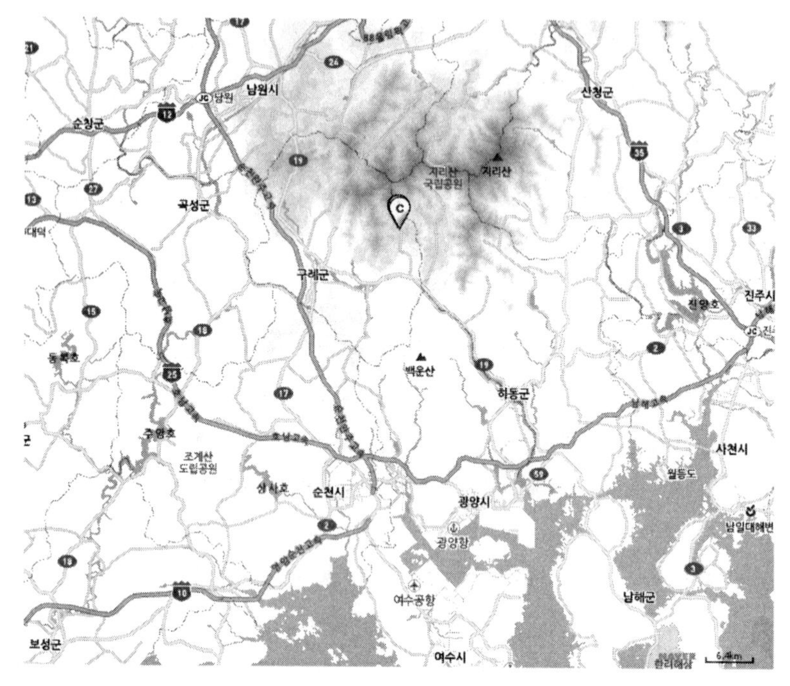

구례군 일대와 연곡사(C)

정유재란 때 구례지역은 지리적 위치가 전주·남원으로부터 순천 방면, 혹은 전라좌도 지방에서 경상우도 지방으로 이어지는 길목이었던 까닭에 일본군이 종횡으로 왕래하는 통로가 되었으며, 적의 수중에 들어간 구례읍은 침략군에 의한 분탕으로 초토화되었다고 한다.[32] 이러한 상황은 최척의 행동과 눈을 통해서도 확인된다. 연곡사로 피난을 간 최척은 양식이 다 떨어지게 되자, 양식도 구하고 왜구의 동정도 살피기 위해 장정 서너 사람과 함께 구례로 나온다. 그런데 구례에서 갑자기 적병을 만나 바위 골짜기에 숨으며, 이후 3일 동안 길이 막혀 오

32) 조원래, 앞 논문, 78쪽.

도 가도 못하고 만다. 5~6만 명에 이르는 왜구가 작은 구례를 덮쳤으니 당시 구례는 온통 왜구로 들끓었을 것이며, 최척 일행이 바위 골짜기에 숨은 채 꼼짝 못했던 것은 이러한 상황을 사실적으로 반영한 것이라고 할 수 있다.

현재 임진왜란이나 정유재란 당시 연곡사에서 어떤 일이 벌어졌는가에 대한 역사적 기록은 찾아보기 어렵다. 다만, 연곡사는 임진왜란 때 왜병에 의해 전소되었다가 뒤에 태능(太能 1562~1649)이라는 스님이 중창한 것으로 알려져 있다.[33] 그런데 「최척전」에는 정유재란 때 왜구에 의해서 자행된 연곡사의 참화가 잘 나타나 있다. 양식을 구하러 나왔던 최척 일행이 3일 후에 다시 연곡사로 들어가 보니, 왜구들이 연곡사의 재물을 하나도 남김없이 모두 약탈해 갔으며, 절에는 시체가 가득 쌓여 있고 피가 흘러 내를 이루고 있었다. 그곳에는 단지 노인 몇 사람만이 온 몸에 상처를 입고 신음하고 있었는데, 이들은 "적병이 산에 들어와서 3일 동안 재물을 약탈하고 인민들을 베어 죽였으며, 아이들과 여자들은 모두 끌고 어제 겨우 섬진강으로 물러갔다."고 말한다.

「최척전」은 소설이기에 '절에 시체가 가득 쌓여 있고 피가 흘러 내를 이루었다'는 표현은 다소 과정된 것으로 생각할 수도 있다. 그러나 위와 같은 광경은 일본 종군승인 경염이 목격했던 것과 거의 차이가 없다. 그에 의하면, '일본군은 상륙하자마자 무차별하게 사람을 베어 죽이거나 약탈을 일삼았으며, 가는 곳마다 불을 질러 온통 검붉은 화염에 휩싸여 있었고, 어린 아이들을 모조리 묶어 끌고 가는가 하면 눈앞에서 그 부모들을 마구 베어버렸으며, 남원성이 함락되던 날에는 성 안팎에

33) 한국학중앙연구원, 『한국민족문화대백과』, 2010.

시체가 무수히 쌓여 있어서 도저히 눈을 뜨고 볼 수 없는 광경이었다.'[34]고 한다. 「최척전」은 정유재란 때 연곡사에서도 이와 유사한 상황이 벌어졌던 역사적 사실을 생생하게 보여주고 있는 것이다. 당시 연곡사 일대에 얼마나 많은 사람들이 살고 있었으며, 또 연곡사에 피난 온 사람들이 어느 정도였는지 확인할 길은 없다. 그러나 연곡사에 피난 온 지 얼마 되지 않아 양식이 다 떨어졌다는 것으로 보아, 당시 연곡사에는 많은 피난민들이 모여 있었을 것으로 추정된다. 그런데 왜구가 닥치는 대로 사람들을 베어 죽였을 것이니, 어찌 시체가 가득 쌓이고 피가 흘러 내를 이루지 않았겠는가.

나아가 「최척전」은 당시 왜구들의 행태를 잘 보여주고 있다는 점에서 경염의 기록과 함께 주목할 만하다. 경염은 '왜구들이 어린 아이들을 모조리 묶어 끌고 가는가 하면 눈앞에서 그 부모들을 마구 베어버렸다'고 기록하고 있다. 그런데 「최척전」에도 '왜구들은 아이와 여자들은 모두 끌고 간 것'으로 서술되어 있는가 하면, '아이들 앞에서 그 부모들을 마구 베어버린 사실' 또한 잘 나타나 있다.

> 최척은 하늘을 부르짖으며 통곡하고 땅을 치며 피를 토한 뒤, 즉시 섬진강으로 달려갔다. 몇 리도 채 못 갔는데, 문득 어지럽게 널려진 시신들 속에서 신음소리가 들렸다. 그 소리는 끊겼다 이어졌다 해서 소리가 나는 것인지 아닌지 분간하기도 어려웠다. 가서 보니 온 몸이 칼로 베이고 흐르는 피가 얼굴에 낭자하여 어떤 사람인지 알아 볼 수가 없었다. 그가 입고 있는 옷을 살펴보니 춘생이 입고 있던 것과 비슷했다. 그래서 최척은 큰 소리로 불러 말했다. "너는 춘생이 아니냐?" 춘생이

34) 조원래, 앞 논문, 64쪽에서 재인용.

눈을 들어보더니, 얼굴이 비참하게 일그러지며 기어드는 목소리로 희미하게 몇 마디를 중얼거렸다. “낭군이시여, 낭군이시여! 아아, 애통합니다! 주인어른의 가족들은 모두 적병에게 끌려갔으며, 저는 어린 몽석을 등에 업고 달아났으나 빨리 달릴 수가 없어 적병의 칼에 맞게 되었습니다. 그 즉시 저는 땅에 넘어져 기절했다가 반나절만에 깨어났는데, 등에 업혔던 아이는 죽었는지 살았는지 알 수가 없습니다.” 춘생은 말을 마치더니 이내 죽고 말았다.[35)]

최척은 연곡사에 남아 있던 노인들의 말을 듣고 가족들을 찾아 섬진강으로 달려가는데, 얼마 가지 않아 어지럽게 널려진 시신들을 목격한다. 추정컨대, 왜구가 연곡사로 쳐들 오자 이곳에 모여 있던 피난민들이 사방으로 달아났으며, 왜구들은 이들을 뒤쫓아 가 무자비하게 살해했던 것으로 보인다. 최척의 시비인 춘생의 죽음은 바로 이 경우에 해당한다. 그녀는 왜구가 쳐들어와 사람들을 마구 살해하자, 어린 몽석을 업고 달아나다가 왜구의 칼에 맞아 죽게 된 것이다. 작품 속에서 춘생은 어린 몽석을 돌보는 시비이지만 왜구들의 눈에는 어미로 보였을 터이니, 실제 왜구들은 경염의 기록대로 아이들 앞에서 그 부모들을 마구 베어버리는 잔혹한 짓을 서슴지 않았던 것이다.

「최척전」에는 정유재란 당시 왜구들이 포로들을 어떻게 처리했는가 하는 것도 어느 정도 나타나 있다.

최척은 주먹으로 가슴을 치고, 땅에 쓰러져 기절했다가 한참 후에야 깨어났다. 이윽고 정신을 가다듬어 섬진강으로 가서 보니, 강둑 위에

---

35) 「최척전」, 203~204쪽.

> 상처를 입고 쓰러진 수십 명의 노약자들이 서로 모여서 통곡을 하고 있었다. 최척이 다가가서 묻자, 노인들이 대답했다. "산 속에 숨어 있다가 왜적에게 여기까지 끌려 왔네. 왜적들은 여기에서 장정들만 가려 배에 실어 가고, 이처럼 병이 들거나 칼에 찔린 노약자들은 버려두었다네."[36]

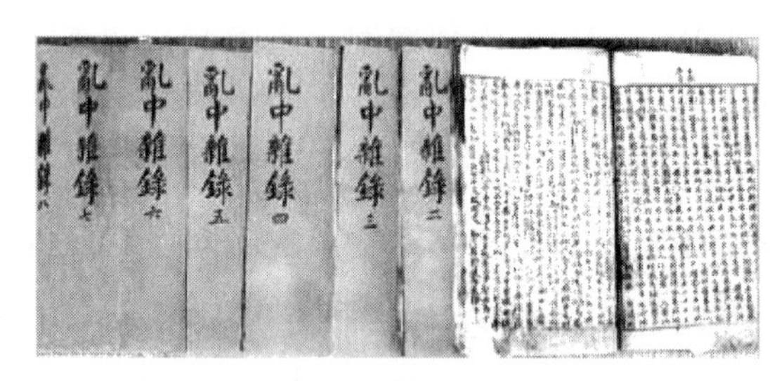

조경남의 『난중잡록』

『난중잡록』 중 1597년 8월 17일과 20일 기록에 의하면, 구례 인근 지역은 일본군의 수색작전으로 인해 깊은 산속에도 피할 곳이 없었다고 한다.[37] 지리산 피아골의 깊은 골짜기에 위치한 연곡사에까지 왜구들이 쳐들어와 만행을 저질렀으니, 『난중잡록』의 기록은 조금도 과장된 것이 아니라고 하겠다. 당시 왜구들은 구례 인근 지역은 물론 연곡사 일대 등 깊은 산속까지 쳐들어와 살해와 약탈을 자행했으며, 이 와중에서 살아남은 사람들은 섬진강으로 끌고 갔던 것이다.

「최척전」에는 왜구들이 포로들을 막상 배에 태울 때에는 병들거나 칼에 찔린 노약자들은 버려둔 채 장정들만 태워서 데리고 갔다고 서술되어 있는데, 이는 승선 인원의 제약에 따른 것으로 보인다. 즉 왜구들은 구례 일대에서 붙잡은 포로들을 모두 섬진강까지 끌고 갔다가 섬진

---

36) 「최척전」, 204쪽.

37) 조원래, 위 논문, 65쪽에서 재인용.

강에 이르러서는 이용 가치가 있는 장정들만 포로로 잡아 일본으로 데려갔던 것이다. 연곡사로 피난을 갔을 때 남장을 하고 있었던 옥영이 일본으로 붙잡혀 가고, 최척의 부친 최숙과 장모 심씨가 살아남게 된 것도 이러한 당시의 상황을 사실적으로 반영한 것이라고 할 수 있다.

「최척전」에는 왜군이 남원성을 함락한 직후의 참상도 개괄적으로 서술되어 있다.

> 최척은 이 이야기를 듣고 대성통곡을 하였다. 혼자만 온전하게 살아남을 수 없다고 생각하여 자살을 하려고 했으나, 주위 사람들이 만류하여 죽을 수도 없었다. 그래서 강의 상류로 터덜터덜 걸어올라 갔는데, 막상 돌아갈 곳도 없었다. 샛길을 찾아 겨우 고향에 이르러서 보니, 담벼락은 무너지거나 깨어져 있었다. 그 밖의 다른 것들도 모두 불타버려 쉴 곳은 물론, 곳곳에 시체가 언덕처럼 쌓여 발 디딜 틈도 없었다.[38)]

섬진강에 갔다가 가족을 찾지 못한 최척은 혼자 남원으로 돌아오는데, 당시 남원은 모두 불타버려 쉴 곳은 물론 곳곳에 시체가 언덕처럼 쌓여 발 디딜 틈도 없을 정도였다고 한다. 경염은 '남원성이 함락되던 날에는 성 안팎에 시체가 무수히 쌓여 있어서 도저히 눈을 뜨고 볼 수 없는 광경이었다.'고 기록하고 있는데, 최척도 바로 이러한 광경을 목격했던 것이다. 당시 최척의 집은 만복사 동쪽에 있었는데, 만복사가 불에 탄 것도 바로 이때였던 것이다.[39)]

---

38) 「최척전」, 204쪽.

39) 현재 남원의 만복사는 정유재란 때 모두 불타버린 것으로 알려져 있다. 그런데 「만복사저포기」에는 "이튿날은 바로 3월 24일이었다. 이 고을에서는 이 날이 되면 만복사에 가서 등불을 켜고 복을 비는 풍속이 있었는데, 젊은 남녀들이 모여서 각자 그

Ⅳ. 맺음말

16세기 말 임진왜란과 정유재란 당시 지리산권의 상황과 참상을 자세하게 알 수 있는 자료는 별로 없다. 지금까지 알려진 자료로는 일본의 종군승이었던 경염의 『조선일일기』와 조경남의 『난중잡록』 정도이다. 그런데 「최척전」은 이들 자료 못지않게 당시의 상황과 참상을 구체적으로 서술하거나 생생하게 형상화하고 있으며, 서술된 내용이나 사건 등이 역사적 사실과 매우 부합한다. 물론 「최척전」은 특정한 개인의 경험담을 바탕으로 했기에 우리가 이 작품을 통해 전란의 전체적인 양상과 전개 과정 등을 파악하기는 어렵다. 그러나 바로 이 점이 다른 역사적 자료와 구별되는 「최척전」의 특장이기도 하다. 「최척전」은 개인의 실제 경험을 바탕으로 소설화한 것이기 때문에 전란의 와중에서 겪어야만 했던 참담한 상황과 이에 따른 심리감정 등이 구체적이면서도 섬세하게 나타나 있는 것이다.

본고는 이런 점에 주목하여 「최척전」에 서술되어 있는 내용을 역사적 사실 및 자료와 견주어 비교하는 가운데 「최척전」에 나타난 내용과 사건의 진실성 여부, 그리고 당시 지리산권 지역민들의 세태를 고찰하였다. 그 결과 16세기 말 왜란 당시 지리산권과 관련된 「최척전」의 내용과 사건이 역사적 사실과 매우 부합하다는 점과 함께 왜구들이 저질

소원을 비는 것이었다."는 것과 함께 "이때 절은 이미 허물어져 승려들은 한구석의 방에서 거처하고 있었다. 불전(佛殿) 앞에는 다만 곁채만이 쓸쓸히 홀로 서 있고, 그 끄트머리에는 좁은 판자방 하나가 있었다."라고 서술되어 있다. 이런 서술로 미루어보아 만복사는 15세기 이전에 이미 쇠락했을 가능성이 크다. 다만, 만복사에는 '35척에 달하는 동으로 된 불상'이 있었다고 하는데, 이 불상은 정유재란 당시까지는 남아 있었으며, 「최척전」에 나오는 '장육금불(丈六金佛)'은 바로 이 불상을 일컬은 것으로 추정된다.

렀던 만행, 포로를 처리하는 방식, 전란의 와중에서 남원 향반들이 보인 세태와 민심 등을 부분적으로나마 살펴볼 수 있었다.

이외에도 「최척전」에는 다른 역사적 자료에서는 찾아보기 어려운 사실들이 서술되어 있기도 하다. 예컨대, 연곡사가 언제 불탔는가와 관련된 사실을 들 수 있다. 현재까지 연곡사는 임진왜란 때 전소되었던 것으로 알려져 있다. 그러나 임진왜란 때 구례와 남원은 왜적의 침입을 받지 않았던 곳이기 때문에 이는 사실로 보기 어렵다. 「최척전」에서 최척 일가는 정유재란이 발발하고 남원성이 함락된 직후에 연곡사로 피난을 간 것으로 서술되어 있는데, 만약 연곡사가 임진왜란 때 전소되었더라면 최척 일가는 연곡사로 피난을 가지 않았을 것이다. 절간이 전소되었다면 머물기도 어렵거니와 이미 왜적에 노출된 곳인 탓에 연곡사를 안전지대로 생각하지 않았을 것이기 때문이다. 따라서 남원성이 함락되기 전까지는 연곡사가 온전한 상태로 보존되었을 가능성이 크다.

물론 「최척전」에도 연곡사가 불탄 것과 관련된 내용은 나타나지 않는다. 그러나 정황상 최척 일가가 연곡사에 피난했던 무렵이었을 것으로 판단된다. 경염의 기록에 의하면, 일본군은 1597년 8월 7일 구례에 입성하여 닥치는 대로 현지 사람을 살육하고 방화를 저질러 아비규환의 수라장을 만들었다[40]고 한다. 그러나 이때까지만 해도 일본군은 연곡사까지 쳐들어가지는 않았던 것으로 보인다. 그런데 『난중잡록』 중 8월 17일과 20일 기록에 의하면, 구례 인근 지역은 일본군의 수색작전으로 인해 깊은 산속에도 피할 곳이 없었다고 한 것으로 보아 일본군이

40) 김동수, 앞 논문, 46쪽에서 재인용.

연곡사까지 밀려든 것은 이 무렵이었으며, 연곡사도 바로 이때 불탔다고 해야 할 것이다. 이는 「최척전」의 내용과도 어느 정도 합치한다. 남원성이 함락된 것은 8월 16일인데, 최척 일가는 남원이 함락된 직후에 연곡사로 피난을 갔으며 그 며칠 뒤에 왜구가 연곡사로 쳐들어온 것으로 서술되어 있다. 따라서 연곡사는 정유재란 때인 1597년 8월 20일경에 왜적에 의해 소실되었다고 보아야 할 것이다.

연곡사가 언제 소실되었는가는 지리산권의 역사와 삶을 이해하는 데 중요한 문제가 아닐 수도 있다. 그러나 우리가 「최척전」을 통해 16세기 말 왜란 시기에 지리산권의 상황을 더욱 생생하게 이해할 수 있는 것만은 분명하다고 하겠다. 특히 이 시기 지리산권 주민들의 세태와 민심 등을 파악할 수 있는 자료는 「최척전」 외에는 없다고 해도 과언이 아닐 것이다. 이 글에서는 제대로 다루지 못했지만, 양반댁 규수인 옥영이 최척에게 먼저 구혼하고 옥영의 모친 심씨가 옥영과 최척의 혼인을 반대한 사연, 최척이 의병에 참여한 계기와 태도, 정상서와 양생의 행태 등은 왜란 시기 지리산권에 살았던 여러 계층의 인물들이 어떻게 생각하고 행동했는가를 사실적으로 형상화하고 있기 때문이다. 예컨대, 다음과 같은 옥영의 말은 당시 양반 처자들의 심리상태를 잘 드러내고 있다고 하겠다.

> "저는 서울에서 생장하였으나 일찍 부친을 여의고, 지금껏 형제도 없이 홀로 편모(偏母)를 모셔왔습니다. 몸은 비록 영락하였으나 마음은 빙호 같으며, 거칠게나마 맑고 깨끗한 행실을 알아 대문 앞에 있는 길가마저도 나가 본 일이 없습니다. 그러나 좋은 때를 만나지 못하여 세상살이에 어려움이 많고, 전쟁이 어지럽게 일어나 온 가족이 흩어져 떠돌다가 이곳 남쪽 땅까지 이르러 친척에게 몸을 의탁하고 있습니다. 나이는

> 이미 시집 갈 때가 되었으나 아직 받들어 공경할 사람을 만나지 못하고, 항상 옥이 난리에 부셔지거나 구슬이 강포한 무리에게 더렵혀질까 두려워하고 있습니다. 또 이 때문에 늙으신 어머님께는 근심을 끼치고, 제 스스로도 몸을 보존하기가 어려워 슬프기만 합니다.……먼저 사사로이 시를 던져 스스로 중매하는 추태를 범했으나 정절과 신의를 지키어 거안지경을 다하고자 합니다. 이미 사사로이 편지를 주고받아 그윽하고 바른 덕을 잃어버리긴 했으나 이제 간과 쓸개가 비추듯이 서로의 마음을 잘 알게 되었으니, 다시는 함부로 편지를 보내지 않겠습니다. 이제부터는 반드시 중매를 두어 제가 행로했다는 비난을 받지 않도록 해주시길 간절히 바라오니, 잘 생각하시어 일을 꾀하십시오."[41]

위의 인용문은 옥영이 최척에게 보낸 편지의 일부분이다. 옥영은 서울에서 생장하였으며 평소에 대문 밖도 나가기를 꺼려했던 양반댁 처자이다. 그러나 옥영은 임진왜란을 겪고 피난살이를 하면서 완전히 달라진다. 그녀는 최척에게 먼저 구혼하는 내용의 시를 보내는 등 '스스로 중매하는 추태'를 범한 것이다. 옥영이 이러한 추태를 범한 것은 무엇보다도 '옥이 난리에 부서지거나 구슬이 강포한 무리에게 더렵혀질까 두려웠기' 때문이다.

임진왜란 때 왜구들은 온 나라를 헤집고 다니면서 닥치는 대로 부녀자들을 겁탈하였으며, 당시 이러한 사실이 널리 퍼져 있었다. 그래서 적지 않은 부녀자들이 얼굴에 먹칠을 하거나 병신 행세를 하는 방법 등을 통해 왜구의 겁탈을 모면하고자 했으며, 시집가지 않은 처녀들은 서둘러 시집을 가기도 했다고 한다. 그런데 옥영은 결혼할 나이가 되었음에도 아직 시집을 가지 않았을 뿐만 아니라 홀로 늙은 어머니를 모시고 먼

41)「최척전」, 193~194쪽.

친척집에서 피난살이를 하고 있는 처지였다. 이런 옥영에게 왜구의 겁탈에 대한 두려움은 더욱 컸으며, 또 그만큼 자신을 지켜줄 믿음직스런 남자가 필요했다고 하겠다. 그래서 그녀는 남몰래 최척의 행실을 지켜보고 있다가 그가 믿음직스럽다고 판단되자 먼저 구혼을 한 것이다.

위의 글은 이 과정에서 그녀가 겪어야만 했던 심리적 고뇌와 갈등이 잘 나타나 있다. 그녀는 어려서부터 여자가 지녀야 할 바른 행실을 배우고 자랐으며, 양반가 처자로서의 행실과 도리를 다하고자 대문 밖으로 나가는 것마저도 꺼려했다. 그런 그녀가 전란을 맞아 최척에게 먼저 구혼하거나 스스로 중매하는 짓을 행한 것이다. '추태'나 '그윽하고 바른 덕을 잃어버렸다.'는 자책적인 말에서도 알 수 있듯이, 그녀는 이러한 자신의 행동이 여자의 도리는 물론 당시의 예교에 얼마나 어긋난 것인가를 잘 알고 있었다. 그러기에 그녀는 '스스로 중매하는 추태'를 범하고서도 '행로했다는 비난'을 받지 않고자 간절하게 원했던 것이다. 이러한 옥영과 갈등과 고뇌는 임진왜란이라는 전대미문의 전란을 맞아 어떻게든 왜구에게 겁탈당하지 않기를 바랐던 당시 양반가 젊은 처자들의 위기의식과 심리상태를 전형적으로 보여주고 있다. 다만, 옥영은 봉건적 예교나 관습에 억매이기보다는 정확한 현실인식을 바탕으로 자신의 처지를 주체적으로 극복하려고 했다는 점에서 남다르다고 하겠다.

이처럼 「최척전」은 16세기 말 임진왜란과 정유재란 당시 지리산권의 상황 및 참상과 함께 여러 계층의 인물들이 겪고 느꼈던 일들을 매우 사실적으로 형상화하고 있는 바, 지리산권의 역사와 지역민들의 삶의 단면을 파악할 수 있는 매우 소중한 자료라고 하겠다. 이 논문을 계기로 국문학계뿐만 아니라 역사학계 등에서도 「최척전」에 대해 주목하기를 기대한다.

청매 인오선사의 생애와 임진왜란 관련 시고(詩考)

◉

김상일

Ⅰ. 시작하는 말

조선불교사를 인물 중심으로 보면, 조선 건국 과정에 참여했던 무학자초(無學自初), 세종 말년에서 세조대에 이르는 언해불교(諺解佛敎) 시기의 신미(信眉), 명종대 불교중흥을 꾀했던 허응당 보우(虛應堂普雨), 임진왜란에서 정묘·병자호란에 이르는 병란기에 구국(救國)의 의승군(義僧軍)을 통솔했던, '서산대사(西山大師)'로 일컬어진 청허 휴정(淸虛休靜 1520~1604)과 그 제자인 사명 유정(四溟惟政)이 주목된다. 특히 서산대사의 문하에서 사명대사 외에도 영규(靈圭), 처영(處英), 의엄(義嚴), 경헌(敬軒), 신열(信悅), 해안(海眼), 쌍익(雙翼), 법견(法堅) 등이 나와 육상과 해상에서의 접전뿐만 아니라 군량 운송, 산성 축성, 보루 구축, 방어와 수비 과정에서 관군을 능가하는 활약을 보여 구국(救國)과 호국(護國)의 의승장(義僧將)들로 칭송되었다. 한편, 인조대엔 벽암 각성(碧巖覺性), 허백당 명조(虛白堂明照) 등도 승장으로서 활약이 컸다. 본고의 대상인 청매

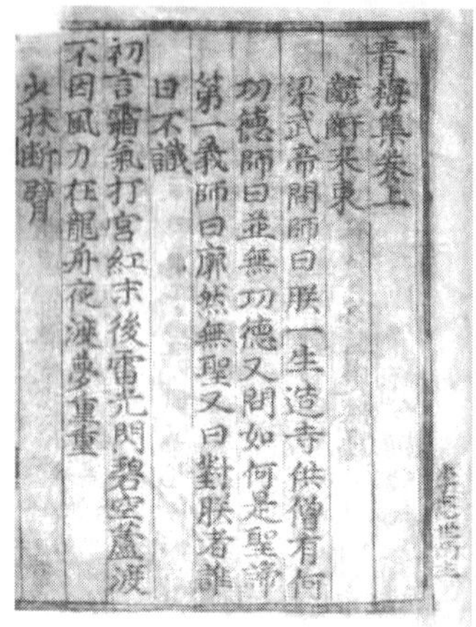

青梅集卷上
蘆斷來東
梁武帝問師曰朕一生造寺供僧有何
功德師曰並無功德又問如何是聖諦
第一義師曰廓然無聖又曰對朕者誰
曰不識
初言霸氣打宮紅未後電光閃碧空蘆渡
不因風力在龍舟夜渡夢重重
少林斷臂

청매집(고려대학교 도서관 소장)

연곡사

청매선사의 부도가 있던 지리산 영원사

인오선사(靑梅印悟禪師 1546~1621) 또한 서산대사의 제자로 임진왜란 초기 3년에 걸쳐 승장으로 종군하였다. 임진왜란이 150여 년이 지난 정조 때는 왕명으로 사명대사와 서산대사를 추모하는 표충사(表忠祠)를 지어 그들의 호국정신과 구국충정을 기렸다.

그런데, 그동안 병란기의 의승장과 의승병의 활약을 두고서 그것을 신라시대 이래 이어진 호국불교(護國佛敎)의 전통이라 치켜세우고 이를 한국불교의 특색으로까지 말하고 있다.[1] 이러한 주장은 일면 타당한 점이 없지 않다. 때에 따라 외적의 침략에 맞서 국가와 민족의 터전을 지키기 위해 싸우고 전쟁으로 고통 받는 민중들을 구제하는데 힘을 기울인 면이 있기 때문이다. 그러나 불살생(不殺生)을 계율 삼고 평등사상을 내세워 피아를 구분하지 않는 불승(佛僧)이 칼과 창을 들고 살생을 부를 수밖에 없는 전쟁에 나아간다는 것은 그 본분에 어긋나는 일이라 할 것이다. 그리고 조선 중기 병란기의 승장과 승병들만 해도 그들이 참전에 주체적으로 임한 것인지 의문을 가지지 않을 수 없다. 사실 서산대사의 의승군으로서의 참전도 선조의 요청에 따른 것이었다. 한편, 그러한 전쟁 참여를 통해서 중생 구제의 불교적 실천 이념을 구현하는데 얼마만큼의 활약을 보였는지를 냉정하게 따져 보지 않을 수 없다. 만약 그런 점이 부족했다면 국가 권력을 쥔 집권층이 기득권을 유지하기 위한 방편으로 구국(救國)이란 이름을 내세워 불교와 불교인을 이용했을 가능성을 배제할 수 없기 때문이다.

청매 인오선사[2]는 서산대사의 법을 이은 제자로 임진왜란 전후를

1) 禹貞相, 「李朝佛敎의 護國思想에 대하여」, 『壬辰倭亂과 佛敎義僧軍』, 양은용·김덕수 편, 경서원, 1992, 239~290쪽.

2) 이하 '청매선사' 또는 '선사'로 약칭함.

살며 승장(僧將)을 지낸 선승(禪僧)이며 18세기까지 '조사(祖師)'로 일컬어진 고승이었다. 하지만 오늘날 선사의 선사상이나 이름이 널리 알려져 있지 않다. 이런 점은 선사가 19세기 이후 숭앙되지 못하였음을 의미하는 것이라 하겠다. 그럼에도 선사의 자취와 선과 관련된 시문을 보면 그는 선을 전문하여 선사만의 선적 빛깔을 가진 선승이었다. 그리고 선사는 시문집인 『청매집(青梅集)』을 남길 정도로 시문 능력이 있었다. 특히 임진왜란 관련 시편은 동시대의 다른 선승들의 시문집에서 찾아보기 어려운 양적·질적 성취를 보여주고 있다.

근대에 이르러 청매선사를 주목한 이는 이능화(李能和)이다. 그는 『조선불교통사(朝鮮佛教通史)』(1918)에서 청매선사를 '지리산(智異山) 연곡사(燕谷寺)의 승'이라고 하였다.[3] 그리고 선사가 봉명(奉命)으로 벽계(碧溪)·벽송(碧松)·부용(芙蓉)·청허(清虛)·부휴(浮休) 등 5대사(大師)의 초상을 연곡사의 조사당(祖師堂)에 모시고 지은 제문과 승려생활 지침서라 할 수 있는 「십무일송(十無益頌)」을 부기하여 청매선사를 선승으로 자리매김하였다. 한편 일본인(日本人) 학자 고교형(高橋亨)이 『이조불교(李朝佛教)』(1929)에서 송운(宋雲)·소요(逍遙)·언기(彦機)·정관(靜觀)·중관(中觀) 등과 함께 서산대사의 법을 이은 한 문파로 다루었다.[4]

---

3) 李能和, 『朝鮮佛教通史』, 경희출판사(1918간행 영인본), 1968, 376쪽. "智異山青梅禪師 法諱印悟 燕谷寺僧 奉命定祖位如此 今我亦從梅師之舊 止于虛休兩師" 여기서 이능화가 청매선사를 '지리산 연곡사의 승'이라 한 것은 청매선사가 奉命으로 五大聖師의 초상을 제작하여 연곡사에 봉안하면서 제문을 남긴 이력 때문에 그렇게 판단한 것으로 보인다. 그러나 청매선사는 연곡사에 오래 머물지는 않은 듯하며, 함양 쪽 지리산 중턱에 위치하고 있는 靈源寺에 선사의 부도가 있거니와, 관련 방계 기록 등으로 보아서도 선사의 말년의 주된 주석지는 영원사인 것으로 판단된다.

4) 高橋亨이 언급한 서산대사 문하의 '青梅門派'에 대해서는 이미 1764년 采永이 편찬한 『西域中華海東佛祖源流』에 언급 되어 있다. 한편 高橋亨은 「李朝僧將の詩」(朝鮮學

해방 후 불교학계에서는 청매선사의 승장 경력과 선수행자의 면모에 관심을 표명하고 있는 것으로 보이나 그 연구 성과는 일천할 따름이다.[5)]

한편, 문학연구 쪽에서는 이종찬(李鍾燦)이 처음으로 선사의 시세계를 살폈다. 특히 선사의 시문 능력과 선승으로서의 면모에 착안하여 시적(詩的) 선종사(禪宗史)라 할 수 있는 148제의 송고시(頌古詩)를 고구하고 선사가 시승으로 선시(禪詩)를 일관한 스님이며 송고시 이외의 일반시 또한 선기시(禪機詩)가 대부분임을 밝힌 바 있다.[6)]

본고에서는 위와 같은 의문점과 선 인식을 바탕으로 청매선사의 잘 알려지지 않았던 생애를 고구하고[7)] 임진왜란과 관련된 시를 중심으로 그것의 주제적 성향을 살펴보고자 한다.

Ⅱ. 청매선사의 생애

청매선사는 법명이 인오(印悟)이며 자는 묵계(默契), 청매(青梅)가 그

報, 第1輯, 朝鮮學會, 1951)에 '勤王'의 정신을 반영한 조선 승장의 시편을 살폈는데, 청매선사의 임진왜란 관련 시도 함께 다루었다. 여기서 高橋亨이 말한 '근왕'은 '護國'과 상통하는 것으로 보인다.

5) 청매선사에 대해서는 김영태가 『한국불교사개설』(경서원, 1986)과 『임란구국의 승장들』(동국대학교부설역경원, 1979) 등에서 전기적인 면과 승장의 면모를 간략하게 소개했고, 그의 선사상에 대한 연구로는 智雲의 「치열한 수행 모습과 깨침의 경지-念지각의 세계」(『청매문집』, 토방, 1999) 정도가 확인된다.

6) 李鍾燦, 『韓國佛家詩文學史論』, 불광출판사, 1993, 328~338쪽. 한편 金甲起 또한 「僧將의 戰爭詩」(『佛敎語文論集』 제2집, 한국불교어문학회, 1997)란 논문에서 청매선사의 전쟁 관련 시 일부를 고찰하였다.

7) 청매선사의 俗姓과 출생지에 대해서는 지금까지 알려진 바가 없었으나 본문에서 밝힌 것처럼 전라도 영광의 姜씨임을 알 수 있고, 생몰년 또한 그동안 잘못된 것을 본문과 같이 바로 잡을 수 있다.

호로 알려져 있지만 행장이나 비명이 전하지 않아 자세한 행적을 알 수 없다. 그러나 선사의 시문집인 『청매집(青梅集)』[8]과 방계 자료를 통해서 그 행적을 얼마간 재구할 수 있다.

청매선사의 생애는 출가 전과 출가 후로 나눌 수 있는데 출가 전의 사정과 출가 인연에 대해서는 거의 알 수 없다. 다만 강항(姜沆)의 『수은집(垂隱集)』을 통해서 그의 출신과 약간의 이력을 알 수 있다. 곧 선사는 강항의 3종 서제(庶弟)이고 속성이 강(姜)씨(관향은 진주)이며 전라도 영광 부근 출신으로 어려서 출가하여 명산을 유력하고 영남지역에 드나들었음을 알 수 있다.[9]

한편, 청매선사는 서산대사 휴정(休靜)의 문하에서 수학한 사명대사와 함께 대사의 고제로 알려져 있다. 선사가 서산대사의 문하였음을 알 수 있는 이른 시기의 기록은 선사가 지은 것으로 선사의 일부 자전적 기록이 들어 있는 「아차봉기(丫嵯峯記)」이다.[10] 선사는 「아차봉기」에서 '부모를 떠나 육친의 정을 떨쳐내기 위해 젊은 시절 전국의 산과 강, 호수를 편력했는데, 산으로는 금강산 태백산 지리산 구월산 등에

---

8) 『青梅集』(東國大學校 所藏本)은 上下 2권으로 319편의 詩와 15편의 文이 들어 있다.

9) 姜沆, 『垂隱集』「送僧印悟求族譜於嶺南序」. "浮屠人印悟 吾三從庶弟也 少學佛遊名山 遁入嶺南 得與諸宗遊." 강항은 전라도 영광 사람으로 정유왜란 때 일본에 포로로 잡혀갔다가 귀환한 선비이다.

10) 青梅, 『青梅集』 권2(『한국불교전서』8책, 동국대학교, 1990), 「丫嵯峯記」. "余素有山水之癖 痛繫匏苽 矢與雲水同其跡矣 辭其親 割其愛 藜爲杖 葛爲衣 曆徧金剛太白智異九月之類 金沙朴淵鑑湖浿江之處.(中略)放浪于青丘一葉之湖山 其可稱乎 龍之涸鶴之籠者 三十年 于玆 逮辛卯年之春三月 再游關西 駐錫于香山第一峰頭 龜縮安禪之志切切 明年四月 海寇卷土中外搔撓 九重聖神 命寄驢背 狼狽于龍城 余雖日度外 其忍坐視耶 遂解袈着甲 放塵持戈 自募備數者 三霜 同事者 皆告功得薦 成名有歸 獨我聊將餘影 竟無攸往(中略)尋幽索居 吾所懷也 然乃忸怛 妙香 返爲賊穴 有志奈何 乃間關喫緊 不齎乎宿舂糧 千里之適萬死一生 得達湖右 對海孤城 乃扶安也 是時春風始扇 陽炎浮空 稀夷之間 青螺泛泛滅明海岸者 乃日邊山(後略)"

올랐고 물가로는 금사(金沙)·박연폭포·감호(鑑湖)·패강(浿江) 등을 유력했다'고 하였다. 이후 '선조 24년(1591) 3월에 관서지역을 다시 편력하다가 묘향산에 들어가 주석하였다.'고 하고 이때 선사는 '호산간(湖山間)을 돌아다닌 지 30년이 되었다.'고 했다. 이 기문을 통해서 선사는 출가 후 금강산과 지리산을 비롯한 전국의 산과 사찰들을 유력하고 서산대사가 주석하고 있던 묘향산에 들어가 본격적인 불교 수행자의 길로 나섰던 것임을 짐작할 수 있다. 이처럼 묘향산에서 수행 중이던 선사는 선조 25년(1592) 4월 임진왜란을 당해 의승장(義僧將)으로 3년 간 전쟁에 참여하여 공을 세웠다. 이때 함께 종사했던 이들이 공적을 조정에 알려 벼슬자리를 얻었으나 선사는 전라도 부안의 변산(邊山)으로 돌아왔다고 하였다.

한편 선사의 문집에 서문을 지은 월사(月沙) 이정구(李廷龜)의 기록을 통해 선사가 임진왜란 전인 선조 20년(1587) 경에도 변산의 월명사(月明寺)에 있었음을 알 수 있다.[11]

변산에서 주석하던 선사가 언제 그 곳을 떠나 지리산 쪽으로 옮겼는지는 확실치가 않다. 아마도 왜란 7년이 끝난 뒤 주로 지리산 반야봉 쪽의 영원사(靈源寺)에 주석한 것으로 보이며,[12] 76세 되던 1621년에 영

---

11) 李廷龜, 『月沙先生集』 권40 「青梅集序」. "丁亥(선조 20년, 1587) 家君作宰鼇山 距瀛洲纔百餘里 定省之暇 先訪茲山(邊山 필자 주)留山中數十日 登陟殆盡 月明寺 在山脊最高處"

12) 이정구, 앞의 책 권16 「邊山月明寺僧印悟 送沙彌寄問 次其軸中韻却寄三首 悟方在智異山盤若峯」에서 "一別高僧三十年 朅來消息兩無緣 月明寺裏懸燈宿 頭白人間夢杳然 今憑白足訪雲蹤 聞說移居盤若峯"이라 한 점과, 朴汝樑(1554~1611)의 「頭流山日錄」에서 "庚戌(1610) 八月(中略)有新刱蘭若二 在無住之西曰靈源 在直嶺之西曰兜率 率乃僧舍印悟所築而自居者也 悟以吾儒書爲'世俗文' 只以識佛經 爲諸僧立赤幟 足跡不出洞門云"이라고 한 것을 보면, 청매선사는 1610년 이전에 영원사와 도솔암을 새로 짓고

원사에서 입적하였다.[13]

청매선사는 서산대사 청허의 문하에서 한 문파를 이룬 조사(祖師)였다. 채영(采永)이 편찬한 『서중동불조원류(西中東佛祖源流)』에 따르면 선사는 청허 휴정의 법을 이어 청매문파(靑梅門派)를 이루었는데, 2세에 호감 혜일(灝鑑慧日)과 벽운 쌍운(碧雲雙運), 백월 담의(白月湛義), 3세에 무영 탄헌(無影坦憲), 4세에 쌍명 현응(雙明玄應), 5세에 취봉 해영(翠峰海瀛)과 축민(竺敏), 6세 경일(敬一)과 남인(南印) 등으로 법등이 전해졌다.[14] 그리고 해붕 전령(海鵬展翎)의 『해붕집(海鵬集)』에서도 선사는 인도 중국 신라 고려 조선의 여러 조사들과 함께 찬송되고 있다.[15] 이를 통해 선사의 선승으로서의 위상이 '조사(祖師)' 등위에 있었음을 알 수 있다. 한편 청매선사는 역대 조사들의 전등 사실을 찬송하되 간략한 설화를 곁들인 송고시 148편을 남겼다. 그리고 『청매집』 하권에 있는 두 편의 「무제(無題)」 시와 「간도지지편(看到知知篇)」·「십이각시(十二覺詩)」 등의 시편은 선사의 염(念)−지(知)−각(覺)으로 연결되는 수행구조

주석하였다고 했다. 따라서 선사는 최소한 1610년부터 1621년 입멸에 이르는 기간에는 영원사를 중심으로 주석했음을 알 수 있다.

13) 中觀海眼(1567~?)의 유고인 『中觀大師遺稿』의 「默契大禪師祭文」에 "維天啓紀元辛酉 十月戊戌朔越三日庚子 胐門弟子某等 謹以香茶庶羞之奠 敬祭于智異山 靑梅子默契大禪師靈駕 當百日之俯臨 冀來尸乎祖席 噫噫 悲來久矣哉…(中略)…壽七十六歲 可謂曰壽(下略)"라고 한 데서 '天啓紀元 辛酉'는 1621년이므로 청매선사의 출생년이 1546년임을 알 수 있다. 그리고 「丫嵯峯記」와 이 기사의 내용을 고려할 때 선사는 14~15세 무렵에 출가한 것이 된다.

14) 采永 撰, 『西域中華海東佛祖源流, '淸虛下第一世松雲門派'조 5쪽. "淸虛法嗣靑梅門派 淸虛下第一世靑梅悟嗣 二世灝鑑慧日 碧雲雙運 白月湛義 碧雲運嗣 三世無影坦憲○無影憲嗣 四世雙明玄應 雙明應嗣 五世翠峰海瀛 竺敏 翠峰瀛嗣 六世敬一 南印"

15) 『海鵬天遊法語』(『韓國佛敎全書』 12책), 245쪽, 「敬贊靑梅堂」. "居佛子之位 行佛子之事也 心常抱道 氣常帶和 形常帶喜 口常含吸者"

와 깨침의 현상을 알려주는 자료로 선사의 독특한 선사상을 보여준다.[16] 또한 선사는 3교에 밝았다는 것으로 보아 불교 외에도 외전인 유서(儒書)나 노장서(老莊書)를 적지 않게 읽은 것으로 추정된다.

시문학적인 면에서 볼 때, 청매선사는 시에 능했던 시승(詩僧)이었다. 조선조에서 승려로서 시승의 이름이 있었던 분은 대개 사대부와 수창할 정도의 시문 능력을 갖춘 이들이었다. 선사는 당대의 문장인 월사 이정구가 한번 보고 반하여 방외(方外)의 벗으로 사귈 만큼 인품이 고매하고 시문에 뛰어났다.[17] 한편 선사는 범어사에 주석할 때 목릉성세(穆陵盛世)의 시인으로 일컬어진 동악(東岳) 이안눌(李安訥)과도 잠시 교류한 흔적을 남겼다.[18] 그럼에도 지금 선사의 문집에 선사와 유가사대부들과 관련된 시는 몇 편 되지 않는다.[19] 하지만 선사가 남긴 선시는 그 주제사상 뿐 아니라 문학적 성취가 뛰어난 시편들로 보인다. 특히 임진왜란 전후를 살아가면서 당시 민중들이 겪는 고통을 동체대비(同體大悲)의 시정(詩情)으로 시화한 시편들은 주목할 만하다. 이런 점에서 선사를 조선조의 시승의 반열에 올려놓아도 손색이 없을 것이다.

---

16) 智雲, 「치열한 수행 모습과 깨침의 경지-念지각의 세계」, 『청매문집』, 토방, 1999, 부록 편.

17) 이정구, 앞의 글, 「青梅集序」. "(前略)印悟老師 迎我於沙門 與之同宿 視其居 棐几鑪香 淸迥絶塵 怳是西天世界 滿架經書 金字題卷面 皆其手筆 楷正有法 字字可玩 與之語 風流映發 譚屑霏霏 令人亹亹不厭 聽其詩 絕不沿襲陳言 殆非煙火食語也 余一見傾情 結爲方外交 握手而別 悵然如失 一出山 仙凡便隔 于今四十餘年矣(下略)"

18) 이안눌은 임진왜란 뒤인 1607부터 1609년까지 동래부사를 지낸 적이 있는데, 이때 범어사에 머물고 있던 선사에게 준 시 3편이 있다. 이안눌의 『東岳集』 권8 「萊山錄」의 「贈印悟上人」 등 참조.

19) 그가 영원사에서 수행할 때 거처 주위에 붉은 깃발을 세우고 산문 밖으로 나가지 않고 儒書를 '世俗文'이라고 한 것을 보아서도 그런 점을 짐작할 수 있다.(각주 12번 참조)

Ⅲ. 청매선사의 시세계 : 타락한 지배층에 대한 풍자와 민중에 대한 동체대비(同體大悲)의 시정(詩情)

청매선사는 모두 319편의 시를 남겼다. 그 가운데 송고시 148편은 중국 선불교의 시작에서 당나라 말기에 이르기까지의 중국 선불교사의 맥을 잇는 선사들의 일화를 선시(禪詩) 형식으로 읊은 찬송이다. 나머지 171편은 ①선승으로서의 선적 깨달음을 읊은 시와 제자들에게 준 시법시(示法詩), ②일상적 경험과 견문, 또는 산중생활을 읊은 시, ③일반 불승들이나 사대부들에게 준 시, 그리고 ④명산과 사암을 두고 지은 시들로 이루어져 있다. 본고에서 다룬 시는 두 번째의 경우로 그 가운데 임진왜란 관련 시를 중심으로 살폈다. 선사의 임진왜란 관련 시는 내용과 주제사상을 중심으로 살피면 두 영역으로 나눌 수 있다. 곧 집권층의 유락적(遊樂的) 행태와 민중에 대한 가혹한 수탈을 풍자하고 비판한 작품들과, 왜란과 관의 수탈에 따른 민중의 고통을 함께 하는 동체대비(同體大悲)의 심회를 시화한 작품들이 그것이다. 전자는 시기적으로 대개 임진왜란 직전에 지어진 것이고, 후자는 임진왜란 당시에 선사가 직접 경험했던 것들을 시화한 것으로 보인다. 특히 후자 중에는 불승으로서 전쟁에 참여하는 것에 대한 반성적 시정(詩情)을 담은 시도 있어 주목된다.

1. 유락(遊樂)에 빠진 집권층에 대한 풍자와 비판

1592년 초여름 연 인원 20만에 이르는 왜군이 부산포에 상륙하면서 시작된 임진왜란은 이후 7년에 걸쳐 지속된 장기전으로 수많은 민중의 희생과 국토의 유실 등 회복하기 어려울 정도의 국가적 손실을 가져왔다. 때문에 조선 사회의 체질은 그 이전과 이후가 확연히 달라진 양상을 보인다. 그러므로 역사 연구자들은 임진왜란 시기를 조선시대를 둘로 가르는 분수령으로 보고 있다.

이처럼 조선사회에 커다란 영향을 미친 임진왜란은 이웃인 일본의 침략으로 일어난 전쟁이었다. 임진왜란 직전의 조선 사회는 이미 사화와 정쟁 등으로 극히 쇠약한 처지에 있었고, 상대적으로 일본 쪽은 1백여 년 간 전국시대를 거치며 단련된 전력을 가진 상태였고 그러한 전력을 풍신수길(豊臣秀吉)과 같은 몇몇 군벌들이 지배하고 있었다. 그런데 당시 일본의 군벌들은 그들 간의 갈등과 야욕을 한편으로 조선이나 명을 침략하여 해소하려고 하는 의도를 가지고 있었던 것 같다. 이에 반해 당시 조선의 지배층은 극심한 정쟁과 해이해진 기강으로 스스로의 위치를 돌아볼 여유가 없었으며, 이런 점은 이웃 일본의 상황은 물론 조선 밖의 사정에 대해 무지한 상태를 초래하게 하였다. 그러므로 외세의 침략에 그 대응이 무딜 수밖에 없었다. 청매선사의 임진왜란 관련 시들은 이러한 당시 사회의 분위기를 예리하게 포착하여 보여주고 있다.

다음 시편은 청매선사가 임진왜란 전 언젠가 서울을 지나가면서 보고 들은 것을 토대로 지은 것으로 보인다.

서울을 지나가며	「行過洛陽」
옥당 금각 위에선	玉堂金閣上
밤낮으로 노래와 악기 소리	日夜笙歌聲
술과 고기 안상에 높이 두고	酒肉堆床案
벼슬아치들 다락에 가득 앉아	衣冠滿軒楹
말하길, '천상의 음악도	自言天上樂

이 보다 영화롭진 않을 거야!'라고 한다.	不過此華榮
예나 지금이나 이러한 사람들	古今如許人
선사엔 그런 성명이 없다네.	仙史無姓名[20]

이 시는 청매선사가 임진왜란 전에 서울을 지나가며 보고 들은 것을 지은 시로 보인다. 여기서 '옥당금각(玉堂金閣)'은 중의적인 뜻으로 해석할 수도 있다. 이른바 경화사족(京華士族)들의 화려한 저택의 시설물일 수도 있고, 문장을 맡은 정부의 홍문관(弘文館)이나 예문관(藝文館)의 관청을 가리키는 것이라 할 수 있다. 여기서는 후자의 뜻을 취한다. 정무를 보고 서적을 올려놓고 보아야할 안상(案床)에 술과 고기를 그득 쌓아 놓고 노래와 악기 연주를 감상하며 더없는 천상의 음악이라 하면서 야단스럽게 노니는 풍경을 묘사하였다. 그런데 신선의 역사책에는 이처럼 사치스럽고 질편하게 놀아났던 신선의 성명은 보이지 않는다는 것이다. 더 말할 것도 없이 집권층 사대부들의 사치스러움과 허세를 풍자한 것이다. 그런데 여기서 시제를 '서울을 지나가며'라고 한 것이라 했지만 선사가 고관들이 노니는 현장 풍경을 직접 목격하기는 어려웠을 것이다. 당시는 승려의 도성 출입이 자유롭지 못했을 뿐 아니라 승려로서 그러한 곳을 엿볼 수도 없는 형편이었기 때문이다. 따라서 작자가 고관들의 그러한 행태가 세상에 알려진 풍문을 듣고 지은 시로 보아야 할 것이다.

이처럼 집권층, 그 가운데서도 청요직(淸要職)에 있는 벼슬아치들이 흥청망청하는 자세와 행태는 그들 스스로의 눈과 귀를 가리게 하였

---

20) 이하 청매선사의 시 중 분석 대상 작품은 선사의 시문집인 『靑梅集』(동국대학교 소장본)에서 인용했음을 알려둔다.

고, 결국 왜란이란 커다란 재앙이 닥치는 줄을 예상할 수 없게 하였던 것이다.

다음 시 또한 위 시와 궤를 같이 하면서도 정치적 편당을 지어서 서로 싸우는 상황을 비판하고 있다.

재앙의 조짐	「禍兆」
내 듣자니 한강물이	吾聞漢江水
핏빛 되어 사흘을 흘렀다고	血色流三日
하늘과 땅은 본래 말이 없으니	天地本無言
재앙의 조짐을 누설할 뿐이네.	禍兆憑漏泄
동서로 싸우면서도 아첨을 더하고	東西鬪益嬌
자제들 호협함이 더욱 커지누나.	子弟豪更發
사물과 마음은 시작과 끝이 있어	物心有始終
의당 먼저 득실을 알아야 하리.	宜先知得失

시제를 '재앙의 조짐'이라 했다. 화자는 한강물이 핏빛이 되어 흘러서 재앙의 조짐을 보였다고 했다. 이처럼 자연이 특이한 현상으로 인간사회의 이변을 경고하는데도 집권층은 그것이 커다란 재앙의 조짐인줄을 모른다고 한다. 그 까닭은 저들이 동서로 나누어 싸우면서도 임금에게 서로 자신들이 옳다고 하여 갈수록 아첨을 더하기 때문이라고 보았다. 나아가 이러한 정쟁과 아첨으로 더해진 집권층 내의 혼란이 다음 세대를 이어 갈 젊은이들을 더욱 거칠게 한다고 보고 있다. 미련은 앞에서 전개한 것과 같이 자연계가 연출하는 비일상적이고 극단적인 현상과 정치현장 또는 사회현장에서의 극단적인 행태가 드러내는 문제의

본질을 철학적 성찰을 통해서 바라보고 그 해결책을 서술한 것이다. 다시 말해 화자는 집권층이 자연계의 경고를 재앙의 조짐으로 읽지 못하고 오히려 정쟁을 일삼는 것은 그들이 그들 앞에 놓여 있는 현실, 곧 정치적 득실을 근원적이고 반성적으로 살피지 않는 데서 기인한다고 본 것이다. 이 시의 화자는 마치 재야의 선비가 정쟁에 여념이 없는 집권층과 그로 인한 부조리한 현실 사회를 개탄하며 준엄하게 비판하는 것과 같은 모습을 보이고 있다. 곧 이 시에서 들리는 작자의 목소리는 조선시대의 선승이 일반적으로 말할 수 있는 내용과 어투와는 다른 어조이다.

상층사회의 이러한 허세와 무감각은 한 사회의 체질을 매우 취약하게 만들어 급습한 외적의 조그만 표지 앞에서 조차 온 사회가 혼란에 빠지고 만다.

서울	「洛中」
봄 깊은 기생집에선 노랫소리 가늘고	春深花院歌謠細
해 긴 한낮 요대에선 춤추는 소매 긴데	日永瑤臺舞袖長
한 조각 왜병깃발 새재에 펄럭이자	一片夷麾生鳥嶺
오열의 곡소리가 궁창에 이르누나.	哭聲嗚咽達窮蒼

이 시 또한 그 제목과 내용에서 임진왜란 직전과 초기의 서울의 분위기를 짐작할 수 있게 한다. 앞 두 구에서는 궁중에서나 시가에서의 유락적(遊樂的) 분위기를 묘사했다. 노랫소리가 가늘고 춤추는 이의 소매가 길다고 한 표현은 섬약하고 유약한 느낌을 준다. 당시 서울의 분위기가 상하층을 막론하고 이처럼 유약하고 유락적인 정조가 가득했기

때문에 왜군의 깃발이 문경 새재에 나타났다는 소리만 듣고도 혼비백산하여 혼란에 빠진 상황을 연출하고 만 것이었다.

물론 임진왜란은 이전에 소규모의 왜구가 남쪽의 해안가를 약탈하던 경우와는 달랐다. 당시 일본의 지배자 풍신수길은 오랜 전국시대를 거치면서 단련된 수많은 맹장과 20만에 이르는 대군을 동원하여 조선을 침략했다. 더욱이 당시로서는 살상 능력이 뛰어난 조총이란 신식무기로 무장하고 나타난 왜군 앞에 오랜 평화시대를 거치면서 대응력이 약해진 조선의 관군은 상대가 되지 못했다. 이처럼 왜군의 급습에 경상도와 충청도가 순식간에 왜군에게 짓밟혀 혼란에 빠졌고 불과 20일도 안 되는 사이에 수도 한양이 점령되는 사태에 이른다.

청매선사가 이 소식을 접한 것이 임진년 단오날인 5월5일이었음을 「임진천중절(壬辰天中節)」 시를 통해서 알 수 있다.[21] 그 때는 이미 '이남(二南)' 곧 경상도와 충청도가 왜군의 칼에 도륙을 당했고 한양 서울은 까마귀만 흉흉하게 소리를 지르고 있다고 하였다. 왜군에게 짓밟혀 궁전과 시가는 폐허가 되고 사람들은 모두 미리 빠져 나가 텅 비어 불길함이 가득했던 수도 한양이 연상이 된다.

한편, 임진년 여름의 전황을 선사는 다음과 같은 시로 대변하며 그 때의 심정을 읊는다.

임진년 여름에	「壬辰夏」
세 서울 한꺼번에 적의 칼에 떨어지니	三洛同時陷賊鋒

---

21) 『青梅集』 권2 「壬辰天中節」. "朝樹一雙鵲 噪噪報善惡 日午剝啄聲 衝泥一神足 無違放短節 出言咽喉塞 <u>賊鋒屠二南</u> 金城烏角角"

어육이 된 백성들의 그 참상 어찌할까! 萬民魚肉慘何窮
임금의 수레 한 번 사령을 넘어가자 鑾輿一自踰沙嶺
절집에서 보낸 십년 가슴을 칠뿐이네. 十載禪窓但叩胸

시제를 '임진년 여름'이라고 하였으니 이 시는 왜군이 4월 중순에 부산에 상륙하여 조선을 침략한 바로 그 무렵에 지어진 것임을 알 수 있다. '삼락(三洛)'은 경주와 한양, 송도[또는 평양]를 이르는 것으로 생각된다. 한 나라의 중심 도시인 세 서울이 적의 칼에 함락이 된 것이다. 그런데 '동시(同時)'에 떨어졌다고 한 것으로 보아 매우 빠른 시간 내에 한반도의 절반이 위기에 떨어진 상황이 벌어지고 만 것을 알 수 있다. 제2구는, 그렇다면 만민이 어육이 되어 죽어났을 것인데 그 참상이 얼마나 극에 달했을까하는 탄식이 극대화된 표현이다. 그런데 만민의 군주인 임금이 모래고개를 넘어서 갔다고 했다. 여기서 작자는 나라를 이런 꼴로 만든 통치자의 정점인 군주에 대한 원망을 직접적으로 표현하지는 않았다. 오히려 불도를 닦는 수행자로서의 자신의 처지를 반성한다. 백성들이 외적에게 삶터를 빼앗기고 죽어나가는 현실에서 아무런 역할을 못하고 있으니 절집에서 보낸 십년의 선수행이 무슨 의미가 있겠냐는 것이다. 그러므로 그는 극한의 고난에 떨어진 만민 곧 중생의 삶을 구원하지 못하는 자신의 무력감에 가슴을 칠뿐이라고 하였다. 이는 선사의 목소리라고 하기보다는 부조리한 현실을 날카롭게 비판하면서도 그런 상황에서 아무런 일도 할 수 없는 자신의 처지를 탄식하고 자성하는 재야 선비의 목소리에 가까워 보인다.

그런데 이 시의 제3구를 다시 새길 필요가 있다. 여기서 '일(一)'자는 '한 번'이라 번역이 되지만 만기(萬機)의 주인공인 임금에게 한번은 '모두'가 될 수 있는 것이다. 한 가지 일이 잘 못되면 온갖 일이 흐트러지기 때문이다. 이는 분명 임금이 한 번 도성을 떠나 간 것이지만 그것은 결국 만민의 어버이인 임금이 그 신민을 등지고 간 것이다. 따라서 작자는 여기서 한 나라의 통치자로서의 최정상에 있는 임금에 대한 불평한 심기를 함축하여 풍자했다고 할 수 있다. 이정구의 아들 이명한(李明漢)이 선사를 일러 '세상에 대해 불평하는 자'라 한 것도 선사의 시에서 이런 면을 읽고 비평한 말이었다.[22]

2. 민중에 대한 동체대비적(同體大悲的) 형상화와 전쟁에 대한 반성적 시정(詩情)

청매선사의 임진왜란 관련 시에서 두드러지는 또 다른 성향은 관의 수탈 또는 전쟁으로 나락에 떨어진 고통을 받는 일반 민중에 대한 동정과 대자대비(大慈大悲)한 심회를 읊은 점이다.

앞마을을 지나며	「過前村」
쑥대머리 한 아낙이	蓬鬢一婦女
머리 들어 하늘에 곡한다.	捧頭哭蒼天
남편은 죽은 곳이 없어	夫壻無死所
한 아들이 배에 오르길 세 번	一子三上船
돼지 닭 한 마리도 없는데	猪鷄無一介

22) 李明漢, 『白洲集』 권3 「惟敬軸」. "萬曆戊子間 家大人自鼇山入瀛洲 遊賞十餘日 時則有印悟老禪師 一見知非爲俗僧 聽其言 問其平生 蓋不平於世者也 不佞竊寐玆山數十年 崇禎己巳(1629)夏 拜舅氏於扶風 仍歷內外山寺 悟師已西遊 而詩卷則藏之舊龕 沙門惟敬持鉢出山亦纔數日矣 讀其詩思其人 不勝李頎物在人亡之感 遂成一絕 書諸卷末 '寺門松影書參差 客到嵩陽問舊師 惆悵山人苦心處 世間零落幾篇詩'"

마을 서리는 문 앞에 서 있다. 里胥立門前
나라의 고통 말하지 말지어니 休言奈落苦
나도 몰래 두 눈에 눈물이 글썽 不覺雙淚懸

시제로 보아 이 시는 작자가 주석하는 '절 아래 있는 마을'을 지나며 지은 시로 보인다. 그러나 '앞마을'이라 표현하여 화자가 거처하고 있는 절과 바로 이웃하고 있다는 느낌이 들게 한다. 그런데 그 앞마을 아낙이 머리를 붙들고 하늘을 보며 호곡하고 있는 모습이 화자의 눈을 찌르고 마음을 잡는다. 아낙이 호곡하는 이유는 남편이 죽은 곳을 모르고 아들은 세 번씩이나 배를 탔던 일이 있었기 때문이다. 여기서 아낙의 남편이나 아들이 당한 일을 정확히는 알 수 없지만 아마도 남편은 사고를 당한 것 같고 그 아들은 세곡을 운반하는 세곡선이나 수군에 징발되어 동원된 듯하다. 아낙 앞에 벌어진 현실은 한 집안의 가장인 남편이 부재하고 그 대를 이을 아들이 어떤 일에 동원되어 집을 떠나갔기에 살림이 정상적으로 이루어질 수 없는 극한의 국면이다. 그런데도 민중을 동원하는 마지막 행정 단위에 있는 마을 서리는 틈만 나면 문 앞을 얼쩡거리며 아들을 징발하거나 세금을 징수하려고 하고 있는 것이다. 때문에 아낙은 어디 하소연할 데가 없어 하늘에 대고 호곡하게 된 것이다. 이러한 현실이 지배하는 공간은 '나락보다도 더하다'고 하였다. 이런 막막한 현실 공간에서 견디고 살아야 할 저 아낙의 처지를 생각하니 절로 눈물이 맺힌다는 것이다. 그것은 작자의 민중에 대한 동정과 연민을 넘어선 동체대비의 눈물인 것이다.

청매선사는 불교적 진리를 체득하고 중생 구제를 염원하면서 수행을 하던 선승이었다. 때문에 고해에 처한 중생을 대자대비의 마음을 내서 건지고자 하는 것은 당연한 일이었다고 할 것이다. 그러므로 선사의 민중을 대하는 태도는 매우 깊은 선적(禪的) 통찰에 기반 된 것임을 추정할 수 있다. 이런 점은 다음의 「시구법인(示求法人)」 시에서도 짐작할 수 있다.

법을 구하는 이에게 보이다	「示求法人」
한 바다에 뭇 물고기들이 노니나니,	一海衆魚游
물고기들 저마다 한 큰 바다를 가지고 있네.	各有一大海
바다는 분별심이 없다.	海無分別心
모든 부처님의 법이 이와 같도다	諸佛法如是

불법(佛法)을 구하는 어느 수행자에게 준 시법시(示法詩)다. 바다에 사는 물고기는 어느 물고기든 주어진 존재로 바다라는 조건이 모두 같다고 보았다. 곧 크고 작은 것, 생긴 것이 다른 것을 막론하고 물고기는 저마다 개체로서 한 바다를 차지한다는 것이다. 이런 점에서 물고기들은 서로 평등하다고 할 것이다. 한 바다에 살아가면서도 물고기 한 마리 한 마리는 개체이다. 이처럼 여러 마리의 물고기나 수많은 종류의 물고기들이 개체로서 존재할 수 있는 것은 그들의 존재적 기반인 바다가 그들을 구별하지 않기 때문에 가능할 것이다. 한 물에 살아가면서도 개체적 존재로 존재적 의의를 지니는 중생을 바라보는 선사의 깊은 통찰을 엿볼 수 있고, 나아가 불법 앞에서 모든 존재가 평등한 것임을 깨친 선사의 경지를 드러낸 선시라 할 수 있다.

한편 선사는 학(學)의 근본은 '도(道)를 닦는 것'이라 하였고 그 '도의 근본은 생(生)을 보전(保全)하는 것'이라 하였다. 그런데 우리가 도달하고자 하는 '극락의 세계'는 '생을 보전하는 것'이 라고 하였다.[23] 따라서 적어도 이러한 인식과 깨달음의 경지라면 앞에 보인 시처럼 일반 민중을 무차별의 한 개인으로 보기에 그들 각자의 삶이 나름대로 보장되어야 함을 역설한 것이라 할 수 있다. 따라서 이 「과전촌(過前村)」 시는 그러한 삶이 보장되지 않는 현실 공간의 민중들의 처지를 대자대비심으로 바라보면서 그들의 고단한 삶을 자신의 고통으로 여긴 동체대비(同體大悲)의 게송이라 할 수 있다.

다음 시 또한 주제면에서 앞의 시와 궤를 같이하는 시라 할 수 있다.

이수재의 시대를 아파하는 시에 차운하여	「次李秀才傷時韻」
근래 들어 동쪽 바다 태양이 움직이어	青海年來動九陽
도탄에 빠진 창생들 이를 어이 견딜까!	蒼生塗炭慘何當
만가 호걸 거북처럼 못 속에 감췄으나	萬家豪傑龜藏澤
온 나라 인민들 열탕 속의 게 신세네.	擧國人民蟹落湯
변방에선 어느 누가 해적을 몰아낼까?	塞上誰能追海鰐
조정에는 번양 없앨 대책이 없구나.	幄中無策解蕃羊
봄 졸음에 자주 놀람 다른 것이 아니니	頻驚春睡非他事
꿈에서도 청사검을 빼어 오랑캐왕 참하누나.	夢拔青蛇斬虜王

선사는 언제나 시선을 어려움에 처한 창생 쪽에 두었다. 만가를 거느린 호걸들이야 위험이 닥쳐도 깊은 곳에 거북이처럼 숨어들어 피하면 안전할 수 있지만 대개의 창생들은 생사의 갈림길에서 피할 수 없는 열탕에 떨어지기 때문이다. 그러므로 선사는 창생을 어려움에 떨어뜨

23) 「置卷」. "學本爲修道 道本爲全生 全生安樂國 何必轉千經"

리는 집권 지배층을 향해 쓴 소리와 비판을 서슴지 않는 것이다. 때문에 선사는 꿈속에서 조차 칼을 빼어들고 창생을 고통에 빠뜨린 외적을 벤다고 하였다. 물론 선사는 불살생의 계를 지켜야 하는 승려이기에 살생을 범하는 한낮의 불길한 꿈에 놀라는 것이지만, 이 구절은 어느 한 순간도 창생을 향한 대사의 대자대비가 마음속에서 떠나지 않고 있음을 드러내는 비유적 표현이기도 하다.

이 밖에 「도세(悼世)」란 시에서도 임진왜란을 당해서 백성들이 당하는 참상과 고통의 소식을 접하고 이를 크게 슬퍼하고 동정해마지 않는 심정을 표현하였다.[24] 그런데 그 자비의 심정과 시선은 민중에 놓이면서도 민중을 고통에 빠뜨린 세력으로 지배층을 지목하여 비판하고 있음도 알 수 있다.

이상에서 청매선사의 시선이 언제나 고통 받는 민중의 구제에 있음을 보았다. 선사는 민중의 고통을 자신의 고통이라 여기고 그들이 고통에 시달리는 것을 보면서 커다란 자비로 그들을 위무하고자 마음을 시화하고 있는 것이다.

한편, 청매선사는 임진왜란이란 전에 없던 큰 전쟁을 겪으면서 전쟁에 대해 크게 회의한 것으로 보인다. 선사 자신의 생사문제를 해결하기 위해 출가의 길을 선택한 것이지만 임진왜란으로 나라가 멸망의 위기에 처하고 민중이 엄청난 고통에 처한 현실을 바라보면서 전쟁의 실체에 대한 회의와 성찰이 있었던 것으로 보인다. 기실 위에 보인 시에서 집권층의 무대책에 대해 풍자와 비판을 서슴지 않는 것을 보아서도 그런 면을 짐작할 수 있다.

---

24) "野人自外來 道我世煩劇 癘氣捲閭閻 餓莩滿阡陌 干戈日益尋 骨肉不相惜 賦役歲益迫 妻兒走南北 山中絕悲喜 不勝痛病膈"

청매선사는 사명(四溟), 소요(逍遙), 중관(中觀), 법견(法堅) 등과 어깨를 나란히 할 정도로 서산대사의 고제였다. 1592년(임진년) 일본 지배자들이 수십만의 병력을 동원하여 바다를 건너와 순식간에 나라를 멸망의 위기에 떨어뜨렸을 때 청매선사와 이들은 스승 서산대사의 호소로 가사를 벗고 의승장(義僧將)으로 전쟁에 참여하였다. 당시 의승군(義僧軍)은 평양성과 충주성 탈환에 큰 공을 세웠고 이후 여러 전투에서 관군 또는 명의 지원군과 협조하며 이 땅을 지켜냈으므로 『선조실록』에서도 "승군은 접전을 못했지만 경비를 잘하고 힘쓰는 일에 근실하며 먼저 무너져 흩어지는 일이 없었으므로 여러 도가 이들에 의지하였다."[25]고 하였다. 당시 많은 승장들이 전공을 세워 벼슬을 받았고 일부는 임진왜란이 끝난 뒤 환속하여 출세의 길을 가는 이도 있었다. 하지만 선사는 군복을 벗고 다시 승복을 입었다. 선사는 3년간 전쟁에 종사하다가 모든 것을 내려놓고 다시 산으로 돌아왔던 것이다. 다시 승려로서 수행자의 길을 가는 것이 자신의 길이라 생각했던 것이다. 여기서 청매선사는 승려가 전쟁에 참여하는 것은 기본적으로 옳지 않다고 본 듯하다. 선사가 이처럼 결연한 태도로 불승이란 본래 자리로 돌아온 것은 전쟁에 참여했던 서산대사 문하의 다른 제자들에 비해 상대적으로 전쟁에 대한 반성이 깊었기 때문인 것으로 보인다.

다음 시는 외적의 침범을 당해서 출전해야 했던 선사의 입장과 얼마간의 갈등을 보이는 시로 읽힌다.

---

25) 『宣祖修正實錄』, 선조 25년 7월 戊午 참조.

법흥진에서	「法興鎭」
종묘사직 편안하길 힘써 꾀하여	務圖宗社優安平
선방옷을 벗고서 포환 쏘길 배우지만	脫却禪衣學放丸
병장기 물리고 배 두드린 성인을 생각하고	叩腹退兵思古聖
창 휘둘러 해 물리친 신관을 기억하네.	揮戈却日憶神官
관산은 눈이 쌓여 여윈 말도 싫다하고	關山雪擁羸騮厭
들녘은 바람 높아 헤진 갑옷 시리어라.	野壁風高廢甲寒
언제나 청사검을 옥갑에 넣어두고	何日青蛇藏玉匣
돌아가 경쇠 치며 부처님께 예배할까!	歸來鳴磬禮金壇

이 시는 임진년 일본군이 평양까지 침략해 왔을 때 그 근처로 의승군이 주둔해 있던 법흥진에서 지은 작품이다. 칼을 들고 총포를 쏘는 법을 배우는 것은 결국 생명을 해치고 마는 일이다. 그러므로 무기를 잡는 것은 불승으로 살생하지 말라는 계율을 어기는 것이다. 그럼에도 가사를 벗고 병장기를 잡는 것은 나라의 안녕과 평화를 위해서라고 했다. 그런데 화자는 옛 사람들의 사적을 들어 무기를 들게 된 일을 다시 생각해 본다. '옛 성인도 어쩔 수 없이 칼을 빼어들거나 창을 들고 나섰다가도 전쟁이 끝이 나면 그 무기를 거둬들여 다시 농기구로 만들어 쓴 적이 있고, 저 노양공(魯陽公)도 창을 휘둘러서 지는 해를 멈추게 하지 않았던가.'하고 말이다. 이처럼 화자는 수련에서 자신의 출전(出戰)을 정당화 하는듯한 발언을 하였다. 하지만 함련에서는 역사적 전고를 들어서 전쟁이란 일시적 수단은 될 수 있지만 상황이 끝나면 곧바로 본래의 생활로 돌아가야 함을 말했다. 경련에서 화자는 전쟁이 중생에게 주는 고통을 묘사하여 그 시상을 반전시키고 있다. 전마(戰馬)도 갑옷을 입은 화자인 나도 겨울 전쟁터의 깊이 쌓인 눈과 차가운 바람에

시달리고 있다고 하였다. 도대체 이런 상황은 언제까지 이어져야 하는지에 대한 답답함과 원망을 감춘 구절로 읽힌다. 그러기에 미련에서 하루라도 빨리 칼을 거두고 부처님 앞에 돌아가 경쇠를 치며 예배를 드리는 불승의 자리로 되돌아가고 싶다고 한 것이다.

선사의 출전과 전쟁에 대한 반성은 결국 전쟁으로 인해 민중이 당하는 고통을 구원하고자하는 것으로 보인다. 다시 말해, 그 출전이 종사의 안녕을 위해서라함도 결국 종사의 바탕이 되는 민중의 고통을 구제하기 위함이고, 전쟁에 대한 반성 또한 그러한 의식에 근본을 두고 있는 것으로 보인다. 더구나 선사는 전쟁에 직접 참여하여 그 참혹한 실상을 몸으로 겪었다. 그러므로 민중의 삶을 유린하고 커다란 살생을 부르는 전쟁을 어떻게든 용납해서는 안 된다는 의식을 가졌던 것 같다. 그런데 이러한 선사의 전쟁에 대한 반성과 통찰은 선사의 불교사적 인식과 깨달음과도 맞닿아 있는 것으로 보인다. 다음 시에서도 그것의 단초를 확인할 수 있다.

승장	「僧將」
숲 아래서 졸다가 깨어보니	偶醒林下睡
나랏일 곤경에 떨어졌네.	王事陁泥淤
대책을 세우고자 꾀를 내어	伏策參謀議
필승 위해 천리 끝에 머문다.	決勝千里且
명성은 온 나라에 가득하고	聲名滿中外
기개 또한 절로 그러하네.	氣岸且自如
일천 칠백 조사 가운데	一千七百祖
살생이란 말이 없었네!	未有殺生歟

'승장(僧將)'이란 시제이다. 이 시제의 주인공은 작자 자신일 수도 있고 당시의 일반 승장들일 수도 있을 것이다. 이 시는 시상의 전개상 3단으로 나누어 설명할 수 있다. 불승인 화자가 본업인 불교수행자의 업을 접어두고 살생할 수밖에 없는 승장이 된 상황과 승장으로서의 역할과 그로 인한 명성과 그에 도취된 의기, 그리고 불승의 자리에서 되돌아본 불교의 진정한 의미가 무엇인지를 되새긴 것이 그것이다. 화자가 내린 결론은 불승에게 살생이란 파계이고, 1천 7백의 역대 조사 가운데 살생한 이는 아무도 없다는 것이다. 따라서 이 시는 작자가 불승의 본분이 무엇인가를 승장으로 출전했던 경험과 승장들의 행태를 통해서 되돌아본 작품이라 할 수 있다.

임진왜란은 조선이 들어선 뒤 전에 없던 대규모의 왜의 침략이었고 국가의 멸망을 가져올 수도 있었던 큰 전쟁이었다. 당시 선조는 한양도성을 떠나 압록강가의 의주까지 피난하여 여차하면 명나라로 넘어갈 것을 고려하고 있었다. 의승군이 일어난 것은 이때 선조가 묘향산의 서산대사에게 요청해서 이루어진 것이고, 그 의승군이 평양성 전투에 참가하여 승첩을 거두면서 전쟁을 역전시키는데 큰 역할을 했음은 두루 아는 사실이다. 서산대사 문하에서 선정을 닦고 있던 청매선사도 이때부터 출전하여 3년을 종사했음은 앞에서도 말한 바다. 이와 같은 의승군의 승첩과 그 공로에 보답코자 선조는 34명에 이르는 승장들에게 부호군(副護軍), 또는 사정(司正) 사과(司果)와 같은 군직(軍職)의 벼슬을 주었다.[26] 벼슬을 받은 이들이 이후 어떻게 되었는지는 자세히 알 수 없으나 서산대사의 제자인 쌍익(雙翼)도 사과의 벼슬을 받았는데 왜

---

26) 안계현, 「朝鮮前期의 僧軍」, 『壬辰倭亂과 佛敎義僧軍』, 양은용·김덕수 편, 경서원, 1992, 181~182쪽.

란이 끝난 뒤 환속하여 진사가 되고 광해군 때 과거에 급제하였다. 이런 점에서 임진왜란은 승려들에게 신분상승의 기회이기도 하였다.

청매선사는 위 시에서처럼 당시 국가가 멸망할 수도 있는 곤경에 처해 있으므로 이 위기에 대응하기 위해 출전한 것이다. 하지만 선사는 여기서 '살생'을 피할 수 없는 승장의 길은 불승의 본업이 아님을 분명히 한 것이다. 이러한 입장에서 청매선사는 이른바 '호국(護國)'의 차원이라기보다는 대자대비(大慈大悲)의 중생구제(衆生救濟) 차원에서 출전하였던 것이고, 때문에 의승군에 투신한지 3년 뒤에는 제자리로 돌아온 것이다. 선사의 적지 않은 시편에서 관의 수탈이나 전쟁으로 인한 일반 민중의 고통에 대자대비의 심상을 볼 수 있는 것도 바로 이 때문이라 할 수 있을 것이다.

Ⅳ. 맺음말

청매선사는 서산대사 휴정의 법을 이은 유정(惟政)·소요(逍遙)·언기(彦機)·일선(一禪) 등과 비견될 정도의 한 문파를 이루고 '조사(祖師)'로 일컬어졌다. 그리고 임진왜란 땐 의승장(義僧將)으로 3년간을 종사하기도 하였다. 한편 선사는 선을 전문한 선승이면서도 선적 깨달음을 뛰어난 솜씨로 시화한 시승(詩僧)으로 평가할 수 있다. 시로 엮은 선종사(禪宗史)라 할 수 있는 148편의 송고시(頌古詩)편은 거의 매 편에 붙은 그 일화와 함께 시적 형상성이 매우 뛰어난 시편이라 할 수 있다.

한편, 그 밖의 171편의 시편은 선사가 세간(世間)을 떠난 불승의 위치에 있으면서도 세간의 세태를 출세간(出世間)의 시심으로 깊이 시화한 것이다. 바꿔 말해 선사의 시는 선사의 선적 깨달음을 형상화하고 있을 뿐 아니라, 선적 통찰을 통해서 당대의 역사적 현실을 깊이 투시하고 그 가운데 고통 받는 민중에 대해 연민과 동정을 금치 못하고 함께 아파하고 있는 작품들이다. 특히 그 가운데 임진왜란 관련 시는 유락(遊樂)에 빠진 지배층을 비판하고 풍자하거나 임진왜란이란 대 고해의 현실 속에 살아가던 민중의 고통을 동체대비(同體大悲)의 시심으로 형상화하고 있는 시들이다. 그리고 선사가 전쟁을 몸소 겪고서 그 반생명적 참혹성에 대해 불교사적 성찰을 통해 불승으로서 전쟁을 반성하여 온전한 삶을 염원하는 시정(詩情)을 형상화한 시편 또한 주목해야 할 것이다. 더구나 이와 같은 선사의 임진왜란 관련 시와 승려의 전쟁 참여에 대한 불교적 통찰을 보이는 시는 동시대 다른 선승들에게서는 찾아보기 어렵기 때문이다.

경암 응윤의 산거문학 연구

◉

이동재

Ⅰ. 서론

경암(鏡巖) 응윤(應允 1743~1804)은 조선 정조연간에 활동한 승려로, 속성(俗姓)은 여흥 민씨(驪興閔氏)이고, 처음의 법명은 관식(慣拭)이었으나, 뒤에 응윤이라고 고쳤으며, 법호는 경암이다.

경암이 살았던 조선의 18세기 후반은 외부적으로는 선초(鮮初)부터 시행되어 왔던 억불책(抑佛策)이 지속적으로 유지되었으나, 지식인 유자들이 양명학과 고증학과 같은 학문에 관심을 가지게 되면서, 불교에 대해서도 적대적인 입장에서 긍정적인 영향을 주어 사대부와 승려가 만나는 것도 자연스럽게 이루어졌다. 이에 따라 종교적 이념과 관계없이 문학으로써만 교유하려는 시도가 학문적 역량과 유자적(儒者的) 소양을 갖춘 승려들에 의해 성행되었다.

경암은 생의 대부분은 불문에 귀의했어도 조선 후기 이후 여느 승려와 마찬가지로 유가의 철학과 가치체계를 긍정한 유석불이(儒釋不二)한 삶을 살았으며, 만년에는 선수행(禪修行)에 정진하며 삶을 마감했다. 이러한 그의 유석불이 의지와 삶을 추구는 때로는 동료 스님과 반목하기도 했으며, 자기 자신과의 내면적 갈등을 낳기도 했다.

그는 불교의 경전 및 유가의 경전을 두루 읽고, 아울러 선교(禪敎)에 두루 통하여 양종 대종사가 된 분[1]이라고 평가 받았듯이 불교의 경전에 능통하였을 뿐만 아니라 선지식도 탁월하였다. 그리하여 그의 문집의 서문을 쓴 유숙지(柳肅之)가 그를 '중국의 고승으로서 명문장(名文章)이 있던 혜원(惠遠)·태전(太顚)' 등과 같다고 평가하였다.

경암에게 있어서 지리산은 생을 영위하는 삶의 터전이고, 사시사철 변화하는 자연과 더불어 즐거움을 누리는 유락(遊樂)의 장소였으며, 부처님의 삶을 깨달아 자심(自心)의 도(道)를 깨닫고 유지하는 공간이었다. 그는 지리산을 무대로 하여 때때로 도반(道伴)들과 혹은 이곳을 찾은 속세의 유자들과 시를 주고받으며 유락을 하기도 하고, 때로는 이곳에서 신선과 같은 자연일여(自然一如)의 삶을 살면서 선정(禪定)에 들기도 하였다. 이러한 그의 철학과 삶은 다양한 형식의 시로 드러내었다.

경암의 저서인 『경암집(鏡巖集)』에는 다양한 형식의 시 78수가 실려 있고, 「두류산회화기(頭流山會話記)」 속에 5수가 포함되어 있으므로, 이를 합하여 83수의 시를 남겼다.

경암의 문학에 관한 연구 매우 소략하며, 단지 이대영에 의해, 그가 지은 「오효자전(吳孝子傳)」과 「박열부전(朴烈婦傳)」의 내용을 분석하여 유자(儒者)가 지은 전(傳)과의 성격을 비교분석한 「경암 응윤과 그의 전(傳) 연구」[2]가 이루어져 있을 뿐, 그의 시문학에 관한 연구는 전무하다.

---

1) 鏡巖, 『鏡巖集』, 『한국불교전서』 권10, 동국대학교 출판부, 1989, 424쪽, 「序」. "師以聰明雅祥之姿 早入秋波之室 一心歸依 終身服事 偏究內典 兼通禪敎 竪拂升座 大衆雲集 身爲兩宗大宗師"

2) 이대형, 「鏡巖 應允과 그의 傳 연구」, 『韓國禪學』 제27집, 韓國禪學會, 2010.

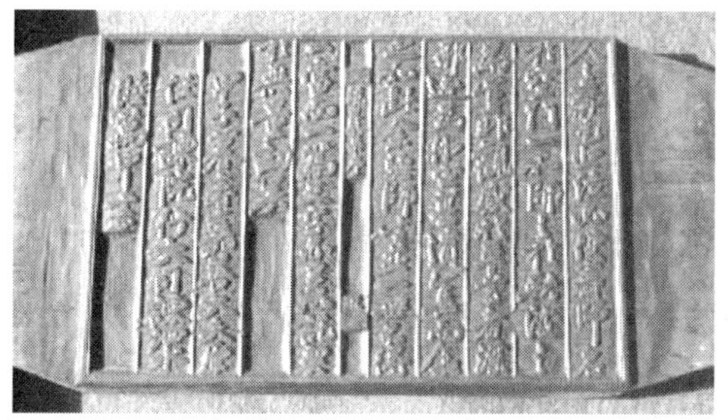

경암집 책판(벽송사 소장)

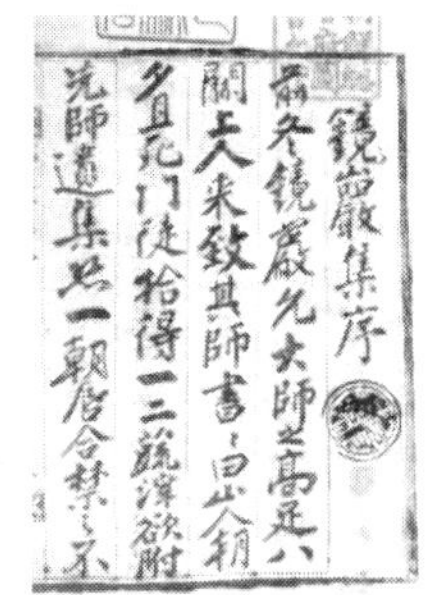

鏡巖集序
前冬鏡巖允大師之高足八
關上人來致其師書〻曰山人稍
多眞死門徒拾得一二疏潦欲附
先師遺集只一朝居合禁〻不

경암집(규장각 소장)

벽송사 전경

이에 본고는 스님이면서도 유학자와 많은 교류가 있어서 “매우 유가와 같았다”라는 평을 받은 경암의 산거 문학세계와 문학사적 의의를 살펴보아, 우리 문학사의 지평을 확대하는데 일조하고자 한다.

Ⅱ. 경암의 생애

경암의 생애를 알아볼 수 있는 자료는 그의 저서인 『경암집』의 권3

에 실려 있는 「행장」이 유일하다. 그러나 「행장」의 내용이 매우 소략하여 그의 출생과 간략한 이력만을 기록하고 있어, 그의 자세한 생애를 고찰하기가 어렵지만, 본고에서는 그의 「행장」의 기록을 중심으로 하여 당시의 시대상황과 불교계의 방계자료 등을 참고하여 살펴본다.

경암 응윤은 조선 영조 19년(1743)에 때어나서 순조 4년(1804)에 62세의 일기로 입적한 스님이다. 그의 속성은 여흥 민씨이고, 처음의 법명은 관식(慣拭)이었으나, 뒤에 응윤이라고 고쳤으며, 법호는 경암이다.

그는 어머니 오씨가 산청의 계명산에서 기도하여 그를 낳았다고 한다. 그는 3세 때 어머니를 여의고, 5세 때 서당에서 공부를 시작하여 9세 때에는 이미 경사(經史)에 통하였으며, "가을이 깊으니 바람은 대나무를 움직이고, 물이 떨어지니 달은 내를 울리네. 어느 곳으로 볕을 따라가는 기러기인가. 쓸쓸하게 멀리 하늘로 들어가누나."[3]라고 시를 지었다고 한다.

그는 13세 때 아버지를 여의고 입산하여 진희장로(震熙長老)에게 머리를 깎고 지리산 경내에 있는 지곡사(智谷寺)의 스님인 한암(寒巖)으로부터 구족계(具足戒)를 받았으며, 그 후 전국을 편력하며 도(道)를 구하다가 당대의 고승인 추파(秋波 1718~1774)의 문하에 들어가서 강학(講學)을 전수받았다.

기실 추파는 17세에 지리산에 들어가 승려가 되기 전에 이미 유가의 경전과 제자서(諸子書)를 두루 섭렵하였고, 승려가 된 후 편양문파(鞭羊門派)의 조관(慥冠 1700~1762)에게 배웠다. 그 뒤 여러 사찰을 다니면서 선지식의 지도를 받아 선종(禪宗)과 교종(敎宗)에 두루 통하였고, 만년에

3) 鏡巖, 『鏡巖集』「行狀」, 454~455쪽. "秋高風動竹 水落月鳴川 何處隨陽雁 蕭蕭遠入天"

는 주로 염불선(念佛禪)에 집중하며 후학을 가르쳤다. 또한 추파는 불교의 여(如)로 『중용』의 비은(費隱)에 대비하는 등 유석(儒釋)의 동이(同異)를 밝히는 데 관심을 보였다. 이러한 스승의 유석불이적(儒釋不二的) 사상과 가르침은 경암의 사상과 삶에 커다란 영향을 미쳐, 그 후 그의 사상과 행동의 표준이 되었다.

경암은 28세 때, 추파의 문하에서 공부를 마치고, 개강(開講)하여 후학을 양성하기 시작하였다. 그 후 20년이 지난 어느 날 "수많은 보배가 있은들 무슨 이익이 있으리오."라고 하며 환암(喚庵)의 문하에서 참선에 몰입하여 선지(禪旨)를 깨달았다. 만년에는 두류산 정상에 움막을 짓고 2~3명의 제자와 함께 매일 네 차례씩 정진을 하면서 세상에 나오지 않았으며, 1804년 1월 13일 대중으로 하여금 서쪽을 향하여 염불하게 하고는 임종게(臨終偈)를 남기고 입적하였다. 입적 후에 문인들이 그의 시문을 모아 『경암집』 3책을 출간하였다.

경암이 살았던 조선의 18세기 후반은 조선의 문화를 중흥에 크게 기여한 정조가 통치하던 시기였다. 이 시기는 외부적으로는 선초부터 시행되어 왔던 억불책이 지속적으로 유지되었다. 정조의 선왕(先王)인 영조는 승려도 백성의 일원으로 인정하여 구휼의 대상으로 삼았고, 이들을 활용하여 왕릉을 수호하거나 왕실의 안녕과 구복을 위한 사찰, 호국적 활동이 있는 사찰을 지원하는 등 불교에 매우 호의적이었다.

정조는 이보다 한 발 더 나아가 선왕과 관련이 있는 석왕사(釋王寺), 봉선사(奉先寺) 등의 사찰에 대한 지원은 물론 번심제(番錢制)가 사찰 경제에 많은 어려움을 주자 이를 반으로 감액하였다. 또한 해남 대둔사에 휴정의 사당을 세우고 '표충(表忠)'이라고 사액(賜額)을 해주고, 화성에 있는 아버지 사도세자(思悼世子) 묘소 인근에 용주사(龍珠寺)를 창건하였으며, 안변의 석왕사의 비문을 직접 쓰는 등, 불교에 많은 관심과 호의를 베풀었다.

또한 이 시기는 성리학 일변도에서 차츰 이에 대한 반성과 성리학의 한계를 극복하려는 시도로서 새로운 학문에 관심을 가지기 시작하였다. 일부 지식인 유자들은 양명학과 청나라의 고증학과 같은 학문에 관심을 가지게 되었으며, 불교에 대해서도 적대적인 입장에서 긍정적인 영향을 주어 유자와 승려가 만나는 것도 자연스럽게 이루어졌다.

이처럼 조선 후기의 불교는 영·정조의 호불책과 유자들의 인식의 전환과 승려들의 자활과 존립의 도모를 통하여 조선 전기에 비해 더욱 활성화 되었다. 이리하여 현존사찰 대부분은 조선후기에 중창, 중수되었고 불서간행(佛書刊行)이 빈번히 이루어졌다. 불교 내부적으로는 수행체계와 법통의 정립, 강학의 성행과 교학전수(敎學傳受), 사원경제의 기반 확충과 유지, 염불정토신앙(念佛淨土信仰)의 성행 및 유자와의 교류 등이 전개될 수 있었다.[4)]

후대로 내려오면서 이러한 분위기는 더욱 강조되어 승려들은 유자(儒者)와의 교유를 중시하여, 이들과의 교유에서 불가의 교법을 내세우지 않고 상대의 가치를 인정하거나 유불(儒佛)이 다르지 않음을 강조하는 경향이 나타나기 시작했다.[5)] 또 종교적 이념과 관계없이 문학으로써만 교유하려는 시도가 학문적 역량과 유자적 소양을 갖춘 승려들에 의해 성행되었다. 즉 이들은 불교의 내전(內典)뿐만 아니라, 유학과 노장학에도 관심을 가져 이에 대한 깊은 조예를 갖추었다. 이들은 유자들과 불교는 물론 유가의 사상에 대해서도 담론을 하였고, 때대로 유자들

---

4) 권동순, 「朝鮮朝 18세기 禪詩 硏究」, 성균관대대학원 박사학위논문, 2010, 30~33쪽.
5) 이진오, 『한국불교문학연구』, 민족사, 1997, 221쪽.

과 시문으로 수답(酬答)하였으며, 승려의 요청에 유자들은 사찰의 중건기, 제문, 등을 써 주었을 뿐만 아니라 승려 개인의 비문, 책의 서발(序跋) 등을 써 주기도 했다.[6)]

경암은 이러한 시대의 분위기와 스승인 추파(秋波)의 가르침에 따라 유자들과 많은 교유를 하며 유불(儒佛)이 서로 다르지 않다는 입장을 견지하고 이를 실천하고자 하였다. 이러한 경암의 사상은 그의 저서와 행동 등에서 확인할 수 있다.

그는 「논여의대사변괴설(論如衣大師卞怪說)」·「논윤씨무화복설(論尹氏無禍福說)」 등 불교의 이론에 대한 세간의 잘못된 인식을 논박하는 글을 짓기도 했지만, 「논삼교동이(論三教同異)」에서 불교의 이치와 유가의 이치, 도가의 이치가 하나라고 주장하였다.[7)] 나아가 「오효자전(吳孝子傳)」과 「박열부전(朴烈婦傳)」을 지어 유가에서 중심 실천윤리인 효(孝)와 열(烈)을 강조하였으며, 「정사유월일원자탄일 불공소(丁巳六月日元子誕日佛供疏)」·「을미유월불공소(乙未六月佛供疏)」·「을미구월대전탄일불공소(乙未九月大殿誕日佛供疏)」·「경신이월초이일책봉불공경찬소(庚申二月初二日册封佛供慶讚疏)」 등 4편의 소(疏)는 부처님께 왕과 왕실·왕비·원자·대비의 만수무강과 국가의 안녕을 축원하는 글로 국가에 충성을 다하겠다는 맹세와 기원을 드러내기도 하였다.

이러한 그의 유석불이(儒釋不二)의 의지와 삶을 추구는 때로는 동료 스님과의 갈등을 빚기도 했으며, 자기 자신과의 내면적 갈등을 낳기도 했다. 그가 지은 「두류산회화기(頭流山會話記)」에 "무례한 부도암의 광

---

6) 권동순, 위의 논문, 34쪽.

7) 鏡巖, 『鏡巖集』「論三教同異」. "白蓮子嘗曰 道一而佛而老而儒矣 知佛者 老亦佛也 儒亦佛也"

승(狂僧)이 돌을 들어 우리들을 향해 내던지며 이르기를 '선교(禪敎)의 도총섭(都摠攝)이 본분인 계율은 지키지 않고 관가의 수령만 따라다니니 어찌 공양을 받을 수 있겠는가?'"[8]라고 하였듯이, 인근 고을의 관원들과 지리산을 유람하며 시주(詩酒)를 즐기자, 이를 시중들던 승려들이 반발하여 갈등을 빚은 것이다.

이러한 그의 유석불이적(儒釋不二的) 행동은 외적으로 스님들과의 반목을 낳았고, 내적으로도 자신과의 심적 갈등을 드러낸다. 그가 지은 「연적전(硯滴傳)」은 문방사우를 의인화하여 외물을 중시하는 글쓰기에 대한 반성을 담은 내용이다. 여기에서 그는 "선생은 어찌하여 세속의 소인들과 더불어 경솔하게 마음을 터놓고 날마다 옛사람의 찌꺼기와 강산의 바람과 이슬만을 일삼고 그칠 줄 모르는가? 이제 도홍[벼루]은 배가 뚫어졌고 모영[붓]은 머리가 벗겨졌으며 진현[먹]은 머리끝까지 닳고 운손[종이]은 색이 바래지고 보풀이 일어나도록 다만 많은 선비들의 부림을 받고 있으나 선생에게 어찌 상관있겠소."[9]라고 자탄하며 지난 세월을 반성하고, "이후 세상과 상접하지 않았다."[10]라고 하여, 속세의 유자들과의 교유를 끊고 지리산 산정에 초막을 짓고 선수행(禪修行)에 정진하였다.

조선 후기에는 출가하고 득도한 사찰이나 스승이 아닌 전법스승의 법맥을 잇고 그 기반을 계승하는 것이 일반화되었다. 또한 강경(講經)·

8) 鏡巖, 『鏡巖集』「頭流山會話記」. "擧石向打曰 禪敎都摠攝 不守本分戒 隨逐官長行 此何足供饋 余聞之悚然"

9) 鏡巖, 『鏡巖集』「硯滴傳」. "先生何乃流俗小子 輕瀉肝膽 日事古人糟粕江山風露 而不知已耶. 今陶泓腹窄 毛穎頭禿 陳玄踵磨至頂 雲孫色悴毛竪 適足爲多士之役也. 於先生何有哉"

10) 上同. "不復與世上接焉"

강학의 풍조가 심화되고 더불어 교학을 이론적으로 배제하고 선종의 절대적 위위를 강조하는 풍조가 거의 사라지고 선(禪)과 교(敎)의 공존 양상을 나타낸다.[11] 또한 교학의 경전으로는 『화엄경(華嚴經)』을 소의경전(所依經典)으로 중시되었는데, 이는 『화엄경』이 석가모니가 깨달음을 얻은 직후에 그 깨달음의 내용을 그대로 설법한 경문이기 때문이다. 화엄 사상은 모든 존재와 현상들이 서로 끊임없이 연관되어 있어 '하나가 일체요, 일체가 곧 하나'여서 우주 만물이 서로 원융(圓融)하여 무한하고 끝없는 조화를 이룬다는 것을 핵심으로 한다.

경암이 주석했던 지리산 벽송사(碧松寺)는 1520년 벽송(碧松) 지엄(智嚴) 선사에 의해 창건되었으며, 서산대사와 사명대사가 수행하여 도를 깨달은 유서 깊은 절로 청허 휴정 이후, 부휴 선수·송운 유정·청매 인오·환성 지안 등이 수행 교화하여 조선 선불교 최고의 종가를 이룬 곳이다. 환성 지안대사가 벽송사에 주석하며 금대암에 선원을 개설하고, 벽송사 본당에는 강원을 개설하여 선교겸수(禪敎兼修)의 중심도량으로 만들었다. 그 후 벽송사는 교학의 소의경전으로 화엄경을 중시하였고, 선은 부처님의 명호(名號)를 외우는 염불을 중시하는 염불정토신앙(念佛淨土信仰)의 중심지가 되었다.

염불의 '염(念)'은 '지킴[守]'을 뜻하고 '불(佛)'은 '깨달음'이라는 의미이다. 염불은 계신염불(戒身念佛)·계구염불(戒口念佛)·계의염불(戒意念佛)·동억염불(動憶念佛)·정억염불(靜憶念佛)·어지염불(語持念佛)·묵지염불(默持念佛)·관상염불(觀想念佛)·무심염불(無心念佛)·진여염불(眞如念佛) 등이 있는데, 경암은 이 가운데 집착이 없이 무심하게 하는 무심염불

11) 권동순, 「朝鮮朝 18세기 禪詩 硏究」, 성균관대대학원 박사학위논문, 2010, 35쪽.

(無心念佛)과 부처님을 염(念)하는 진여염불(眞如念佛)을 강조하였다.[12]

또한 경암은 "여래법 가운데 원돈지경은 화엄경 같은 것이 없으니, 그 근본은 반드시 일진법계이다. 일진법계라는 것은 곧 이는 일심(一心)이 어지럽게 흩어지지 않는 것으로, 일심(一心)이다 일진(一眞)이다 하는 사량 분별이 없어 바야흐로 진실하고 어지럽지 않은 경지에 들어갈 수 있다."[13]라고 설파하였다. 여기에서 일진법계(一眞法界)는 일심법계(一心法界)라고도 하며 모든 법계를 함섭(含攝)하는 청정심(淸淨心)이라고 할 수 있다. 일심(一心)은 우주만법의 수용처로 개체가 그 안에서 진실로 사는 전체이고, 조화로운 전체를 일심이라고 하였다. 이는 불교와 유교가 서로 다르지 않고 그 도가 하나라는 철학을 긍정하고, 여기에 더하여 선(禪)과 교(敎)가 둘이 아닌 하나라는 것을 긍정한 것이다.

그리하여 그의 문집의 서문을 쓴 유숙지가 그를 '중국의 고승으로서 명문장가였던 혜원(惠遠)·태전(太顚)' 등에 빗대어 평가하였고, 목만중은 '유학자의 기준으로 평가한다면 인륜을 실천한 인물'[14]로 평가하였으며, 이재기는 '기위지사(奇偉之師)로서 불교에 몸을 숨긴 자'[15]로 그의 인물평을 했듯이, 그의 생의 대부분은 불문에 귀의했어도 조선 후기 이후 여느 승려와 마찬가지로 유가의 철학과 가치체계를 긍정한 유석불이한 삶을 살았으며, 만년에서야 선수행에 정진한 것으로 보인다.

---

12) 鏡巖, 『鏡巖集』 「碧松社答淨土說」. "日汝欲捷徑頓入之念 是障是濁故 戒汝身口意一汝動靜等 待汝衆念 不能起時 是名無心念佛 從無心三昧中 豁開極樂正眼 是名眞如念佛也"

13) 上同. "如來法中 圓頓之經 莫如華嚴 其所宗必一眞法界也 一眞法界者 卽此一心不亂 於此一眞心上 亦無一心一眞之量 方能信入眞實不亂之地"

14) 鏡巖, 『鏡巖集』 「序」. "然余不曉禪門旨訣 師之造詣 非余所能言 而準以吾儒踐履之工 師實篤於人倫者也"

15) 上同. "蓋所謂奇偉之師 而隱於禪者 師其一也"

Ⅲ. 경암의 산거문학 세계

경암의 저서인 『경암집』은 일반 문인들의 문집과 같은 형식으로 시(詩)·서(書)·서(序)·기(記) 기타 잡저(雜著) 등 5가지 종류로 분류되어 있다. 다시 시는 시의 형식에 따라 「차답향인(次答鄕人)」 등 오언절구가 19수, 「은신유거(隱身幽居)」 등 오언율시 11수와 「은신암유별엽사(隱身庵留別曄師)」 등 칠언절구 29수, 「입춘차기최생(立春次寄崔生)」 등 칭언사운(七言四韻)이 16수, 기타 「선거탄(禪居嘆)」 등의 고시체(古詩體) 3수 등 총 78수의 시가 실려 있다. 그리고 관원들과 함께 지리산 천왕봉을 오르는 과정을 기록한 「두류산회화기」 속에 포함되어 있는 시 5수 등이 있으므로, 그는 83수의 시를 남겼다고 할 수 있다.

그는 지리산을 무대로 하여, 여기에서 때때로 도반들과 혹은 이곳을 찾은 속세의 유자들과 시를 주고받으며 승속불이(僧俗不二)한 삶을 드러내기도 하였고, 때로는 자연과 하나가 된 안신락도(安身樂道)의 여유를 보이기도 했으며, 불교에 귀의하여 일심(一心)의 도를 추구하는 과정을 읊은 시 등을 지었다.

따라서 본 장에서는 이를 첫째, 승속불이(僧俗不二)의 실천, 둘째, 안신락도의 여유, 셋째, 일심법계(一心法界)의 추구로 나누어 살펴보고자 한다.

1. 승속불이(僧俗不二)의 실천

앞에서 살펴본 것처럼, 경암이 살았던 18세기 후반은 외면적으로 불교를 배척하고 억압하였으나 내면적으로는 유자들과 승려들이 서로의 세계를 인정하고 활발한 교류를 하였다. 이에 따라 승려들도 내전(內典)

의 공부뿐만 아니라 유가의 경전에도 정통하였다. 이를 바탕으로 유자들과 교유하며 시를 주고받는 등 교유를 하며 승속불이한 삶을 추구하였다. 승려와 유자들의 교류의 공간은 기본적으로 산속에 있는 사찰이었다. 종종 승려가 세간에 내려가 유자를 만나기도 했지만 주로 유자들이 절간이 있는 산속으로 찾아오거나, 산속에 있는 절간에서 과거 공부를 하였기 때문에 절간에서는 자연스럽게 유자와 승려의 만남이 이루어졌다.

경암은 비록 불문에 귀의하였지만 마음은 여전히 현실을 외면하지 않아 세간의 인정을 끊을 수가 없었다. 그가 출가하기 전에 이미 부모님을 사별했지만 출가하기 전에 집안의 유가적 분위기와 서당에 다니며 배웠던 유가의 핵심 가치인 충과 효, 이의 실천행인 입신양명을 위해 노력한 경험이 있었기 때문에, 출가했지만 여전히 유가적 삶의 이상인 입신양명을 긍정하고 있다.

다음의 시는 「과거 공부를 하는 선비를 전송하며」라는 시를 통해 경암의 승속불이 사유의 한 단면을 살펴볼 수 있다.

> 기주의 북쪽에서 말갈기를 날리려면 대가가 필요한 것
> 산의 남쪽 안개 호랑이는 이미 문장을 이루었다네
> 어서 빨리 아름다운 이름 용머리에 올려
> 부모님이 오래도록 문밖에서 기다리지 말게 하소서
> 冀北風騣須待價　　山南霧虎已成文
> 令名早決龍頭上　　莫使尊堂久倚門[16]

16) 鏡巖, 『鏡巖集』「送科士」.

앞장에서 살펴보았듯이, 경암은 5살 때부터 서당에 출입하며 유가의 경전을 공부하였다. 그는 유가의 경전을 공부하며 입신양명의 꿈을 가졌던 것이다. 시의 기구는 화자가 살고 있는 절간에 와서 '과거공부를 하는 선비'의 모습이다. 여기에서 '기북(冀北)'은 '중국의 기주의 북쪽은 말의 산지'라는 의미보다는 오랜 세월동안 과거공부를 하여 실력을 갖춘 기라성 같은 선비들이 모이는 한양을 의미하며, '풍종(風騣)'은 '바람에 휘날리는 말갈기'라는 외면적 의미보다는 '학덕을 갖춘 선비들의 의기양양한 모습'으로 읽힌다. 또한 '대가(待價)'는 '과거공부를 위해 노력한 선비들이 겪은 인고(忍苦)의 고통'을 의미한다. 승구는 과거공부를 위해 인고의 고통을 치룬 선비의 모습으로 처음에는 '안개 호랑이'처럼 실체가 없었으나 이제는 실력을 갖춘 선비가 된 모습이다.

시의 후반부인 전구와 결구는 '과거를 보러 절집을 떠나는 선비에게 하는 당부'이지만, 기실 화자(話者)가 어렸을 때에 이루고자 했던 소망이다. 빨리 과거에 급제하여 고향에 계신 부모님이 날마다 대문 밖에서 기다리지 않게 하겠다는 다짐이다.

이러한 유자적 삶의 지향은 다음 시 「입춘 차기최생(立春 次寄崔生)」에서도 확인할 수 있다.

> 정월이라 천만변화가 모두 다 바람과 함께 하는데
> 무슨 일로 나에게는 홀로 시 짓는 일 조차 막히게 하네
> 적선을 해도 여경이 있음을 알지 못하고
> 집안을 위해 밥 한 공기도 마련하지 못한 것이 길이 한스럽네
> 소쩍소쩍 두견새는 고암 아래에서 울고
> 오똑하게 고송은 무성한 풀섶에 서있네

도를 깨치고자 한 나는 아직도 일이 뜻대로 되지 않아
삼베옷입고 구렁진 초가집에 살고 있네
王春萬化盡同風　　底事於吾獨賦窮
積善不知餘慶在　　爲家長恨一瓢空
聲聲杜宇孤巖下　　兀兀孤松衆草中
聞道吾君猶蹇滯　　麻衣白屋已衰容[17]

시의 수련은 출가하여 스님이 된 이후 아직도 현실에 대한 미련(未練)을 가지고 갈등하는 자신의 모습이다. 출가하지 않았으면 여느 유자처럼 입춘이면 새벽 댓바람에 대궐에 입조하여 입춘첩을 쓰며, 한 해의 태평성대와 풍년을 기원하는 시를 짓는 모임에 참석했겠지만, 출가한 자신은 이에 참여할 수 없음을 못내 아쉬워하고 있다. 함련은 수련의 갈등과 고민의 구체적인 설명이다. 화자가 어렸을 때 유가의 경전을 배우며 익힌 '적선지가 필유여경(積善之家 必有餘慶)'을 위한 보살행(菩薩行)을 실천하기 위해 가족의 반대에도 불구하고 出家를 결행하였건만, 결과는 집안 식구를 위해 '밥 한 공기'도 마련하지 못하는 자신의 신세가 괴롭기만 하다.

시의 후반부인 경련과 미련은 화자의 현재 모습으로 돌아오고 있다. 경련은 깊은 지리산 산속에 있는 절집과 그 속에서 사는 자신의 모습으로, 속세를 등진 자신의 모습을 '두우(杜宇)'·'고암(孤巖)'·'고송(孤松)' 등 '외로움'으로 드러내고 있다. 미련은 아직도 성불(成佛)하여 중생을 제도하고자하는 큰 서원(誓願)을 이루지 못한 초라한 자신의 모습이다.

경암이 이러한 속세에 대한 미련은 다음의 시 「차답향인(次答鄕人)」

---

17) 鏡巖, 『鏡巖集』「立春次寄崔生」.

에서 극명하게 드러난다.

> 머리를 깎고 집을 떠나 온 후
> 남은 여생 심한 수치가 앞서네
> 사람을 만나면 할 말이 없어
> 억지로 신선술을 배운다고 말한다네
> 剃髮家亡後　　殘生重辱先
> 逢人無所答　　强道學神仙[18]

시의 전반부는 유가(儒家)에서 금기시하는 머리를 삭발하고 스님이 된 자신의 모습과 여전히 남아있는 속세에 대한 미련으로 생기는 갈등과 자괴감이다. 시의 후반부는 그래도 '신선술을 배운다'는 억지의 변명으로 자신의 처지를 방어하고 있다. 이는 여전히 속세에 대한 미련이 남아있음을 증명하는 것이다.

경암의 승속불이적 삶은 자연스럽게 유자들과 어울려 詩酒를 나누며 교유를 하였다. 다음의 시 「천광공유사염운(天光共儒士拈韻)」은 그가 유자들과 자연스럽게 시주를 나누는 모습을 시화(詩化)한 것이다.

> 태평성대엔 문학을 숭상하여
> 술동이를 비우면 모두 다 이태백이 된다네
> 계곡물은 소나무 아래 바위 위로 흐르고
> 사람들은 한가로이 선경에 둘러 앉아있네
> 새소리를 들으며 새로운 운을 고르고
> 종소리를 묶은 인연을 깨닫는다

---

18) 鏡巖,『鏡巖集』「次答鄕人」.

도원의 약속은 훗날의 약속으로 남기니
꽃이 피려면 또 내년일세

聖代崇文學　　開樽盡謫仙
水流松下石　　人坐洞中天
聽鳥拈新韻　　敲鐘悟宿緣
桃源餘後約　　花發又明年[19]

맑게 갠 날 유자들과 시를 짓는 모습을 시화한 것이다. 일반적으로 한시의 구도가 선경후정(先景後情)의 구도로 짜여 있으나 전편(全篇)의 시가 정(情)으로만 구성되어 있다. 수련은 절대왕조시대에는 늘 그랬듯이 화자는 당대의 현실을 태평성대라고 인식하고 이를 표백(表白)하는 문학의 역할이라고 단정하고 있다.

함련은 화자를 비롯한 승려와 유자들이 사찰 주변의 경치가 좋은 계곡에 둘러 앉아 술을 마시며 시를 짓는 모습이다. 미련은 유자와의 훗날의 기약이다. 이처럼 경암은 비록 출가한 승려의 신분이었지만 당대의 다른 고승과 마찬가지로 그의 학문적 학식과 덕망, 나아가 심오한 불교 지식에 더하여 높은 선지(禪旨)를 가지고 있어서 유자들과 자연스럽게 어울려 승속불이한 삶을 살았다.

다음의 시는 「두류산회화기」 속에 들어 있는 삽입 시이다. 이 시는 사대부 관원들과 함께 지리산을 유람하며 지은 시로, 이들과의 관계를 생각해서 자신의 속내를 그대로 드러내지 않고 외교적 수사를 하였다 하더라도 작자가 가지고 있는 생각의 일단을 살펴볼 수 있다.

---

19) 鏡巖, 『鏡巖集』「天光共儒士拈韻」.

관공관색은 모두 내가 간섭할 일이 아닌데
고운(高雲) 머무는 푸른 숲에 누우니 한기가 돋네
운을 다느라 지나치게 두보의 말에만 빠졌건만
노안이라 마치 안개 속에서 보는 것 같네
觀空觀色摠無干　　高臥雲端碧樹寒
聯韻偏憐工部語　　老年花似霧中看[20]

경암은 강경(講經)과 참선을 통해 색(色)과 공(空)을 철견(徹見)하는 것이 승려의 본분인데, 본인이 '간섭'할 일이 아니라고 부정하고, 한가롭게 숲속에 누워 자연락을 즐기는 모습을 드러내고 있다. 여기에 더하여 두보의 시집을 더듬어 좋은 시구를 찾기에 몰두하지만 노안이라 마음에 맞는 시구를 찾기가 어렵다고 투덜대고 있다. 결구의 '노년화사무중간(老年花似霧中看)'은 두보의 「소한식주중작(小寒食舟中作)」 시의 일부인 '춘수선여천상좌(春水船如天上坐), 노년화사무중간(老年花似霧中看)'을 그대로 용사(用事)하여 자신의 시어로 만든 것이다. 여기에서 '노년화(老年花)'는 '사물을 자세히 볼 수 없는 것'을 의미한다.

경암의 승속불이적 삶과 행동은 그의 사유가 유교와 불교, 도교의 이치가 하나라는 인식에서 기인한다. 다음의 시 「차이생(次李生)」에서 그가 갖고 있는 유가와 도가에 대한 인식의 일단을 살펴볼 수 있다.

성인의 말씀은 누군 옳고 또 누구는 그른가?
공자와 노자, 석가모니는 하나의 이치로 돌아간다네
달고 쓴 것은 모두 본래의 맛

20) 鏡巖, 『鏡巖集』.

덥고 추운 곳에 따라 각기 옷을 만들어 입는 것
가리어 사귀고 어질고 지혜로운 사람과 이웃하여 살며
욕심을 줄이고 시중에 맞게 아주 작은 것도 살핀다
늙은 스님에게 함부로 적멸을 말하지 말고
연비어약하는 자연의 기미나 알게나
聖言誰是又誰非　孔老瞿曇一理歸
甘苦頭頭皆是味　溫涼處處各裁衣
擇交宇內居仁智　尅欲時中察細微
莫謂枯僧空寂滅　鳶魚上下識天機[21)]

이 시는 화자가 선문(禪門)에 귀의하여 깨달음을 얻은 후의 자신의 모습을 시화한 것이다. 수련은 유불도(儒佛道)가 일치한다는 자신의 지론이다. 기실 경암은 「논삼교동이(論三敎同異)」를 지어 "도는 하나로서 불가가 도가이고 도가가 유가이다. 불가를 아는 자는 도가가 또한 불가이고, 유가가 또한 불가임을 안다."[22)]고 설파하였다. 함련은 유불도는 본래 이치가 하나이지만 인간은 각기 기호가 다르기 때문에 기호에 맞게 유가나 불가, 도가를 선택하면 된다고 여기고 있다.

경련은 논어의 「이인(里仁)」 첫 구절[23)]과 노자의 '과욕(寡慾)'에 대한 이해를 인용하여 자신의 삶을 미화하고 있다. 미련은 시적 대상인 이생(李生)과의 갈등 장면이다. 이생이 얄팍한 불교의 지식을 가지고 '불교의 무용론'내지는 '불교의 허구성'을 주장하자, 화자는 이에 대한 답변

21) 鏡巖, 『鏡巖集』「次李生」.
22) 鏡巖, 『鏡巖集』「論三敎同異」. "白蓮子嘗曰 道一而佛而老而儒矣. 知佛者 老亦佛也 儒亦佛也"
23) 『論語』「里仁」. "子曰 里仁 爲美 擇不處仁 焉得知"

으로 이생에게 "연비어약(鳶飛魚躍)하는 자연의 기미나 알게나."라고 하여 유학 공부나 열심히 하라고 당부하고 있다.

기실 경암은 이생과 같이 불교의 윤회설이나 화복설을 비판하는 유자들을 설득하거나 불가의 논리를 주장하기 위해 「논여의대사변괴설(論如衣大師卞怪說)」과 「논윤씨무화복설(論尹氏無禍福說)」 등을 지어 적극적으로 불교를 옹호하기도 하였다.

18세기 이후 유자들은 이론적으로는 불교를 이단이라고 배척하면서도 실재로는 학덕과 선지식이 높은 고승들과 많은 교유를 하였다. 사찰 주변은 경승지가 많아 자연스럽게 절집은 이들에게 숙소가 되고 승려들은 이들을 시중들고 안내하는 역할을 담당하였기 때문에 자연스럽게 만나 서로 시문을 주고받는 일이 일상이 되었다.

승려들은 일관되게 불교는 유교와 다른 출세간이 사상이라고 하기보다는 유교사상과 일치한다는 유불일치 사상이 심화되어 승려들 또한 스스로 백성으로 인정하고 그러한 현실에 안주하려는 경향이 지배적이었다.

경암도 당시 불교계의 흐름과 궤를 같이하여 유불일치를 주장하였고, 이를 바탕으로 유자들과 어울려 지리산을 유람하거나 시문을 주고받으며 승속불이한 삶을 살았다.

2. 안신락도(安身樂道)의 여유

경암은 그의 「행장」에서 알 수 있듯이, 13세 이후 그의 삶의 터전은 지리산이었다. 그는 13세에서 27세까지 14년간은 화엄경과 같은 불교의 교학(教學)을 공부하는 기간이었고, 28세부터 20여 년간 경전을 강학하며 중생을 제도하였으며, 48세부터는 지리산의 산정에 초막을 짓고 선수행에만 정진하다가 삶을 마감하였다. 이렇듯 경암은 13세 이후 생의 대부분을 불문에 귀의하여 지리산에 살면서 안신락도(安身樂道)의 여유를 즐겼다.

본 절에서는 경암이 불문에 귀의하여 자연락(自然樂)을 즐기는 자신의 모습을 시화한 시를 중심으로 그의 안신락도의 여유를 살펴본다.

다음의 「은신유거(隱身幽居)」를 통해 지리산 산속에 있는 절집에 들어가 안신락도의 여유를 즐기는 그의 모습을 살펴볼 수 있다.

인연 따라 바리때 하나 손에 들고
지팡이에 맡긴 걸음 다시 미혹에 빠진다
산길은 인가가 없는 곳으로 접어들고
산이 높아 은자가 숨어 살만하네
저녁 바람 부는 노송 숲은 어두워지고
손톱달 아래 두견새가 우는구나
이곳이 진정으로 안신락도를 할 수 있으니
또다시 서쪽을 찾아갈 필요가 있겠나?

有緣携一鉢　　信錫步還迷
路入無人處　　山高隱者棲
晩風松檜暗　　新月杜鵑啼
此處眞安樂　　何須更往西[24)]

시의 수련은 선문(禪門)에 귀의할 때 화자의 모습이다. 경암이 살았던 18세기 후반의 조선의 사상적 분위기는 여전히 유학이 중심사상이

24) 鏡巖, 『鏡巖集』「隱身幽居」.

었으므로 유자나 양반가의 자제가 출가하는 것은 쉬운 결정이 아니었다. 당시는 사람의 자식으로 태어나 입신양명하여 위로는 부모를 섬기고 아래로는 처자식을 양육하는 것이 인간사의 상도(常道)였다. 화자는 이러한 세간의 도를 버리고 출가하였지만, 출세간의 상황도 여전히 앞이 보이지 않는 '미혹[迷]'뿐이다.

함련은 '산거(山居)'에 대한 만족이며, 경련은 '산거의 만족'에 대한 부연설명이다. 산속에서의 생활은 세간에서 사람들과 경쟁하고 부딪치며 생기는 갈등보다는 달빛아래에서 들리는 '솔바람'소리와 여기에 더하여 '두견새 울음'소리가 법음(法音)처럼 들려 화자의 마음을 안정시켜주고 있다. 미련은 다시 '산거의 만족'을 드러내고 있다. 화자(話者)는 자신과 자연이 하나가 되어 인신락도할 수 있으니 여기가 바로 서방정토라고 단정하고 있다.

그러나 경암은 산거에 따른 안신락도의 여유에도 불구하고 때때로 만행(卍行)에 대한 동경과 이에 따른 심적 갈등을 드러내기도 하였다.

이러한 심적 갈등은 다음의 「송사순사유방지서봉(送司順師遊方之棲鳳)」 시에서 확인할 수 있다.

> 그대를 천산만수 유람길에 전송하는데
> 오동잎에 가랑비가 물방울 지는 초가을
> 사마천처럼 해악(海嶽)을 찾느라 지팡이를 허공에 날렸고
> 장건(張騫)처럼 신선이 사는 은하수를 찾느라 함께 배를 띄웠지
> 학식은 이리저리 뒤엉켜 하수가 마땅하며
> 명리가 바로 이 길이라 여기고 급히 머리를 돌렸네
> 봉새가 깃드는 곳은 홍몽 위에 있음을 알고
> 스스로 뱁새처럼 언덕 하나도 넘지 못함에 쓴 웃음 짓는다

送爾千山萬水遊　　梧桐疎雨滴新秋
子長海岳將飛錫　　博望仙河共泛舟
學解盤根宜下手　　名利當道急回頭
鳳棲知在鴻濛上　　自笑鷦鷯不出邱[25]

시의 전반부는 화자가 초가을 오동잎에 가랑비가 내리는 날 만행(卍行)을 떠나는 사순스님을 전송하는 장면과 중원 천지를 장유체험(壯遊體驗)했던 사마천과 같은 선인들의 모습을 회상하고 있다. 기실 사마천은 26년의 '장유' 체험을 통해 웅장한 문장을 이루어 불후의 명작인 『사기(史記)』를 남겼다. 또한 장건(張騫)은 서역을 여행하여 서역과 중국의 교통로를 연 인물이다.

시의 후반부는 화자 자신의 현재의 모습과 이에 대한 갈등이다. 즉 선문에 귀의하여 깊은 선지(禪旨)를 깨닫는 것이 자신이 불문에 귀의한 목적이었건만, 아직도 여기에 미치지 못하고, 더하여 드넓은 세계로 만행조차 떠나지 못하는 자신의 모습을 '뱁새'같다고 자탄하고 있다. 이러한 작자의 심적 갈등은 다음의 「취승(醉僧)」에서도 확인된다.

눈을 감고 사람을 바라보니 본디 우매한 사람
옷을 말아 올리고 바보처럼 웃으며 안부를 묻는다
멍하니 나를 괴이하게 바라보고 대구를 하지 않으니
도를 저버리고 고승이 어찌 청산을 나설 수 있으랴!
纈眼看人素昧間　　挽衣痴笑問平安
憮然怪我不相答　　背道高僧何出山[26]

25) 鏡巖, 『鏡巖集』 「送司順師遊方之棲鳳」.
26) 鏡巖, 『鏡巖集』 「醉僧」.

일반적으로 사람들은 심적 갈등이 있으면 이를 해소하기 위해 자연스럽게 술을 마시며 이를 해소 한다. 경암도 술을 통해 이러한 심적 갈등을 해소하려고 하였다. 기구의 "눈을 감고 사람을 바라보는 것"은 논리의 모순으로, 술을 마신 화자가 눈을 감고 자기 자신을 돌아보는 것을 강조하기 위한 장치이다. 여기에서 '인(人)'은 '제3자'가 아닌 바로 '자기 자신'이지만 '인(人)'이라는 '제3자'를 차용하여 자문자답을 객관화한 것이다.

화자 자신은 타고난 본성이 우매하고 여기에 더하여 행동거지도 경망스럽다고 자답하고 있다. 하지만 자신이 선택하여 지금까지 지켜온 불가의 도를 저버리고 청산을 떠나지 않겠다는 다짐을 드러내고 있다.

산거를 통한 안신락도의 여유를 즐기는 모습은 다음의 시 「병거(病居)」에서도 확인할 수 있다.

인적이 드문 곳에 와 병들어 사노니	病居人罕到
봄풀은 섬돌 옆에서 돋아나는구나	春草傍階生
먹는 것이 적어 승복마저 무거운데	食少衣裾重
마음을 비우니 걸음 거리가 가볍구나	心空步履輕
어찌 침상 위에 서책이 없으랴마는	豈無床上卷
뱃소리조차 내기가 어렵구나	難發腹中聲
성시에 대하여 알지 못하는데	不知城市上
인간사를 어찌 또 다시 논하랴	人事更何如[27]

수련은 따뜻한 봄날 선방에 병들어 누워있는 자신의 모습이다. 함련과 경련은 병들어 누워 있는 자신의 모습에 대한 부연 설명이다. 화자

27) 鏡巖, 『鏡巖集』「病居」.

는 병이 들어 누어있으니 입맛이 없고, 입맛이 없으니 먹은 것이 적어 승복초자 힘에 부친다. 여기에 더하여 독서는 엄두도 내지 못하고 염불조차 할 수 없는 중병이다. 미련은 다시 화자의 다짐으로, 선문에 귀의하여 속세를 떠난 지 오래되었을 뿐만 아니라 세상사에 관심이 없음을 선언하고 있다.

경암은 20여 년간 강학을 하며 중생을 제도하였으나 여전히 선지에 대한 목마름이 여전하였다. 그래서 그는 선지를 깨달으려고 만행을 떠났다가 다시 지리산에서 주석하고 있던 환암(喚庵)의 문하에서 참선에 몰입하여 선지를 깨달았다. 경암이 지리산의 산사에 들어가 가부좌를 틀고 선정에 든 화자의 모습을 「송인두타(送印頭陀)」를 통해 살펴볼 수 있다.

가사 한 벌 바리때 하나 차림으로	一衲單瓢外
천산과 수만 계곡을 누비다	千山萬水間
밤은 깊어 향내도 사그라진 뒤	夜深香歇後
불등 앞에 가부좌를 틀고 있다	趺坐佛燈間[28]

시의 전반부는 선지(禪旨)를 깨닫기 위해 가사 한 벌에 바리때 하나를 짊어지고 천산만학(千山萬壑)을 건너 운수행각(雲水行脚)을 했던 과거의 자신의 모습이다. 시의 후반부는 다시 만행에서 돌아와 끊임없이 정진하는 자신의 현재 모습이다.

기실 경암은 선지(禪旨)를 깨달은 후 만년에는 두류산 정상에 움막을 짓고 2~3명의 제자와 함께 매일 네 차례씩 정진을 하면서 번뇌와 의식

28) 鏡巖, 『鏡巖集』「送印頭陀」.

주에 대한 탐욕을 버리고 깨끗하게 불도를 닦는 수행을 하며 세상에 나오지 않았다.

경암이 이처럼 산거를 통한 안심락도의 여유를 즐기는 모습은 다음의 시 「제천왕봉(題天王峯)」에서도 다시 확인된다.

산기슭은 남국으로 뻗어 서리어 들고	展脚蟠南國
붉은 빛 허공에 산머리를 들어 올렸네	擡頭入紫虛
백운에 잠기어 찾아 볼 수 없고	白雲藏不得
선굴에 상반신의 인간만 살고 있네	仙窟半人居[29]

시의 기구는 화자가 만년에 환암(喚庵)에게서 선지를 얻은 후 지리산 산정에 초막을 짓고 선수행을 하던 지리산의 천왕봉에 대한 지리적인 해설이다. 지리산은 백두산에서 뻗어온 백두대간이 지리산에서 한 번 솟구쳐 오르고 다시 바다 밑으로 뻗어 한라산에 이른다고 한다. 특히 천왕봉은 백두대간의 정맥으로 지리산을 상징한다. 승구는 천왕봉의 모습이다. 천왕봉은 아침이면 동쪽에서 떠오르는 붉은 태양의 정기를 온몸으로 받아 붉게 빛나고 저녁이면 저녁노을에 붉게 물들어 있다. 전구는 늘 백운에 가리어 쉽게 그 모습을 드러내 보여주지 않고 있는 천왕봉의 평상시의 모습이자 '자신'의 모습이다. 그는 다른 시에서도 "달빛에 드러나면 진경이 아니요, 명성이란 쉬이 허망이 빠진다네."[30] 라고 하여 세상에 노출되는 것을 지극히 꺼렸었다. 결구는 아름다울 뿐만 아니라 신비함을 간직한 천왕봉 선굴의 주인이 자신임을 드러내

29) 鏡巖, 『鏡巖集』 「題天王峯」.

30) 鏡巖, 『鏡巖集』 「有士人誦余天王峯詩來訪口次酬之」. "月露非眞境 名聲易出虛"

고 있다. 즉 선굴에 사는 '반인(半人)'은 '가부좌를 틀고 선정에 든 자신의 모습'이다.

경암은 선지를 깨달은 후에 지리산 산정에서 초막을 짓고 선수행을 하며 자연의 법칙에 따라 해가 뜨면 일어나고 해가 지면 잠자리에 들면서 안신락도의 여유를 즐겼다.

천지사방에서 뿜어 나와 하얗게 펴들펴들 날고	乾坤噓出白飛飛
천봉만학에 지나가는 비는 다시 돌아가지 않는다	行雨千峰不復歸
초목은 크고 작건 간에 모두 크게 자라는데	草木高低皆發育
또 맑은 달을 따라 신신의 집 사립문을 닫는다	又隨淸月鎖仙扉[31]

서운스님에게 자신의 일상을 알리는 시로, 지리산 산정에 초막을 짓고 참선하는 자신의 삶의 만족을 드러내고 있다. 화자가 있는 공간은 지리산 꼭대기라 절기가 봄이 왔건만 봄눈이 '펴들펴들' 날리고, 때대로 지나가는 비가 지리산의 여러 산봉우리와 골짜기에 내리자, 크고 작은 초목들은 모두 싹이 움트고 자란다. 이러한 자연 현상은 누가 시켜서도 되는 것이 아니고 막을 수도 없는 자연의 입법이다. 화자는 자연의 입법에 따라 순응하며 생활하니 조금도 조급할 것이 없다. 결구의 '청월(淸月)'은 천상의 '밝은 달'이라는 의미와 함께 '부처님의 법음'이나 '부처님의 깨우침'이라는 중의(重義)로 읽힌다. 따라서 화자는 부처님의 가르침을 따라 청산에서 욕심 없이 살겠다는 의지를 드러내고 있다.

경암은 13세에 불문에 귀의한 이후 그의 삶의 터전은 지리산이었다. 그는 지리산의 사찰에서 교학을 강학하며 중생을 제도하였으며, 48세부

31) 鏡巖, 『鏡巖集』 「寄瑞雲師」.

터는 지리산의 산정에 초막을 짓고 선수행에만 정진하다가 삶을 마감하였다. 경암은 산거에 따른 안신락도의 여유에도 불구하고 때때로 만행에 대한 동경과 이에 따른 심적 갈등을 드러내기도 하였지만 생의 대부분을 불문에 귀의하여 지리산에 살면서 안신락도의 여유를 즐겼다.

3. 일심법계(一心法界)의 추구

조선 후기에는 교학(教學)의 경전으로는 화엄경을 소의경전(所依經典)으로 중시되었다. 화엄 사상은 모든 존재와 현상들이 서로 끊임없이 연관되어 있어 우주 만물이 서로 원융(圓融)하여 무한하고 끝없는 조화를 이룬다는 것을 핵심으로 한다.

경암은 추파(秋波)의 문하에서 화엄경을 전수 받는 등, 선교(禪教)에 두루 통하여 양종 대종사가 된 분이라고 평가 받았듯이, 화엄사상에 대한 깊은 이해와 탁월한 선지식을 가지고 있었다.

앞 장의 그의 생애에서 살펴보았듯이, 그의 사상과 삶의 궤적은 대립과 차별 보다는 승속불이(僧俗不二)하고 자연일여(自然一如)한 조화를 강조하는 철학과 삶을 살았다. 이는 그의 사유의 기저에 화엄사상이 자리 잡고 있으며, 이를 실천한 것에서 기인한다.

승려가 구도자로서의 종교적 체험을 시라는 형태를 빌려 종교적 감성으로 드러낸 것을 선시라고 할 수 있다. 경암의 경우에도 여느 승려와 마찬가지로 그의 종교적 체험을 시로 드러내었다. 따라서 그가 지은 시는 그의 사유를 바탕으로 한 종교적 체험의 결과물인 것이다.

경암은 자신이 살던 당시의 불교계의 상황에 대한 인식을 다음의 시 「선거탄(禪居嘆)」에서 드러내고 있다.

……

상악은 진리와 함께 하고	上惡同眞際
도살을 아무 거리낌 없이 하는구나	盜殺勿嫌諸
기생집과 술집을	婬房與酒肆
아무 거리낌 없이 찾아가는구나	無往不安居
부처가 되기를 원하여 부처에 속박당하여	慕佛縛於佛
도를 배우는 것이 모두 부질없이 되었네	學道總爲虛
우바리는 작은 계율에 얽매여서	波離拘小戒
무여의 열반에 들어갈 수 없었다	不能入無餘
진실로 이 같은 대승법은	信此大乘法
오직 물고기만 물고기를 알 수 있는 것	惟魚乃知魚
잠시 선문에 든 자는	乍入禪門者
조목조목 자세히 들을 수는 없다	聞之沒分疏
드디어 파순설을 짓고	遂作波旬說
방달을 진여라고 하네	放達爲眞如
무리를 지어 스승과 제자라고 일컫고	黨援稱師子
어렴풋이 스님들과 뒤섞여있네	依俙混緇裾
이와 같이 하고서	若此而禪社
선사(禪社)를 어찌 터 잡았다고 할 수 있겠는가?	安得不爲墟[32]

경암은 자신이 살았던 당시의 불교계의 실상을 통렬하게 비판하고 있다. 일부의 스님들은 무간지옥행인 상악(上惡)을 진리와 혼동하고 살생을 거리낌 없이 행하며, 여기에 더하여 무시로 기생집을 아무 거리낌 없이 출입하고 있다. 또 일부 스님들은 우바리처럼 경직되게 작은 계율에 얽매여 '무여(無餘)의 열반'을 깨닫지 못하고 있다. 계율을 구족(具足)

---

32) 鏡巖, 『鏡巖集』 「禪居嘆」.

하는 것은 참으로 훌륭한 것이지만, 부처님의 핵심 가르침인 삼매(三昧)를 닦지 않으면 안 되고, 삼매를 닦는 것에 빠져 일체제법의 무상(無相)·고(苦)·무아(無我)를 철견(徹見)하는 수행을 하지 않으면 지혜를 이룰 수 없다. 여기에 더하여 잠시 참선을 하고 깨달았다고 속여 '방달(放達)'을 '진여(眞如)'라고 하고, 무리를 지어 서로 스승과 제자라고 일컫는 현실을 비판하고 있다.

기실 경암은 열반에 이르려면 보살행을 수행하여야 한다고 하고 있다. 그는 "한 구절의 아미타경 속에는 옳은 것도 아니고 그른 것도 아니니, 이를 계(戒)바리밀이라고 하고, 안정된 것도 아니고 어지러운 것도 아니니 선(禪)바라밀이라고 하며, 깨달은 것도 아니고 미혹한 것도 아니니 혜(慧)바라밀이라고 하며 가는 것도 없고 오는 것도 없으니 본디 정토이다."[33] 라고 하여, 보살수행을 강조하였다. 보살수행은 보시(布施)·지계(持戒)·인욕(忍辱)·정진(精進)·선정(禪定)·지혜(智慧) 등 여섯 가지이지만, 이 가운데 지계(戒法)을 지키고 육근(六根)의 유혹에 흔들리지 않는 계바라밀(戒波羅蜜), 선수행(禪修行)을 통해 깨달음을 얻는 선바라밀(禪波羅蜜), 부처님의 설법을 듣고 어리석음을 다스려서 진실한 지혜를 얻는 혜바라밀(慧波羅蜜)를 강조한 것이다. 이는 당시의 불교계가 청정한 계율도 지키지 않고, 참선을 하지 않으며, 부처님의 참된 지혜를 구하지 않는 현실에 대한 대응인 것이다.

경암의 소망과는 다르게 불법이 나락에 떨어지자 큰 서원(誓願)을 세우고 출가했던 스님들이 절간을 버리고 부처님의 품을 떠나는 하나 둘씩 늘어만 갔다. 급기야 그와 함께 공부했던 스님이 절간을 떠나자 이를

---

33) 鏡巖, 『鏡巖集』「碧松社答淨土說」. "一句阿彌中 非是非非 戒波羅蜜 非定非亂 禪波羅蜜 非悟非迷 慧波羅蜜 無去無來 自淨土也"

안타깝게 바라보며, 불법을 수호하겠다는 자신의 의지를 드러내고 있다.

불법은 시절에 따라 나락에 떨어지고	佛法時惟降
총림은 모두 시비에 쌓였네	叢林摠是非
나는 장자 이곳에 숨어살련만	吾將於此隱
그대는 떠나면 누구에게 의지하랴	君去欲誰依
여름 숲엔 꾀꼬리가 살고	夏木棲黃鳥
맑은 구름은 산허리에 내려앉는다	晴雲下翠微
인정은 쉬이 물욕을 좇지만	人情易逐物
지팡이 짚고 저녁노을 서 있는다	駐杖立斜暉[34]

시의 전반부는 불문에 귀의했다가 불문을 떠나는 급(及) 스님의 모습을 통해 당시의 불교계의 상황을 설명하고 있다. 당시의 불교계는 국가의 억불책으로 인해 승려에 대한 과도한 세금과 성곽의 보수와 축조에 따른 노동력의 징발로 인한 사원경제의 붕괴, 여기에 더하여 사상적 탄압과 백성들의 무관심으로 인해 불법을 수호해야할 사찰이 점점 줄어들고 승려 또한 점점 그 숫자가 줄어들었다. 여기에 총림에서도 부처님의 청정 계율을 지키지 않은 승려들이 점점 늘어나면서 각종 시비에 휘말려 드는 일이 많아졌다.

시의 후반부는 화자가 살고 있는 산속의 한가로운 풍경과 세태에 따라 불문에 귀의했던 스님들이 떠나가지만, 여기에 만족하며 살겠다는 자신의 의지를 드러내고 있다.

이러한 그의 의지는 다음의 시 「차북해형(次北海兄)」에서도 확인할

34) 鏡巖, 『鏡巖集』「別及師」.

수 있다.

덧없는 인간사	夢幻人間事
형은 70년이나 살았구려	兄今七十年
세상 물정이야 어찌 물으랴마는	世情何足問
우리의 도는 이심전심을 귀히 여기니	吾道貴心傳
늙어 가며 말은 더욱 건장해 지고	老去言猶壯
곤궁해지니 의지는 더욱 견고해지네	窮來志益堅[35]
……	

사형(師兄)인 북해스님에게 넋두리를 통해 불도를 지키는 수고가 얼마나 귀한지를 드러내고 있다. 북해스님이 부처님의 가르침보다는 부처를 배척하고, 부처를 믿고 따르는 스님을 하대하는 세상의 인정에도 불구하고 꿋꿋하게 계율을 지키며 선지를 깨닫기 위해 노력한 것을 칭찬하며 자신의 귀감으로 삼겠다는 의지를 드러내고 있다.

또한 4구의 '심전(心傳)'은 '이심전심(以心傳心)'의 준말로 선(禪)을 말한다. 당시의 불교계는 선교(禪敎)의 겸수(兼修)를 강조하는 분위기였다. 진리인 법(法)은 언어적 사량분별(思量分別)을 통해서는 증득(證得)할 수 없고 언어의 분별을 초월하여 마음에서 마음으로 전해지는 이심전심이기 때문에 참선을 통해 자심(自心)을 깨닫는 것이 중요하다.

경암은 '자심(自心)'의 깨달음을 강조하고 있다. 다음의 시 「강사행(講師行)」을 통해 그가 '자심'의 깨달음을 얼마나 강조하였는지를 확인할 수 있다.

35) 鏡巖, 『鏡巖集』 「次北海兄」.

석가모니가 49년 동안 설파한 말씀
달관은 붉게 타오르는 화로의 한 점 눈이라
속여 황엽을 가지고 우는 아이를 그치게 하고
다시 미혹한 사람으로 하여금 달을 가리키게 하는구나
달은 하늘에 있고 가리키는 것은 손가락에 있는데
정안을 손가락 끝만 보고 다만 헤어날 줄 모르네
백가의 말을 거칠게 집어내니 어찌 가지와 덩굴이 아니랴?
쉽고 친절하게 자비심으로 바로잡아도
이 길은 아득하여 찾을 수가 없고
여우처럼 의심이 많아 누구와 더불어 결정하겠는가?
자심을 깨달으면 자심이 바로 경전인데
여래의 설법을 어찌 구별하랴

如來四十九年說　　達觀烘爐一點雪
謾將黃葉止啼兒　　更爲迷人標指月
月在天心標在指　　定眼指頭徒汨汨
蹠鈔百家何枝蔓　　指掌提耳慈悲切
此道亡羊不可尋　　聽水狐疑誰與決
若了自心心是經　　如來說法何曾別[36]

교학과 강학을 통해 부처님의 설법을 깨우쳐 달관에 이르면 붉게 타오르는 화로 속에 한 점 눈이 찰나에 녹듯이 번뇌와 망상이 찰나에 사라진다. 여기에는 중악(衆惡)의 유혹에도 미혹되지 않는다. 또한 자심을 밝히는 선수행을 통해 무분별의 깨달음을 얻으면 무심의 경지에 이르면 물욕에 팔리는 마음이 없고, 또 옳고 그른 것이나, 좋고 나쁜 것에 간섭이 떨어진 경계에 이른다. 그러나 중생은 미혹으로 대상에 집착하

36) 鏡巖, 『鏡巖集』「講師行」.

기 때문에 과거로부터 쌓아온 습기(習氣)로 말미암아 모든 현상이 '스스로의 마음[自心]'에 의해서 나타난 것임을 알지 못한다.

마음을 알고 깨치기 위해서는 스스로 실천을 통해서 느끼는 것이 중요하다. 온갖 교(教)와 선(禪)의 궁극도 결국은 자심을 밝히는 것으로 귀일한다. 그 자심은 누구에게나 태어나면서 구비되어 있으며 그 작용은 우주의 삼라만상을 움직이는 근원이다.[37] 또한 마음은 안(眼)·이(耳)·비(鼻)·설(舌)·신(身)·의(意)의 육근(六根)이 색(色)·성(聲)·향(香)·미(味)·촉(觸)·법(法)의 육경(六境)에 따라 작용으로 드러난다.

그러나 경암은 참선을 통해 '깨달음'을 얻는 것도 중요하지만 대승인 '보살행'의 실천을 강조하고 있다. 다음의 시 「사후기정혜암화상(赦后寄呈惠庵和尙)」을 통해 그의 의지를 확인할 수 있다.

도를 찾고 선정에 드는 것이 바로 성이 되건만
집에 돌아가려면 모름지기 백우의 여정에 올라야 하리
바람 불고 파도치는 위험한 구역에서 몸을 빼내어
은혜가 이슬처럼 내린 곳에 보행을 맡겨야 하리
늙고 병든 것은 이미 재촉하는 한 개 남은 나머지 일
자비심은 아직도 군생을 제도하고자 하네
마음 속 깊이 티끌세상을 제도하여 부처님께 보답하는데
시대의 논의는 끝없이 명리를 책망하네

覓道安禪是化城　　歸家須上白牛程
風濤險域挺身入　　雨露恩天信步行
老病已催餘一事　　慈悲徜許濟群生
深心報佛窮塵刹　　時論無端責利名[38]

37) 권동순, 「朝鮮朝 18세기 禪詩 硏究」, 성균관대대학원 박사학위논문, 2010, 179쪽.

승려가 선정에 드는 것은 분별심을 끊고 무분별에 의한 사량분별(思量分別)의 깨달음을 이루면 외물의 유혹에 흔들리지 않는 견고한 성을 만들어야 한다. 인간 세상은 욕계(欲界) · 색계(色界) · 무색계(無色界)로 이루어져 있어서 색욕(色慾) · 식욕(食慾) · 재욕(財慾)과 같은 탐욕에 노출되어 '바람이 불고 파도치는 위험한 구역'이다. 이 위험한 구역에서 벗어나서 '은혜가 이슬처럼 내린 곳'에 이르는 것이 바로 '해탈'이다.

경암은 해탈을 했으면 이것으로 그치지 말고 중생을 제도하는 보살행(菩薩行)을 실천하여야 한다고 역설한다. 제2구의 '백우의 여정'은 대승(大乘)으로, 즉 보살행을 실천하라는 의미이다. 『단경 · 연기품(壇經 · 機緣品)』에 "무념은 생각이 바름에 가깝고, 유념은 간사함이 된다. 있고 없음이 모두 계획되어 있지 않으니 길이 백우의 수레를 몰아야 한다."[39]고 하였듯이, 중생을 제도하는 보살행을 실천하는 것이 성불의 목적이다.

시의 후반부는 현재 자신의 모습과 보살행에 대한 의지이다. 비록 자신은 늙고 병든 몸이지만 보살행을 실천하여 부처님의 은혜에 보답하고자하는 의지를 드러내고 있다.

이처럼 경암은 추파의 문하에서 화엄경을 전수 받는 등 선교(禪敎)에 두루 통하여 양종 대종사가 된 분답게 화엄사상에 대한 깊은 이해와 탁월한 선지식을 가지고 있었다. 그는 만유의 실체인 일심(一心)을 강조하여, 그의 사상과 삶의 궤적은 대립과 차별 보다는 승속불이(僧俗不二)하고 자연일여(自然一如)한 조화를 강조하였다. 이는 그의 사유의 기저에 화엄사상이 자리를 잡고 있으며, 이를 실천한 것에서 기인한다고 할 수 있다.

---

38) 鏡巖, 『鏡巖集』「赦后寄呈惠庵和尙」.
39) 『壇經 · 機緣品』. "無念念卽正 有念念成邪 有無俱不計 長御白牛車"

Ⅳ. 문학사적 의의

경암이 살았던 조선의 18세기 후반은 선시(禪詩)가 유불교류(儒佛交流)의 매개 역할을 담당했다. 당시의 일부 지식인 유자들의 탈 성리학적 학풍과 승려들의 고준한 생활상을 인정하는 유자들의 인식전환 등은 유자와 승려와의 교류를 용이하게 하였다. 뿐만 아니라 불교계 내부에서도 강학과 사기(私記)의 저술로 인한 교학의 융성, 임제법통의 선맥계승(禪脈繼承), 선교(禪敎)의 겸수(兼修)와 겸학(兼學)을 이루어 낸 당대 불교계를 주도하던 선승들의 선수행과 유불에 대한 박학은 시문을 매개로 유자와 교유하고 전법을 펼치는 풍부한 밑거름을 제공했다.[40)]

경암은 이러한 시대의 분위기와 궤를 같이하여, 유자들과 많은 교유를 하며 유불(儒佛)이 서로 다르지 않다는 입장을 견지하고 이를 실천하고자 하였다. 그의 사상과 삶의 궤적은 대립과 차별 보다는 승속불이(僧俗不二)하고 자연일여(自然一如)한 조화였다. 이는 그의 사유의 기저에 화엄사상이 자리 잡고 있으며, 이를 실천한 것에서 기인한다. 이러한 그의 유석불이(儒釋不二)의 의지와 삶을 추구는 때로는 동료 스님과의 갈등을 빚기도 했으며, 자기 자신과의 내면적 갈등을 낳기도 했다.

승려가 산사를 배경으로 하여 구도자로서의 종교적 체험을 시라는 형태를 빌려 종교적 감성으로 드러낸 것을 선시라고 할 수 있다. 경암의 경우에도 여느 승려와 마찬가지로 지리산을 배경으로 하여 그의 종교적 체험을 83편의 시로 드러내었다. 그의 산거 시문학이 갖는 문학사적 특징은 세 가지로 요약할 수 있다.

첫째, 시의 내용이 자신의 삶의 환경인 산사의 체험을 바탕으로 하

40) 권동순, 「朝鮮朝 18세기 禪詩 硏究」, 성균관대대학원 박사학위논문, 2010, 188쪽.

고 있다. 그의 삶의 공간은 깊은 산속의 산사였다. 그는 이곳에서의 자연과 하나가 되거나 자연친화적인 삶을 살면서 자연의 질서에 따르는 안신락도를 추구하였다. 이는 18세기 이후 지방의 재지 유자들의 시에 상당량의 분량을 차지하는 생활주변의 시와 연관을 맺는다.

둘째, 상징성이 고도로 높은 선적(禪的)인 시어와 반상(反常)의 논리보다는 일상의 친근한 시어와 어법을 사용하였다. 그의 시에는 선시에서 주로 사용하는 문법을 벗어난 어법, 논리성에 제약을 받지 않는 비논리적, 역설적인 반상합도(反常合道)의 표현법이 보이지 않는다. 이는 그가 선교일치(禪敎一致)를 주장하는 선교대종사로서 일반 유자와 신도들이 '이해 가능한 선시'를 창작했기 때문이다. 그는 대승(大乘)의 실천인 이타행(利他行)을 강조한 승려였다. 보살행과 중생의 구제라는 차원에서 자신과 교유를 맺는 유자들과 일반신도들이 이해할 수 있는 시를 써야만 이들과의 교유를 지속할 수 있고, 나아가 이들을 교화할 수 있다. 또한 시어에 있어서도 고도의 상징을 띠고 있는 선적 언어를 사용하지 않고 일반적인 시어를 사용하여 그의 문집의 발문을 쓴 이재기(李在璣)가 "혹사유가어(酷似儒家語)"라고 평한 것이다.

셋째, 시문의 교유 대상자가 지리산 지역의 관원이나 유자, 이름 없는 도반 등이다. 이는 기존의 승려시인들이 시문을 주고받은 인물들은 경화사족의 명망가가 주류를 이룬 것과 비교된다.

위에서 제시한 특징처럼, 경암의 산거시는 조선 후기 한시사적 특징이 시문학의 향유층이 점증한 것과 궤를 같이한다. 시문학의 작가층이 경화사족 중심의 시문학에서 그 범위가 지방의 재지 유자와 중인층으로까지 확대되었으며, 나아가 승려들까지 확대되어 일반화 된 것을 보여준다. 또한 시문의 내용이 '성정(性情)'을 바로잡는 도구라는 기존의 문학관과 거리가 먼 자신의 체험의 시화하는 변화된 문학관을 보여준 것이 의의가 있다.

V. 결론

본고는 18세기 후반 지리산 벽송사에 귀의하여 선교(禪敎)대종사로 칭송을 받았던 경암 응윤의 산거문학을 살펴보아 문학사적 의의를 찾아보는 것이 목적으로 하여, 그의 생애와 산거문학세계, 문학사적 의의를 살펴보았다.

경암 응윤(1743~1804)은 조선 정조 연간에 활동한 스님으로, 속성은 려흥 민씨이고, 처음의 법명은 관식(慣拭)이었으나, 뒤에 응윤이라고 고쳤으며, 법호는 경암이다.

경암은 생의 대부분은 불문에 귀의했어도 조선 후기 이후 여느 승려와 마찬가지로 유가의 철학과 가치체계를 긍정한 유석불이(儒釋不二)한 삶을 살았으며, 만년에는 선수행(禪修行)에 정진하며 삶을 마감했다. 이러한 그의 유석불이의 의지와 삶을 추구는 때로는 동료 스님과 반목을 빚기도 했으며, 자기 자신과의 내면적 갈등을 낳기도 했다.

그는 불교의 경전 및 유가의 경전을 두루 읽고, 아울러 선교에 두루 통하여 양종 대종사가 된 분이라고 평가 받았듯이 불교의 경전에 능통하였을 분만 아니라 선지식도 탁월하였다. 그리하여 그의 문집의 서문을 쓴 유숙지(柳肅之)가 경암을 '중국의 고승으로서 명문장가였던 혜원(惠遠)·태전(太顚)' 등과 같다고 평가하였다.

경암에게 있어서 지리산은 생을 영위하는 삶의 터전이고, 유락(遊樂)

의 장소였으며, 수선(修禪)의 공간이었다. 그는 지리산을 무대로 하여 때때로 도반(道伴)들과 혹은 이곳을 찾은 속세의 유자들과 시를 주고받으며 유락(遊樂)을 하기도 하고, 때로는 이곳에서 신선과 같은 자연일여(自然一如)의 삶을 살면서 선정에 들기도 하면서 그의 삶과 철학을 다양한 형식의 시 83수로 드러내었다.

본고에서는 이를 승속불이(僧俗不二)의 실천, 안신락도(安身樂道)의 여유, 일심법계(一心法界)의 추구로 나누어 살펴보았다.

먼저, 승속불이의 실천을 드러낸 시세계를 살펴보았다. 경암이 살았던 18세기 후반은 불교가 유교와 다른 출세간이 사상이라고 하기 보다는 유교사상과 일치한다는 유불일치 사상이 심화되어 있었다. 경암도 당시 불교계의 흐름과 궤를 같이하여 유불일치론을 주장하였고, 이를 바탕으로 유자들과 어울려 지리산을 유람하거나 시문을 주고받으며 승속불이한 삶을 살았다. 따라서 그는 비록 불문에 귀의하였지만 마음은 여전히 현실을 외면하지 않아 세간의 인정을 끊을 수가 없었다. 이는 그의 사유가 유교와 불교, 도교의 이치가 하나라는 인식에서 기인한 것이다.

둘째, 안신락도의 여유를 드러낸 시세계를 살펴보았다. 경암은 13세에 불문에 귀의한 이후 그의 삶의 터전은 지리산이었다. 그는 지리산의 사찰에서 교학을 강학하며 중생을 제도하였으며, 48세부터는 지리산의 산정에 초막을 짓고 선수행(禪修行)에만 정진하다가 삶을 마감하였다. 경암은 산거에 따른 안신락도의 여유에도 불구하고 때때로 만행에 대한 동경과 이에 따른 심적 갈등을 드러내기도 하였지만 생의 대부분을 불문에 귀의하여 지리산에 살면서 안신락도의 여유를 즐겼기 때문이다.

셋째, 일심법계(一心法界)의 추구를 드러낸 시세계를 살펴보았다. 경암은 추파(秋波)의 문하에서 화엄경을 전수 받는 등 선교(禪敎)에 두루 통하여 양종 대종사가 된 분답게 화엄사상에 대한 깊은 이해와 탁월한 선지식을 가지고 있었다. 그는 만유의 실체인 일심을 강조하여, 그의 사상과 삶의 궤적은 대립과 차별 보다는 승속불이하고 자연일여한 조화를 강조하였다. 이는 그의 사유의 기저에 화엄사상이 자리를 잡고 있으며, 이를 실천한 것에서 기인한다.

경암 산거시의 문학사적 의의는 시문학의 작가층이 경화사족 중심의 시문학에서 그 범위가 지방의 재지 유자와 중인층으로까지 확대되었으며, 나아가 승려들까지 확대되어 일반화 된 것을 보여준다. 또한 시문의 내용이 '성정'을 바로잡는 도구라는 기존의 문학관과 거리가 먼 자신의 체험의 시화하는 변화된 문학관을 보여준 것이 의의가 있다.

지리산권 사찰 제영시

◉

김진욱

Ⅰ. 사찰 제영시의 정의

지리산 자락에는 수없이 많은 사찰들이 세워지고 사라지기를 반복해왔으며, 지금도 많은 사찰이 그 명성을 유지하고 있다. 그리고 그 많은 사찰에 수많은 제영시가 전해오고 있다.[1] 그러므로 지리산권 사찰 제영시에서 논의해야 할 대상 작품 수는 대단히 많다. 이에 따라 여기에서는 논의의 편의를 위하여 지리산권 사찰 제영시 연구에 대한 선행 작업인 김진욱의 『지리산권 사찰 제영시』[2]와 『지리산, 바람은 풍경으로』[3]를 주자료로 사용하고자 한다.[4]

---

1) 박수천은 「智異山의 寺刹 題詠 漢詩」라는 논문을 통하여 지리산의 사찰 제영 한시를 개괄적으로 고찰하였다. 그리고 결론에서 지리산의 사찰 제영시가 워낙 많은 까닭에 충실하게 살필 수 없었다고 고백하였다. 김진욱 역시 『智異山圈 寺刹 題詠詩』라는 책자를 내면서도 동일한 언급을 하였다.

2) 金晋郁, 『智異山圈 寺刹 題詠詩』, 인쇄나라 다컴, 2009.

3) 金晋郁, 『지리산, 바람은 풍경으로』, 디자인흐름, 2011.

4) 물론 이 두 권의 저서에 지리산권 사찰제영시가 모두 망라되어 있는 것은 아니지만, 지리산권 사찰제영시를 대표하는 대부분의 작품이 수록되어 있으므로 논의의 대상을 이렇게 한정하더라도 지리산권 사찰제영시를 이해하는 데에는 아무런 지장이 없

지리산권 사찰 제영시의 특성을 논의하기에 앞서 사찰 제영시에 대한 정의가 앞서야 할 것이다. 사찰 제영시는 논자에 따라 크게 세 가지로 표현하고 있다. 그 중 대표적인 것을 살펴보면 먼저 1) 김갑기, 이종묵은 사찰제영시,[5] 2) 김진욱, 김석태는 사찰 제영시,[6] 3) 박수천은 사찰 제영 한시[7]라는 표현을 쓰고 있다. 이 중 가장 일반적인 표현 방식은 사찰제영시이다. 그러나 이러한 표현상의 차이에도 불구하고 지칭하는 대상은 거의 동일하다 할 수 있다. 심지어는 1)과 2)를 혼용해서 사용하는 논자 역시 있다. 어떠한 표현이 정당한가를 따지고자 하는 것이 아니다. 이만큼 사찰 제영시에 대한 논의가 아직 충분치 않다는 주장을 하고 싶은 것이다.

또한 사찰 제영시라는 분명한 대상이 있음에도 불구하고 아직까지 학계에서 사찰 제영시에 대한 정확한 정의가 없는 것이 사실이다. 사찰 제영시에 대한 단편적인 언급을 살펴보도록 하자. 김갑기는 "사찰 제영시를 제영시의 포괄적 동일 개념으로 인식하되, '사찰 및 불교리', 혹은 '불사 관련의 시'라는 하위 개념으로 정리하고자 한다."[8]라고 언급하였고, 강석근은 "사찰제영시에는 말 그대로 제목에 사찰 이름이 자연스럽게 표현된다. 시제는 통상 '제○○사(題○○寺)' 혹은 '방○○사(訪

을 것으로 판단한다.

5) 김갑기, 「조선후기 사찰제영시고」, 『한국어문학연구』 48집.
이종묵, 「사찰제영시의 작법과 문예미」, 『한국 한시의 전통과 문예미』, 태학사, 2002.

6) 拙稿, 「지리산권 사찰 제영시에 투영된 불교 공간 인식 연구」, 『인문과학논총』 31권, 2012.
김석태, 「호남의 사찰 제영시」, 『호남문화연구』 41집.

7) 박수천, 「智異山의 寺刹 題詠 漢詩」, 『한국한시연구』 7집.

8) 김갑기, 「조선후기 사찰제영시고」, 『한국어문학연구』 48집, 60쪽.

○○寺)'와 같은 형태를 띈다."[9]라고 하였다. 임종욱은 "그것은 바로 문학 창작의 이상적인 공간으로서 사찰이 등장하게 되었다는 사실이다.……이렇게 많은 사찰제영시들이 문집에 남았다는 사실은 그들이 얼마나 빈번하게 사찰을 찾았는가를 증명한다."[10]라는 표현으로 사찰제영시를 작가가 사찰을 직접 찾고 그 속에서 느낀 흥취를 표현한 대상으로 보았다. 이러한 논의를 정리하면 다음과 같다.

1) 시제에 사찰명이 드러나 있는 경우
2) 작품의 주제가 사찰 및 불교리, 혹은 불사 관련의 시
3) 작품 창작 공간 내지 작품의 배경이 사찰인 경우
4) 사찰 공간에서 느낀 흥취를 시화한 경우

그러므로 사찰 제영시에 대한 정의는 좁은 의미에서는 이 넷을 모두 충족시키는 경우로 넓은 의미에서는 이 넷 중 하나 이상을 충족시키는 경우로 보아도 현재까지 학계의 관행에서 어긋나지 않을 것이다. 여기에서는 넓은 의미의 사찰 제영시에 대한 정의를 수용하여 논의를 전개하고자 한다.

---

9) 강석근, 「사찰제영시의 공간성과 문학성」, 『불교어문논집』 9집, 77쪽. 이종묵 역시 사찰제영시를 사찰 이름을 제목으로 하는 시로 보았다. 이종묵, 「사찰제영시의 작법과 문예미」, 『한국 한시의 전통과 문예미』, 태학사, 2002, 12쪽.

10) 임종욱, 「사찰제영시에 나타난 자연의 의미에 대하여」, 『불교어문논집』 5집, 2000, 133~134쪽.

Ⅱ. 제영 공간에 나타난 경의 부재

제영시의 가장 큰 특징 중의 하나는 작품 속에 제영 공간의 경(景)이 드러난다는 사실이다.[11] 사찰 제영시 역시 일반적으로 이러한 제영시의 특성을 따르고 있다. 이종묵은 사찰제영시의 전형에 대하여 다음과 같이 논하였다.

> 율시로 된 사찰제영시는 수련에서 파제하고 함련과 경련에 정경을 배분하며 미련에서 주제를 진술한다. 수련에서 파제하는 방법은 주제를 말하는 유형과 절의 위치나 모습을 형용하는 유형이 일반적이다. 함련과 경련은 먼저 정을 말하고 이어 경을 말한 유형, 경을 먼저 말하고 정을 말하는 유형, 경만을 말하는 유형 등이 있다. 이때 정경이 혼용되고, 구법의 변화가 있으며, 묘사하는 대상이 서로 긴밀한 호응관계를 유지하여야 높은 미감을 발휘할 수 있다. 수련이 주제를 말할 때 미련이 이와 암합하여야 하며, 수련의 주제를 발전 변화시키는 것도 사찰제영시의 한 전형이다.[12]

이종묵의 지적처럼 율시로 된 상당수의 사찰 제영시가 이러한 전형을 충실히 따르고 있다. 이러한 전형에서 벗어난 작품들 역시 작품 내용에서 경이 드러나는 것은 자연스럽다. 나아가 절구로 된 사찰 제영시 역시 작품에 경이 드러난다. 사찰 제영시에서는 고시(古詩)가 극히 드물

---

11) 김갑기, 「문화공간으로서의 사찰」, 『한국사상과 문화』 35집, 247쪽. 무엇보다 제영시의 시학적 특징은 그 시적 홍취가 그 지역의 경치와 맞아서 眞景을 그대로 묘사함은 물론 역사, 포괄적으로 '문화적 궤적'이 관류해 있으므로, 그 수용미학은 배가할 것이다.

12) 이종묵, 「사찰제영시의 작법과 문예미」, 『한국 한시의 전통과 문예미』, 태학사, 2002, 56~57쪽.

게 보인다. 그러나 사찰 제영시가 고시의 형식을 수용할 때는 작품에 두드러지게 경이 나타난다. 그러므로 사찰 제영시에서 가장 중요한 특성 중의 하나는 작품에 경(景)이 드러난다는 사실이다.

이러한 사실은 사찰 제영시의 제영적 특성상 별반 새로울 것도 특이할 것도 없다. 다만 충실한 논의를 위하여 박인량의 「구산사(龜山寺)」[13] 라는 사찰 제영시를 통하여 작품 속에서 경이 어떻게 드러나는가를 확인하고자 한다.

험한 바위 괴이한 돌이 쌓여 높은 산을 이루고
그 위에 절이 있고 물이 사방으로 둘렀네
탑 그림자 강에 거꾸러져 물결 아래 일렁이고
풍경 소리 달빛에 흔들려 구름 사이로 떨어지네
문 앞 나그네의 노는 큰 파도에 급한데
대나무 아래 스님의 바둑은 한낮에 한가롭네
대국에 사신 임무를 받든지라 이별을 아쉬워하며
시 한 수 남기고는 다시 오기를 기약하네

巉巖怪石疊成山　　上有蓮坊水四環
塔影倒江翻浪底　　磬聲搖月落雲間

13) 민병수는 "위에서 보인 崔致遠의 「贈金川寺主人」·「贈智光上人」·「登潤州慈和寺上房」, 朴仁範의 「涇州龍朔寺」, 朴寅亮의 「使宋過泗州龜山寺」 등이 모두 사찰에서 이루어진 것이며, 이것들은 또한 이 시대의 대표작이 되고 있다."(「한국 한시와 사찰」, 『한국한시연구』 4집, 7쪽.)라며 사찰 제영시의 대표작으로 위의 작품들을 꼽았다. 강석근 역시 "우리나라 문학사에서 사찰제영시로 유명한 작품에는 나말여초의 이른바 三詩로 불리는 崔致遠의 「登潤州慈和寺上房」, 朴寅亮의 「使宋過泗州龜山寺」, 朴仁範의 「涇州龍朔寺」이 그것이다. 이 시들은 명작일뿐 아니라 사찰제영시로도 절창으로 알려져 왔다."(「사찰제영시의 공간성과 문학성」, 『불교어문논집』 9집, 76쪽.)라고 하였다. 많은 선학들이 朴寅亮의 「使宋過泗州龜山寺」를 사찰 제영시 중 수작으로 꼽았기에 이를 통하여 논의하고자 한다.

門前客棹洪波急　　竹下僧碁白日閑
一奉皇華堪惜別　　更留詩句約重攀[14]

박인량의 「구산사」는 위에서 언급한 사찰 제영시의 전형을 따르고 있는 작품이다. 수련에서 구산사의 위치를 표현하고 있다. 물가 벼랑 위에 아슬아슬하게 세워진 구산사의 모습이다. 중국 안휘성에 있다는 구산사의 모습이 바로 눈앞에 보이듯이 묘사되고 있다. 이 작품을 읽는 독자는 '얼마나 벼랑 끝에 있으면 탑 그림자가 강에 비추고, 또 얼마나 높으면 풍경소리가 구름 사이로 떨어질까.' 하며, 구산사를 상상하게끔 한다. 이 작품의 시안(詩眼)은 경련이다. 정경(情景)의 혼용이 극치를 이룬 싯구이다. 그러나 수련에서 묘사한 구산사의 모습이 없었더라면 경련의 미감은 크게 반감될 것이다. 이만큼 사찰 제영시에서 사찰에 대한 묘사는 작품 전체에 끼치는 영향이 지대하다. 이 작품의 수련에 대하여 이종묵은 사찰 제영시의 전범을 보여주었다고 평하였다.[15]

지리산권 사찰 제영시에는 이러한 전형을 일탈한 작품이 많다는 것이 특징이다. 지리산권 사찰 제영시 중 수작 가운데의 하나가 이달의 「불일암 증인운석(佛日庵贈因雲釋)」이다. 작품을 통하여 구체적인 논의

14) 朴寅亮, 『東文選』 권12 「使宋過泗州龜山寺」

15) 이종묵, 『우리 한시를 읽다』, 돌베개, 2009, 41~42쪽. 사찰이나 누정을 노래한 율시는 1연에서 절이나 누정의 위치를 설명하면서 제목을 풀이할 때가 많다. 이때 절과 누정이 얼마나 높은 곳에 있는지를 잘 드러내야 한다. 박인범이 〈경주 용삭사의 전각에서 운서상인에게 겸하여 보내다〉에서 날 듯한 선각이 푸른 하늘에 솟아 있어, 월궁의 피리 소리가 역력히 들릴 듯이라 과장한 것도 절이 그만큼 높은 곳에 있다는 표현이다.……시에서는 절이나 누각이 높은 곳에 위치해 있다고 해야 묘미가 있다. 박인량은 기암괴석이 포개진 석산 위에 절이 있다 했다. 또 절이 산 정상 절벽에 있어 사방에 강물이 두르고 있다며 과장한다. 이렇게 1연에서 허공에 매달린 듯한 구산사의 모습을 전체적으로 조망하였다.

를 하고자 한다.

절은 흰구름 가운데 있는데	寺在白雲中
흰구름을 중은 쓸지 않네	白雲僧不掃
손이 오자 비로소 문이 열리는데	客來門始開
온 골짜기에 송화가루 날리네	萬壑松花老[16]

삼당시인으로 추앙받았던 이달의 작품이다. 특히 이달의 「불일암 증인운석(佛日庵贈因雲釋)」은 인구에 대단히 회자되었으며, 많은 선학들이 언급하였다. “이달의 「불일암 증인운석(佛日庵贈因雲釋)」은 불일암 못지않게 유명한 시이다. 시를 읽으면 산사가 구름에 잠겨 있는 풍경이다. 송홧가루가 익어 바람에 눈처럼 휘날리는 모습이 연상된다. 불일암의 정경이 잘 묘사된 수작이다.”[17]라는 평을 듣고 있는 작품이다.

불일암

16) 李達, 『蓀谷集』.

17) 拙稿, 『지리산, 바람은 풍경으로』, 디자인흐름, 2011, 194쪽. 또한 김갑기의 『시로 읽는 사찰 문화』(제이앤씨, 2009)는 “사찰을 제시영구한 수많은 제영시 중 사찰, 작자, 문예미 등을 배려해 가려 뽑은 역주서이다.”라는 편역자의 말대로 한국 사찰 제영시의 대표작들이다. 1寺 1題 원칙인 여기에서 불일암의 대표작으로 이 작품을 선정하였다.

불일암이 흰구름 속에 있다는 표현은 불일암이 높은 곳에 위치하고 있음을 말하는 것이 아니다.[18] 또한 불일암의 경을 묘사하고 있지도 않다. 굳이 불일암이 아니더라도 적막한 산사라면 이 작품에서 느껴지는 미감은 차이가 없다. 이 작품의 우수함은 절제와 탈속의 심상이 작품의 미적 아름다움을 완성하고 있다는 것이다.[19] 다음은 하달홍의 「벽송암(碧松菴)」이라는 작품이다.

두류산 수많은 정토 중에서	頭流諸淨界
이곳의 청절이 짝할 곳 없구나	淸絕此無雙
거듭 검게 칠한 벽은 그대로나	壁留重降墨
고송으로 지은 단은 허물어졌네	壇老古裁松
중은 탑을 쓸려 와서	有僧來掃榻
일 없이 앉아 종소리만 듣고 있네	無事坐聞鍾
이곳이 산을 보기에 가장 좋고	最是看山好
푸른 안개는 비 온 뒤에 더욱 짙구나	蒼嵐雨後濃[20]

18) 불일암은 해발고도 650여 미터에 자리하고 있다. 실제 체감 높이는 이 보다 훨씬 낮게 느껴진다. 불일암을 직접 방문하면 산 중 사찰로써 고립무원의 느낌은 강하지만 높다는 느낌은 별로 들지 않는다. 사실 불일암이 흰구름 속에 묻힌다는 것은 현실적으로 불가능하다. 시적 과장이다.

19) 拙稿, 「지리산권 사찰 제영시에 투영된 불교 공간 인식 연구」, 『인문과학논총』 31권, 2012. 이 작품은 화자와 대상과의 거리가 적절한 간격을 유지하고 있다는 점에서 절제가 잘 드러나고 있다. 화자인 이달은 전지적 시점을 갖춘 채 불일암의 한 가운데에 있으면서, 심상적 거리는 불일암과 일정 거리를 유지하고 있다. 轉句의 '客'은 화자인 이달이다. 그럼에도 객으로 표현함으로써 작품 속에서 화자는 대상과의 관계에서 거리를 유지하고 있는 것이다. 절제와 탈속의 심상이 미적 아름다움을 완성하고 있는 작품이다.

20) 河達弘, 『月村集』.

이 작품의 창작 공간인 벽송사는 경관이 수려하고, 그 곳에 서 있으면 세상과 유리된 선계와 같은 느낌을 주는 공간이다. 하달홍은 「벽송암」을 벽송사에서 창작하였다. 그럼에도 불구하고 작품에 경이 드러나지 않는다. 이 작품은 벽송사의 선계와 같은 아름다움이 아니라, 고요한 평화로움과 벽송사에서 누리는 청절함이 미감을 주는 작품이다.[21)]

지리산권 사찰 제영시 역시 제영시가 갖는 특성으로부터 완전히 자유로울 수는 없다. 그러므로 제영 공간의 아름다움이 어떠한 방식을 통해서든 작품에 드러나는 경우도 많다. 그러나 박인량의 「사송과사주구산사(使宋過泗州龜山寺)」를 읽으면 구산사의 모습이, 박인범의 「경주용삭사(涇州龍朔寺)」를 읽으면 용삭사의 모습이 눈앞에 그려지는 것에 비하여, 지리산권 사찰 제영시를 읽으면 조용한 산사의 모습만 그려진다는 것이 차이이다. 또한 지리산권 사찰 제영시에는 제영 공간이 전혀 드러나지 않는 작품도 상당수가 존재한다. 그러므로 제영 공간이 작품에 잘 드러나지 않는다는 것을 지리산권 사찰 제영시의 특성 중의 하나로 지적하고 싶다.[22)]

---

21) 拙稿, 『지리산, 바람은 풍경으로』, 디자인흐름, 2011, 240~241쪽. 河達弘의 「碧松菴」이란 작품 역시 '頭流諸淨界 淸絕此無雙'이라는 표현으로 두류산에서 가장 맑은 기운이 감싸 도는 벽송사의 선계를 잘 묘사하고 있다. 벽송사의 평화로운 정경을 잘 묘사한 이 작품은 특히 '最是看山好 蒼嵐雨後濃'이라는 표현으로 비 온 뒤 푸른 아지랑이가 펼쳐져 있는 지리산이 감싸고 있는 벽송사의 평화로움을 잘 묘사하고 있다.

22) 정확한 통계적 자료를 제출하는 것이 보다 설득력을 지닐 것이다. 그러나 이러한 통계를 위해선 한국 사찰 제영시 전체 작품 수, 그 속에서 제영 공간이 드러나지 않는 작품 수, 지리산권 사찰 제영시 전체 작품 수, 그 속에서 제영 공간이 드러나지 않는 작품 수 등의 파악 등 선행되어야 할 작업이 너무 지난하다. 다만 지리산권 사찰 제영시를 묶은 拙稿 『지리산권 사찰 제영시』와 사찰 제영 시집이라 할 수 있는 김갑기 『시로 읽는 사찰문화』을 비교해 보았을 때, 그 차이가 확연하다는 것을 알 수 있다.

또한 이러한 이유가 지리산이라는 거대한 공간[23]이 그 안에 위치한 사찰의 개별적 특성을 모두 흡입해버리는 것이 아닌가 하는 추론을 제시하나 논의의 폭과 지면의 한계 상 자세한 논의는 다음 기회로 미루고자 한다.

Ⅲ. 연작과 차운의 문제

제영시의 사전적 의미는 '제목을 붙여 시를 읊음, 또는 그 시.'[24]이다. 그러나 현실적으로는 특정 대상을 노래한 시가군을 의미한다. 그리고 제영시는 누정 제영시가 가장 대표성을 띈다고 할 수 있겠다. 제영의 대상이 누정일 경우 누정의 특성상 한 수의 작품으로 누정 공간의 아름다움을 모두 노래하는 것이 어렵기에 연작을 하는 경우가 많았다. 누정 제영시의 대표격인 「식영정 20영」, 「소쇄원 48영」 등을 비롯하여 〈○○팔경〉, 〈○○십경〉 등이다. 그리고 시제에 '○○영', '○○경' 등으로 직접 언급되지 않았으나, 연작으로 된 작품을 찾는 것은 누정 제영시에서 어려운 일이 아니다.

그러나 사찰 제영시에서 연작시를 찾는 일은 쉬운 일이 아니다.[25]

---

23) 지리산의 거대함은 물리적 공간의 크기만을 의미하는 것이 아니라, 심미적 공간의 아름다움을 함께 이야기하는 것이다. 전체 대상에 크게 매료된 상황에서 특정 대상의 아름다움이 돌출되기 위하여서는 특별한 아름다움을 전제하지 않고서는 어렵다는 상식에 기초한 추론이다.

24) Daum 국어사전. 정확히 제영시는 표제어로 등록되어 있지 않다. 다만 제영이 제영시와 동일한 개념으로 등록되어 있기에 제영의 어휘 풀이로 대신한다. 또한 누정시, 누정제영시, 사찰제영시 등 역시 표제어로 등록되어 있지 않다. 이러한 사실은 국어사전뿐 아니라 백과사전, 문화사전 역시 동일하다.

25) 김갑기의 『시로 읽는 사찰 문화』(제이앤씨, 2009)는 "사찰을 제시영구한 수많은 제영

사찰 역시 누정과 마찬가지로 승경에 자리한 곳이 많으며, 규모 역시 누정에 비하여 훨씬 커다람에도 불구하고 연작을 하는 경우가 극히 드물었다. 그러므로 연작시가 없다는 것을 사찰 제영시 특성 중의 하나로 규정하여도 무방할 것이다. 나아가 그 이유[26]도 설명되어져야 할 것이다.

지리산권 사찰 제영시에서도 연작시를 찾는 것은 어려운 일이다. 물론 1제에 2수, 3수의 작품이 있는 것은 사실이나 연작시로 보기에는 미흡하다. 그러므로 연작시가 없다는 것이 사찰 제영시의 특성으로 인정되기 전까지는 제영시의 일반적 특성과 비교하여 지리산권 사찰 제영시의 특성 중의 하나라고 지적할 수 있겠다.

지리산권 사찰 가운데에서 가장 많이 제영된 사찰은 쌍계사이다. 쌍계사가 지리산권 불교에서 차지하는 비중을 보더라도 이상한 일이 아니며, 또한 많은 시인묵객들이 지리산을 찾은 이유[27]가 청학동에 대한 매력과 천왕봉 등정에 대한 갈망[28] 때문이었음을 상기한다면 지극히

시 중 사찰, 작자, 문예미 등을 배려해 가려 뽑은 역주서이다."라는 편역자의 말대로 한국 사찰 제영시의 대표작들이다. 여기에는 총 365제 380수의 작품이 수록되어 있는데 연작시로 볼 작품은 1수도 없다. 이러한 사실이 사찰 제영시에는 연작시가 없다는 것을 의미하지는 않는다. 부휴 선사의 법맥을 이은 無用 秀演은 「新德精舍十詠」을, 조선 후기 대선사였던 草衣 意恂은 「佛國寺懷古九首」를 남겼다.

26) 중요한 문제임에는 분명하나 본 논의의 핵심에 비켜서 있으므로 다음 기회로 미루고자 한다.

27) 최석기, 「조선시대 士人들의 지리산 유람을 통해 본 士意識」, 『한문학보』 20집, 2009, 40~43쪽 참조. 최석기는 조선시대 사인들이 지리산을 유람하게 된 동기가 크게 두 가지로 하나는 공자의 '登泰山小天下'의 높은 정신적 세계를 지향하고자 함이었고, 다른 하나는 청학동, 삼신동 등 선계에서 노닐며 탈속적 정취를 즐기기 위함이라고 말하였다.

28) 과거 지리산 청학동의 경우, 쌍계사, 불일암, 불일폭포 부근인 화개동과 신흥사가 있었던 삼신동을 비정하였으며, 이곳은 또한 과거에 천왕봉 등정의 주요 경로였다.

당연한 일이라고 할 수 있다.

쌍계사

이러한 쌍계사를 찾았을 때, 쌍계사 곳곳에 남아 있는 고운의 자취에 많은 유자들이 감흥을 느꼈을 것이다. 특히 쌍계사 입구 돌기둥 위에 쓰여 있는 '쌍계석문(雙磎石門)'이라는 네 글자는 고운이 직접 쓴 글씨라 하니, 유자라면 당연히 크게 감흥을 느꼈을 것이다. 이러한 이유로 고운의 '쌍계석문'이 제재가 된 작품은 상당수가 전해오고 있다.

쌍계석문

쌍계사를 찾은 유자들은 고운의 '쌍계석문'을 보고 많은 시를 지었으나, 그 당시의 관례와 달리 고운의 시에 차운한 시는 보이지 않는다. 고운은 쌍계사와의 남다른 인연으로 인하여 사찰 제영시를 2수나 남기고 있다. 먼저 고운의 「쌍계사호원상인(雙磎寺寄顥源上人)」을 간단히 살펴보고자 한다.

종일토록 머리를 숙이고 붓끝을 희롱하니	終日低頭弄筆端
사람마다 입 다물어 마음속 말하기가 어렵구나	人人杜口話心難
속세를 멀리 떠나는 건 비록 즐겁지만	遠亂塵世雖堪熹
풍정이 없어지지 않으니 어찌할 것인가	爭奈風情未肯闌
맑은 노을, 단풍길 그림자가 다투고	影鬪晴霞紅葉徑
비 오는 밤, 흰 구름 여울에 소리가 이어지네	聲連夜雨白雲湍
읊조리는 마음이 경치에 얽매임이 없으니	吟魂對景無覊絆
너른 바다의 깊은 기틀을 번민하노라.	四海深機憒道安[29]

고운의 이 작품은 그의 대표작인 「제가야산독서당(題伽倻山讀書堂)」[30]과 느껴지는 미감이 흡사하다. 타자(세상)때문에 본인의 의지에 반하여 세상과의 거리를 유지할 수밖에 없는 화자의 심회가 곡진하게 드러나 있다. 「제가야산독서당」에서는 세상의 시비가 싫어 '진롱산(盡籠山)' 하였다면, 「쌍계사기호원상인」에서는 동일한 이유로 '원난진세(遠亂塵世)' 한 것이다. 그럼에도 불구하고 「제가야산독서당」에서는 '광분첩석후중만(狂噴疊石吼重巒)' 하였고, 「쌍계사기호원상인」에서는 '사해심기분도

29) 崔致遠, 『孤雲集』.

30) 崔致遠, 『孤雲集』「題伽倻山讀書堂」. "狂噴疊石吼重巒 人語難分咫尺間 常恐是非聲到耳 故敎流水盡籠山"

안(四海深機憤道安)' 하는 것이다. 화자의 동일한 번뇌가 다른 양상으로 표출되었지만, 동궤의 작품이라 할 수 있다. 이어서 「쌍계사(雙磎寺)」라는 작품을 살펴보고자 한다.

밝은 달빛은 쌍계를 비추고	明月雙溪水
맑은 바람은 팔영루로 부네	淸風八詠樓
옛날 나그네 머물던 이곳에서	昔年爲客處
오늘 그대와 노닐며 보내노라	今日送君遊[31]

고운의 「쌍계사」 역시 오언절구의 맛을 잘 살린 수작이다. 밝은 달빛과 맑은 바람, 쌍계사를 대표하는 쌍계와 팔영루가 호응을 하며 달밤의 경치가 잘 드러나 있다. 이어서 전구와 결구에서는 옛날과 오늘, 위객과 송군이 대를 이루며 화자의 심회를 드러내고 있다. 고운의 「쌍계사」는 군더더기 하나 없이 깔끔하면서 어느 달밤 쌍계사의 풍취를 효과적으로 드러내고 있다는 점에서 대단히 매력적인 작품이라고 할 수 있다. 고운은 쌍계사에 이러한 수작을 남겼지만, 이 작품들에 대한 차운시는 전해지지 않는다.

고운이 지리산의 대표적 시인 중 하나라면, 남명은 지리산의 도학자라 할 수 있다. 남명의 문인들에게 남명은 성인 이상의 의미를 지녔던 인물이다. 지난 수 세기 동안 남명학파 유자들은 수없이 지리산을 찾았고, 지리산 곳곳에 남겨진 남명의 자취를 유람하는 것을 대단히 즐겼다. 지리산의 여러 시적 대상 중 특히 단속사의 정당매나 신흥사가 제재가 되어 남겨진 남명학파의 시는 대단히 많다. 먼저 남명의 작품을

31) 崔致遠, 『孤雲集』.

감상하고자 한다. 다음은 남명의 「독신응사(讀神凝寺)」라는 작품이다.

아름다운 풀로 봄 산에 푸른빛이 가득한데 瑤草春山綠滿圍
옥 같은 시냇물 사랑스러워 늦도록 앉아 있노라 爲憐溪玉坐來遲
세상을 살아가노라면 세상 얽매임 없을 수 없기에 生世不能無世累
물과 구름을 도로 물과 구름에 돌려주노라 水雲還付水雲歸[32)]

남명의 「독신응사」는 시에서 느껴지는 미감이 동적이라기보다는 정적이다. 이 작품은 기구와 승구에서 신흥사[33)]의 춘경을 노래하고 있다. 일반적으로 춘경을 묘사하는 데에는 정적 이미지 보다는 동적 이미지가 훨씬 더 어울린다. 그래서 생동하는 봄의 경치를 묘사하는 데에는 동적 이미지를 사용하는 것이 일반적이다. 그러나 남명의 「독신응사」는 한 컷의 사진처럼 느껴질 정도로 정적이다. 이러한 정적감은 승구의 표현처럼 '좌래지(坐來遲)' 하고 있기 때문이 아니다. 후정(後情)이라고 할 수 있는 전구와 결구에서 느껴지는 탈속함에 보다 근본적인 이유가 있는 것이다.

남명과 같은 도학자도 세상 속에서는 세상에 얽매일 수밖에 없기에, '아름다운 푸른빛의 봄 산', '옥 같은 시냇물'을 마음에 담지 못하는 것이다. 신흥사에서는 세상 밖과 세상 안의 경계가 종이 한 장 차이이다.

---

32) 曺植, 『南冥集』.

33) 神凝寺는 화개동천 중심지라 할 수 있는 화개면에 있던 지리산 굴지의 대 사찰로 神興寺라고도 하였다. 남명은 이 곳 신흥사에서 장기간 머물며 수학하였던 것으로 알려져 있다. 그래서 신흥사를 제재로 한 작품을 여러 편 남기고 있다. 神興寺는 조선시대에 수많은 시인묵객들이 지리산의 理想鄕을 찾아 방문했던 곳으로 신라 말 孤雲이 세상의 어지러움을 피해 여기에 와서 더러운 소리에 때 묻은 귀를 씻었다는 洗耳嵓이 바로 앞 계곡에 있다. 현재는 신흥사로 불린다.

마음에 담느냐, 다시 돌려주느냐의 차이인 것이다. 남명의 절제된 감정이 자연과 잘 융합하고 있는 수작이다. 남명은 이러한 수작을 남겼고, 그 후 수많은 남명학파들이 신흥사를 찾았지만, 차운시는 남기지 않았다.

쌍계

지리산권 사찰 제영시에서는 연작시만큼이나 차운시를 찾아보기가 쉽지 않다.[34] 그 이유에 대해서는 논의의 폭과 지면의 한계 상 다음 기회로 미루고자 하나, 이러한 사실들이 지리산권 사찰 제영시의 주요한 특성 중의 하나라는 사실을 제시하고자 한다.

지리산권 사찰 제영시가 일반적 제영시[35]와 달리 제영 공간의 경이

34) 필자가 조사한 바에 따르면 지리산권 사찰 제영시 300여 수 가운데 차운시는 3수에 불과했다.

35) 제영시의 가장 주요한 특징 중의 하나가 작품 속에서 어떠한 방법을 사용해서라도 경을 묘사한다는 것과 연작시와 차운시가 많다는 것일 것이다. 지리산권 사찰 제영시

작품에 잘 드러나지 않는다는 사실과 연작시와 차운시를 찾아보기 어렵다는 사실이 주요한 특성이라는 것을 밝혀 보았다. 이러한 작업이 보다 높은 설득력을 지니기 위해서는 대표적인 제영시라 할 수 있는 누정 제영시와의 비교가 필요할 것이나, 누정 제영시는 수많은 연구 성과물 속에서 앞에서 거론한 특성들이 이제는 정론화되었다는 판단에서 일반론과 비교하였다.

Ⅳ. 제영 공간의 이미지

일반적으로 사찰 제영시에 사찰 공간이라는 특수성이 작품에 내재되어 나타난다는 사실은 상식일 것이다. 이러한 팩트가 있기에 많은 연구자들이 사찰 제영시에 나타나는 공간의 이미지에 대하여 천착하여 왔다. 사찰 제영시에 대한 논의는 서론에서 밝혔듯이 아직 학계의 관심을 받지 못하고 있다. 이러한 이유로 그간의 연구 경향은 시대별 연구나, 그리고 자연미 내지 공간에 대한 연구, 특정 지역에 대한 연구로 한정되어 이뤄지고 있다.

세 가지 연구 경향 중 각론적 성격이 가장 강한 제영 공간에 대한 연구는 앞으로도 지속적으로 수행되어야 할 것이다. 또한 공간에 대한 연구 경향이 가장 먼저 나타났다는 것은 사찰 제영시 연구에서 공간이 차지하는 비중이 얼마나 큰 가를 보여주는 증거라고 생각한다. 그러므로 먼저 사찰 제영시에 나타난 공간의 이미지에 대하여 논의한 주요 연구 성과를 살펴보고자 한다.

는 제영시의 이러한 특징이 전혀 드러나지 않는다는 것이 흥미로운 사실이다.

김석태는 『불가 사찰제영시의 문학적 지향』이라는 논문에서 300여 수의 사찰 제영시를 분석한 후 '사찰과 그 주변 자연의 형상화가 1) 탈속한정, 2) 수행오도, 3) 선계지향, 4) 영사회고'[36] 등으로 나타나는 것을 밝혔다. 김갑기는 사찰 제영시의 유형을 분류하면서 사찰 제영시에 나타난 불교 공간 이미지가 '1) 탈속 한정의 문예미, 2) 수도 각성의 도량, 3) 회고 상정의 미'[37]가 나타는 공간으로 보았다. 또한 강석근은 "사찰의 이미지는 사찰에 대한 문인들의 개성과 보편성을 동시에 확인시켜준다."[38]라며 '1) 등림과 격세의 공간, 2) 한(閑)의 공간, 3) 해탈과 오도의 공간'[39]으로 보았다. 임종욱은 '1)심미 공간, 2) 수행공간, 3) 개오공간'[40]으로 보았다.

여기에서는 지리산권 사찰 제영시의 제영 공간을 작품에 드러나는 대표 이미지에 따라 종교적 공간, 탈속적 공간, 명승적 공간, 유희공간으로 나누어 구체적으로 논의하고자 한다.

1. 종교적 공간

지리산권 사찰 제영시에 가장 많이 드러나는 이미지 중의 하나가 사찰 공간의 청정성이다.[41] 이 이미지는 작품 속에서 여러 가지 정서로 발화

---

36) 김석태, 「불가 사찰제영시의 문학적 지향」, 『고시가연구』 23집.

37) 김갑기, 「조선후기 사찰제영시고」, 『한국어문학연구』 48집, 김갑기는 이 논문에서 사찰 제영시를 5개의 유형으로 분류하고 있다. 여기에서 언급하지 않은 '배불의 시정'과 '불교예술의 진수'는 본 논의의 핵심에 비켜서 있으므로 거론하지 않고자 한다.

38) 강석근, 「사찰제영시의 공간성과 문학성」, 『불교어문논집』 9집, 76쪽.

39) 강석근, 「사찰제영시의 공간성과 문학성」, 『불교어문논집』 9집.

40) 임종욱, 「사찰제영시에 나타난 자연의 의미에 대하여」, 『불교어문논집』 5집, 2000.

41) 지리산권 사찰이 대부분 깊은 산 속에 위치하고 있으며, 승경이 빼어난 곳이 많다는

되는 데, 그 가운데 중요한 분류 한 가지가 종교에의 귀의 내지 동경이다.[42] 사찰 제영시이기에 가지는 고유한 특성이라고 할 수 있겠다. 특히 승려의 작품은 대다수가 이러한 정서를 함축하고 있다. 다음은 18세기 유명한 대선사 중의 하나였던 석응윤의 「대원암(大源庵)」이다.

대원암

속세를 피해서 선승이 지은 절	先僧刱寺避塵寰
나 또한 밝은 시절 이 산에 들어왔네	余亦明時入此山
열린 동천 천광전[43]은 천년토록 장엄하고	洞闢天光千歲壯
높은 누각 운영루[44]는 등넝쿨이 뻗었구나	樓高雲影一藤攀

것도 이러한 청정성의 이유가 될 수 있을 것이다.

42) 지리산권 사찰 제영시의 중요한 이미지인 청정성은 종교에의 귀의와 탈속적 세계로의 진입으로 크게 양분되어 나타나고 있다. 후자는 절을 달리하여 고찰하고자 한다.

43) 대원사 천광전(天光殿)은 예전에 간경선불회가 있었던 곳으로, 지금은 원통보전 오른쪽에 자리하고 있다. 팔작지붕에 앞면 6칸, 옆면 4칸의 규모로 신축하였다. 1500년 역사의 대원사가 폐허가 되어 방치되었던 것을 1955년 9월에 비구니 법일스님이 주지로 임명되어 1986년까지 대웅전, 사리전, 천광전, 원통보전, 산왕각, 봉상루, 범종각, 명부전을 지어 지금의 대원사 모습을 갖출 때 함께 신축한 것이다.

44) 대원사에는 운영루가 없다. 대원사 봉상루를 의미하는 것인지, 천광전의 대구를 위

푸른 이끼 고탑에서 사리를 살펴보고	蒼苔古塔探仙骨
흰 바위 맑은 시내에서 얼굴을 씻누나	白石淸流洗客顔
출처는 모두 나와 무관한 일	出處俱無干我事
창가에 앉아서 종일토록 염불하네	念經終日坐窓間[45]

대원사[46]는 천년고찰로써 특히 빼어난 계곡을 가진 아름다운 사찰이다. 석응윤은 이 곳 대원사를 '出處俱無干我事 念經終日坐窓間'이라며, 속세와 인연을 끊은 자신의 삶에 견주어 노래하고 있다. 대원암의 청정함이 불교적 제의 공간으로 승화되고 있는 것이다. 승려들의 작품 속에서는 이러한 정서를 가진 제영시가 많다. 이러한 사실은 지리산권 사찰 제영시가 아니더라도 사찰 제영시의 일반적인 현상이라고 할 수 있다. 지리산권 사찰 제영시의 특징은 이러한 정서가 승려가 아닌 유자들의 작품에서도 다수가 나타난다는 사실이다. 다음 「화엄사장육전중수시(華嚴寺丈六殿重修詩)」는 17세기 유학자였던 홍세태의 작품이다.

도선의 유적은 외로운 연기뿐	道詵遺跡只孤烟
금찰을 중수해도 온전치 못하였네	金刹重修尙未全

하여 일반명사의 의미로 쓰였는지는 알 수 없다. 또한 대원사는 크고 작은 화재가 잦았다. 그래서 과거에는 운영루가 있었는지 모르겠다.

45) 釋應允, 『鏡巖集』. 본 논문에서 인용된 한시는 졸저 『지리산, 바람은 풍경으로』(디자인흐름, 2011)를 1차 자료로 사용하였다.

46) 金晋郁, 『지리산, 바람은 풍경으로』, 디자인흐름, 2011, 106쪽. 경상남도 산청군 삼장면 유평리 지리산(智異山)에 있는 절로서, 대한불교조계종 제12교구 본사인 해인사(海印寺)의 말사이다. 548년(진흥왕 9) 연기(緣起)가 창건하여 평원사(平原寺)라 하였다. 그 뒤 폐사가 되었던 것을 1685년(숙종 11) 운권(雲捲)이 옛터에 절을 짓고 대원암(大源庵)이라 하였으며, 1890년(고종 27) 구봉(九峰)이 낡은 건물을 중건하고 서쪽에 조사영당(祖師影堂), 동쪽에 방장실(方丈室)과 강당을 짓고 대원사로 이름을 바꾸었다.

한 스님 힘을 입어 별전을 열게 되니	賴有一僧開別殿
마침내 삼불이 제천을 다스리네	遂令三佛鎭諸天
빈 산 속엔 장엄한 법계가 펼쳐지고	莊嚴法界空山裏
옛 잣나무 앞에는 고요한 선심일세	寂寞禪心古栢前
생각컨대 백신이 떠받쳐 수호하겠고	想見百神扶護得
무한 세월 다하도록 홀로서 우뚝하리	恒河沙盡獨巍然[47]

홍세태는 위항문학의 발달에 주요한 역할을 하였던 인물로 1653년에 태어나 1725년에 졸하였다. 화엄사 장육전이 1702년에 중수되었으니 홍세태가 50세가 되었을 때이다. 직접 장육전의 불사를 보고 창작한 작품이라고 할 수 있다. 홍세태는 이 작품의 경련에서 장육전의 중수로 '공산(空山)', 즉 지리산에 '장엄법계(莊嚴法界)'가 펼쳐진다고 노래하고 있다. 나아가 미련에서 '想見百神扶護得 恒河沙盡獨巍然'이라며 장육전의 중수를 축수하고 있다. 유자의 작품인지 승려의 작품인지 분간이 되지 않을 정도로 심화된 불교적 정서가 투영된 작품이다. 다음은 한국유학사에서 이황과 쌍벽을 이루었던 기대승의 「증쌍계승성묵(贈雙磎僧性默)」이라는 작품이다.

구름 사이에 숨었구나 빼어난 봉우리	雲間隱約秀孤岑
유인을 상대하여 마음도 깨끗하네	正對幽人不染心
샘물 하얗게 뿜어 오솔길 적시고	泉噴雪花松徑濕
햇살은 아지랑이 쪼여 석당에 깊구나	日烘嵐氣石堂深
차가운 재에 불 헤쳐 향 피우고	寒灰撥火香生篆
고요한 밤에 염주 잡자 종도 울리네	靜夜持珠磬發音

---

47) 洪世泰, 『柳下集』.

백 년을 앉았으면 날아서 피안에 이를 텐데　　宴坐百年拚到岸
번득이는 물결 속에서 천게[48]를 읊도다　　瀾飜千偈試長吟[49]

이 작품은 기대승이 성묵대사의 고매한 인품을 찬양하는 내용이다. 성묵대사의 그 청결함은 '세속을 벗어나 자연 속(지리산 쌍계)에서 거주함으로 인해서이다.'라는 판단이 들어 있다. 이 작품에는 유잠(幽岑), 명월(明月), 백운매곡(白雲埋谷), 청산(靑山), 고잠(孤岑) 등의 소재가 청정한 심상으로 성묵대사에게 이어지고 있다. 깊은 존경심까지 내비치는 작품이다. 즉, 기대승의 심상은 지리산 쌍계사의 청정함⇒성묵스님의 고결함⇒불교의 긍정으로 확대되고 있다. 소세양의 「제실상사(題實相寺)」라는 작품 역시 사찰 공간의 청정함이 불교에의 긍정으로 이어지고 있는 작품이다.

실상사

48) 千偈, 천 마디 偈頌(法文).
49) 奇大升, 『高峰集』.

길은 인적이 드물어서 좁고	徑爲人稀狹
암자는 벽지에 인했지만 높구나	菴因地僻尊
기이한 돌은 돌아보면 탑과 같고	石奇還似塔
누운 소나무는 우연히 문을 이루었구나	松偃偶成門
깨달음이 발하니 새벽 종소리에 움직이고	發省鍾晨動
마음이 슬기로우니 밤 물에도 두려움이 없구나	惺心水夜喧
짧은 시로 흰 벽에 제영하니	短詩題素壁
유적은 옛 일에 응하고 있네	遺跡故應存[50]

소세양은 1486년에 태어나 1562년에 졸하였으니 조선 전기를 살다 간 인물이다. 소세양은 이 작품의 전 4구에서 실상사의 경을 읊고, 뒤에 정을 노래했으니 전경후정의 작품이다. 실상사의 경이 경련에 와서 '발성'하게 하고 '성심'하게 하고 있다. 지리산권 사찰 제영시에는 유자들의 작품 속에 이러한 심상이 시화된 작품이 많다. 사찰을 찾은 유자들은 천년고찰의 청정함에 깊게 감탄하게 되고, 그러한 정서가 불교에 대한 긍정적 심회로 승화되는 것이다. 나아가 스스로 불심을 키우는 데에까지 이른 작품도 많다. 다음은 호남사림의 중추적 인물이었던 눌재 박상의 「쌍계사찬(雙磎寺讚)」이다.

방장산은 삼한 천하에 이름 높고	方丈三韓聞天下
쌍계의 모습은 다시없는 경치로다	雙磎形勝又無多
청학동 내리치는 물 벼락이 놀라웁고	鶴洞層波驚霹靂
석문의 네 글자는 교룡의 춤이로다	石門四字舞蛟龍
바리때 하나로도 천하가 자유롭고	一鉢乾坤長自在

50) 蘇世讓, 『陽谷集』.

산을 메운 청풍명월 작은 길을 지나가네	滿山風月小經過
베 버선 푸른 신발 갖추었으니	布襪靑鞋吾已具
아득한 벼랑에서 불심[51]이나 키워볼까	幽崖窈窕叩頭陀[52]

박상은 1474년에 광주에서 태어나 1530년에 졸하였으니, 조선 전기를 살다간 큰 학자이다. 청백리에 녹선되고, 문장가로 이름을 떨쳐 당대의 사가로 칭송을 받았다. 박상은 시제 그대로 쌍계사를 찬하고 있다. 수련에서 압축하였듯이 박상은 지리산이 천하의 명산이요, 쌍계는 그 가운데 절경이라고 노래하고 있다. 이러한 승경을 보다 구체적으로 함련에서 제시하며 암묵적으로 이러한 쌍계사이기에 이 곳이라면 모든 것을 내던지고 유자인 자신도 불심을 키울 수 있을 것이라 노래한다.

쌍계사의 청정함이 경련의 '자재(自在)'로 발화되고 이것이 미련에 와서 '청혜포말(靑鞋布襪)'과 '두타(頭陀)'로 함축되어 나타나고 있다. 청혜포말은 두보의 「봉선유소부신화산수장가(奉先劉少府新畫山水障歌)」에서, "약야계요, 운문사로다. 나만 홀로 어이해 속세에 묻혀 있으랴, 짚신과 베버선 차림이 이제부터 시작일세.[若耶溪 雲門寺 吾獨胡爲在泥滓 靑鞋布襪從此始]"라고 한 데서 유래한 말로, 훗날 많은 시인들이 산수 속에 유유자적함을 의미하는 시어로 사용하였다. 경련의 '자재'와 상응하는 시어이다. 박상은 유자였기에 이것이 불심의 기초가 된다고 본 것이다. 그래서 박상의 심상은 '자재(自在)'≒'청혜포말(靑鞋布

51) 頭陀, 범어 dhuta의 음역으로 모든 번뇌를 없애고 의식주에 집착하지 않으며 청정하게 불도를 수행하는 것을 의미한다.

52) 朴祥, 『訥齋集』.

襪)'⇒'고두타(叩頭陀)'로 이어지고 있으며, 이러한 심상의 동인은 쌍계사의 청정함이다.

지금까지 살펴본 바와 같이 지리산권 사찰 제영시에는 산사의 청정함이 불교에 대한 긍정적 인식으로 외화되어 불교에 대한 존경심으로 나타나든가, '동경과 동화'로 나타나고 있다. 이러한 인식이 드러난 유자들의 작품이 지리산권 사찰 제영시에서 얼마든지 찾아볼 수 있다는 사실은 우리에게 많은 것을 시사하고 있다.

문학이 현실의 거울이라는 정의를 굳이 내세우지 않더라도 현실을 떠난 문학 작품이 존재할 수 없다는 것은 모든 문학 연구자가 동의하는 바일 것이다. 그러므로 지리산권 사찰 제영시에 드러난 조선시대 유자들의 인식을 분석해보면 비록 국가적으로 숭유억불을 내세웠던 시기였지만, 상당수의 유자들은 깊은 산사에서 수도에 전념하는 승려와 불교에 대하여 제한적이나마 호의적이었음을 알 수 있다. 소결을 맺으면 지리산권 사찰 제영시에 투영된 불교 공간에 대한 유자들의 인식은 첫 번째 동경과 동화로 나타났다.

2. 탈속적 공간

조선조 유자들에게 있어서 산수 유람은 단순한 유람이 아니었다. '학(學)'의 연장으로써 산수 경치를 감상하는 것을 통하여 호연지기를 기른다든지, 질서 정연하고 조화로운 자연 감상을 통하여 수기를 이루고자 함이었다. 그들에게 자연은 완상의 대상이 아니라 학의 방편이자, 수기의 대상이었던 것이다. 이러한 이유로 조선시대 유자들은 자연을 통하여 수기를 이루었고, 또한 이것이 문학을 하는 이유였으며 작품 창작

동기였다.[53] 그런데 지리산권 사찰 제영시에는 이러한 조선조 유자들의 도학적 자연관[54]이 드러나지 않고 있다.

최석기는 조선시대 사인들이 지리산을 유람하게 된 동기가 크게 두 가지로 하나는 공자의 '등태산소천하(登泰山小天下)'의 높은 정신적 세계를 지향하고자 함이었고, 다른 하나는 청학동, 삼신동 등 선계에서 노닐며 탈속적 정취를 즐기기 위함이라고 말하였다.[55] 최석기의 "공자의 '등태산소천하'의 높은 정신적 세계를 지향하고자 함"은 지리산 유산시에 그 자취가 많이 보이고 있다. 특히 천왕봉에 오르는 여정으로 유산을 하였던 유자들의 시에 이러한 정서가 많이 함축되어 있다.[56] 사찰

---

53) 金晋郁, 『송강 정철 문학의 재인식』, 역락출판사, 2005, 222쪽. 사대부들에게 自然은 道學의 또 다른 표출이었다. 공자가 말하였던 '三人行必有我師焉'(『論語』「述而」)의 확장이라고 말할 수 있는 '子曰 知者樂水 仁者樂山 知者動 仁者靜 知者樂 仁者壽'(『論語』「雍也」)의 山水가 自然이었던 것이다. 자연은 이와 같이 玩賞의 대상이 아니라 學의 방편이자, 수기의 대상이었던 것이다. 이러한 이유로 사대부들은 자연을 통하여 수기를 이루었고, 또한 이것이 자연을 통한 작품의 창작 동기이자, 내적 형상을 이루었던 것이다.

54) 安봄, 「河西 金麟厚의 文學思想 硏究」, 朝鮮大學校 博士論文 2000, 155쪽. 조선조 사대부들에게 자연은 일종의 관념 속의 자연이다. 사대부들의 학문은 道學위주이기 때문에 山水나 自然景物은 단순한 玩賞의 차원이 아니라, 生長死滅의 理法이 내재된 자연의 소산물로 여겨진다. 특히 도학자들은 자연을 철학적인 관점에서 사유하므로 관념적, 추상적인 경향을 띠기 쉽다. 그리고 문학 작품 속에서 자연 경관을 묘사할 때도 미학적이기보다는 관념적 혹은 철학적으로 표현하는 경우가 많다. 사대부들의 산수문학에 등장하는 자연계의 경물들이 경물 각각의 외형적인 특색과 외재적 요소가 지닌 현상적 아름다움을 노래하고 있더라도, 그 이면에는 늘 '理'의 이치를 직관하고자 하는 의도가 내재되어 있는 것이다. 즉, 자연 경물의 외형적 아름다움을 그리는 것에 그치는 것이 아니라 '分殊의 理'를 터득하고자 하는 감상의 태도가 중시된다. 그러나 이러한 태도는 언제나 산수 감상에 있어 전제되는 개념이 아니라 거의 무의식적으로 잠재하는 세계인식이다. 그래서 산수를 노래한 사대부의 시가는 대개 정적이기보다는 지적이고, 미적이기보다는 교화적이라 하겠다.

55) 최석기, 「조선시대 士人들의 지리산 유람을 통해 본 士意識」, 『한문학보』 20집, 2009, 40~43쪽.

제영시에는 이러한 도학적 정서는 찾아보기 어렵고 또 다른 정서인 탈속적 정취가 주를 이루고 있다. 작품을 통하여 구체적인 논의를 하고자 한다.

절은 흰구름 가운데 있는데	寺在白雲中
흰구름을 중은 쓸지 않네	白雲僧不掃
손이 오자 비로소 문이 열리는데	客來門始開
온 골짜기에 송화가루 날리네	萬壑松花老[57]

여기서의 흰 구름은 화자의 심상에서 창조해 낸 대상물이다. 불일암의 신비스러운 청정함이 만들어 낸 이미지인 것이다. 이러한 청정한 공간은 정적의 공간이다. 「불일암증인운석(佛日庵贈因雲釋)」의 기구와 승구는 정지된 화면이다. 세상으로부터 완전히 일탈된, 시간마저 멎어버린 공간이다. 객이 오자 비로소 문이 열리고, 그제야 정지되었던 시간이 다시 작동하여 송화가루가 날리는 것이다. 탈속의 정취가 물씬 풍기는 작품이다.

이 작품은 화자와 대상과의 거리가 적절한 간격을 유지하고 있다는 점에서 절제가 잘 드러나고 있다. 화자인 이달은 전지적 시점을 갖춘 채 불일암의 한 가운데에 있으면서, 심상적 거리는 불일암과 일정 거리를 유지하고 있다. 전구의 '객'은 화자인 이달이다. 그럼에도 객으로 표현함으로써 작품 속에서 화자는 대상과의 관계에서 거리를 유지하고

---

56) 여기에 대한 연구는 지리산권문화연구단에서 꾸준히 진행하고 있다. 현재까지 『지리산 유산기 선집』, 『지리산 한시 선집-천왕봉』, 『지리산 한시 선집-청학동』, 『지리산권 사찰 제영시』, 『지리산 유람록 1~4』 등의 총서와 여러 연구 논문을 통하여 계속하여 논의하고 있다.

57) 李達, 『蓀谷集』.

있는 것이다. 절제와 탈속의 심상이 작품의 미적 아름다움을 완성하고 있는 작품이다. 다음은 동일한 궤의 작품으로 서산대사의 『청허당집(淸虛堂集)』에 전하는 「불일암(佛日庵)」이라는 작품이다.

깊은 절에 지는 꽃은 붉은 비요	深院花紅雨
긴 대숲 아지랑이는 푸른 연기라	長林竹翠煙
흰구름은 산 위에 엉기어 자고	白雲凝嶺宿
청학은 스님과 함께 졸고 있네	青鶴伴僧眠[58]

그 어떠한 인위도 개입하기 힘든, 깊은 산사의 신비스러운 비경이 만들어내고 있는 세상 밖의 풍경이다. 앞 선 이달의 작품과 비교해 보았을 때, 유자와 승려의 작품이 이토록 흡사하리만큼 닮아 있다는 것이 시기할 정도이다. 이것은 작품의 창작 공간인 불일암이 만들어 낸 정서라고 생각한다. 다음은 조선 말 남명학파의 학자인 하달홍의 『월촌집(月村集)』에 전하는 「벽송암(碧松菴)」이라는 작품이다.

두류산 수많은 정토 중에서	頭流諸淨界
이곳의 청절이 짝할 곳 없구나	淸絶此無雙
거듭 검게 칠한 벽은 그대로나	壁留重降墨
고송으로 지은 단은 허물어졌네	壇老古裁松
중은 탑을 쓸려 와서	有僧來掃榻
일 없이 앉아 종소리만 듣고 있네	無事坐聞鍾
이곳이 산을 보기에 가장 좋고	最是看山好
푸른 안개는 비 온 뒤에 더욱 짙구나	蒼嵐雨後濃[59]

58) 西山大師, 『淸虛堂集』.

벽송암

하달홍은 1809년에 태어나 1877년에 졸하였던 조선말 유학자로서 하재문·조성가·강병주·하응로 등과 교유하였다.[60] 이 작품의 창작 공간인 벽송사[61]는 지리산에서 가장 높은 곳에 위치한 사찰이다. 그러므로 그만큼 세인과의 거리는 멀 수밖에 없는 청정한 공간이다. 김진욱은 하달홍의 「벽송암(碧松菴)」에 대하여 다음과 같이 평하였다.

> 하달홍(河達弘)의 「벽송암」이란 작품 역시 '두류제정계 청절차무쌍(頭流諸淨界 清絕此無雙)'이라는 표현으로 두류산에서 가장 맑은 기운이 감싸 도는 벽송사의 선계를 잘 묘사하고 있다. 벽송사의 평화로운

---

59) 河達弘, 『月村集』.

60) 河載文·趙性家·姜柄周·河應魯 등은 모두 남명학파이다.

61) 이정, 『한국불교사찰사전』, 불교시대사, 1996. 229쪽. 경상남도 함양군 마천면 추성리 지리산 칠선계곡에 있는 절로써 대한불교 조계종 제12교구 본사인 해인사의 말사이다.

> 정경을 잘 묘사한 이 작품은 특히 '최시간산호 창람우후농(最是看山好蒼嵐雨後濃)'이라는 표현으로 비 온 뒤 푸른 아지랑이가 펼쳐져 있는 지리산이 감싸고 있는 벽송사의 평화로움을 잘 묘사하고 있다.[62]

하달홍의 「벽송암」은 수련의 '청절차무쌍(淸絕此無雙)'이라는 표현에 화자의 시적 정서가 압축되어 제시되고 있다. 이 정서가 함련과 경련에서 펼쳐지고 미련에 와서 집약되고 있는 것이다. 이 작품에 대하여 '선계', '평화로운 정경' 등으로 평하였던 이유가 바로 '청절차무쌍'에 있는 것이다.

지리산권 사찰 제영시에 투영된 유자들의 불교 공간 인식을 살펴보면 산사의 청정함이 빚어낸 탈속적 공간이 시화되고 있다. 직접적으로 언급되고 있지는 않지만 세상의 갈등과 번민이 사라진 공간, 선계와 같은 공간으로 묘사됨으로써 앞 장에서 살펴보았던 동경의 심상이 이어지고 있다.

지리산권 사찰 제영시의 창작 공간인 지리산 산사의 청정함은 화자에 따라 몰입과 절제로 분화되고, 몰입의 경우 불교에 대한 존경심 내지 '동경과 동화'로 나타나고, 절제의 경우 불교와의 일정한 거리를 유지한 채 탈속적 정취를 자아내고 있다. 작품 속에서는 이러한 탈속적 정취가 절제되어 화자가 유자의 신분을 유지한 채 시화되어 나타나고 있다. 소결을 맺으면 지리산권 사찰 제영시에 투영된 불교 공간에 대한 유자들의 인식은 두 번째로 세상의 갈등과 번민이 없는 선계와 같은 탈속적 공간으로 나타났다.

---

62) 金晋郁, 『지리산, 바람은 풍경으로』, 디자인흐름, 2011, 240~241쪽.

3. 명승적 공간

산수자연의 경우, 장소가 이름을 얻는 것은 대체로 그곳의 빼어난 경관 때문인데, 이를 '명승'이라 일컫는다. 명승은 '승'이란 글자의 의미에서 보듯 경관의 빼어남을 전제로 한 용어다. 명승의 '승'이 '승경, 절경'의 의미를 함축하고 있기 때문이다.[63] 이와 같이 명승의 사전적 의미는 이름난 공간을 의미하는데, 가장 일반적 유형은 특정 장소의 객관적 아름다움에 기인한다.

쌍학은 천장 봉우리 위로 날아오르고	雙鶴峰千丈
늙은 용은 만장 폭포 속으로 들어가누나	老龍瀑萬尋
이 땅 제일의 승경이 펼쳐진 이곳	第一江山勝
시인들이 찾아와 시를 읊도다	收來絕句吟[64]

명승의 의미를 알아볼 수 있는 하익범의 「불일암」이다. 전경후정의 구조를 가진 「불일암」은 기구와 승구에서 불일폭포의 경을 노래하고 있다. 불일폭포의 모습을 쌍학이 천장 봉우리로 날아오르는 것에 비유하였고, 늙은 용이 폭포 속으로 들어가는 모습으로 묘사하였다. 후정에서 불일암은 이처럼 승경이 천하제일이기에 수많은 시인들이 불일암을 찾는다는 것이다. 승경을 찾는 시인과 자신과의 동일시가 나타나고 있다. 이 작품은 특정 공간이 명승이 되는 이유와 시인묵객이 명승을 찾는 이유가 분명하게 드러나고 있다. 다음 역시 명승의 의미를 알아볼

63) 강정화, 「지리산 유산시에 나타난 명승의 문학적 형상화」, 『동방한문학』 제41집, 동방한문학회, 2009, 367쪽.

64) 河益範, 『士農窩集』 「佛日庵」.

수 있는 백광훈의 「증사준상인(贈思峻上人)」이다.

지리산에선 쌍계사가 풍광이 빼어나고	智異雙磎勝
금강산은 만폭동이 절묘하다네	金剛萬瀑奇
명산을 이 몸은 아직 못 가고	名山身未到
해마다 스님 송별시만 읊조린다네	每賦送僧詩[65]

백광훈은 전구에서 고백하였듯이 아직 쌍계사를 유람하지 못하였다. 그럼에도 불구하고 금강산의 만폭동, 지리산의 쌍계사를 명승으로 인식하고 있는 것이다. 빼어난 풍광과 절묘한 승경으로 이름을 얻어, 그 장소를 찾은 이나, 아직 찾지 않은 이에게까지 동경의 대상이 되는 것이 명승을 이루는 첫 번째 조건이라는 것을 알 수 있다. 지리산의 사찰은 이러한 명승 공간에 많이 세워졌고, 이것이 조선시대 유자들이 지리산의 사찰을 찾는 여러 이유 중의 하나였다. 조선시대 유자들은 지리산을 명산으로 인식[66]하였고, 이 때문에 숱하게 지리산을 찾았다.

특정 장소가 뛰어난 경관만으로 명승이 되는 것은 아니다. 특정 역사적 사건이나 인물과 결합하여 이름을 얻게 되고, 그 장소를 찾는 이에게 인문적 산수 감상을 가능케 하는 지위를 획득하게 되는 경우 명승의 조건을 갖추게 된다. 다음은 강정화의 인문적 산수 감상을 가능케 하는 명승의 조건을 제시한 주장이다.

65) 白光勳, 『玉峯集』.

66) 여기에 대한 논의는 현재 활발하게 이루어지고 있다. 이 부분에 대한 연구 성과를 모아 지리산권문화연구단에서는 지난 2010년에 두 권(홍영기 외, 『지리산과 인문학』, 2010, 커뮤니케이션 브레인. 장원철 외, 『지리산과 명산문화』, 2010, 디자인흐름)의 총서를 발간하였다.

> 명승은 그 경관이 인위가 개입되지 않는 객관적 대상인 경우와, 경관이 인간의 심미적 시야에 들어와 심미적 대상이 된 경우가 있다. 여기에서 주목할 것은 후자인데, 특히 빼어난 경관이 아니어도 거기에 '역사적, 문화적 가치'를 부여함으로써 명승으로 이름난 경우이다. 곧 직접적 풍광이나 자연물에 주목하지 않고 장소나 자연 대상에 인간의 감정을 이입하여 세상의 이치를 투사하고, 역사적, 철학적 의미를 반추하며, 나아가 선현들의 사상과 행적 등을 상상하는 인문적 산수 감상을 가능하게 하는 대상을 일컫는다.[67)]

명승 공간은 강정화의 주장처럼 "명승은 그 경관이 인위가 개입되지 않는 객관적 대상인 경우와, 경관이 인간의 심미적 시야에 들어와 심미적 대상이 된 경우"로 크게 양분할 수 있는데, 여기에서는 후자만을 가지고 논의하고자 한다. 지리산의 사찰들이 대부분 빼어난 승경지에 위치하고 있으므로, 전자의 경우 기본적으로 대부분의 사찰 제영시의 시적 정서에 작용하고 있기 때문이다. 다음은 안처순의 「쌍계사」이다.

이끼 낀 길 천천히 걸어 고적에 오르니	徐步苔路足自躋
산사의 비석은 옛일을 생각케 하네	山堂石碑事堪稽
아득히 오랜 옛적 삼한의 선비	蒼茫千古三韓士
쌍계석문[68)] 네 글자는 방금 쓴 듯 힘차구나	磅礡如今四字頭
만세문장은 해와 달을 부여잡고	萬世文章扶日月

67) 강정화, 「지리산 유산시에 나타난 명승의 문학적 형상화」, 『동방한문학』 제41집, 동방한문학회, 2009, 367쪽.

68) 雙磎石門, 쌍계사 입구 양쪽 바위에 왼쪽에는 雙磎, 오른쪽에는 石門이라고 쓰여 있다. 지금도 부식되지 않아 확연히 알아볼 수 있는데, 최치원이 지팡이로 쓴 글씨라고 전해진다. 수많은 지리산 유산기와 한시 작품에서 이 쌍계석문을 언급하고 있다.

당시 필법을 널리 전했네 當時筆法可端倪
청학을 사랑해 청학동을 찾았으나 爲憐青鶴尋仙府
소매에 솔향기만 가득할 뿐 갈 길은 아득하네 滿袖松香路欲迷[69)]

안처순의 「쌍계사」는 전정의 구조로 이루어진 칠언율시이다. 수련에 간접적으로 경이 드러나나 정에 주관하고 있다. 안처순에게는 쌍계사의 경치보다도 쌍계사의 유적이 큰 의미로 다가와 명승지를 찾은 정서가 시화되고 있는 것이다. 그러므로 정이 주조를 이루고 있다. 이 작품은 칠언율시의 중심이라 할 수 있는 함련과 경련에서 최치원의 쌍계석문을 직접 보는 감동을 시화하고 있다. 이러한 정서는 지리산권 사찰 제영시에서 자주 접할 수 있는 시정이다. 동방 유학의 시조였던 최치원을 기린 작품은 유자들만의 몫이 아니었다. 다음은 동일한 궤의 소요대사와 금안국의 작품이다.

두류산 방장은 신선이 거처하는 곳 頭流方丈眞仙界
살아있는 시구를 바위에 새겨 놨네 鼓翼淸吟付石門
석문의 그 필적 인간세계 보배요 石門筆迹人間寶
금단에 노닐다가 흰구름에 숨었네 遊戲金壇銷白雲[70)]

말로만 듣던 쌍계사는 聞說雙磎寺
옛날 고운 선생이 놀던 곳 孤雲舊所遊
몇 번을 꿈에 그렸지만 幾曾馳夢想
끝내 청학동은 찾지 못했네 竟未訪眞區

69) 安處順, 『思齋實記』.
70) 逍遙大師 太能, 『逍遙堂集』「題雙磎寺崔孤雲石門筆迹」.

지척이 천 리 같고	咫尺如千里
두류산 단풍은 깊은 가을인데	頭顱颯九秋
산수를 즐김은 내 복이 아니런가	煙霞非我分
다시 한번 생각하니 마음이 한가하네	矯首意悠悠[71]

소요대사는 시제에 분명하게 드러나 있듯 쌍계석문을 시적 주 제재로 하여 「제쌍계사최고운석문필적」을 창작하였다. 금안국 역시 옛날 고운 선생이 놀던 쌍계사를 그리는 마음이 시적 제재가 되어 작품을 완성하였다. 이처럼 지리산을 찾는 이들은 최치원의 유적에 대하여 동일한 심상의 다수의 작품을 창작하였다. 다음은 정재규의 「칠불암(七佛庵)」이라는 작품이다.

칠불암

71) 金安國, 『慕齋集』 「雙磎寺」.

옥보고의 거문고 소리 이미 옛일이라	玉寶琴已古
헛되이 흐르는 물소리만 감췄구나	空藏流水音
아득한 칠 왕자는	悠悠七王子
맑은 풍경소리 오히려 마음을 전했구나	淸磬尙傳心
흰구름은 도로 차가와지나	白雲還欲冷
청학은 다시 찾지 못하구나	靑鶴不復尋
차마 이 놀음이 없어질까	忍使玆遊泯
슬피 끊어진 소리를 이었구나	悵然續短吟[72]

정재규는 1843년에 태어나 1911에 卒하였던 조선말 유학자이다. 기정진의 문하에서 수학하였으나 출사는 하지 않았다. 이 작품은 칠불사의 창건 유래에 대한 감회와 칠불사에 머물렀던 옥보고에 대한 회상이 시화되었다. 역시 칠불사의 경은 드러나지 않고 있다. 수련에서는 옥보고, 함련에서는 칠왕자에 대한 회상이 드러나 있다. 이러한 회상이 경련에 와서 시대에 대한 인식으로 확장되고 있는 작품이다. 칠불사가 명승인 이유를 종합적으로 표현하고 있다. 다음 이순인의 「칠불암」 역시 동일한 궤의 작품이다.

산사람이 스스로 이끼를 쓸었더니	山人手自掃莓苔
조그만 절이 구름 위 높은 대에 처음 열리네	小院初開雲上臺
서른여섯 거문고 곡을 한밤중에 타노라니	三十六調彈夜半
푸른 단 밝은 달에 학들이 배회하네	碧壇明月鶴徘徊[73]

72) 鄭載圭, 『老柏軒集』.

73) 李純仁, 『孤潭逸稿』.

신흥사는 화개동천 중심지라 할 수 있는 화개면 범왕리 왕성초등학교 자리에 있던 지리산 굴지의 대 사찰로 신응사라고도 하였다. 주변의 풍광이 너무 절경이라 서산대사도 열다섯 어린 나이에 "이곳을 고향으로 삼고 싶다."며 불문에 들었으며, 조식 역시 자주 이곳을 찾았다. 조선시대에 수많은 시인묵객들이 지리산의 이상향을 찾아 방문했던 곳이기도 하며, 최치원이 세상의 어지러움을 피해 와서 더러운 소리에 때묻은 귀를 씻었다는 세이암이 있는 곳이다. 이러한 이유로 신흥사를 찾는 시인묵객들은 이러한 역사를 시로 읊곤 하였다. 그 가운데 이수광의 「신흥사과우(神興寺過雨)」를 살펴보고자 한다.

신흥동천 안으로 학사대[74]를 찾아가니	洞裏行尋學士臺
절간 문 가을 물이 조그만 다리를 둘러 있네	寺門秋水小橋回
무단히 시냇가에 한줄기 비 내리니	無端一陣溪頭雨
응당 시인에게 눈을 씻고 오도록 함이네	應爲詩人洗眼來[75]

이수광은 「신흥사과우」의 기구에서 학사대를 찾아가고 있다. 그러나 신흥사에는 학사대가 없다. 시적 상징으로 볼 수도 있겠고, 이수광의 착각으로 볼 수도 있겠다. 그러나 어떻게 보아도 신흥사가 명승 공간으로 이름을 날린 이유 중의 하나가 최치원이 상주하였던 공간이었기 때문이라는 해석에는 차이가 없다. 이러한 유허지이기에 이곳을 찾는 이들은 마음을 씻고 들어서야 하며, 이수광 역시 결구에서 신흥사에

---

74) 學士臺, 학사대는 가야산 해인사에 있다. 신응사에는 학사대가 없고, 있었다는 기록도 없다. 여기서는 최치원을 비유하는 것으로 보인다.

75) 李睟光, 『芝峰集』.

내리는 비는 자신의 마음을 씻기 위함이라고 노래하고 있다.

지리산권 사찰 제영시에는 이와 같이 명승 공간으로 인식이 시적 제재가 되고, 주제가 되어 시화가 된 작품이 많다. 지리산권 사찰을 찾았던 조선시대 유자들은 그곳을 먼저 찾고, 그곳에 자취를 남기었던 역사적 인물에 대한 회상과 흠모를 통하여 성찰의 계기로 삼고자 하였던 것이다. 이것은 지리산권 사찰이 유교 인물들에게도 스쳐지나가는 장소가 아니라, 머물러 상주할 수 있었던 공간이었기에 가능한 일이다. 소결을 맺으면 지리산권 사찰 제영시에 투영된 불교 공간에 대한 유자들의 인식은 세 번째로 불자와 유자가 공유하였던 장소[76], 역사와 인물에 대한 흠모와 함양이 계속되는 명승 공간으로 인식하였다.

4. 유희 공간

유희는 특별한 목적의식 없이도 그것 자체로서 흥미를 느끼게 되는 활동의 총칭[77]으로, 조선시대 유자들의 대표적 유희는 산수유람이었다. 명승을 찾는다는 자체가 일상으로부터의 탈출을 의미하였으니, 산수유람은 그 자체로써 유자들에게 대단한 유희였던 것이다. 유희를 이러한 맥락에서 고찰하면 지리산권 사찰 제영시 중 유자들의 작품은 대부분이 유희의 산물이었다는 결론에 이르게 되고, 유희 공간의 특성이 희석화될 수밖에 없다. 그러므로 여기에서는 유희를 협소한 개념인 노

---

76) 김갑기, 「조선후기 사찰제영시고」, 『한국어문학연구』 48집, 55쪽. 당대의 식자층인 승·속간에 儒佛不二의 전통적 의식으로 부단한 교유가 이어왔기 때문이라 했다. 中略 사찰이 불자에게는 이를 바 없는 수도도량이자 생활문화 공간이지만, 유자들에게도 세속적 삶을 돌아보게 하는 신비체험의 장이자, 그 회한의 정을 깨우치는 장임을 읽을 수 있었다.

77) 네이버 백과사전.

동의 상대 개념인 놀이 문화의 산물로 보고자 한다.

지리산권 사찰 제영시에 묘사된 불교 공간이 단순한 유람의 장이거나, 일상 밖의 공간, 놀이 공간으로 시화된 작품을 중심으로 논의를 전개하고자 한다. 다음은 조찬한의 「영원사봉증지계(靈源寺逢贈芝溪)」이다.

평생토록 하늘 아래 좋은 경치 누렸으나
꿈 속처럼 맘껏 놀지 못하였네
좋은 시절에 우연히 좋은 때를 만났으니
고인이 명산에 이르러 무엇을 바라겠는가
지팡이 짚고 날듯이 철벽에 올라 서쪽 봉우리로 나아가
한가로이 옥부의 요대에서 술잔을 기울이네
공무[78]에 휩싸인 무리배가 아니거든
구름 사이의 부석[79]을 재촉할 수 없구나

平生勝致被天攷　　未卜玆遊夢寐間
佳節偶然當暇日　　故人何幸到名山
飛笻鐵壁金峯迴　　把酒瑤臺玉府間
簿領已非吾輩事　　莫催鳧舃出雲關[80]

조찬한은 1572년에 태어나 1631년에 졸하였으니, 조선이 전기에서 후기로 넘어가는 시대이자, 임란과 병란의 병화를 겪었던 시기를 살다 간 인물이다. 조찬한의 「령원사봉증지계」는 함련에 나타나있듯 우연히 좋은 때를 만나 영원사를 유람하게 된 즐거움을 노래하고 있다. 경

78) 簿領, 문서더미를 이르나 시어로써 공무에 파 묻혀 있는 상태를 이른다.
79) 鳧舃, 오리라는 뜻이나 신선의 신발이라는 의미를 가짐. 여기서는 신선의 신발을 신고 구름 사이를 자유롭게 노니는 것을 그리고 있음.
80) 趙纘韓, 『玄洲集』.

련의 '把酒瑤臺玉府間'이라는 표현에서 보이듯이 명승지를 찾고 그곳에서 한가로이 술잔을 기울이는 즐거움 속에서 더 이상 영원사는 종교 공간도, 탈속적 공간도 아닌 단순한 유희 공간이다.

그리고 그러한 즐거움이 지속될 수 없음을 안타까워하는 심상이 미련에서 드러나고 있다. 조찬한이 누렸던 영원사에서의 유희는 제한적일 수밖에 없다. 그는 다시 '부령(簿領)'의 세계로 돌아와야 하기 때문이다. 조선조 유자들의 유희는 인식 속에서도 항상 이렇게 제한적으로 드러나고 있다. 다음은 김종직의 「숙엄천사(宿嚴川寺)」와 정제용의 「유대원사(遊大源寺)」이다.

엄천사 안에서 유군 임군과 나 세 사람이	嚴川寺裏俞林我
차 달여 마시며 청담으로 평소 회포 풀고서	煮茗淸談愜素期
하룻밤 동안 벼슬살이는 전혀 잊었었는데	一夜簪纓渾忘却
여울 소리에 놀라 꿈 깨어 문득 시를 찾네	灘聲驚夢忽尋詩[81]

시끌벅적한 백년객[82]이	擾擾百年客
한가롭게 하룻밤을 보내나니	悠悠一夜閒
세속의 마음이 씻어지기도 전에	塵心猶未定
종소리 울려 세상으로 돌아오네	鍾落復人間[83]

두 작품 모두 일상 밖으로의 탈출과 회귀가 나타나고 있다. 앞 서

81) 金宗直, 『佔畢齋集』.

82) 百年客, 백년의 손님이라는 뜻으로 일반적으로 사위를 일컫는 말이나, 詩에서는 종종 세속의 인물을 의미한다. 여기에서는 후자의 의미로 쓰였다.

83) 鄭濟鎔, 『溪齋文集』.

상론하였던 조찬한의 「령원사봉증지계」와 동일한 심상의 작품들이다. 조선시대 유자들이 유희 공간으로 인식하였던 불교 공간은 이렇게 제한적 특성을 가지고 일상 밖의 세상이라는 의미를 지닌다. 이러한 인식이 반영된 사찰 제영시와는 별도로 지리산권 사찰 제영시에는 놀이 공간으로서 인식이 두드러지는 작품군이 있다. 다음은 곽종석의 「대원암동구(大源菴洞口)」이다.

하나의 산문에 또 하나의 산문	一山門又一山門
늙은 나무 푸른 등나무는 태고의 흔적	老木蒼藤太古痕
돌길은 방장산 등마루로 나 있고	石路已占方丈脊
산 북쪽 시내는 신비로운 덕천강의 근원	陰溪猶秘德川根
더위잡고 올라가니 마침내 기이한 절경	躋攀而往終奇境
잠깐 사이에 문득 마을이 멀어졌네	轉眄之間忽遠村
동행하던 벗들이 표표히 먼저 골짝에 들어갔으니	仙侶飄飄先入洞
물가에 임해 술동이 잡고 얼마나 애석해 할까	臨流何惜共開樽

곽종석은 1846년에 태어나 1919년에 졸한 구한말의 대표적 유학자이다. 「대원암동구」는 특별한 상징이나 은유가 보이지 않는 작가의 경험이 직접적으로 시화된 작품이다. 전체적으로 작품이 평이하다 할 수 있다. 작품의 내용을 보면 곽종석은 어느 여름날 친구들과 함께 음식과 술을 준비하여 대원사 계곡에 물놀이를 간 것으로 보인다. 미련에 보이듯이 함께 간 친우들은 '仙侶飄飄先入洞' 하였다. 그리고 '임류' 하여 '공개준' 하고 있을 것이다. 이것을 곽종석은 애석해 하고 있다. 대원사라는 청정 공간이 이 작품에 등장하는 이들에게는 '깨끗한 물놀이 장소' 이상의 의미를 갖지 못한다. 앞 서 살폈던 일상 밖의 세계도 아니

다. 지리산권 사찰 제영시에는 이러한 유자들의 인식이 반영된 작품이 상당하다. 다음은 이기의 「유화엄사소음(留華嚴寺小飮)」이다.

화엄사

부슬부슬 오는 비는 실처럼 가늘한데	野雨霏微不見絲
쓸쓸한 절에서 그대를 만나 눈을 반짝 뜨네	逢君蕭寺一開眉
시를 비록 가난 때문에 그만두었지만	詩篇縱已緣貧廢
술잔은 어찌 병들었다고 사양하랴	酒盞何曾以病辭
산새는 한밤중 괴롭게 울고	山鳥夜深啼自苦
산곡에 꽃은 봄 날씨 차가워 늦게 피네	澗花春冷發偏遲
선가의 세월은 인세와 같아	禪家歲月猷人世
다시 종을 울려 제오시[84]를 알리네	却報更鐘第五時[85]

이 작품의 시제가 '화엄사에 머물며 술을 마심'이다. 「류화엄사소음」

84) 第五時, 천태종에서 부처님의 가르침을 편 시기를 오시팔교라 하여 구분하였는데, 마지막으로 第五時에서 『法華經』과 『涅槃經』을 설하셨다.

85) 李沂, 『海鶴遺書』 권12 文錄十詩.

은 어느 봄 비 내리는 날, 인적 없는 화엄사에서 술을 마시는 정취를 시화하고 있다. 작품 속에서 술 친구가 누구인지는 알 수 없지만, 수련에 보이듯이 눈이 반짝 뜨일 만큼 반가운 상대이다. 친구가 반가워 술을 마시는 것인지, 술을 함께 마실 친구를 만나 반가운 것인지는 알 수 없지만, '소사(蕭寺)'에서 '주잔(酒盞)' 하는 모습이 눈 앞에 그려진다. 이 작품에서는 엄숙한 사찰의 이미지가 전혀 보이지 않는다. 미련에 나타나 있듯이 선가나 인세는 아무런 차이가 없는 공간이다. 여기에서 화엄사라는 사찰은 단지 술 마시기에 좋은 장소로 묘사되고 있다. 이러한 작품이 상당수가 전해지고 있다.[86] 조선시대 유자들에게 사찰이라는 장소는 유산 중 머물러 자고 가는 공간이었으며, 유람 중 차와 술을 즐길 수 있는 공간으로 인식되었다. 다음은 매천의 「부해학화엄사지약(赴海鶴華嚴寺之約)」이다.

> 말은 방울 울리며 이미 해는 저물었는데
> 목란화는 늙어서 그 옛날을 생각게 하네
> 푸른 비단 붉은 옷 입은 안평중을 조롱하고
> 봄 풀에 우는 새는 혜련을 꿈꾸게 하네
> 비 무릅쓰고 나를 초대하더니 술 마심을 사양치 않고
> 산을 생각하여 늦도록 스님과 함께 자고 싶어라
> 독서대 가는 길은 오히려 잘 기억하겠거니와
> 벽돌 계단은 분명히 백탑 앞에 있더라

86) 金晋郁, 『지리산 바람은 풍경으로』에 소개된 작품 중 몇몇을 열거하면 「赴海鶴華嚴寺之約」·「同朴明府游泉隱寺」·「泉隱寺小會」·「奉贈君會舊契尹景禧 三首」·「雙磎園」 등이 있다.

바람 불고 흐르는 물소리 봄밤의 별을 부수고
옥구슬 땡그랑 소리 다시 가히 들을 수 없네
꽃 밑에서 중에게 물으니 눈썹과 귀밑털이 하얗고
산중에서 새를 보니 깃털이 푸르네
흥에 무르녹아 술 쪽지를 자주 읍내에 보내고
시 짓기 어려워 신발 소리만이 오래 뜰에 있네
새벽 종소리 나는 곳으로 머리를 돌리니
영험스런 기운을 일찍 다 경험하지 못한 것 같네

馬首鐘鳴已暮天　木蘭花老感當年
碧紗紅袖嘲平仲　春草鳴禽夢惠連
冒雨不辭招我飮　思山久擬與僧眠
讀書臺路猶能記　磚級分明白塔前

蓬蓬流水碎春聲　環佩琮琤更可聽
花下問僧眉鬢白　山中見鳥羽毛靑
興闌酒札頻投縣　吟苦鞋聲久在庭
回首五更鐘落處　靈源都似不曾經[87)]

화엄사는 매천이 거주하였던 월곡에서 한달음 거리이다. 매천을 비롯하여 구례 지역에 거주하였던 유자들의 다른 작품에서도 화엄사나 천은사에서 술을 마신다는 내용이 자주 등장한다. 화엄사나 천은사는 자그마한 암자도 아니고 상당한 규모와 역사를 자랑하는 대사찰이다. 그러므로 이러한 사실이 당시의 일반적 관행이었는지, 지리산권 사찰의 특성이었는지는 모르겠다. 다만 여기에서는 상징이나 비유, 관용적 표현이 아닌 실제 사찰이 술자리 공간이었다는 사실에만 주목하고자 한다.

87) 黃玹, 『梅泉集』.

작품의 전체적 내용에 친구들과 화엄사에 가서 술을 마시며 시도 짓고 하는 모습이 구체적으로 드러나 있다. 첫 수 함련에 나타나있듯 '조평중(嘲平仲)'하고 '몽혜련(夢惠連)'하기에, 그들은 화엄사에서 술을 마시며 시를 짓는 것이 즐거움일 수밖에 없다. 둘째 수에 드러나 있듯 자꾸 술이 떨어져 읍내로 사러 나가고 영험한 새벽 종소리가 울릴 때까지 그들의 술자리는 계속되고 있는 것이다.

작품의 중간 중간에 '여승면(與僧眠)'·'백탑전(白塔前)'·'종락(鐘落)'·'영원(靈源)' 등 불교적 색채가 드러나나 여기에서 화엄사라는 사찰은 단지 술 마시기에 좋은 장소로 묘사되고 있다. 또한 작품의 주제 역시 화엄사에서 밤새도록 친구들과 술자리를 함께 하는 즐거움으로 보아도 무방하다. 지리산권 사찰 제영시에는 이처럼 사찰을 술자리 공간으로 인식하는 작품이 상당수가 전해지고 있다.[88] 조선시대 유자들에게 사찰이라는 장소는 유산 중 머물러 자고 가는 공간이었으며, 차와 술을 즐길 수 있는 공간으로 인식되었다고 볼 수 있다.[89] 다음은 소란의 「연곡사만추(鷰谷寺晚秋)」이다.

고생스러운 인생이 분수 밖 한가로운 놀이를 하니	勞生分外作閑遊
옛 절의 단풍 숲은 이미 늦은 가을이네	古寺楓林已晚秋
하루 종일 사문엔 나그네가 이르지 않으니	盡日沙門無客到

88) 金晋郁, 『지리산 바람은 풍경으로』에 소개된 작품 중 몇몇을 열거하면 「留華嚴寺小飮」·「赴海鶴華嚴寺之約」·「同朴明膊游泉隱寺」·「泉隱寺小會」·「奉贈君會舊契尹景禧三首」·「雙磎園」 등이 있다.

89) 위 시의 작가인 매천은 유자였음에도 배불 의식은 가지고 있지 않았던 것으로 보인다. 그의 다른 작품 「暮投華嚴寺」·「燕谷寺」·「入泉隱寺」 등의 작품에 드러나는 정서로 보아서 그렇게 추정한다.

아회를 회복하고 청류를 구했네　　　　雅懷時復向淸流[90]

연곡사

연곡사는 우리나라 3대 단풍놀이 장소의 하나인 피아골에 위치하고 있다. 17세기 중엽을 살았던 소란은 남원인이기에 연곡사와는 지척의 거리에서 생활하고 있었다. 이러한 이유로 그가 연곡사를 찾고, 피아골 단풍을 자주 구경했을 것이라는 추론은 상당한 설득력을 지닐 것이다.

이 작품은 소란의 '분수 밖 한가로운 놀이'가 시적 제재가 되어 창작되어진 작품이다. 어느 가을 소란은 연곡사로 단풍놀이를 갔으며, 연곡사 단풍의 아름다움을 통하여 세상과의 갈등, 번민을 해소하고 있다. 연곡사라는 종교적 공간에서 누릴 수 없었던 '아회'의 회복이 '풍림'에서 이뤄지기 때문에 '고사'에는 하루 종일 '무객도' 하는 것이다. 작품 전체에서 느껴지는 정서는 결구의 '雅懷時復向淸流'로 집중되지만, 연곡사의 단풍 숲에서 누리는 '단풍놀이'의 즐거움이 전체적으로 드러나

90) 蘇蘭, 「鷰谷寺晩秋」. 金晋郁, 『지리산, 바람은 풍경으로』, 디자인흐름, 2011, 54쪽 재인용.

는 작품이다.

이러한 유형의 작품들을 지리산권 사찰 제영시에서는 많이 찾아볼 수 있다. 넓은 의미에서는 산수유람의 즐거움, 탈속의 정서로 귀결될 수도 있지만 단풍놀이, 꽃구경의 즐거움을 시화한 작품군으로 분류하고자 한다.[91]

살펴본 바와 같이 지리산권 사찰 제영시에서 제영 공간은 단순한 유희 공간으로 나타나는 경우를 많이 찾아볼 수 있다. 이러한 작품에서 사찰은 정신적 일탈이 허용되는 공간으로, '물놀이, 단풍 놀이, 술 자리 등 놀이 공간'의 의미로써 인세(人世)와 특별한 차별이 없는 공간으로 받아들여졌다. 지리산권 사찰 제영시에는 이러한 작품이 상당수가 전한다는 것이 특성이다.

Ⅴ. 정리와 전망

지리산권 사찰 제영시의 특성을 논의하기에는 아직 성급한 감이 없지 않아 있다. 앞 서 밝혔듯이 아직 한국 사찰 제영시에 대한 연구 성과가 미흡한 상황에서 특정 지역의 사찰 제영시가 가지는 특성을 논의한다는 것은 많은 한계를 지닐 수밖에 없는 작업이기 때문이다. 그럼에도 불구하고 이 작업을 감행한 이유는 특정 장르의 특성이라는 것이 한사람의 작업으로 가능한 일이 아니라는 판단과 이러한 작업이 비록 오류를 가지더라도, 결국 한국 사찰 제영시의 특성을 도출하는 과정으로

---

91) 지리산권 사찰 제영시에서 이러한 작품군은 탈속의 정서, 閑의 정서, 격세의 정서를 표현한 작품군과 미묘한 차이가 있다.

나아갈 것이라는 판단에서이다.

또한 사찰 제영시의 기저가 되는 불교문화의 측면에서 접근하더라도 지리산권 불교문화가 한국 불교문화에서 주요한 위치에 있기에, 지리산권은 불교문화에 있어서만큼은 지역이면서, 중앙적 성격을 나아가 대표성을 지니고 있다는 판단에서이다.

여기에서는 지리산권 사찰 제영시의 특성을 고찰하였다. 그 결과 지리산권 사찰 제영시는 일반적으로 제영시의 가장 중요한 특성인 景이 약화되어 있다는 사실, 제영시의 일반적 형식인 연작시와 차운시가 거의 보이지 않는다는 사실을 밝혔다. 나아가 제영 공간의 특수성을 논의하였다. 나아가 이러한 지리산권 사찰 제영시의 특성은 제영시의 일반적 성격과 무척 상이하고 사찰 제영시의 특성과도 많은 차이를 보인다는 사실을 주장하였다. 그럼에도 불구하고 지면의 한계라는 이유로 그 이유를 상론하지 못하였다. 여기에서 해결하지 못한 지리산권 사찰 제영시의 특성이 나타나는 이유들에 대해서는 추후를 기약하고자 한다.

유람록으로 본 지리산 유람과 그 형상

◉

강정화

Ⅰ. 유산과 유람록

우리나라의 유산록(遊山錄)은 고려시대에 문헌상 처음 등장하였고,[1] 조선조 사(士)에 의해 유산(遊山)이 성행하면서 본격적인 유람록이 산출되었다. 주로 민족의 영산(靈山)으로 이름난 백두산·금강산·지리산 등에서 유람이 보인다. 금강산은 약 240여 편의 유람록이 발굴되었는데, 빼어난 경관으로 인해 조선초기부터 가장 빈번한 유람 대상이었다.[2] 백두산은 오래 전부터 우리 국토의 조종(祖宗)이자 성산(聖山)으로 숭앙되어 왔지만, 18~19세기에 이르러서야 유람이 나타난다. 이처럼 유람이 늦은 것은 함경도의 험한 산세와 추운 날씨가 그 원인으로 거론되기도 하나, 17세기 후반 청과의 국경분쟁이 제기되면서 관심의 대상이 되었다는 주장이 설득력을 지닌다.[3]

---

1) 이전까지 고려시대 林椿이 쓴 「東行記」가 유산기의 최초 작품이라 알려져 있었으나, 최근 1243년에 眞靜國師가 쓴 「遊四佛山記」가 발견되어 훨씬 이전부터 있었음을 확인하였다.

2) 박진영, 『15~17세기 金剛山遊覽記 硏究』, 동국대학교 교육대학원 석사학위논문, 2004, 2~4쪽.

이에 반해 지리산은 우리가 사는 인근에 위치하고 있어 언제든 오를 수 있는 곳이었다. 현재까지 발굴된 지리산유람록은 지리산권역 특정 지역을 유람한 기록까지 포함하여 100여 편에 이르고,[4] 유람시는 수천 편에 달한다.[5] 이를 시대별로 분류해 보면 15세기 6편, 16세기 5편, 17세기 15편, 18세기 19편, 19세기 33편, 20세기 24편이다. 조선후기로 넘어갈수록 그 수가 폭증하고 있음을 알 수 있다.

지리산 유람 관련 선행연구로는, 우선 개별연구가 다수 보인다. 초기 인물로 김종직(金宗直)·김일손(金馹孫)·남효온(南孝溫)·조식(曺植)에 대한 연구가 있고,[6] 그 외 성여신(成汝信)·유몽인(柳夢寅)·양대박(梁大樸)·박여량(朴汝樑) 등 조선중기까지의 유람록 연구가 이루어졌다.[7] 근년에는 지리산 유람의 정점인 천왕봉에 대한 연구[8]가 진행 중에 있다.

---

3) 김민정, 『18~1세기의 백두산기행로 및 기행양식』, 성신여자대학교 교육대학원 석사학위논문, 2006, 1~3쪽.

4) 강정화 외, 『지리산 유산기 선집』, 브레인, 2008. 출간 당시 발굴된 작품은 전체 90편 정도이고, 이후 추가 발굴된 자료를 합하면 모두 100여 편이 넘어서고 있다. 이 책은 각 작품의 원문을 수록하고 이에 간단한 해제를 더한 자료집이다.

5) 강정화 외, 『지리산 유산시 선집, 천왕봉』, 이회, 2009; 『지리산 유산시 선집, 청학동』, 이회, 2009; 『지리산 유산시 선집, 단성·덕산·산청·함양·운봉』, 이회, 2010. 이 세 책 또한 지리산 각 영역을 중심으로 유람시를 選集한 자료집이다.

6) 최강현(1982)의 『한국기행문학연구』에서는 김종직과 조식의 유람록만 인용하였고, 이 외에 鄭錫龍(1986)의 「김종직의 유두류록 소재 한시 연구」, 정우락(1995)의 「남명의 유두류록에 나타난 기록성과 문학성」, 최석기(1995)의 「南冥의 山水遊覽에 대하여」, 강정화(2010)의 「濯纓 金馹孫의 지리산 유람과 續頭流錄」, 정출헌(2011)의 「秋江 南孝溫과 遊山」 등이 있다.

7) 이에 대해서는 최석기의 「浮查 成汝信의 智異山遊覽과 遊仙詩」(1999)과 「황준량의 기행시에 대하여」(2011), 안세현(2007)의 「柳夢寅의 遊頭流錄 연구」, 전병철(2010)의 「感樹齋 朴汝樑의 지리산 유람과 그 인식」, 강정화(2011)의 「青溪 梁大樸의 지리산 인식, 頭流山紀行錄」 등이 있다.

8) 최석기, 「조선시대 士人들의 지리산·천왕봉에 대한 인식」, 『남도문화연구』 21집, 순천대학교 남도문화연구소, 2011.

전반적으로는 15~17세기에 집중되어 있으며, 19~20세기 유람록이 전체 분량의 절반 이상을 웃돌고 있음에도 이 시기의 유람록 연구는 저조한 실정이다.[9)]

그동안의 연구가 이렇듯 조선 초·중기 개별 인물에 집중된 것은, 이들이 한문학사에서 차지하는 높은 인지도가 요인일 수 있겠고, 무엇보다 지리산 및 지리산 유람과 관련하여 전 시기를 통관(通貫)할 만한 자료 수집에 한계가 있었기 때문이기도 하다. 예컨대 위 작품들은 연구 초창기부터 관심의 대상이 되어왔으나, 그 이후부터 20세기까지의 유람록을 발굴·수집하고 나아가 이의 번역 및 분석 작업이 후속으로 병행되지 못했던 것이다.

선인들의 지리산 유람록 2~6권

9) 강정화, 「19~20세기 江右學者의 지리산 인식과 천왕봉」, 『한문학보』 22집, 우리한문학회, 2010; 「한말 지식인의 지리산 유람」, 『동방한문학』, 동방한문학회, 2012.

그런데 근자에 발굴된 100여 편의 지리산유람록이 모두 완역·출간 되었다.[10] 이로써 조선초기부터 20세기 중반까지의 지리산유람록 전체를 통관할 수 있는 작업이 가능하게 된 것이다. 이에 본고는 먼저 지금까지 발굴된 지리산유람록을 개관하고, 이어 유람록에 나타난 몇 가지 보편적인 특징들을 살피고, 나아가 지리산의 형상을 대표할 만한 인식이 표출된 유람록 몇 편을 소개해 보고자 한다. 그 과정에서 불가피하게 그간의 연구 성과를 상당부분 수렴하게 되었음을 밝혀 둔다.

Ⅱ. 지리산 유람록의 개관

현재 발굴된 지리산 유람록은 금강산 다음으로 많은 양을 차지한다. 이를 편의상 세기별로 분류하되 특징적인 몇몇 유람록을 중심으로 살펴본다.

15세기

저자	작품 및 문집명	유람 시기
이륙(李陸 1438~1498)	유지리산록(遊智異山錄) 『청파집(靑坡集)』	1463.08.○~08.25
이륙(李陸 1438~1498)	지리산기(智異山記) 『청파집(靑坡集)』	1463.08.○~08.25
김종직(金宗直 1431~1492)	유두류록(遊頭流錄) 『점필재집(佔畢齋集)』	1472.08.14~08.18

10) 최석기 외, 『선인들의 지리산 유람록』, 돌베개, 2000; 『지리산유람록, 용이 머리를 숙인 듯 꼬리를 치켜든 듯』, 보고사, 2008; 『선인들의 지리산 유람록 3』, 보고사, 2009; 『선인들의 지리산 유람록 4』, 보고사, 2010; 『선인들의 지리산 유람록 5』, 보고사, 2013; 『선인들의 지리산 유람록 6』, 보고사, 2013.

남효온(南孝溫 1454~1494)	지리산일과(智異山日課) 『추강집(秋江集)』	1487.09.27~10.13
남효온(南孝溫 1454~1494)	유천왕봉기(遊天王峯記) 『추강집(秋江集)』	1487.09.30
김일손(金馹孫 1464~1498)	두류기행록(頭流紀行錄) 『탁영집(濯纓集)』	1489.04.11~04.26

15세기의 지리산 유람록은 총6편이 보인다. 이 가운데 이륙의 「지리산기」와 남효온의 「유천왕봉기」는 일정에 따른 일록(日錄) 형식이 아니고, 유람에서의 특별한 감회를 별도의 기록으로 남긴 작품이다. 대개 김종직을 위시한 그의 문인에게서 나타난다. 김종직은 1472년 함양군수로 재직하던 여가에 문인 유호인(兪好仁)·조위(曺偉) 등과 지리산을 올랐다. 김종직은 조선전기 영남사림의 대표적 인물로, 그의 유람록은 이후 조선조 사인(士人)에게 지리산 유람의 입문서가 되었다.[11] 특히 김일손은 정여창(鄭汝昌)과 함께 지리산을 유람하였는데, 스승의 유람을 계승했다는 의미로 「속두류록(續頭流錄)」이라 이름하기도 하였다.[12] 김종직의 문하생 중 유람록을 남기지 않았으나 지리산 유람이 확실시 되는 인물로는 이들 외에도 김굉필(金宏弼)·최충성(崔忠成)·홍유손(洪裕孫)·양준(楊浚) 등이 있다.[13] 이들에게 있어 지리산 유람은 일종의 성지순례와 같은 각별한 의미였던 듯하다.[14]

11) 이성혜, 「사림들의 유람 입문서, 김종직의 유두류록」, 『경남학』 31집, 경상대학교 경남문화연구센터, 2010.

12) 『續東文選』 권21에는 「속두류록」으로 수록되어 있다.

13) 조위와 유호인은 스승 김종직의 지리산 유람에, 정여창은 김일손의 유람에 동행하였고, 그 외 인물은 남효온 「智異山日課」에서 확인할 수 있다.

14) 정출헌, 「秋江 南孝溫과 遊山」, 『한국한문학연구』 47집, 한국한문학회, 2011, 341쪽.

16세기

저자	작품 및 문집명	유람 시기
조식(曺植 1501-1572)	유두류록(遊頭流錄) 『남명집(南冥集)』	1558.04.10~04.26
변사정(邊士貞 1529~1596)	유두류록(遊頭流錄) 『도탄집(桃灘集)』	1580.04.05~04.11
하수일(河受一 1553~1612)	유덕산장항동반석기 (遊德山獐項洞盤石記) 『송정집(松亭集)』	1583.08.18
양대박(梁大樸 1544~1592)	두류산기행록(頭流山紀行錄) 『청계집(靑溪集)』	1586.09.02~09.12

17세기 전반기

저자	작품 및 문집명	유람 시기
박여량(朴汝樑 1554~1611)	두류산일록(頭流山日錄) 『감수재집(感樹齋集)』	1610.09.02~09.18
유몽인(柳夢寅 1559~1623)	유두류산록(遊頭流山錄) 『어우집(於于集)』	1611.03.29~04.08
박민(朴敏 1566~1630)	두류산선유기(頭流山仙遊記) 『능허집(凌虛集)』	1616.09.24~10.08
성여신(成汝信 1546~1631)	방장산선유일기(方丈山仙遊日記) 『부사집(浮查集)』	1616.09.24~10.08
조위한(趙緯韓 1558~1649)	유두류산록(遊頭流山錄) 『현곡집(玄谷集)』	1618.04.11~04.20
양경우(梁慶遇 1568~ ?)	역진연해군현 잉입두류 상쌍계신흥기행록(歷盡沿海郡縣 仍入頭流 賞雙溪神興紀行錄) 『제호집(霽湖集)』	1618.윤4.15~05.18

김일손 이후 50여 년 동안 유람록이 발견되지 않다가 16세기 중반에 이르러 조식의 작품 1편이 보인다. 이처럼 작품 수가 적은 것은 사화기(士禍期)를 거치면서 사인들이 지방으로 퇴처(退處)하였지만 유람을 할 만큼, 또는 유람을 했다 하더라도 이를 기록으로 남길 만큼 심리적 여

유나 시대의식이 부족했기 때문으로 보인다.

16세기는 조광조(趙光祖) 등이 도학의 기치를 내걸고 개혁정치를 실현하려 했으나, 기묘사화를 기점으로 사림이 크게 화를 당하던 시기이다. 이런 정치적 소용돌이 속에서 당시의 사림은 그들의 근거지인 재야에 은거하였다. 정치적 기반이 미약한 재야사림이 훈구세력과 대항하기 위해서는 그들보다 학문적으로 도덕적으로 우위를 점하는 것이었다. 특히 시대상황이 훈구세력과 확연히 구별되는 엄정한 도학군자를 원했기 때문에, 그들은 심성 자체에 대한 연구보다 자신을 도덕적으로 다듬는 심성수양에 치중하였다.

조식의 「유두류록」에는 특히 이러한 시대정신이 두드러지게 나타난다. 그는 유람을 통해 단순히 아름다운 풍광이나 수려한 경관을 보고 가슴속의 답답함을 풀어내기보다는, 명산 속의 유적을 통해 지식인으로서의 사의식(士意識)을 고양하려 하였다. 때문에 답답한 마음을 풀어내는 데서 그치지 않고, 하나의 유적도 예사로이 보지 않고 그 속에서 살다간 사람과 그 시대를 함께 인식했던 것이다.

16세기 후반부터 광해연간까지의 지리산유람록은 영·호남의 재야지식인에게서 골고루 나타난다. 선조의 치세와 함께 재야에 칩거하던 사림이 정치세력으로 부상하나, 곧이어 사림 내의 분당 상황이 또다시 이들을 재야에 묶어 두었다. 정치권에서 소외된 영·호남의 사인들이 출사보다는 퇴처를 선택하면서 지리산을 유람하였다. 유몽인은 남원부사로 재직하던 중에, 양경우는 장성수령으로 있던 중에 지리산을 유람한 반면, 변사정·양대박·조위한은 남원에 은거하는 도중 지리산을 올랐다. 영남의 인물로는 박여량이 벼슬을 사직하고 고향인 경상도 함양에 은거한 후 지리산을 올랐고, 박민과 성여신은 진주지역의 사족(士

族)으로서 고향에 은거해 있으면서 지리산을 찾았다.

17세기 후반기

저자	작품 및 문집명	유람 시기
허목(許穆 1595~1682)	지리산기(智異山記) 『기언(記言)』	1640.09.03
박장원(朴長遠 1612~1671)	유두류산기遊頭流山記 『구당집(久堂集)』	1643.08.20~08.26
오두인(吳斗寅 1624~1689)	두류산기頭流山記 『양곡집(陽谷集)』	1651.11.01~11.06
김지백(金之白 1623~1671)	유두류산기(遊頭流山記) 『담허재집(澹虛齋集)』	1655.10.08~10.11
송광연(宋光淵 1638~1695)	두류록(頭流錄) 『범허정집(泛虛亭集)』	1680.08.20~08.27

18세기

저자	작품 및 문집명	유람 시기
김창흡(金昌翕 1653~1722)	영남일기(嶺南日記) 『삼연집(三淵集)』	1708.02.03 ~윤03.21
신명구(申命耈 1666~1742)	유두류일록(遊頭流日錄) 『남계집(南溪集)』	1719.05.16~05.21
신명구(申命耈 1666~1742)	유두류속록(遊頭流續錄) 『남계집南溪集』	1720.04.06~04.14
조구명(趙龜命 1693~1737)	유지리산기(遊智異山記) 『동계집(東谿集)』	1724.08.01~08.03
조구명(趙龜命 1693~1737)	유용유담기(遊龍游潭記) 『동계집(東谿集)』	1724.08.01
정식(鄭栻 1683~1746)	두류록(頭流錄) 『명암집(明菴集)』	1724.08.02~ 09/08.17~27(2차)
김도수(金道洙 1699~1733)	남유기(南遊記) 『춘주유고(春洲遺稿)』	1727.09.12~10.05
하대명(河大明 1691~1761)	유두류록(遊頭流錄) 『한계유고(寒溪遺稿)』	1736.08.21~08.30

정식(鄭栻 1683~1746)	청학동록(青鶴洞錄) 『명암집(明菴集)』	1743.04.21~04.29
황도익(黃道翼 1678~1753)	두류산유행록(頭流山遊行錄) 『이계집(夷溪集)』	1744.08.27~09.14
이주대(李柱大 1689~1755)	유두류산록(遊頭流山錄) 『명암집(冥庵集)』	1748.04.01~04.24
권길(權佶 1712~1774)	중적벽선유기(中赤壁船遊記) 『경모재집(敬慕齋集)』	○년.09.16
박래오(朴來吾 1713~1785)	유두류록(遊頭流錄) 『니계집(尼溪集)』	1752.08.10~08.19
이갑룡(李甲龍 1734~1799)	유산록(遊山錄) 『남계집(南溪集)』	1754.윤5.10~05.16
홍씨(洪氏 ? ~ ?)	두류록(頭流錄) 『삼우당집(三友堂集)』	1767.07.16~07.30
이만운(李萬運 1736~1820)	촉석동유기(矗石同遊記) 덕산동유기(德山同遊記) 문산재동유기(文山齋同遊記) 『묵헌집(默軒集)』	1783.11.26~11.28
이동항(李東沆 1736~1804)	방장유록(方丈遊錄) 『지암집(遲庵集)』	1790.03.28~05.04
유문룡(柳汶龍 1753~1821)	유천왕봉기(遊天王峯記) 『괴천집(槐泉集)』	1799.08.16~08.18

1623년 인조반정으로 북인이 무너지고 서인이 정국을 주도하였다. 그 때문인지 17세기 후반에는 북인 계열의 인물에게서 유람록이 나타나지 않고, 허목 외엔 모두 서인계 인물에게서 보인다. 박장원과 송광연은 안음현감(安陰縣監)과 순창군수로 재임하던 중 천왕봉을 올랐고, 오두인은 경상우도의 재상(災傷)을 살피는 공무 여가에 쌍계사·불일암 방면으로 유람하였다. 신독재(愼獨齋) 김집(金集)의 문인 김지백은 일생 남원에 은거하였는데 그 역시 쌍계사 방면으로 유람하였다.

18세기에는 경상우도를 중심으로 지리산 인근에 은거하던 몇몇 인물에게서 유람록이 나타난다. 신명구는 경상북도 인동(仁同) 약목리(若木里) 출신인데, 남명의 유풍을 흠모하여 10여 년간 덕산에 거주하였다. 이 시기 그는 천왕봉과 쌍계사 방면은 물론 남해 금산을 유람하고 유람록을 남겼다. 진주 출신 정식은 지리산에 들어가 무이정사(武夷精舍)를 짓고 은거하였으며, 함안의 황도익, 단성 출신 박래오와 유문룡 등이 지리산을 유람하였다. 그 외 퇴계학파 계열의 인물에게서도 지리산유람록이 나타나는데, 성주의 이주대와 칠곡 출신의 이동항 등이 대표적이다.

19세기

저자	작품 및 문집명	유람 시기
유정탁(柳正鐸 1752~1829)	두류기행(頭流紀行) 『청천가호집(菁川家稿集)』	○년.03.10~03.14
배찬(裵瓚 1825~1898)	유두류록(遊頭流錄) 『금계집(錦溪集)』	○년.09.04~09.08
응윤(應允 1743~1804)	두류산회화기(頭流山會話記) 『경암집(鏡巖集)』	1803.03.
응윤(應允 1743~1804)	지리산기(智異山記) 『경암집(鏡巖集)』	미상
안치권(安致權 1745~1813)	두류록(頭流錄) 『내옹유고(乃翁遺稿)』	1807.02.
남주헌(南周獻 1769~1821)	지리산행기(智異山行記) 『의재집(宜齋集)』	1807.03.24~04.01
하익범(河益範 1767~1815)	유두류록(遊頭流錄) 『사농와집(士農窩集)』	1807.03.26~04.08
유문룡(柳汶龍 1753~1821)	유쌍계기(遊雙磎記) 『괴천집(槐泉集)』	1808.08.08~08.16
정석구(丁錫龜 1772~1833)	두류산기(頭流山記) 『허재유고(虛齋遺稿)』	1818.01
정석구(丁錫龜 1772~1833)	불일암유산기(佛日庵遊山記) 『허재유고(虛齋遺稿)』	미상
권호명(權顥明 1778~1849)	쌍칠유관록(雙七遊觀錄) 『죽하유고(竹下遺稿)』	○년.09.13~미상

노광무(盧光懋 1808~1894)	유방장기(遊方丈記) 『구암유고(懼菴遺稿)』	1840.04.29~05.09
민재남(閔在南 1802~1873)	유두류록(遊頭流錄) 『회정집(晦亭集)』	1849.윤04.17 ~04.21
하달홍(河達弘 1809~1877)	두류기(頭流記) 『월촌집(月村集)』	1851.윤08.02 ~08.07
김영조(金永祚 1842~1917)	유두류록(遊頭流錄) 『죽담집(竹潭集)』	1867.08.26~08.29
송병선(宋秉璿 1836~1905)	지리산북록기(智異山北麓記) 『연재집(淵齋集)』	1869.02.
조성렴(趙性濂 1836~1886)	두류유기(頭流游記) 『심재집(心齋集)』	1872.08.16~08.26
황현(黃玹 1855~1910)	유방장산기(游方丈山記) 『매천집(梅泉集)』	1876.08~미상
박치복(朴致馥 1824~1894)	남유기행(南遊記行) 『만성집(晩醒集)』	1877.08.24~09.16
허유(許愈 1833~1904)	두류록(頭流錄) 『후산집(后山集)』	1877.08.05~08.15
송병선(宋秉璿 1836~1905)	두류산기(頭流山記) 『연재집(淵齋集)』	1879.08.01~미상
전기주(全基柱 1855~1917)	유쌍계칠불암기(遊雙溪七佛菴記) 『국포속고(菊圃續稿)』	1883.초여름 6일 간
전기주(全基柱 1855~1917)	유대원암기(遊大源菴記) 『국포속고(菊圃續稿)』	1884.04
김성렬(金成烈 1846~1919)	유청학동일기(遊靑鶴洞日記) 『겸산집(兼山集)』	1884.05.01~05.09
정재규(鄭載圭 1843~1911)	두류록(頭流錄) 『노백헌집(老栢軒集)』	1887.08.18~08.28
정재규(鄭載圭 1843~1911)	악양정회유기(岳陽亭會遊記) 『노백헌집』 권34	1891.08 하순
조종덕(趙鍾德 1858~1927)	두류산음수기(頭流山飮水記) 『창암집(滄庵集)』	1895.04.11~미상
강병주(姜炳周 1839~1909)	두류행기(頭流行記) 『두산집(斗山集)』	1896.08.15~08.17
하겸진(河謙鎭 1870~1946)	유두류록(遊頭流錄) 『회봉집(晦峯集)』	1899.08.16~08.24

인조반정 이후 미미했던 강우지역의 학문이 19세기 중반에 이르러 크게 일어나, 각 지역에서 수많은 학자들이 배출되었다. 근기남인의 학맥을 계승한 성재(性齋) 허전(許傳), 율곡학맥을 이은 노사(蘆沙) 기정진(奇正鎭), 퇴계학맥을 이어오던 한주(寒洲) 이진상(李震相) 등 세 학파의 문도들이 일시에 쏟아져 나왔고, 그들에 의해 질적·양적으로 활발한 학술활동이 전개되었다.

지리산 인근에서 일어났던 이러한 분위기는 유람록 창작에도 많은 영향을 끼쳤다. 이전 시기에 비해 양적으로 폭증하였고, 유람록 저자들도 지나치게 편중된 성향이 나타나기 때문이다. 한양 출신으로 함양군수로 재직하여 지리산을 유람한 남주헌을 비롯해, 송시열의 9대손 송병선, 전남 광양의 황현, 남원의 김성렬·정석구 등을 제외하고는, 경상도 산청의 배찬·김영조·민재남, 함양의 안치권·노광무, 진주의 하익범·전기주·하겸진, 하동의 하달홍·강병주, 함안의 조성렴, 합천의 박치복·허유·정재규에 이르기까지 모두 강우지역 사인에 의해 유람록이 산출되었다.

20세기

저자	작품 및 문집명	유람 시기
문진호(文晉鎬 1860~1901)	화악일기(花岳日記) 『석전유고(石田遺稿)』	1901.04.06~04.26
송병순(宋秉珣 1839~1912)	유방장록(遊方丈錄) 『심석재집(心石齋集)』	1902.02.03~03.12
김회석(金會錫 1856~1933)	지리산유상록(智異山遊賞錄) 『우천집(愚川集)』	1902.02.03~03.12
이택환(李宅煥 1854~1924)	유두류록(遊頭流錄) 『회산집(晦山集)』	1902.05.14~05.28
안익제(安益濟 1850~1909)	두류록(頭流錄) 『서강유고(西崗遺稿)』	1903.08.27~미상

양재경(梁在慶 1859~1918)	유쌍계사기(遊雙溪寺記) 『희암유고(希庵遺稿)』	1905.04
김교준(金敎俊 1883~1944)	두류산기행록(頭流山記行錄) 『경암집(敬菴集)』	1906.03.30~04.03
정종엽(鄭鍾燁 1885~1940)	유두류록(遊頭流錄) 『수당집(修堂集)』	1909.01.28~02.06
배성호(裵聖鎬 1851~1929)	유두류록(遊頭流錄) 『금석집(錦石集)』	1910.03.14~03.20
이수안(李壽安 1859~1929)	유두류록(遊頭流錄) 『매당집(梅堂集)』	1917.08.02~08.14
곽태종(郭泰鍾 1872~1940)	순두류록(順頭流錄) 『의재유고(毅齋遺稿)』	1922.03
장화식(蔣華植 1871~1947)	강우일기(江右日記) 『복암집(復菴集)』	1925.01.18~02.04
김규태(金奎泰 1902~1966)	유불일폭기(遊佛日瀑記) 『고당집(顧堂集)』	1928.05.10~05.11
오정표(吳政杓 1897~1946)	유불일폭기(遊佛日瀑記) 『매봉유고(梅峯遺稿)』	1928.06.07~06.08
김택술(金澤述 1884~1954)	두류산유록(頭流山遊錄) 『후창집(後滄集)』	1934.03.19~04.07
정기(鄭琦 1879~1950)	유방장산기(遊方丈山記) 『율계집(栗溪集)』	1934.08.17~08.24
이보림(李普林 1903~1974)	두류산유기(頭流山遊記) 『월헌집(月軒集)』	1937.04.06~04.10
이보림(李普林 1903~1974)	천왕봉기(天王峯記) 『월헌집(月軒集)』	○○년.04~04.19
김학수(金學洙 1891~1974)	유방장산기행(遊方丈山記行) 『술암유집(述菴遺集)』	1937.08.16~08.22
이병호(李炳浩 1870~1943)	유천왕봉연방축(遊天王峰聯芳軸) 『구례향토문화사료 8집』	1940.04.08~04.22
이현섭(李鉉燮 1879~1960)	두류기행(頭流紀行) 『인재집(仞齋集)』	1940.08.16~08.29
정덕영(鄭德永 1885~1956)	방장산유행기(方丈山遊行記) 『위당유고(韋堂遺稿)』	1940.08.27~09.07
양회갑(梁會甲 1884~1961)	두류산기(頭流山記) 『정재집(正齋集)』	1941.04.30~05.07

20세기에는 19세기와 마찬가지로 영·호남 사인에게서 골고루 나타난다. 영남지역에서는 거창의 김회석, 함양의 배성호, 진주의 이수안, 덕산의 정덕영, 단성의 김학수, 하동의 문진호와 이택환 등이 있으며, 호남의 인물로는 남원의 김교준·정종엽, 정읍의 김택술, 화순의 양회갑 등이 있다. 그 외 송병순을 비롯해 김해의 이보림, 밀양의 장화식 등이 유람록을 남겼다. 사승관계로 살펴보면 영남지역은 곽종석(郭鍾錫)과 허유(許愈)·정재규(鄭載圭) 등의 문인이 많으며, 호남지역은 송병선·기우만(奇宇萬)·전우(田愚) 등의 문인이 주를 이룬다. 이 시기는 경술국치를 전후하여 전통 유학에 전념해 무너진 도를 회복하고자 한 영·호남 지식인들이 주로 지리산을 찾았다.

Ⅲ. 유람록에 나타난 지리산 유람

1. 유람자의 처지와 유람 관행

과거 선현들은 어떤 계기로 지리산을 유람하였을까? 그들이 처한 상황과 현실적 기반에 따라 그들의 유람은 다르게 나타난다. 유람자가 지리산 유람을 시작하는 그 시점의 상황과 처지를 중심으로 살펴보면 크게 다음 몇 가지로 분류할 수 있다.

① 지리산권역에 부임하거나 공무로 왔다가 산행하는 경우
② 순수하게 지리산의 명성을 듣고 찾아오는 경우
③ 지리산 속이나 자락에 살면서 오르는 경우
④ 남명(南冥) 조식(曺植)의 유적지 덕산(德山)을 찾아가는 경우

⑤ 벗이나 친·인척을 찾아가는 기회에 산행을 겸하는 경우
⑥ 지리산권역 사찰에 공부하러 왔다가 오르는 경우

먼저 ①의 경우로는 김종직·김일손·유몽인·양경우·박장원·송광연·남주헌 등을 들 수 있다. 김종직은 1471년 함양군수로 부임하여 이듬해 중추 날 천왕봉에 올랐고, 그의 문인 김일손은 진주학관(晉州學官)으로 왔다가 1489년 봄에 정여창(鄭汝昌)과 함께 지리산을 유람하였다. 유몽인은 남원부사로 있던 1611년에, 양경우는 장성수령으로 있던 1618년 3월에 하동 청학동을 유람하였다. 안음현감 박장원은 1643년 가을에 천왕봉을 유람하였고, 송광연은 순창군수로 있던 1680년 인근 지역의 곡성현감·순천부사와 함께 하동 청학동 일대를 거쳐 천왕봉을 유람하였으며, 남주헌 역시 함양군수로 있던 1807년 지리산을 유람하였다. 오두인은 1651년 경상우도의 재상(災傷)을 살피던 중 공무 여가에 진주목사 이상일(李尙逸 1600~1674)과 함께 지리산을 유람하였고, 한양 사람 김도수는 1727년 9월 충청도 금산군수를 사직하고 상경하는 길에 지리산과 가야산 및 속리산 등을 두루 유람하였다.

천왕봉 전경

②는 지리산의 명성을 듣고서 오랜 준비기간을 거쳐 유람하는 경우이다. 대체로 이들은 경상북도나 충청도 등 원지에서 단발성 유람으로 지리산을 찾았다. 경북에 살던 이주대와 이동항 등이 대표적이다. 이주대는 1748년 4월 1일부터 24일까지 지리산을 유람하였고, 이동항의 유람은 1790년 3월 28일부터 5월 4일까지 합천→거창→함양을 거쳐 천왕봉에 올랐다가, 산청 덕산에서 남명 유적지를 유람한 후 다시 합천을 거쳐 귀가하는 일정이었다. 송병선은 1879년 8월 1일부터 9일 동안 남원을 출발하여, 하동 청학동을 거쳐 천왕봉에 오르는 일정으로 유람하였다.

지리산을 생활의 근거지로 삼아 살아가는 ③은 지리산을 향리로 두었거나 지리산 자락에 은거해 살았던 인물들을 일컫는다. 지리산을 중심에 두고서 살펴보자면, 동쪽인 산청권역의 인물로는 덕산에 은거했던 조식을 들 수 있고, 그 외에도 신명구·정식·박래오·이갑룡·유문룡·민재남·노광무·배찬·김영조 등이 유람록을 남기고 있다. 함양권역에는 김일손과 함께 지리산을 유람했던 정여창을 비롯하여 박여량이 있으며, 하동권역에는 옥종에 거주했던 하달홍·강병주·이택환·문진호 등이 있으며, 진주권역에는 성여신·박민·하익범·하겸진 등이 있고, 남원권역에 살던 인물로는 양대박을 비롯해 변사정·조위한·김지백·정석구·김성렬 등이 있다. 그 외에도 함안에 거주했던 황도익·조성렴 등에게서 지리산유람록이 보이며, 합천 사람 박치복·허유·정재규 등도 유람록을 남기고 있다. 100여 편 지리산유람록 저자의 대부분이 ③에 해당되며, 이 외에도 유람록을 남기지 않았으나 지리산 유람이 확실시되는 인물까지 합하면 그 수는 엄청나게 늘어난다.[15] ①과 ②에 비해 ③의 인물은 지리산 유람이 보다 용이했으며, 그만큼 지리산을 친숙한 존재로 여겼다는 방증이기도 하다. 이들은 지리산 속이나 자락에서 지리산과 함께 살아가고 있었던 것이다.

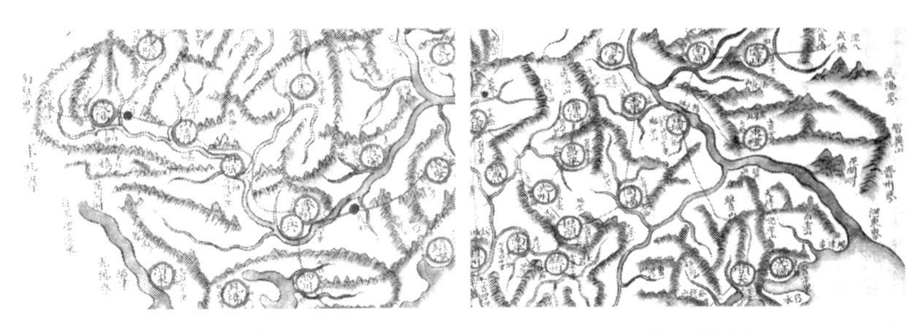

고지도-경상도　　　　고지도-전라도

④의 덕산은 천왕봉을 목표로 한 지리산 유람의 초입인 중산리로 들어가는 길목에 있어 반드시 거쳐 가는 곳이었고, 조식의 유적지로도 유명한 곳이다. 조선후기로 오면 덕산 일대의 남명 유적지만을 목표로 한 유람이 이루어지기도 하였는데, 예컨대 묵헌(默軒) 이만운(李萬運 1736~1820)의 「덕산동유기(德山洞遊記)」, 율계(栗溪) 정기(鄭琦 1879~1950)의 「덕산기(德川記)」, 하달홍의 「유덕산기(遊德山記)」 등이 이에 해당된다.

⑤는 황도익의 「두류산유행록」 등이 이에 해당한다. 황도익은 당시 섬진강 가에 유배 와 있던 제산(霽山) 김성탁(金聖鐸 1684~1747)을 만나는 것이 유람의 중요한 목적 중 하나였다.[16] 그는 지리산 청학동 일대를 유람한 후 돌아오는 길에 다시 김성탁을 방문하기도 하였다. ⑥은 산청 단속사에서 공부하던 이륙(李陸)이나, 하동군 청암면 토가사(土佳寺)에

15) 지리산 유람시를 통해 천왕봉과 청학동 일대로의 유람이 확실시 되는 인물은 수백 명에 달한다. 강정화 외, 『지리산 유산시 선집, 천왕봉』, 이회, 2009; 『지리산 유산시 선집, 청학동』, 이회, 2009.

16) 강정화 외, 『지리산 유산기 선집』, 브레인, 2008, 199~204쪽.

서 동생과 함께 독서하던 하수일(河受一 1553~1612) 등 다수의 인물이 지리산권역 사찰에서 독서하던 중 지리산을 유람하였다.[17]

천왕봉과 덕산

이들의 동행은 이륙·남효온·조성렴처럼 혼자서 떠나는 유람이 있는가 하면, ①처럼 관인(官人)의 유람인 만큼 관속들이 여럿 동행하기도 하였으나, 대개는 몇몇 지인이 동행하는 경우가 일반적이었다. 또한 지리산권역 어느 지역 어느 방향에서 유람을 시작하더라도 각 코스 내에서 명승으로 이름난 절경이나 역사 유적지를 둘러보는 것이 유람의 일반적 관행이었다. 그렇다면 이들의 유람 행로와 그에 나타난 특징들은 어떠한가.

17) 이륙의 작품으로는 前章에서 언급한 두 작품이 모두 이에 해당되며, 하수일은 「遊靑巖西嶽記」가 전한다.

2. 유람 경로와 그 특징

조선시대 사인의 지리산 유람은 대개 두 가지 목적지로 이루어졌다. 먼저 유람의 정점인 천왕봉에 오르는 경우로, 주로 지리산 천왕봉에 올라 공자의 '등태산 소천하(登泰山小天下)'의 경지를 체험하고 사인의 호연지기를 기르고자 하였다. 예컨대 이륙이 "공자께서 태산에 올라 천하를 작다고 하셨는데, 나는 이 말을 매우 괴이하게 여겼다. 그런데 이 산에 오른 뒤에야 성인의 말씀이 거짓이 아님을 알게 되었다."[18]라고 한 기록 등에서 확인할 수 있다.

다른 하나는 쌍계사·불일암·의신사 등 주로 청학동과 삼신동(三神洞) 방면을 유람한 경우이다. 이 일대는 빼어난 절경뿐 아니라 최치원(崔致遠)의 전설과 이인로(李仁老)의 글이 전해짐으로써 조선시대 문인에게 이상향의 상징으로 인식된 곳이다. 주로 현실과 이상과의 괴리에서 오는 불편한 심기를 달래기 위해 수많은 문인들이 이 일대를 찾았다.

지리산유람록에 나타난 두 가지 목적지는 그들의 유람 행로를 통해서도 확인할 수 있다. 100여 편의 유람록을 중심으로 이들의 유람 경로를 정리하면 다음 몇 가지 유형으로 집약해 볼 수 있다.

---

18) 李陸, 『靑坡集』 「遊智異山錄」. "昔孔子登東山而小魯 余始疑而終信之 登太山而小天下 余甚怪焉 及登是山 然後知聖人之言 不誣也"

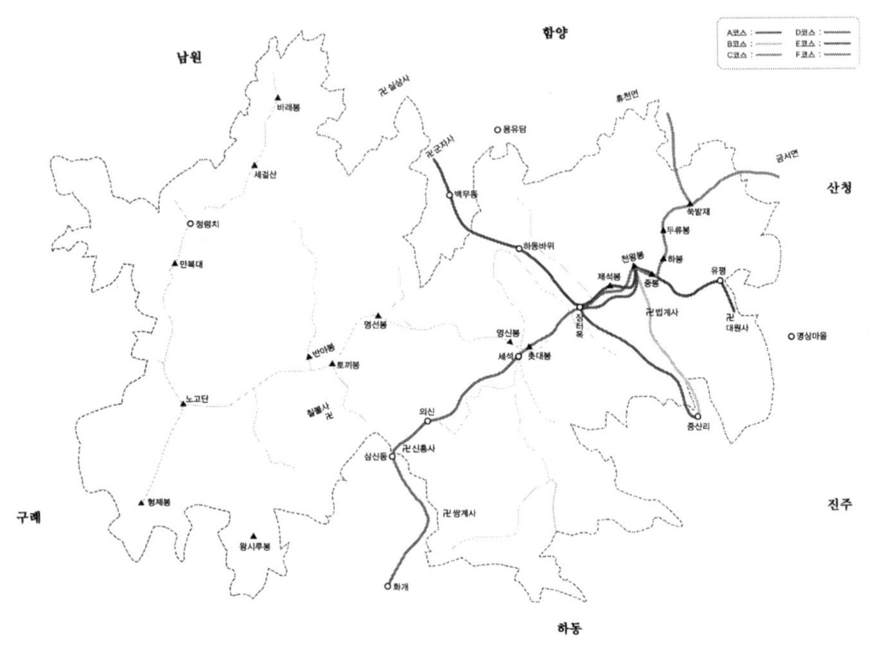

지리산 유람로

A코스 : 백무동 → 하동암 → 제석당(장터목) → 천왕봉

B코스 : 덕산 → 중산리 → 법계사 → 천왕봉

C코스 : 함양군 휴천면 또는 산청군 금서면 → 쑥밭재 → 하봉 → 중봉 → 천왕봉

D코스 : 하동 청학동 → 삼신동 → 세석평원 → 제석당(장터목) → 천왕봉

E코스 : 덕산 → 대원사 → 중봉 → 천왕봉

F코스 : 중산리 → 장터목 → 천왕봉

G코스 : 화개 → 쌍계사 → 불일암 → 삼신동(→ 칠불사)

A코스는 주로 함양이나 운봉 인월에서 출발한 유람자가 즐겨 애용하던 등산로이다. 주로 용유담→군자사→하동암→제석봉→천왕봉으로 이어지는 여정이며, 양대박·박여량·박장원·오두인·허목·이동항 등이 이 코스로 등정하였다. 현 경상남도 산청군 시천면 중산리에서 시작하는 B코스는 천왕봉까지 오르는 가장 짧은 거리의 등산로인지라, 예전 사인들도 즐겨 애용하였다. 초기의 이륙에서부터 정식·박래오·안치권·강병주·송병순·이수안·이보림·이갑룡 등 조선후기까지 일관되게 나타난다. 중산리에서 등정을 시작하는 코스 중 칼바위[劍巖]에서 장터목을 거쳐 천왕봉으로 오르는 길이 바로 F코스이다. 이 코스로 오른 선현으로는 유문룡·하익범 등이 있다.

C코스는 지리산 동부능선의 끝자락에서 천왕봉으로 오르는 경우로, 주로 쑥밭재[艾峴]를 경유해 하봉과 중봉을 차례로 거쳐 정상에 오른다. 변사정·유몽인·김영조·배찬 등이 이 코스로 유람하였다. D코스는 청학동을 찾아 하동 쌍계사 일대와 삼신동에 들렀다가 영신봉을 거쳐 세석평원→장터목→천왕봉으로 오르는 코스이다. 천왕봉으로 오르지 않고 지리산 청학동만을 위한 유람이 바로 G코스이다. E코스는 산청이나 덕산에서 시작하여 대원사를 거쳐 중봉→천왕봉으로 오르는 길이다. 주로 허유·정재규·김학수·박치복 등 19세기 말 20세기 인물에게서 보인다.

그런데 이러한 일반적인 분류에서 벗어난 독특한 경로로 유람한 이가 없지는 않다. 김일손은 15일 간의 유람 동안 지리산권역 북쪽인 함양을 출발, 용유담을 구경한 후 천왕봉으로 곧장 오르지 않고 다시 함양 수동(水東)으로 갔다가, 동쪽으로 이동하여 산청의 환아정(換鵝亭)을 구경하고 단성에서 단속사를 유람한 후, 옥종면 칠정(七汀)을 경유해 오대사(五臺寺)·묵계사(默契寺)를 보고, 다시 중산리로 길을 잡아 천왕봉에 올랐다. 김일손이 밟았던 이 경로로 천왕봉에 오른 이는 이후에도 보이지 않는다. 그리고는 영신봉을 거쳐 지리산권역의 남쪽인 칠불사·신흥사·쌍계사 등 청학동 일대를 둘러보고, 정여창의 은거지 악양으로 가서 동정호(洞庭湖)를 유람하였다. 결국 그의 행로는 지리산권역 중 서쪽의 구례 방면을 제외한 북쪽·동쪽·남쪽 일대를 두루 유람한 것으로, 발굴된 유람록 가운데 가장 장거리 유람에 해당된다.

김일손의 유람 경로를 위의 분류에서 찾는다면 A·B·D코스를 겸한 것이라 할 수 있다. 그가 천왕봉에 오른 것은 출발한 지 9일째 되는 날이며, 이후 곧장 청학동으로 하산하였다. 천왕봉에 오르는 것이 목적이었다면, 용유담에서 A코스를 따라 오르는 것이 정석인데, 이를 버려두고 지리산 동부권역을 에돌아 찾아다녔고, 그 과정에서 사람들이 즐겨 다니지 않는 험난한 코스를 밟을 수밖에 없었다. 실제 묵계사에서 좌방사(坐方寺)를 지나 중산리로 찾아드는 그 길은 지금도 험난하여 사람들이 찾지 않는 코스이다. 김일손이 이러한 의외의 코스를 자처한 것은 산행 외의 다른 의도가 있었던 것으로 보인다. 결국 그의 유람은 지리산권역 주변의 문화와 역사를 두루 섭렵하는 데 있었던 것이다.

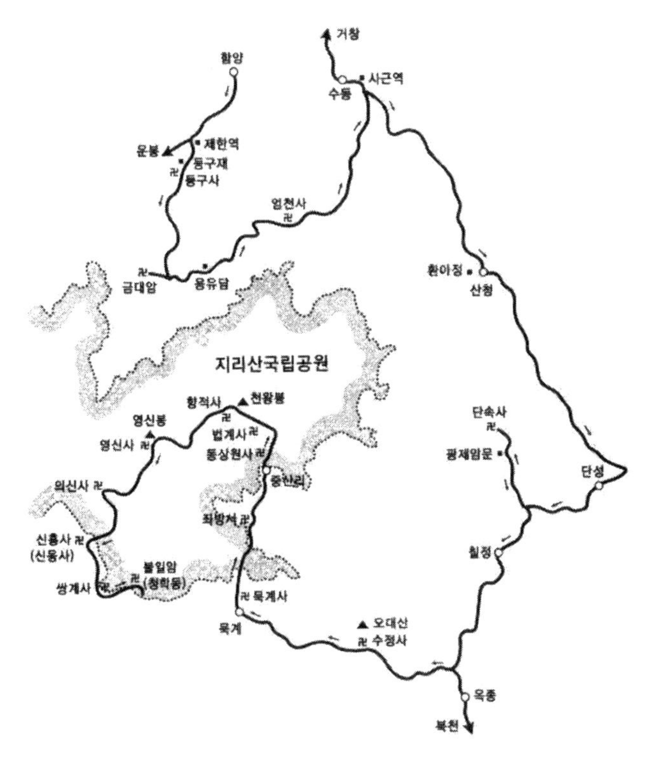

김일손의 유람 경로

유람과 문학의 상관성은 문학의 주체인 작자의 산수벽(山水癖)에서 연유하고, 이러한 산수벽은 넓게 보고 깊게 느끼려는 사인의 지적욕구와 결부되어 다양한 문학적 지취로 표출되었다. 김도수는 「남유기(南遊記)」에서 "세상 사람들이 반드시 사마천의 유람을 일컫는 것은 예로부터 문사들이 넓은 안목으로 담론을 장대하게 하던 것이니, 유람이 어찌 도움 되는 것이 없겠는가?"[19]라고 하여, 사마천의 문장력이 바로 유람

19) 金道洙, 『春洲遺稿』 「南遊記」. "夫世必稱子長遊者 是固古來文士之張目壯談也 然遊亦豈無助乎哉"

을 통해 습득되었다고 하였다. 조선조 사인들은 문학적 호기를 기르는 것이 유람의 또 다른 중요한 목적이었던 것이다.

김일손은 문장에 있어 뛰어난 능력을 인정받았던 인물이다. 「두류기행록」의 첫머리에 "선비가 태어나서 한 곳에 조롱박처럼 매어 있는 것은 운명이다. 천하를 두루 보고서 자신의 소질을 기를 수 없다면, 자기 나라의 산천쯤은 마땅히 탐방해야 할 것이다."[20]라고 한 언급을 통해, 그 역시 원유(遠遊)와 문학적 지취의 상관성을 깊이 인식했음을 확인할 수 있다. 그의 연보에는 지리산 유람 외에도 남효온 등과 함께 용문산(龍門山)을 비롯한 우리나라 여러 명승을 탐방한 기록이 보이는데,[21] 이 또한 같은 맥락에서 이해할 수 있다. 그런 그가 우리 민족의 영산(靈山)인 지리산을 인근에 두고서 오르지 않을 수 없었을 것이며, 오르고자 했다면 가능한 넓은 지역을 탐방하여 깊게 보려 했음을 알 수 있다. 때문에 그의 유람록에는 지나는 곳마다 보고 듣고 접한 현실에 대한 감회가 특히 두드러지게 나타난다.

유람 행로와 관련한 또 다른 특징으로는 19세기 후반-20세기 지리산유람록에 나타나는 일관된 유람 코스를 들 수 있다. 이 시기 지리산 유람은 이전에 비해 폭증하였다. 유람 경로를 살펴보면, 강우지역 인물은 조식의 유적지 덕산을 거쳐 법계사나 대원사 방면으로 천왕봉에 오르는 일정이, 그리고 호남지역 인물은 하동 청학동으로의 유람이 일관되게 나타난다. 이 시기 강우학자 가운데 청학동을 유람하고 유람록

20) 「續頭流錄」. "士生而匏瓜一方 命也 旣不能遍觀天下 以畜其有 則域中之山川 皆所當探討者"

21) 연보에 의하면, 탁영의 나이 18세인 1481년 7월에는 龍門山을, 24세인 1487년 8월에는 남효온을 방문하여 10일 동안 인근의 명산을, 그 이듬해에는 남효온·홍유손 등이 내방하여 청도 운계의 雲門山을 유람한 기록이 보인다.

을 남긴 인물은 극히 일부이며,[22] 반면 호남의 인물들은 청학동 일대만을 유람코스로 택한 경우가 대부분이다. 위의 코스로는 B·E와 G에 해당한다.

법계사

대원사

특히 '덕산→중산리→법계사→천왕봉' 혹은 '덕산→대원사→천왕봉' 행로는 이 시기 발굴된 20여 편의 지리산유람록에 공통적으로 나타나는 현상이다. 조식이 만년에 은거했던 산천재(山天齋) 및 덕천서원(德川書院)을 참배한 후, 중산리를 통해 법계사로 천왕봉에 오르거나 대원사로 길을 잡는 경우가 일관되게 나타난다. 전자(前者)는 천왕봉에 오르는 최단거리임과 동시에, 중산리에 은거하고 있던 조성가(趙性家 1824~1904) 등 대학자를 내방하거나 법계사에서 노인성(老人星)을 보고자 하는 것이 유람의 큰 목적 중 하나였다. 대원사를 거쳐 천왕봉으로 오르는 후자(後者)는 특히 이 시기에 집중적으로 나타나는 특징인데, 대원사 방면을 즐겨 찾으며 큰 근원[大源]을 찾고자 하였다. 이는 어지러운 시기에 유학(儒學)의 도를 부지(扶持)하려는 당대 지식인들의 시대의식이 강

22) 산청 출신의 柳文龍이 쌍계사 일대를 유람하고 「遊雙溪記」를 남겼다. 그 외 安義 출신의 金會錫이 천왕봉과 청학동을 유람한 후 「智異山遊賞錄」을 남기기도 하였다.

하게 발현된 것이라 할 수 있다.[23)]

당시 이러한 현상이 나타나는 요인은 이 시기 지리산권역 강우지역에 뛰어난 인물이 많았고, 그들을 중심으로 회합과 교유를 겸한 지리산 유람이 성행했기 때문이었다. 그리고 어떤 코스를 택하든 덕산은 이들 유람에서 반드시 거쳐 갔던 곳이다. 실제 남사·단성 및 하동 등은 덕산과의 거리가 채 몇 리에 불과하다. 하루에도 수없이 오르내렸을 덕산 일대를 수많은 인사가 회합한 지리산 유람에서 반드시 남명 유적지 탐방을 겸하여 진행하고 있다. 당시 지리산권역 강우학자를 중심으로 일었던 남명정신의 계승이 지리산 유람에도 상당부분 영향을 끼쳤음을 알 수 있다.[24)]

Ⅳ. 유람록으로 본 지리산의 형상

1. 재성보상(裁成輔相)의 도를 지닌 성인의 산

남효온은 1487년 9월 27일부터 10월 13일까지 16박17일 동안 지리산을 유람하였다. 남사(南沙)의 단속사를 기점으로 백운동→덕산→중산리→천왕봉에 올랐다가 의신사→칠불사→반야봉→봉천사(奉天寺)→구례→쌍계사→불일암→묵계(默溪)→오대사를 거쳐 다시 남사로 돌아오는 일정이었다. 그는 금강산과 영안도(永安道)의 오도산(吾道山), 그리고 지리산을 우리나라의 명산(名山)으로 꼽았다.[25)]

---

23) 최석기, 「함양지역 사대부들의 지리산유람록에 나타난 정신세계」, 『경남학』 31호, 경상대 경남문화연구센터, 2010, 19~21쪽.

24) 최석기, 「晩醒 朴致馥의 南冥學 繼承樣相」, 『남명학연구』 23집, 경상대학교 남명학연구소, 2007, 235~260쪽.

남효온의 유람은 초겨울에 이루어졌다. 이륙의 「지리산기(智異山記)」에 의하면 "골짜기에는 여름이 지나도록 얼음과 눈이 녹지 않는다. 6월에 이미 서리가 내리고, 7월에 눈이 내리고, 8월에는 두꺼운 얼음이 언다. 초겨울만 되어도 눈이 많이 내려 온 골짜기가 다 평평해져서 사람들이 왕래할 수 없다."고 하였다. 때문에 지리산 유람은 대개 봄·여름에 행해지는 것이 관행이었다. 그런데 그의 유람은 동행도 없이 혼자만의 겨울 산행을 떠났던 것이다.

남효온은 이 유람에서 두 편의 유산록을 남겼다. 17일간의 여정별 유람을 기록한 것이 「지리산일과(智異山日課)」이고, 출발한 지 나흘째 되던 30일 천왕봉에 올랐는데 그때의 감회를 별도로 「유천왕봉기(遊天王峰記)」로 남기고 있다. 천왕봉에서의 감회가 남달랐던 것이다. 우리는 그의 「유천왕봉기」에서 지리산에 대한 하나의 형상을 적출할 수 있다.

> 지리산 기슭을 빙 두르고 있는 고을은 아홉 개로, 함양·산음·안음·단성·진주·하동·구례·남원·운봉이다. 산에서 나는 감·밤·잣은 과일로 쓰고, 인삼·당귀는 약재로 쓰며, 곰·돼지·사슴·노루와 산나물·석이버섯은 반찬으로 이용한다. 호랑이·표범·여우·살쾡이·산양·날다람쥐는 그 가죽을 사용하며, 매는 사냥에 활용한다. 대나무는 대그릇을 만드는 데 쓰며, 나무는 집 짓는 재료로 사용하며, 소나무는 관(棺)을 만드는 데 쓰며, 냇물은 논에 물을 대는 데 이용하고, 도토리는 흉년이 들었을 때 활용한다. 대개 높고 큰 산은 움직이지 않고 그 자리에 있지만 인간에게 주는 이로움은 이처럼 풍부하다. 이는 마치 성인(聖人)이 의관을 정제하고 두 손을 잡은 채 앉아 제왕으로서의 정사를 행하지 않더라도, 재성보상(裁成輔相)의 도를 베풀어 백성을 도와주는 것과 같은 이치

25) 南孝溫, 『秋江集』「遊金剛山記」.

이다. 심하구나, 지리산이 성인의 도와 같음이여![26]

천왕봉에서의 조망

그의 지리산 유람은 특별한 의미를 지닐 법도 하다. 스승 김종직이 올랐던 곳이고, 김일손·정여창·조위·유호인 등 사문(師門)의 여러 동학들이 유람했던 의미 있는 공간이었기 때문이다. 그는 천왕봉에 올라 지리산의 산세를 모두 조망한 후, 동북쪽의 경상도, 서남쪽의 전라도, 서북쪽의 충청도 등 세 방위의 국토를 그곳의 이름난 산과 함께 세세히 언급하였다. 그리고는 위와 같이 말하였다.

그의 표현대로라면 지리산에서 나는 모든 것은 무심히 흘러가는 냇물과 버려진 도토리 한 톨까지도 모두 백성의 삶에 유용한 것이라 하였다. 지리산이 인간에게 주는 혜택이라 하였다. 지리산은 그 자리에 있

26) "環山麓而郡縣者九 日咸陽·山陰·安陰·丹城·晉州·河東·求禮·南原·雲峯 山有柿栗柏子資果 人蔘當歸資藥 熊豕鹿獐山蔬石茸資饌 虎豹狐貍山羊靑鼠資皮 鷹資搏獵 竹資工用 木資室屋 松資棺槨 川資灌漑 橡資凶歉 盖高山大嶽 雖不見其運動 而功利及物如是 比如聖人垂衣拱手 雖未見帝力之我加 而設爲裁成輔相之道以左右人也 甚矣玆山之有似於聖人也"

는 것만으로도 인간에게 이로움을 주는 존재라 하였다. '재성보상(裁成輔相)'은 『주역』「태괘(泰卦)」 상전(象傳)에 나오는 말[27])로, 지나친 것을 억제시키고 모자란 것을 보충해서 천지간에 조화가 이루어지도록 돕는 성인(聖人)이나 임금의 일을 일컫는다.

남효온은 모친의 손에 이끌려 초시(初試)를 치렀으나 이후 소릉복위(昭陵復位) 등을 청하는 소(疏)가 임사홍(任士洪)과 정창손(鄭昌孫)의 반대로 받아들여지지 않자, 방랑과 유랑으로 삶을 일관하였다. 무관(無官)의 서생으로 홀로 지리산 유람을 떠나던 당시의 상황도 이런 삶의 행적에서 크게 벗어나지 않았다. 이때를 전후하여 남효온의 개인적 상황을 살펴보면, 가정적으로는 부모처럼 자신을 거둬주던 고모와 둘째 아들의 연이은 죽음이 그를 고통스럽게 하였고, 강응정(姜應貞)·정여창 등과 조직한 소학계(小學契)를 중심으로 추진되었던 성급한 사회개혁의 실패, 홍유손(洪裕孫)·신영희(申永禧) 등과 결성한 죽림우사(竹林羽社)로 인해 동문 김굉필 등과의 절교는, 당시 남효온이 처한 세상과의 불화와 고립을 보여주는 단적인 사건들이다.[28]) 이러한 복잡한 세상사 속에서 갈등하고 고뇌하던 남효온은 홀로 지리산으로 떠났던 것이다.

"성인의 도는 마치 대로(大路)에 술동이를 놔두고서 지나다니는 사람마다 크고 작은 양에 따라 각자 적당히 마시게 하는 것과 같다."[29])고 하였다. 인위적이지도 억지스럽지도 않으면서 존재 자체만으로도 세상과의 조화 속에서 치세를 이뤄나가는 성인의 모습을 일컫는다. 남효

---

27) "天地交泰 後以 財成天地之道 輔相天地之宜 以左右民"

28) 정출헌, 「秋江 南孝溫과 遊山」, 『한국한문학연구』 47집, 한국한문학회, 2011, 349~360쪽.

29) 『淮南子』「繆稱訓」. "聖人之道 猶中衢而致樽邪 過者斟酌 多少不同 各得所宜"

온은 지리산 천왕봉에 올라서서 성인의 도로 세상을 품고 있는 성군의 모습을 보았던 것이다.

2. 사마천의 문장과 두보의 시를 닮은 산

유몽인의 「유두류산록(遊頭流山錄)」은 100여 편의 유람록 가운데 가장 독특하면서도 빼어난 작품이다. 유기(遊記)는 유람 일정에 따른 일기체 형식이고, '도입부→여정부→총평'이라는 정형이 보편적으로 적용되는 문체이다. 따라서 현재까지 발굴된 지리산유람록 또한 이러한 형식에서 크게 벗어나지 않고, 유람 여정에 따라 감회를 기술하고 간단한 총평으로 마무리하는 것이 일반적이다.

그런데 유몽인의 「유두류산록」은 이러한 보편성에서 벗어나는 특이성을 여럿 보이는데, 그 중에서도 가장 독특한 것은 바로 지나치게 장황한 총평 부분이다. 그의 총평은 분량이나 작품성에 있어서 한 편의 단독 작품으로 독립시켜도 손색이 없을 만큼 뛰어나다. 그리고 그 총평에서 우리는 지리산의 또 하나의 형상을 발견할 수 있다.

유몽인의 유람은 남원부사로 부임하던 1611년 3월 29일부터 4월 8일까지 8박9일 동안 이루어졌다. 당시 순천군수 유영순(柳永詢) 등이 동행하였다. 남원 관아를 출발하여 운봉 황산비전(荒山碑殿)→백장사→영원사→군자사→용유담→두류암(頭流菴)→천왕봉→의신사→신흥사→쌍계사→불일암에 올랐다가 남원으로 돌아오는 일정이었다.

유몽인은 「유두류산록」에서도 언급하였듯, 성품이 얽매임을 싫어하여 약관이 되기도 전부터 유람을 시작했다. 삼각산·천마산·설악산·금강산은 물론 북쪽지역의 장백산을 넘어 두만강에 이르렀고, 백두산·

묘향산·구월산에 오르는 등 우리나라 온 산하를 두루 유람하였으며, 이에 그치지 않고 중국을 세 번이나 다녀와 요동에서부터 북경까지 그 아름다운 산과 물을 두루 보았다고 하였다.[30] 그는 우리 산하의 모든 경관을 발로 밟아보고 눈으로 확인함으로써, 자신을 천하를 두루 유람한 사마천에 비유해도 뒤지지 않을 것이라 자부했던 인물이다. 그런 그가 우리나라의 산천 중 지리산이 최고라 하였다.

> 나는 일찍이 우리나라 땅의 형세가 동남쪽이 낮고 서북쪽이 높으니, 남쪽지방 산의 정상이 북쪽지역 산의 발꿈치보다 낮을 것이라 생각하였다. 또한 두류산이 아무리 명산이라도 우리나라 산을 통틀어 볼 때 풍악산이 집대성이 되니, 바다를 본 사람에게 다른 강은 대단찮게 보이듯, 이 두류산도 단지 한 주먹 돌덩이로 보였을 뿐이었다. 그런데 이제 천왕봉 꼭대기에 올라 보니, 그 웅장하고 걸출한 것이 우리나라 모든 산의 으뜸이었다.
>
> 두류산은 살이 많고 뼈대가 적으니, 더욱 높고 크게 보이는 이유이다. 문장에 비유하면 굴원(屈原)의 글은 애처롭고, 이사(李斯)의 글은 웅장하고, 가의(賈誼)의 글은 분명하고, 사마상여(司馬相如)의 글은 풍부하고, 자운(子雲)의 글은 현묘한데, 사마천의 글이 이를 모두 겸비한 것과 같다. 또한 맹호연(孟浩然)의 시는 고상하고, 위응물(韋應物)의 시는 전아하고, 왕마힐(王摩詰)의 시는 공교롭고, 가도(賈島)의 시는 청아하고, 피일휴(皮日休)의 시는 까다롭고, 이상은(李商隱)의 시는 기이한데, 두

30) 「遊頭流山錄」. "嗚呼 余性疎放 自弱冠來 遊四方山水 未釋褐 以三角山爲家 朝夕登白雲臺 讀書于淸溪山·寶盖山·天摩山·聖居山 逮奉使遍八道 觀淸平山 入史呑洞 遊寒溪山·雪嶽山 春秋 覽楓嶽九龍淵·毗盧峯 泛東海而下 徧嶺東九郡山水 越狄踰嶺 泝鴨綠江之源 度磨天·磨雲嶺 倚釼長白山 飮馬波豬江·豆滿江 扣椑北海而廻 窮三水甲山 坐惠山長嶺 俯臨白頭山 歷明川七寶山 陟關西妙香山 轉而西過大海 登九月山 泊白沙汀 三入中州 自遼東抵北京 其間佳山美水 無不領略而來"

> 자미(杜子美)의 시가 이를 모두 종합한 것과 같다. 지금 살이 많고 뼈대가 적다는 것으로 두류산을 하찮게 평한다면, 이는 유사복(劉師服)이 한퇴지(韓退之)의 문장을 똥덩이라 기롱한 것과 같다. 이렇게 보는 것이, 산을 안다고 할 수 있을 것이다.
>
> 지금 두류산은, 백두산에서 시작하여 면면이 4천 리나 뻗어 온 아름답고 웅혼한 기상이 남해에 이르러 엉켜 모이고 우뚝 일어난 산으로, 열두 고을이 주위에 둘러 있고 사방의 둘레가 2천 리나 된다. 안음과 장수는 그 어깨를 메고, 산음과 함양은 그 등을 짊어지고, 진주와 남원은 그 배를 맡고, 운봉과 곡성은 그 허리에 달려있고, 하동과 구례는 그 무릎을 베고, 사천과 곤양은 그 발을 물에 담근 형상이다. 그 뿌리에 서려 있는 영역이 영남과 호남의 반 이상이나 된다.……내 발자취가 미친 모든 곳의 높낮이를 차례 짓는다면 두류산이 우리나라 첫 번째 산임은 의심할 나위가 없다.[31]

유몽인은 지리산을 오르기 전까지 우리나라의 최고 명산으로 금강산을 자부하였다. 지리산은 한 주먹의 돌덩이에 불과할 정도로 남쪽지역에 치우친 하잘 것 없는 산으로 인식하고 있었다. 그런 그가 천왕봉에 오른 후 자신이 밟아 본 모든 산 가운데 지리산이 최고라 칭송하고 있다.

---

31) 「遊頭流山錄」. "嘗謂地勢東南低西北高 南嶽之頂 不得與北山之趾齊 頭流雖曰名山 覽盡東方 以楓嶽爲集大成 則觀海難爲水 特視爲一拳石耳 及今登天王第一峯 而後其知雄偉傑特 爲東方衆嶽之祖 其多肉少骨 乃所以益其高大 比之文章 屈原哀 李斯壯 賈誼明 相如富 子雲玄 而司馬遷兼之 浩然高 應物雅 摩詰工 賈島淸 日休險 商隱奇 而杜子美統之 今以多肉少骨少頭流 則是劉師服以糞壤譏韓退之也 是可謂知山也哉 今夫頭流 根發於白頭山 綿延四千里 扶輿磅礴之氣 窮於南海 蓄縮而會 挺拔而起 環擁十二州 周廻二十里 安陰長水擔其肩 山陰咸陽負其背 晋州南原服其腹 雲峰谷城佩其腰 河東求禮枕其膝 泗川昆陽濱其足 其蟠根之太半於湖嶺……擧余足跡所及者 第其高下 頭流爲東方第一山 無疑"

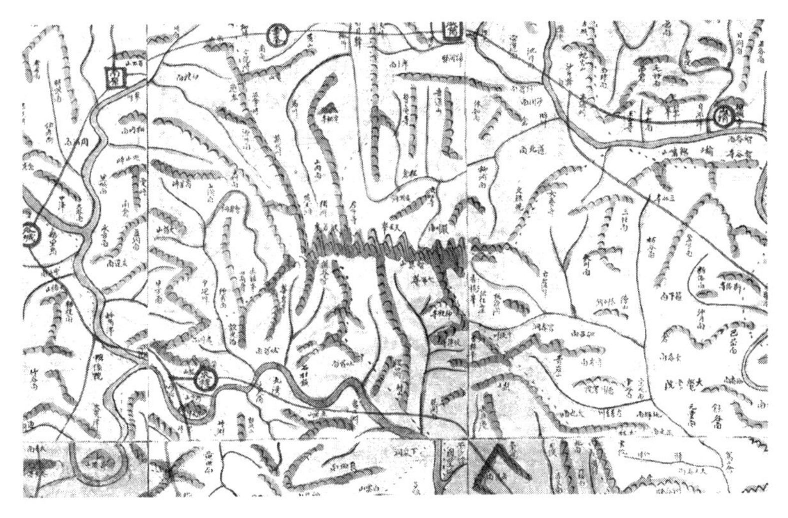

지리산 고지도

특히 문·시·서에 두루 뛰어나 당시 문단(文壇)의 중심에 있던 인물답게 지리산을 문장과 시에 비유한 그의 식견은 탁월하다고 하겠다. 문장으로는 굴원과 이사와 가의와 사마상여와 양웅(揚雄)의 장점을 모두 겸비한 사마천의 글에 해당하고, 시에 비유하자면 당나라 때의 유명한 시인 맹호연과 위응물과 왕유와 가도와 이상은의 장점을 모두 겸비한 시성(詩聖) 두보의 시에 해당된다고 하였다. 유몽인에게 있어 지리산은 천하의 그 어떤 명산에도 비견되지 않는 자긍심의 산이었던 것이다.

그뿐인가. 지리산권역을 사람의 신체에 의인화하여 비유하고, 그 품과 깊이를 장수·곡성은 물론 사천과 곤양까지로 확대하고 있다. 이는 현재까지 발굴된 지리산유람록 중에서 지리산권역의 범주를 가장 넓게 인식한 경우이다. 더구나 이처럼 과장된 듯한 권역 설정과 장대한 논설은 그의 직접적 체험에 의한 주장이기에 더욱 설득력을 가진다. 유몽인으로 인해 지리산은 여러 장점을 집대성한 최고의 명산으로 자리매김할 수 있었던 것이다.

3. 궁원구도(窮源求道)를 위한 성찰의 산

조선조 사(士)에게 있어 유산(遊山)과 학문은 불가분의 관계이다. 특히 공자가 요수요산(樂水樂山)을 통해 추구한 인지지도(仁智之道)[32]는 조선조 문인들이 유람을 통해 추구했던 중요한 목표 중 하나였는데, 이는 대개 산의 정상을 찾아가는 과정을 도의 근원을 궁구하는 학문 여정과 동일시하는 것으로 표출되었다. 산행 도중 접하는 경물과 유적을 통해 자연의 오묘한 이치와 사물의 근원을 체득함은 물론, 무엇보다 산행 과정의 힘겨움을 구도(求道)의 여정으로 인식하여 자신과 문인들을 경책하였던 것이다.

따라서 조선조 사인의 지리산유람록에는 이에 대한 정황과 경구(警句)가 대부분의 작품에 일정 부분 표출되어 있다. 그러나 유람을 떠나는 초입에서부터 마무리까지 여정 전체를 일관되게 자신의 유람을 구도의 여정으로, 또 지리산을 성찰의 공간으로 자리매김한 이는 정재규(鄭載圭)이다.

정재규의 지리산 유람은 1887년 8월 18일부터 28일까지 10박11일 동안 이루어졌다. 자신의 거주지 합천 삼가를 출발하여 단성과 덕산을 거쳐 대원사→중봉→천왕봉에 올랐다가, 같은 코스로 되돌아 귀가하는 일정이었다. 당시 단성·덕산은 물론 인근 하동 일대에서 활동하던 최숙민(崔淑民)·권운환(權雲煥)·이택환(李宅煥)·이양호(李養浩)·손명수

32)『論語』「雍也」. "子曰 知者樂水 仁者樂山 知者動 仁者靜 知者樂 仁者壽"

(孫明秀)·권정환(權鼎煥)·이병조(李炳祚)·이병욱(李炳郁)·조용소(趙鏞韶) 등 수십여 명이 동행하였다.

앞서도 언급하였듯 이 시기의 지리산 유람은 지리산권역 강우학자에 의해 집단적으로 성행하였다. 정재규 또한 이 유람에 앞서 허유(許愈) 및 곽종석(郭鍾錫) 등과 함께 1877년 8월 5일부터 11일 간 역시 동일한 코스로 유람하였고,[33] 이후 1902년 5월에는 최익현(崔益鉉)의 지리산 유람에 동행하기도 하였다.[34] 그러나 정재규는 이 유람에서만 「두류록(頭流錄)」을 남기고 있다.

정재규의 「두류록」은 "공자께서 태산에 올라 천하를 작게 여기지 않으셨다면 후학들은 어찌 했을꼬?"라고 하는, 스승 기정진(奇正鎭)이 던진 물음을 듣고 깜짝 놀라 꿈에서 깨는 장면에서 시작된다. 그리고는 "곰곰이 생각해 보니 선생께서는 조금씩 쌓아가는 공부를 하지 않으면서 망령되게 고원한 것을 생각하는 나를 안쓰러워하여 크게 깨우쳐 주려고 그런 말씀을 하신 듯하다."고 하여, 자신에 대한 성찰의 의지를 담은 자답(自答)을 강구해 낸다. 참신하면서도 다소 엉뚱한 듯한 도입부이지만, 그는 이후 떠난 지리산 유람에서 스승이 던진 그 물음을 여정 내내 일관되게 궁구해 나간다. 이번 유람은 그 물음에 대한 답을 찾는 여정이라고 할 수 있었다.

그는 지리산의 정상 일월대(日月臺)에 올라 세상을 조망하며 꿈속에서 스승이 했던 그 물음을 다시 생각하였다. "아! 이 못난 제자는 산에 올라 과연 무엇을 하였는가. 험준하게 산은 높지만 나는 여전히 낮고, 아득히 산은 심원하지만 나는 여전히 천근(淺近)하며, 높다랗게 산은 크

33) 이때의 기록이 許愈의 『后山集』 속집 권5에 실린 「頭流錄」이다.

34) 이때의 기록은 이택환의 『晦山集』 권9에 「遊頭流錄」으로 실려 있다.

지만 나는 여전히 국량이 작으니, 무엇 때문에 산에 올랐던가. 무엇 때문에 산에 올랐던가."라고 하여, 여전히 화두의 끝을 놓지 않고 고뇌와 성찰의 기회를 갖고 있다.

그리고는 유람 말미에서도 역시나 "풍요롭구나, 이번 유람이여. 비록 인지지락(仁智之樂)에는 매우 부족하지만 또한 어찌 경물에 부림을 받았겠는가? 가슴 속 회포를 펴 울적한 기분을 씻은 것 외에도, 한 모퉁이를 들어 돌이켜 스스로 반성한 점이 있었으니, 지금에서야 스승이 꿈속에서 가르쳐 주신 그 뜻을 알겠다."는 말에서, 유산의 처음부터 끝까지 일관되게 구도와 성찰의 자세를 견지하고 있는 정재규의 모습을 확인할 수 있다. 그리고는 다음과 말로써 유람을 갈무리하였다.

> 내가 유람하며 느낀 점으로 말하자면 다음과 같다. 처음 용추(龍湫)에 이르렀을 때는 즐길 만하다고 여겨 종일 돌아갈 줄을 몰랐다. 그 상류로 거슬러 올라가서는 즐길 만한 것이 용추와 비교할 바가 아니어서, 그곳 풍광을 사랑하여 차마 버리고 떠나지를 못하였다. 조개동(肇開洞)의 근원을 궁구하는 데 이른 이후에야 바야흐로 진경(眞境)이 거기에 있음을 알게 되었으니, 만약 근원을 찾지 않았다면 유람의 참뜻을 그르쳤을 것이다. 정오에 시장을 열었던 터에 처음 도착했을 때 이미 그곳이 매우 높다는 것을 알면서도 아래로 뭇 봉우리를 굽어보았고, 중봉으로 오를 적에는 마침내 정상에 다 올라왔다고 여겼으며, 정상에 이르러 일월대를 밟은 이후에야 비로소 거대한 경관이 거기에 있음을 알게 되었다. 만약 상봉의 일월대에 오르지 않았다면 아마도 이번 유람의 참뜻을 그르쳤을 것이다.
>
> 사인이 수십 권의 책을 읽고 작은 식견을 얻어 향리 사람들에게 칭송을 받으면 개구리가 한 구덩이에서 제멋대로 날뛰며 스스로 기뻐하는

격이니, 이는 대원암 앞의 용추를 보고 정오에 시장이 열리던 그 터에 오른 마음이 아니겠는가. 다행히 학문이 진보하여 전에 읽지 못했던 몇 권의 책을 더 읽고 아직 궁구하지 못했던 몇 건의 이치를 더 궁구하여 지식과 식견이 조금 넓어지면 거만해지고 자만해져서 내 공부가 이미 끝났다고 말을 하니, 이는 그 상류를 거슬러 중봉에 오르던 때의 마음이 아니겠는가. 큰 것을 보지 못한다면 자신이 작은 줄을 알지 못하니, 이것이 하백(河伯)이 바다를 바라보고 탄식한 이유[35]이다.

그렇다면 공자를 배우고자 하면서도 태산을 올라보지 않는다면 무엇을 배우겠는가. 아! 나는 거의 용추에서 구경하던 나그네였고 정오에 시장이 섰던 그 터에서 노닐던 사람 정도일 것이다. 그러나 커다란 바위는 아주 작은 돌이 쌓인 것이고, 한 길이나 한 발의 길이도 한 치 한 푼이 쌓여서 된 것이다. 태산처럼 큰 산도 주먹만 한 돌이 많이 모여서 된 것이다. 만약 아래에 처하면서 높은 곳만 엿보고, 비근한 것을 버리고 고원한 것만을 좇는다면, 단지 안목만 높게 되어 도리어 참되게 쌓아가는 것에 해가 될 것이니, 이는 정선생(程先生)께서 먼저 표준을 세우는 것을 꺼려한 이유[36]이다.

인용문은 전체 세 단락으로 나누어 살펴 볼 수 있다. 첫째 단락은 자신의 유람 여정에서 접하는 유적은 매순간 마치 그것이 최고인 양 생각되었으나, 올라갈수록 또 깊이 들어갈수록 더욱 빼어난 진경이 펼쳐졌으며, 종국엔 지리산 최고봉인 천왕봉 일월대에 섰을 때 비로소

35) 河伯이……이유 : 『莊子』 「秋水」에 "황하의 귀신 하백이 北海에 이르러 끝없는 바다의 모습을 바라보고는 자신의 왜소함을 토로하였다."라는 내용이 보인다.

36) 程先生께서……이유 : 정선생은 明道 程顥를 가리킨다. 정명도가 "사람이 학문을 하는 것은 먼저 표준을 세우는 것을 꺼려한다. 차례차례 단계를 밟아가며 그만두지 않는다면 저절로 이르는 바가 있을 것이다.[明道先生曰 人之爲學 忌先立標準 若循循不已 自有所至矣]"라고 한 말에서 인용하였다. 『近思錄』 「爲學」에 보인다.

지리산의 진면목을 보았음을 회고하고 있다. 만약 그 순간순간에 만족하고 더 높이 올라가지 않았더라면 지리산의 진면목은 보지 못했을 것이며, 이번 유람의 참뜻도 알지 못했을 것이라 말하고 있다.

그 '참뜻'은 두 번째 단락에서 확인할 수 있다. 곧 사인이 학문을 할 때의 여정과 마음자세를 유산과 비의하여 성찰의 기회로 삼고 있다. 처음 공부를 시작했을 때의 교만을, 배우는 자가 중도에 빠지기 쉬운 자만심과 거만한 학문자세를 유람 여정에 비의해 자각하여 성찰하고 있다. 그리고 세 번째 단락에서는 배우는 자로서의 자신의 위치와 본분을 직시하고 있다. 천왕봉 일월대에 올라 지리산의 진면목을 볼 수 있었던 것도 결국 유람의 시작에서부터 용추와 중봉 등을 하나씩 밟고 올라왔기 때문이듯, 도의 근원을 찾는 학문의 여정 또한 궁극적으로는 작은 것과 비근한 것에서부터 하나씩 쌓아가는 것임을 자각하고 있다. 정재규의 유람에 보이는 지리산은 학문적 근원을 찾아 궁구해가는 구도와 성찰의 장(場)이었던 것이다.

Ⅴ. 나가며

이상으로 현재까지 발굴된 지리산유람록을 대상으로 조선조 문인들의 지리산 유람과 그들이 인식한 지리산의 형상에 대해 개괄적으로 살펴보았다. 이를 간략히 정리하는 것으로 마무리하고자 한다.

Ⅱ장에서는 100여 편의 유람록을 세기별로 분류하여 저자 및 시대상황을 중심으로 개관하였다. 조선조에 들어와 유산이 성행했다 하더라도 조선초·중기까지 유람록은 많지 않고, 18세기 이후로 지리산권역

영·호남의 문인에게서 많은 작품이 산출되었다. 특히 19세기 말 20세기에는 강우지역을 중심으로 수많은 인물이 배출되고 그들에 의한 지리산 유람이 성행하면서 유람록 또한 폭증하였음을 확인하였다.

Ⅲ장에서는 이러한 유람록에 나타난 지리산 유람의 보편적인 특징들을 살펴보았다. 곧 지리산 유람을 시작하는 계기에 따른 유람의 관행을 살펴보았고, 또한 유람록에 나타난 지리산 유람로를 7가지로 분류하여 살펴보았다. 그러나 유람 동기 및 유람로에 따른 차별성 연구, 곧 유람자의 처지나 상황에 따라, 혹은 각 유람로에 투영된 지리산 인식의 동이(同異)를 밝히는 데까지는 나아가지 못하였다.

마지막으로 Ⅳ장에서는 유람록에 나타난 지리산의 형상을 살펴보았다. 특히 유람록 전체를 관통하는 지리산의 형상, 예컨대 백두대간에서 뻗어 내린 우리 민족 최남단의 영산이라거나, 삼신산(三神山)의 하나라는 인식에서 오는 선산(仙山)으로서의 형상 등을 살피기보다는, 개별 작품 가운데에서 '지리산'의 위치를 자리매김할 만한 형상을 적출하였다. 세상 만물을 품어주는 성인의 형상, 최고의 문장가 유몽인이 형상해 낸 문장과 시의 다양한 장점을 집대성하고 있는 듯한 산, 그리고 학문하는 자가 추구하는 궁극적 목표이자 그 과정까지도 모두 품은 구도와 성찰의 공간인 지리산 모습을 발견할 수 있었다. 사실 100여 편의 지리산유람록에서 이처럼 뚜렷하게 지리산의 형상을 표출한 경우는 많지 않다. 때문에 이 세 가지 형상은 지리산에 대한 인식의 폭을 확대하는 측면에서 나름의 의의를 지닌다. 이와 관련하여 보다 심도 있는 후속 연구가 있어야 할 것이다.

지리산권 유학자의 잠(箴) 창작과 시대적 요청

◉

전병철

Ⅰ. 잠의 문학적 특성과 유학자의 수양론

잠(箴)이라는 문류명(文類名)의 유래는 고대 중국의사들이 병을 치료하는 데 쓰던 잠의 자의(字意)가 타인이나 자기를 규계(規戒)하는 문장의 효용성과 일치되어 문류명으로 전차된 것이다.[1] 특히 성찰과 경계를 통해 자신의 정신을 각성시키며 삶의 자세를 견실하게 붙잡으려는 의지를 담은 작품인 경우, 그 내용 속에 작가가 추구하는 삶의 지향과 함께 그것에 도달하기 위한 실천 방법이 선명하게 제시되어 있다. 따라서 잠은 작가의 사상과 수양론을 문학적으로 형상화하여 담아낸 것이라고 말할 수 있다.

이 글은 잠이 가지는 위와 같은 특성에 주목하여 지리산권 유학자의 사상과 수양론이 가지는 구체적 내용을 살펴보고자 시도한 것이다. 지리산권의 유학자들은 일상의 삶 속에서 무엇을 지향점으로 삼았으며 삶의 자세를 어떻게 유지하려 했는지를 이해하기 위해 잠의 성격과 내

1) 김종철, 「漢文文類『箴』의 淵源과 文體特性」, 『동방한문학』 제11집, 동방한문학회, 1995, 127~128쪽.

용을 분석하여 해명하는 방법을 택한 것이다. 또한 작품의 특성을 비교 고찰하기 위해 지리산권의 동부와 서부로 대별한 후 각 지역에 따른 적절한 시기의 구분을 설정하여 분석해보려 한다.

여기에서 사용하는 지리산권 동부와 서부의 지역 구분 명칭은 지리산에 인접한 권역으로 한정하지 않고 경남과 호남이라는 광역의 의미에서 설정한 개념이다. 이러한 지리산의 광역권을 연구 범위로 정한 까닭은 동부에는 남명학파(南冥學派)라는 뚜렷한 학맥이 이어져 왔으므로 그들이 창작한 잠 작품을 통해 시기별 특징을 살펴본 후 그 지역이 가지는 전체적 특성을 개관하려 하기 때문이다. 따라서 남명학파의 주요 근거지인 진주를 중심으로 삼되 그들이 활동한 경남 전반에 걸쳐 연구의 범위를 확대할 필요가 있다. 또한 서부의 경우는 남원·운봉·구례·옥과·곡성·순천·광양 등 인접 지역으로 한정하면 자료가 매우 부족하여 연구를 진행할 수 없는 형편이다. 그러므로 서부의 경우도 인접권에 한정하지 않고 대상 범위를 호남 지역으로까지 확대하여 진행하고자 한다.

Ⅱ. 지리산권 동부 남명학파의 잠 창작과 수양의 요구

남명학파의 잠 작품을 검토하기 위한 시기 구분은 학파가 형성되어 전성기를 누린 16~17세기, 인조반정으로 인해 큰 타격을 입고 침체되었던 18세기, 남명학파의 부흥기이자 도학(道學)이 위협받던 시기인 19세기로 나누어 살펴보기로 한다.

1. 남명학파의 형성과 수양 방법의 모색

16~17세기의 잠 작품은 남명학파의 종장인 남명(南冥) 조식(曺植 1501~1572)이 창작한 것으로부터 동계(東溪) 권도(權濤 1575~1644)가 지은 것에 이르기까지 총 26편이 전해진다. 작자 및 작품을 도표로 정리해 보자면 다음과 같다.

작자 및 생몰년	작품명
曺　植(1501~1572)	誠箴, 贈叔安(箴)
河　沆(1538~1590)	誡酒箴
金宇顒(1540~1603)	進聖學六箴(定志箴, 講學箴, 敬身箴, 克己箴, 親君子箴, 遠小人箴), 進御書存心養性箴
河應圖(1540~1610)	自警箴
成汝信(1546~1632)	學一箴, 晩寤箴, 惺惺齋箴
郭再祐(1552~1617)	調息箴
李　坱(1558~1648)	自儆箴
曺以天(1560~1638)	儆身箴
崔　晛(1563~1640)	友愛箴
鄭　蘊(1569~1641)	元朝自警箴
曺　璪(1569~1652)	八戒箴
朴壽春(1572~1652)	自警箴, 言行箴
文　後(1574~1644)	敬義箴
權　濤(1575~1644)	養心寡欲箴, 心者形之君箴, 自養箴

잠은 창작 동기에 따라 신하가 임금에게 바치기 위해 지은 관잠(官箴)과 개인적인 필요나 요구에 의해 창작한 사잠(私箴)으로 대별된다. 그리고 수사 기법에 의해 가탁과 풍자를 사용한 비유적 표현 방법과 사실의

서술, 덕목의 해설, 의리의 발현 등으로 기술된 직설적 표현 방법으로 크게 구분된다.

위의 도표에 수록되어 있듯이, 조식의 작품은 「성잠(誠箴)」과 「증숙안(贈叔安)」 2편이다. 「성잠(誠箴)」[2]은 '사악함을 막아 성(誠)을 보존하고, 말을 닦아 성(誠)을 세우라. 정밀하고 한결같음을 구하려거든, 경(敬)을 말미암아 들어가라.'라는 내용이다. 성을 보존하고 세우며 일관되게 유지하는 방법에 대해 3언4구로 압축하여 요약하였다. 「성잠」은 자신을 경계하기 위해 지은 사잠으로, 덕목을 해설하는 방식의 수사 기법으로 표현되었다.

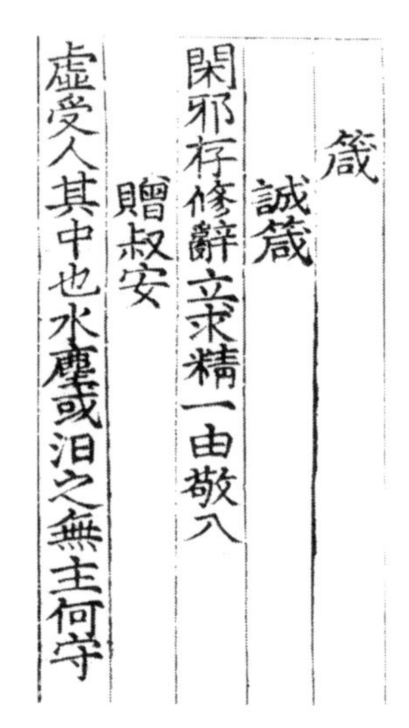
箴
誠箴
閑邪存修辭立求精一由敬入
贈叔安
虛受人其中也水塵或汨之無主何守

조식의 성잠과 증숙안

「증숙안」[3]은 박흔(朴忻)이라는 인물에게 준 것으로, 그가 겸허히 남의 의견을 받아들이는 것은 훌륭한 일이지만 스스로 주체성을 가지지 못한다면 자신을 지킬 수 없다고 권계하는 내용이다. 이 작품의 창작 동기는 타인을 깨우쳐주기 위한 것이며, 마음을 물에 비유하고 외물의 해로움을 티끌에 비유하는 방식으로 표현했다.

하항(河沆)의 「계주잠(誡酒箴)」[4]은 술을 마실 때와 마시지 말아야 할 때의 분별에 대해 경계하는 내용이다. 자신을 경계하기

2) 曺植, 『南冥集』 卷5 「誠箴」. "閑邪存 修辭立 求精一 由敬入"

3) 曺植, 『南冥集』 卷5 「贈叔安」. "虛受人 其中也水 塵或汨之 無主何守"

4) 河沆, 『覺齋集』 卷之中 「誡酒箴」. "春流蕩漾 碧草綿芊 惜別江頭 離思黯然 此時不可無酒寫幽悁 明牕淨几 夜寂塵淸 一炷淸香 對越聖賢 此時不可有酒昏醉眠 蓋中 於飮食於動靜 無處不在 節飮食節動靜 所謂中 今當剛制 不用醉蒙蒙"

위한 사잠으로, 음식을 절제하고 동정(動靜)을 조절하는 '중(中)'의 수양 방법을 강조하여 덕목을 해설했다.

김우옹(金宇顒)의 「진성학육잠(進聖學六箴)」[5]은 1574년 부수찬(副修撰)으로 재직할 당시 선조(宣祖)의 명에 의해 '학문을 하는 요체'에 대한 잠을 지어 올리라는 명을 받고서 창작한 것이다. 김우옹은 '정지(定志)', '강학(講學)', '경신(敬身)', '극기(克己)', '친군자(親君子)', '원소인(遠小人)' 등의 여섯 가지 주제로 선조에게 학문을 하는 요체에 관해 서술하였다. 그리고 다음 해인 1575년에는 「진어서존심양성잠(進御書存心養性箴)」[6]을 지어 선조에게 마음을 보존하고 본성을 함양하는 방법에 관해 아뢰었다. 「진성학육잠」과 「진어서존심양성잠」은 선조를 위해 지은 관잠으로, 학문을 하는 요체 및 마음을 보존하고 본성을 함양하는 방법에 관해 덕목을 해설했다.

하응도(河應圖)의 「자경잠(自警箴)」[7]은 성(誠)과 경(敬)의 수양 방법 및 중요성에 대해 밝힌 내용으로, 자신을 수양하기 위해 덕목을 해설한 작품이다.

성여신(成汝信)의 「학일잠(學一箴)」[8]은 '주일무적(主一無適)'의 경(敬)을 유지하는 방법에 관한 내용이다. 「만오잠(晩寤箴)」[9]은 마음을 붙잡기 위

5) 金宇顒, 『東岡集』 卷15 「進聖學六箴」. 원문의 분량이 많아 생략함.
6) 金宇顒, 『東岡集』 卷15 「進御書存心養性箴」. 원문의 분량이 많아 생략함.
7) 河應圖, 『寧無成齋先生逸稿』 卷1 「自警箴」. "不妄語 入誠之始 毋自欺 居敬之關 敬之誠之 聖賢何難 百體喜從 靜而能安 大道在是 希之則顔"
8) 成汝信, 『浮査集』 卷4 「學一箴(丙戌)」. "聖賢之訓 布在方册 顔勿曾省 孟養思一 昭然的然 照我心目 凝思齊慮 朝益暮習 明牕晝靜 淨几夜寂 事我天君 主一無適"
9) 成汝信, 『浮査集』 卷4 「晩寤箴(丁未)」. "爾年雖高 爾德不卲 爾形雖具 爾貌不肖 靜思厥由 由心未操 操之何以 聖有至敎 博約一語 旨而且要 惕鷄孜孜 惜陰慥慥 無怠無荒 非禮勿蹈 朝聞夕死 吾事已了"

해서는 공자가 말한 '박약(博約)' 한 마디가 중요한 지결이 됨을 밝히고 이를 부지런히 실천해야 한다고 강조하였다. 이 두 작품은 자신을 수양하기 위해 경과 박약의 의리를 밝힌 사잠이다. 「성성재잠(惺惺齋箴)」[10]은 다섯째 아들인 성황(成鎤)을 깨우쳐주기 위해 지은 작품으로, 마음이 몸의 주인이 되고 경(敬)이 마음의 주인이 되기 위해서는 '성성(惺惺)'의 수양 방법을 추구해야 한다는 점과 그 구체적인 방법에 관해 기술하였다. 이 역시 의리의 발현이라는 수사 기법을 통해 '성성'의 수양 방법을 밝힌 것이다.

곽재우(郭再祐)의 「조식잠(調息箴)」[11]은 호흡법을 통해 내면을 수양하는 방법에 관해 기술한 내용이다. 이런 수양 방법은 앞에서 살펴본 작자들의 성리학적 수양 방법과는 자못 성격이 다른 것으로, 불가(佛家)의 수식법(數息法) 및 도가(道家)의 기수련(氣修鍊)과 상통하는 부분이 많다고 보여진다. 그러나 회암(晦庵) 주희(朱熹)가 「조식잠(調息箴)」[12]을 지은 사실이나, 조선초기 사림의 종장으로 추숭되는 한훤당(寒暄堂) 김굉필

---

10) 成汝信, 『浮查集』 卷4 「惺惺齋箴」. "翁之第五男曰鎤 有氣像有局量 似是遠大之器 而志氣昏惰 居然而倦 朽木不可雕 學宰予 懶惰古無匹 效陶兒 余嘗患之矣 一日告余曰 欲得紙地 束作一卷 書兒所作詩 觀其成就轉移之機何如 余喜之曰 善 如爾之求也 如爾之求也 日點其所爲做工夫 極好底事 苟能考進退生熟之節 病者藥之 不及者進之 則他日所就其可量耶 於是出紙一束 手自粧綴 書其題目曰惺惺齋私藁 爲惺惺字 實是懶惰者之阿膠 因作箴 俾自省焉 箴曰 一身之主 曰惟心矣 一心之主 曰惟敬耳 心爲身主 敬爲心主 主而爲主 光生門戶 主而失主 茅塞堂宇 守之之法 惺惺是已 賓焉祭焉 正冠尊視 放如鷄犬 求而必在 昏若沉醉 喚而勿寐 靜須存養 動必省察 如鷄伏卵 如猫守穴 必謹必戒 無間食息 顧諟孜孜 期免走肉 父作箴告 勉爾式穀"

11) 郭再祐, 『國譯 忘憂先生文集』(李載浩 譯註, 集文堂, 234쪽), 「調息箴」. "虛極靜篤 湛湛澄澄 止念絕慮 杳杳冥冥 水生澆灌 火發熏烝 神氣混合 定裏丹成"

12) 朱熹, 『晦庵集』 卷85 「調息箴」. "鼻端有白 我其觀之 隨時隨處 容與猗移 靜極而噓 如春沼魚 動極而翕 如百蟲蟄 氤氳開闢 其妙無窮 孰其尸之 不宰之功 雲臥天行 非予敢議 守一處和 千二百歲"

(金宏弼)이 첫닭이 울면 콧숨을 헤아려 마음을 통일하는 수식(數息)을 행한 일[13]로 미루어 볼 때, 곽재우가 추구한 수양 방법이 불가와 도가의 방법이라고 단정할 수는 없다. 다만 조선시대의 일반적인 유학자가 추구한 성리학적 명제에 근거한 수양 방법과는 성격을 달리한다는 점을 지적해 볼 수 있다. 이 작품은 조식(調息)의 호흡법을 어떻게 수행해야 하며 그것의 궁극적인 효과는 어떠한 것인지를 밝힌 내용으로, 사실의 서술을 중심으로 표현하였다.

이전(李坱)의 「자경잠(自儆箴)」[14]은 '존양궁리(存養窮理)'의 학문 목표와 '경(敬)'의 수양 방법에 대해 기술한 내용으로, 덕목의 해설을 통해 자신이 지향해야 할 목표와 방법을 설정하고 스스로 경계하려 하였다.

箴銘
儆身箴
人於天地藐此有身受之於何父母慈仁離于
屬于恩斯勤斯追惟厥生我若何其溫恭自儆
淑愼爾止隨時點檢罔或敢怠非淵亦臨不氷
亦履隨處戰兢罔或敢墜穹高壤下如不容直
循軌迹轍思所以立爾背爾側桎梏刀鋸無僭
無貸匪棘匪徐一念不存滅踵截耳其來莫測
矧及覆嗣孰是使者在爾莫非噵乎有身尚思
全歸

조이천의 경신잠

조이천(曺以天)의 「경신잠(儆身箴)」[15]은 자신의 몸을 공경히 해야 하

13) 曺植 지음/남명학연구소 옮김, 『국역 南冥集』「書景賢錄後」, 한길사, 2001, 378~379쪽.

14) 李坱, 『月澗集』 卷3 「自儆箴」. "人之一心 萬善皆備 爲聖爲賢 在我而已 惟其日用工夫 不過曰存養窮理 收斂此心 而勿令放逸 講明事物 而無不貫通 旣能如此上去 乃加省察之功 思慮隱微之間 便須體認天理人欲之分 一劍兩段 大抵敬之一字 徹頭徹尾 不可頃刻間斷 莊整齊肅 不慢不欺 自然表裏如一 此乃爲學根本 實是儒者事業 老我昏愚 昧於向上 獨學無助 如瞽失相 (愚老石弟 相繼逝去 有疑無所講 傷痛益深) 自悼平生未免小人之歸 深愧古人猶箴九十之齡 佩服朱夫子之至訓 益感開示之丁寧 庶幾勉勵而力行 不知衰病之侵 尋書短箴以自儆誓 勿忘於吾心 戊寅陽月日 月澗老人書"

15) 曺以天, 『鳳谷逸稿』 卷2 「儆身箴」. "人於天地 藐此有身 受之於何 父母慈仁 離于屬于 恩斯勤斯追 惟厥生我 若何其溫 恭自儆 淑愼爾止 隨時點檢 罔或敢怠 非淵亦臨 不氷亦

는 점에 대해 경계하는 내용으로, 몸을 공경히 해야 하는 이유로부터 실천의 구체적 방법에 이르기까지 두루 기술하였다. 이 작품도 덕목의 해설을 통해 자신을 올바르게 닦아나가야 하는 점을 밝히고 일상생활 가운데 어떻게 실천해야 하는가를 명시하였다.

최현(崔晛)의 「우애잠(友愛箴)」[16]은 경북 영해(寧海)에 사는 어떤 형제가 크게 다투어 송사를 벌인 일이 있었는데, 이 작품을 지어 깨우치자 소송을 그쳤다는 내용이 서문에 밝혀져 있다. 따라서 이 작품은 우애의 중요성을 강조한 것으로, 덕목의 해설을 중심으로 서술되었다.

정온(鄭蘊)의 「원조자경잠(元朝自警箴)」[17]은 작가가 50세 되는 해 정

履 隨處戰兢 罔或敢墜 穹高壤下 如不容直 循軌迹轍 思所以立 爾背爾側 桎梏刀鋸 無僭無貸 匪棘匪徐 一念不存 滅踵截耳 其來莫測 矧及覆嗣 孰是使者 在爾莫非 嗚乎有身尙思全歸"

16) 崔晛, 『訒齋集』 卷11 「友愛箴」. "寧海 有人兄弟爭訟大鬩 病中 書此以示之 其人感然心動 歸而相責 遂止其訟 始知秉彝之天 有難誣也 爲兄爲弟 分自一體 容貌相類 言語相似 弟在孩提 兄負其弟 弟未執匙 兄哺其弟 出則同行 入則同處 食則同案 寢則同抱 哀則同哭 樂則同笑 及其成人 兄愛弟敬 夫豈强爲 良知素性 有妻有子 各自治生 較短量長 私心遂萌 臧獲讒妬 婦娣反目 怨詈相讐 路人不若 訴官爭財 發奸擿伏 同氣楚越 天倫禽犢 世道至此 可堪痛哭 此令兄弟 其心綽綽 尙義疏財 不藏不宿 兄友弟順 老而益篤 讒搆行言 無間可入 其次忍怒 禁抑鬪詰 彼雖小過 我當自責 不忮不求 何用不睦 同居世九 忍字書百 鄕里稱孝 天子褒節 鬼神陰騭 子孫多福 嗚呼 兄之骨 是父之骨 弟之肉 是母之肉 一氣周流而無間 身雖二而本則一 兄弟和順 則父母悅 兄弟違拂 則先靈慽 四海尙可爲一家 況至親之天屬 古人有言曰 夫婦衣裳也 兄弟手足也 衣裳破時尙可換 手足斷時安可續 彼常棣角弓之詩 使我心兮戚戚 續古人之格言 書短篇而自責"

17) 鄭蘊, 『桐溪集』 卷2 「元朝自警箴」. "噫 余今年忽五十矣 追思四十九年前處心行己之道 多有可愧於心者 事親 無可觀之行 立朝 有自作之孼 夫子所謂四十五十而無聞焉者 非余之謂乎 於是惕然反諸心 思所以不負乎天之明命者 而爲之箴以自警焉 其辭曰 余生之惷 氣拘物汨 傀焉厥躬 如不終日 本旣失矣 何往不窒 事親不誠 事君無義 自侮人侮 牛已馬已 齒之尙少 容或不思 今焉五十 始衰之時 仲尼知命 伯玉知非 余雖下品 亦受天畀 旣已知之 胡不顧諟 顧諟伊何 曰敬而已 衣冠必整 居處必恭 行必篤實 言必信忠 防慾如城 除忿如篲 潛心古訓 對越上帝 未發之前 求其氣象 旣發之後 戒其邪枉 動靜交養 內外夾持 靈臺澄澈 方寸光輝 允若乎玆 是曰人而 以之患難 不失素履 以之安樂 不至驕恣 立脚

월 초하룻날에 지난 날 처심행기(處心行己)의 방도와 사친사군(事親事君)의 행실들이 마음에 부끄러운 부분이 많았음을 반성하고서 앞으로는 하늘의 명명(明命)을 저버리지 않도록 분발하기 위해 지은 것이다. 50세 때 공자(孔子)는 천명을 알았고 거백옥(蘧伯玉)은 49년 동안의 잘못을 알았는데, 자신은 비록 그 분들보다 하품(下品)의 사람이지만 하늘로부터 선한 본성을 받았고 그 사실을 알고 있으므로 그것을 회복하고 보존하기 위해 노력해야 한다고 하였다. 그리하여 경(敬)에 입각한 수양의 중요성을 밝히고 수행 방법을 구체적으로 제시하여 덕목을 해설했다.

조겸(曺㻩)의 「팔계잠(八戒箴)」[18]은 마음·행실·말·일·사귐·유희·성냄·탐욕 등의 8가지를 경계하는 내용이다. 작자는 이 8가지에 대해 삼가고 경계해야 한다는 사실을 알고 있었지만 온전히 실천하지 못한 채 60세에 이르렀음을 반성하고, 거백옥이 50세에 49년 동안의 잘못을 안 것과 위(衛) 무공(武公)이 90세에 「억편(抑篇)」을 지어 자신을 경계한 사실을 본받아 다시 분발하여 노력할 것을 다짐하였다. 이 작품은 일상생활 가운데 삼가고 경계해야 할 8가지를 제시하여 자신을 올바르게

雖晩 改過爲貴 聖賢亦人 爲之則是 春維歲首 日乃元始 書玆警辭 服之至死"

18) 曺㻩, 『鳳岡集』 卷之二下 「八戒箴」. "八者 心行言事交戲忿慾也 心不戒 則莫知其向 而無所主 行不戒 則餘無足觀 而無以立 言不戒 則出悖來違 而禍胎深 事不戒 則衆怒羣猜而誹毁至 交不戒 則入於下流 而僇辱生 戲不戒 則怒輒相加 而怨隙萌 忿不戒 則近於臧穀 而死生係 慾不戒 則陷於不義 而訟獄起必也 存其心 敏其行 謹其言 愼其事 擇其交 察其戲 懲其忿 窒其慾 然後可得以爲人 而終不爲禽獸之歸矣 然則孝悌也 忠信也 修齊也 治平也 凡百這箇工夫 皆莫不心行底做出 則着力用意 戒愼恐懼者 舍心行 何以哉 故以心行爲戒之首 仍嘅然心語口日 士生兩間 萬善俱備 而戴高履厚 無異醉夢 一心多放 未見要取入身來者 余每以此戒之者 知幾日矣 而一日之行 未免一日之失 一刻之爲 未免一刻之差 默慮潛思 悚然瞿然 六旬已過 雖未蘧子之知非 九十其年 每念武公之抑戒 玆揭八戒而爲箴 永作平生之準的 庶幾夕惕而不怠 畢境無愧乎斯言也 一不愼 向亡牿 矧不戒而至八 君子以愼其獨戒兮"

세워나가는 수양 방법을 밝힌 것으로, 덕목의 해설을 중심으로 서술하였다.

박수춘(朴壽春)의 「자경잠(自警箴)」[19]은 사람이 윤리적 삶을 살아야 하는 당위성과 실천 방법으로서의 '예(禮)와 인(仁)'을 제시한 작품이다. 사람은 천지를 부모로 삼아 선한 본성을 타고 났으므로 이에 근거하여 삼강오륜의 윤리를 실천해야 하는 당위성과 능력을 이미 가지고 있으며, 이런 선한 본성과 윤리적 삶을 보존하고 실천할 수 있는 방법은 예와 인이라고 밝혔다. 「언행잠(言行箴)」[20]은 말과 행실의 중요성을 환기시켜 삼갈 것을 경계하는 내용이다. 말은 복의 근원이며 행실은 재앙의 문이므로 한 마디의 말과 하나의 행실을 어떻게 하느냐에 따라 영화와 욕됨이 뒤따르게 된다는 점을 지적하고, 복과 재앙을 초래하는 중요한 기틀을 삼가야 함을 각성하였다. 이 두 작품은 모두 수양의 당위성과 방법을 제시한 것으로, 덕목의 해설을 중심으로 서술하여 자신을 경계하고자 한 것이다.

문후(文後)의 「경의잠(敬義箴)」[21]은 조식(曺植)의 '경의' 사상을 존숭하여 그것을 계승하고자 하는 의지에 의해 창작된 작품이다. 『주역』에

19) 朴壽春, 『菊潭集』 卷2 「自警箴」. "維人之生 夫豈偶然 母兮爲地 父兮爲天 命之受之 稟賦均焉 氣殊淸濁 性同愚賢 付畀旣重 敢不勉旃 五倫爲次 三綱其先 何以守之 曰禮與仁 操則君子 放則小人 尙德尙力 皆由於我 世之人兮 宜其深戒 今余作箴 警以自規 嗚乎小子 曷不念玆"

20) 朴壽春, 『菊潭集』 卷2 「言行箴」. "言何不謹 福之根也 行何不謹 禍之門也 一言一行 榮辱隨之 樞機之說 孰能知之"

21) 文後, 『練江齋集』 卷2 「敬義箴」. "余頃年 謁南冥先生廟 深恨未及摳衣 退而求之於遺集 得敬義二字 若承面命 誠心喜之 如渴得呷 因書敬以直內義以方外八箇字於亭壁 今白首荏苒 無分寸裨效 始覺才質之不如人 遂發憤爲箴 因叙始末 大易之門 三聖奧旨 切於爲學 二字敬義 天啓大東 降吾南冥 先自佩符 是義是敬 直之方之 內外斯盡 (缺)"

수록되어 있는 경과 의는 학문을 하는 데 있어 절실한 것으로, 조선중기의 남명이 이 사상을 선구적으로 발현하고 실천하고자 하였다고 밝혔다. 그런데 문후가 지은 「경의잠」의 뒷부분이 결락되어 현재로서는 작품의 전체적인 면모를 알지 못한다. 이 작품은 경의의 중요성과 이를 탐구하고 실천하고자 한 남명 사상의 의미를 밝힘으로써, 의리의 발현을 중심으로 서술하였다.

권도(權濤)는 3편의 잠 작품을 지었는데, 그 제목은 「양심과욕잠(養心寡欲箴)」·「심자형지군잠(心者形之君箴)」·「자경잠(自養箴)」 등이다. 「양심과욕잠」[22]은 마음을 수양하기 위해 무엇보다 욕심을 줄여야 한다고 밝힌 작품이다. 「심자형지군잠」[23]은 천지 가운데 사람이 존재하여 살아가는데, 육신의 형체는 마음에 의한 다스림이 중요하고 마음의 다스림은 경(敬)의 수양을 통해 유지되고 보존된다는 사실을 밝혔다. 「자양잠」[24]은 자신을 수양하기 위해 무엇보다 겸손한 마음을 가져야 한다는 사실을 여러 측면에서 제기하여 스스로 경계하려 한 것이

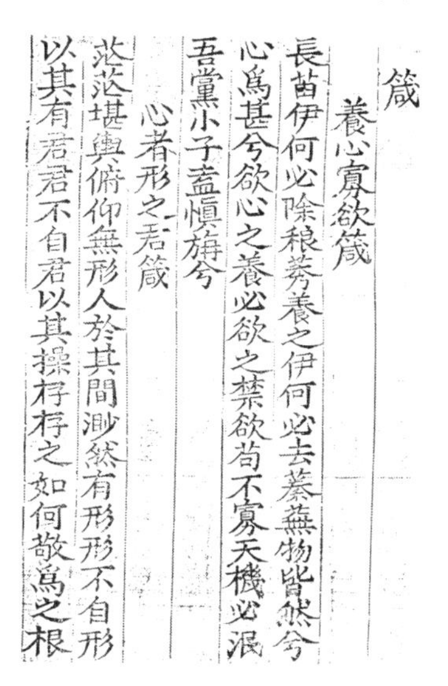
箴
養心寡欲箴
長苗伊何必除稂莠養之伊何必去蓁蕪物皆然兮
心爲甚兮欲心之養必欲之禁欲苟不寡天機必汩
吾黨小子盍愼旃兮
心者形之君箴
茫茫堪輿俯仰無形人於其間渺然有形形不自形
以其有君君不自君以其操存存之如何敬爲之根

권도의 양심과욕잠과 심자형지군잠

22) 權濤, 『東溪集』 卷6 「養心寡欲箴」. "長苗伊何 必除稂莠 養之伊何 必去蓁蕪 物皆然兮 心爲甚兮 欲心之養 心欲之禁 欲苟不寡 天機必汨 吾黨小子 盍愼旃兮"

23) 權濤, 『東溪集』 卷6 「心者形之君箴」. "茫茫堪輿 俯仰無形 人於其間 渺然有形 形不自形 以其有君 君不自君 以其操存 存之如何 敬爲之根"

24) 權濤, 『東溪集』 卷6 「自養箴」. "鬼神伊何 害盈福謙 人道伊何 惡盈好謙 地中有山 可以觀象 君子以之 觀其所養"

다. 3편은 덕목을 해설한 작품으로, '과욕(寡欲)'·'경(敬)'·'겸(謙)' 등 심성 수양의 구체적 방법을 제기하여 스스로 실천하고자 노력한 것이라고 볼 수 있다.

이상 조식으로부터 권도에 이르기까지 16~17세기 남명학파 학자들의 잠 작품을 개관해 보았는데, 이를 바탕으로 다음과 같은 사실을 추출해 볼 수 있다. 첫째, 창작 동기에 있어 타인을 깨우쳐주기 위한 것보다는 자신을 경계하기 위한 작품이 많다. 둘째, 수양의 중요성을 제기하고 자신이 추구해야 할 수양 방법을 확립하여 실천하고자 다짐하는 작품이 다수를 차지한다.

이런 사실에 근거해 본다면, 이 시기에 창작된 남명학파의 잠 작품은 단순히 자신을 경계하는 차원에 머무르지 않고 자신을 어떻게 수양할 것인지에 대한 방법을 모색하여 확립하고자 노력하는 성향을 보이고 있다.

2. 남명학파의 시련과 수양으로의 침잠

1572년 남명이 별세한 후로부터 1623년 인조반정이 일어나기 이전까지 약 50년 동안은 남명학파가 역사의 전면에서 가장 활발하게 움직였던 시기라 할 수 있다. 그러나 인조반정으로 인해 남명학파를 이끌던 내암(來庵) 정인홍(鄭仁弘, 1536~1623)이 적신(賊臣)으로 몰려 처형된 뒤 남명학파는 급격히 쇠퇴의 길을 걷게 되었다. 더욱이 영조 4년(1728)에 일어난 무신사태(戊申事態) 때 강우(江右) 지역에서 동계(桐溪) 정온(鄭蘊)의 현손 정희량(鄭希亮)과 도촌(陶村) 조응인(曺應仁)의 5대손 조성좌(曺聖佐)가 세력을 규합하여 안의(安義)·거창(居昌)·합천(陜川)·삼가(三嘉)를 한

때 점령했던 일이 일어났다. 이 일로 인해 강우 지역은 반역향(叛逆鄕)이라는 인식이 심화되었으며, 이 지역의 선비들도 그 기상이 저하되고 남명학파로서의 학문정신에 대한 자긍심도 상처를 입었다.[25)]

그러므로 18세기에 남명학파는 지명당(知命堂) 하세응(河世應 1671~1727), 서계(西溪) 박태무(朴泰茂 1677~1756), 태와(台窩) 하필청(河必淸 1701~1758), 남계(南溪) 이갑룡(李甲龍 1734~1799), 남고(南皐) 이지용(李志容 1753~1831) 등을 통해 겨우 명맥이 유지되고 있었을 뿐이다. 또한 학자의 수가 급격히 줄어들었을 뿐만 아니라 후세에 전해지는 저술도 매우 적은 형편이므로, 당시 남명학파 학자들의 학문과 사상을 파악하는 데에 어려운 점이 있다. 그나마 다행히 서계 박태무가 다른 학자들에 비해 비교적 많은 분량인 8권 4책의 문집을 남겼는데, 특기할 만한 사실은 장편 3편을 포함하여 도합 5편의 잠 작품이 수록되어 있으며, 명(銘)은 무려 19편이나 실려 있다는 사실이다. 그는 왜 이렇게 많은 분량의 잠명류(箴銘類) 작품을 저술한 것일까? 당시 남명학파가 처한 시대적 상황과 다량의 잠명류 작품은 어떤 연관을 가지는 것일까? 이 장에서는 박태무의 잠 작품을 살펴봄으로써 이러한 일단의 의문에 대한 해답을 찾으려 한다.

박태무의 잠 작품을 도표로 정리하자면 다음과 같다.

---

25) 이상필, 「조선말기 남명학파의 남명학 계승 양상」, 『남명학연구』 제22집, 남명학연구소, 2006, 193쪽.

작자 및 생몰년	작품명
朴泰茂 (1677~1756)	晩悔箴
	大學箴 – 大學, 明明德, 新民, 止至善, 三綱領, 格物, 致知, 誠意, 正心, 修身, 齊家, 治國, 平天下, 八條目, 程朱大功
	座隅箴 – 思無邪, 毋欺, 愼獨, 毋不敬
	枕箴
	書室箴 – 存誠, 養拙, 居敬, 知命, 省三, 日新, 主一, 時習, 光霽, 天淵, 天雲, 明德

도표의 순서에 따라 잠 작품을 차례로 살펴보자면, 「만회잠(晩悔箴)」[26]은 사람이 되는 까닭은 중리(衆理)를 갖추고서 만사에 응하는 허령하고 텅빈 마음이 있기 때문이라고 밝힌 후, 이 마음을 잘 기르고 보존하느냐에 따라 사람다운 사람이 되느냐 짐승 같은 사람이 되느냐로 갈라지게 된다고 하였다. 작자 자신은 젊은 시절에 분화한 것에 골몰하느라 마음을 손상하게 되어 보존된 것이 거의 없게 되었는데, 60세의 늦은 나이지만 좌우(座隅)에 적어서 느낀 바를 담아둔다고 밝혔다. 표면상 드러난 말로 본다면 작자의 때늦은 후회만이 서술되어 있을 뿐이지만, 이 작품을 지은 까닭을 미루어 짐작한다면 60세의 고령에 마음을 수양해야 하는 당위성을 절실하게 깨닫게 되었으니 남은 삶은 그와 같은 잘못을 번복하지 않기를 다짐하는 것이라고 이해할 수 있다. 이 작품은 자신을 경계하기 위해 지은 사잠으로, 마음 수양의 당위성을 서술하여 덕목을 해설한 것이다.

---

26) 朴泰茂, 『西溪集』 卷5 「晩悔箴」. "天父地母 賦我群生 人於其間 鍾得淸明 日有主宰 稟自厥初 具衆應萬 旣靈而虛 人之爲人 由有是心 苟失其養 乃獸乃禽 或存或亡 舜跖斯分 爲利爲善 是其畦畛 咨余顓蒙 早汨紛華 一片舟田 衆盉交加 不有精一 孰保危微 日牿月喪 存者幾希 受斤之木 昔非不美 已放之豚 今難馴致 歲月荏苒 居然六旬 無望殘年 去舊卽新 於乎已矣 是誰之愆 書諸座隅 以寓感焉"

박태무는 『대학(大學)』을 매우 존신하여 구암(龜巖) 이정(李楨)이 『중용(中庸)』에 관해 읊은 「중용영십사수(中庸詠十四首)」의 고사를 본받아 『대학』을 조목별로 잠을 지어 스스로 경계하고 힘쓰기를 기약하였다. 이 작품이 바로 「대학잠(大學箴)」[27]이며, 그 조목은 대학(大學), 명명덕(明明德), 신민(新民), 지지선(止至善), 삼강령(三綱領), 격물(格物), 치지(致知), 성의(誠意), 정심(正心), 수신(修身), 제가(齊家), 치국(治國), 평천하(平天下), 팔조목(八條目), 정주공부(程朱大功) 등의 15가지이다. 이 가운데 첫 번째 조목인 '대학'은 박태무가 『대학』을 어떻게 이해하였는가를 볼 수 있는 부분으로, 인용하여 살펴보자면 다음과 같다.

학문은 순서를 귀하게 여기니,	學貴循序
밟아가는 단계가 분명하도다.	階級皦然
책에 나아가 구할 적에,	卽書而求
무엇을 우선으로 해야 할까?	孰爲當先
曾子가 지은 傳이 있으니,	曾氏有傳
초학자의 변함없는 경전이라네.	初學常經
德으로 들어가는 문이요,	入德之門
道를 취하는 지름길이네.	取道之逕
규모가 넓고도 크며,	規摹廣大
절목이 자세하고 명확하네.	節目詳明
힘을 쏟아 진력을 다한다면,	俛焉盡力
영원히 그 이룸을 볼 수 있으리라.	永觀厥成

박태무는 학문의 순서에 있어 『대학』을 마땅히 우선으로 삼아 공부

27) 朴泰茂, 『西溪集』 卷5 「大學箴」. 원문의 분량이 많아 생략함.

大學箴
吾讀書自以爲刻苦用力而於大學尤尊信之如
古人從李龜巖先生中庸詠故事逐條箴之以自
警而自勉凡十五章章十二句一章章二十句

박태무의 대학잠

해야 한다고 하였다. 그 이유는 초학자의 변함없는 경전으로 덕에 들어가는 문이며 도(道)를 취하는 지름길이기 때문이다. 또한 『대학』은 그 규모가 광대하고 절목이 상명(詳明)하므로, 극진히 노력하여 공부한다면 학문의 완성을 영원히 볼 수 있을 것이라고 찬탄하였다.

이처럼 「대학잠」은 『대학』의 개관으로부터 삼강령·팔조목에 이르기까지 조목별로 상세하게 풀이하고 있는 작품으로, 『대학』에 관한 주석이라고 말할 수 있을 만큼 자신의 견해를 자세히 밝혀놓았다. 따라서 「대학잠」은 의리를 발현한 잠의 대표적인 작품으로 손꼽힐 만하다.

「좌우잠(座隅箴)」[28]은 사무사(思無邪)·무기(毋欺)·신독(愼獨)·무불경(毋不敬) 등의 네 조목으로 서술되어 있는데, 박태무가 추구한 수양론의 핵심을 파악할 수 있는 작품이다. 그는 이 잠을 좌우(座隅)에 붙여두고 늘 바라보면서 이와 같이 수행하기를 노력하였는데, '무불경(無不敬)'의 서술에서 결연한 의지를 엿볼 수 있다.

앉으면 앉아서 敬하고, 坐則坐而敬
서면 서서 敬하네. 立則立而敬
한번 움직이고 고요할 적마다, 一動一靜
한마디 말을 하거나 한번 침묵할 적에도, 一語一默
어디에 간들 敬하지 않으며, 何往非敬

28) 朴泰茂, 『西溪集』 卷5 「座隅箴」. 원문의 분량이 많아 생략함.

어느 때인들 敬하지 않겠는가.	何時不敬
안팎이 동일하게 敬하며,	表裏同敬
시종이 한결같이 敬하네.	終始以敬
나는 戴氏의 三字符를 차고서,	吾將佩戴氏三字之符
아침에도 敬하며,	敬於朝
저녁에도 敬하며,	敬於夕
敬에서 살고,	而生於敬
敬에서 죽으리라.	死於敬

대성(戴聖)이 편찬한 『예기(禮記)』는 총 49편으로 구성되어 있는데, 그 첫편이 「곡례(曲禮)」이다. 그리고 「곡례」의 첫 구절은 '공경치 않음이 없다[毋不敬]'는 말로부터 시작된다. 『예기』의 핵심을 한 마디 말로 요약할 적에, 일반적으로 이 구절을 거론하기도 한다. 박태무는 『예기』의 '무불경(毋不敬)'을 수양의 지향점으로 삼아 실천하고자 하였는데, 상황·장소·시간에 상관없이 항상 경(敬)을 견지하려 하였으며, 경에서 살고 경에서 죽겠다는 각오로 일평생 붙잡아 지키려고 노력하였다.

'무불경'이 『예기』의 핵심이라면, '사무사(思無邪)'는 공자(孔子)가 언급하였듯이 『시경(詩經)』에 수록된 300여 수의 시편을 하나로 꿸 수 있는 요지이다. 그리고 '무기(毋欺)'는 '무자기(毋自欺)'의 줄임말로 『대학』 성의장(誠意章)에 근거한 것이다. '신독(愼獨)'은 『대학』 성의장과 『중용』 수장(首章)에 함께 나오는데, 박태무가 '신독'의 조목에서 서술한 내용과 마지막 구절인 '자사(子思)가 어찌 나를 속였으리요?'라는 말을 살펴본다면 『중용』에 바탕하고 있음을 알 수 있다. 그러므로 박태무는 자신이 일생토록 추구할 수양의 지향과 방법을 『시경』의 '사무사', 『대학』의 '무자기', 『중용』의 '신독', 『예기』의 '무불경'으로 정하여 실천하려

한 것이라고 이해된다. 따라서 이 역시 경전의 의리를 발현하여 자신을 경계하고자 한 사잠이다.

「침잠(枕箴)」[29]은 베개에 스스로 경계하는 뜻을 붙인 잠으로, 베개의 양쪽 마구리에 '성(誠)'자와 '경(敬)'자를 각각 새겨 넣어 마음이 언제나 '성'과 '경'의 상태를 유지할 수 있도록 노력하였다. 박태무가 평소 나무 조각에 '성경(誠敬)' 두 글자를 새겨서 차고 다닌 것이나, 자경병(自警屛)의 좌우 양측에 '성경'을 먼저 쓰고 나머지 여러 글자를 배치한 것 등은 그가 '성경'을 수양의 표방으로 삼았다는 것을 알려준다. 그러기에 그는 '성경'을 이자부(二字符)라 하기도 하였다.[30] 앞에서 살펴본 「대학잠」의 4가지 조목도 '성경'과 연관지어 생각해 본다면, '사무사'는 성의 수양이 궁극적으로 지향하는 도달점이며, '무자기'와 '신독'은 성의 수양 방법이다. 그리고 '무불경'은 경의 부단한 실천을 가리킨다.

「서실잠(書室箴)」[31]은 지인들이 그가 공부하는 서실의 재(齋)·실(室)·벽(壁)·작은 연못·석문(石門) 등에 이름을 지어주었거나 글씨를 써준 것에 근거하여 잠을 지어 스스로 경계하고자 한 내용이다. 재의 이름은 '존성양졸(存誠養拙)', 실은 '거경지명(居敬知命)'이며, 좌측의 편액에는 '성삼일신(省三日新)', 우측에는 '주일시습(主一時習)'이라 이름하였는데, 이 명칭은 밀암(密庵) 이재(李栽)가 지어준 것이다. 동쪽의 벽은 '광제헌(光霽軒)', 서쪽은 '천연헌(天淵軒)'이라 하였으니, 식산(息山) 이만부(李萬敷)가 적어준 것이다. 당(堂) 아래의 작은 연못은 '천운당(天雲塘)'이라 이

---

29) 朴泰茂, 『西溪集』 卷5 「枕箴」. "夙興夜寐 必於斯 晝爲宵得 亦於斯 毋曰不顯 屋漏臨余 謂余不然 視彼兩角之大書 (指誠敬二字)"

30) 정경주, 「西溪 朴泰茂의 修養論에 대하여」, 『남명학연구』 제15집, 남명학연구소, 2003, 124쪽.

31) 朴泰茂, 『西溪集』 卷5 「書室箴」. 원문의 분량이 많아 생략함.

름하였으며, 연못의 남쪽에 있는 석문은 '명덕문(明德門)'이라 하였는데, 이것은 계안와(計安窩) 윤기경(尹基慶)이 지어준 것이다.

이렇듯 밀암 이재, 식산 이만부, 계안와 윤기경 등의 세 사람이 박태무의 서실과 관련하여 처소마다 부합한 뜻의 이름을 붙여주었는데, 그 모든 명칭이 수양의 핵심 내용을 담지하고 있다. 일반적으로 타인을 위해 건물의 이름을 지어줄 때 소유주가 추구하는 지향점과 의도를 반영하여 의미를 부여하기 때문에, 비록 본인이 스스로 지은 명칭들은 아니라 할지라도 그 이름들 속에는 박태무가 추구하는 뜻이 충분히 담겨 있다고 이해할 수 있다. 문으로 들어가거나 나가거나, 방안에 머물며 어느 곳으로 눈길을 돌리는 간에, 경계하고 수양하겠다는 뜻을 담아 붙여진 이름들이 처소마다 걸려 있었음을 생각할 때, 그는 기거하는 서실의 어느 곳이든 어떤 순간이든 간에 자신을 경계하고 수양하고자 하는 뜻을 독실히 붙잡으려 했다는 것을 알 수 있다.

「자경잠(自警箴)」[32]은 노년의 나이에도 수양을 추구하는 마음과 실천의 노력이 해이해져서는 안 된다는 점을 경계하는 내용이다. '쓰러져 죽은 이후에야 그만둔다'는 구절에 그가 죽을 때까지 수양에 대한 의지와 노력을 중단하지 않으려 했다는 사실을 확인하게 된다.

이상 살펴본 바와 같이, 박태무는 매우 많은 분량의 箴 작품을 창작하였으며, 그 내용은 모두 자신이 추구하는 수양의 목표와 실천 방법을 표방한 의리의 발현이었다. 「침잠」은 베개를 제목으로 설정하였으므로 가탁의 풍자나 은유를 사용하여 서술할 듯하지만, 그 내용을 보면

32) 朴泰茂, 『西溪集』 卷5 「自警箴(二首)」. "年高德卲 君子所以日彊 年進業退 小人所以日偷 勇往力前 遵道而行 精疲力倦 半塗而休 汝泰茂乎 安敢乃爾 聖人之訓曰 俛焉孜孜 斃而後已(第一首) 老則耄 耄則荒 老而耄 戒爾荒(第二首)"

일말의 풍자나 은유도 나타나지 않은 채 수양에 대한 결연한 의지를 직설적으로 표현하였다. 그리고 베개뿐만이 아니라, 그가 생활하는 주변의 모든 사물에 수양의 지향과 의지를 담아 이름을 붙임으로써 한 순간도 방심하지 않으려는 자세를 견지하였다.

박태무가 수양에 대한 결연한 의지를 잠 작품에 담아 자신을 한결같이 붙잡아 지키려 한 까닭은 남명학파의 일원으로서 그가 처한 시대의 학파적 상황과 무관하지 않으리라 생각된다. 인조반정으로 인해 남명학파가 심각한 타격을 입은 상황에서 1728년 무신사태까지 일어나게 되자, 남명학파의 학자들은 더 이상 발을 붙일 곳이 없을 만큼 운신(運身)의 폭이 좁아졌다. 이러한 상황에서 남명학파의 학자로서, 그 시대를 어떻게 극복해 나갈 것이며 후대의 학자들에게 학맥을 이어줄 것인가에 대한 문제는 자신이 짊어지고 가야 할 막중한 사명일 수 밖에 없었다.

따라서 그는 외부를 향한 항거가 아니라 자신을 견고하게 붙잡아 지키는 수양에 착념하여 스스로를 올바르게 세우고자 노력하였다. 이것은 그 자신을 지켜나가는 일이기도 하지만 더 나아가 남명학파의 명맥이 끊어지지 않고 이어질 수 있는 하나의 방법이 된다는 점을 생각할 때, 18세기 남명학파가 극심한 침체기를 겪은 때에 박태무가 고뇌하고 선택한 삶의 방향성을 충분히 짐작할 수 있다.

3. 도학(道學)의 위기와 수양 확립의 권계

19세기 강우 지역에는 노백헌(老柏軒) 정재규(鄭載圭)·월고(月皐) 조성가(趙性家)·계남(溪南) 최숙민(崔琡民) 등 호남 노론 노사(蘆沙) 기정진(奇

正鎭)의 문인을 비롯하여 한주(寒洲) 이진상(李震相)·만성(晩醒) 박치복(朴致馥)·단계(端磎) 김인섭(金麟燮)·물천(勿川) 김진호(金鎭祜)·면우(俛宇) 곽종석(郭鍾錫) 등 기호 남인 성재(性齋) 허전(許傳)의 문인과 영남 남인 정재(定齋) 류치명(柳致明)의 문인이 진주 인근에 거주하면서 활동하였다. 이들은 각기 다른 학파적 사승 관계를 가졌음에도 불구하고, 서로 간에 학문적 교유를 적극적으로 진행하였으며, 남명의 학문과 사상에 대한 조명과 선양 사업을 추진하였다. 이처럼 19세기 강우 지역에는 우리나라 학술사에 있어 중요한 위치를 차지하는 걸출한 학자들이 성대하게 일어났으며, 그들은 학파적 당파성을 지양하고 학문적·사상적 소통과 연대를 추구하고자 노력하였다. 그들 이전에 대부분의 학자들이 다른 학파의 학설과 정치적 견해를 일방적으로 배척하고 공격했던 것을 감안할 때, 이들이 상대방을 인정하고 수용하고자 노력한 모습은 조선시대 학술사에 있어 특기할 만한 사건이다.[33]

인조반정 이후, 강우 지역의 남명학파는 외형상으로는 몰락하여 남인화하거나 서인화하는 모습을 띠었다. 그러한 분열과 침체의 17~18세기를 지난 후, 19세기 중반에 들어서자 새로운 움직임이 나타나기 시작했다. 외형의 분열과는 달리 내재적 복류의 형태로 면면히 이어지던 남명학파의 계승 양상이 표면상으로 드러나기 시작한 점이다. 하지만 이미 여러 학파로 분열된 상태에서 곧장 남명학파로 새로이 복원된다는 것은 시대적·역사적 추이의 측면에서 불가능한 일이었다. 하지만 남명에 대한 추숭과 계승 의지라는 학문적·정신적 공감대는 강우 지역의 학파들을 결속하는 중심축이 되었으며, 그것을 통해 국가적 위

---

33) 전병철, 「老柏軒 鄭載圭의 南冥學 繼承과 19세기 儒學史에서의 의미」, 『남명학연구』 제29집, 남명학연구소, 2010, 231쪽.

기를 극복하고 유교의 새로운 부흥을 염원하는 방향으로 진행되었다. 19세기 강우 지역 학자들의 남명학 계승은 이러한 관점에서 그 의미를 평가해야 한다고 생각된다. 그들은 남명의 학문과 사상을 중심축으로 삼아 분열된 각 학파들을 통합하고자 하였으며, 유학의 근본정신을 회복하고 실천 의지를 고양하여 국내외적 위기를 극복하고 새로운 전망을 바라보려 노력하였다.[34)]

이와 같은 19세기의 상황을 생각해 볼 때, 이 시기에 창작된 잠 작품은 당시의 시대적·역사적 배경이 어떻게 투영되어 있는지를 주의하면서 개별 작품을 살펴보아야 할 것이다. 하나의 작품은 작자 개인의 전기적 요소와 함께 그 작품이 지어진 시대적·역사적 배경의 소산물이라는 당연한 사실에 기반 한 것이기도 하지만, 또한 본고에서 지속적으로 추적해 온 남명학파 학자들의 잠 작품에 나타난 수양에 대한 요구와 그것을 수행하는 방법의 시대별 특성을 해명하기 위한 중요한 전제가 되기 때문이다.

19세기에 잠 작품을 창작한 작자 및 작품 제목을 도표로 정리해 보자면 다음과 같다.

작자 및 생몰년	작품명
朴致馥(1824~1894)	讀書箴
金麟燮(1827~1903)	至樂箴, 愼獨箴, 冬至箴, 山居四箴(冀微, 時習, 日新, 篤實).

34) 전병철, 「老柏軒 鄭載圭의 南冥學 繼承과 19세기 儒學史에서의 의미」, 『남명학연구』 제29집, 남명학연구소, 2010, 265쪽.

郭鍾錫(1846~1919)	經筵箴, 書筵箴, 繹古齋箴, 鷄鳴箴, 丈夫箴, 剛德箴, 活齋箴, 五箴(好惡箴, 思慮箴, 守身箴, 處困箴, 講學箴), 除夕箴, 元朝箴, 立春箴, 實齋箴, 立箴, 卄以箴, 洗昏齋箴, 靜窩箴, 朴景禧屛箴.
河謙鎭(1870~1946)	自省四箴, 題李一海壁貼四箴, 惺軒箴, 養浩齋箴, 贈李璟夫三箴, 題仲涉屛八箴, 姜子孟墨帖箴.

위의 도표에 수록된 작품 제목에서 드러나 있듯이, 이 시기에 창작된 잠 작품의 특징은 타인을 위해 지은 작품이 상당 부분을 차지한다는 점이다. 그리고 타인을 위한 작품의 내용에 있어서도 상대방에게 필요한 어떤 주제를 설정하여 권면하거나 건물 이름에 담긴 의미를 부연하여 주인이 상고하게 함으로써 권계하는 등의 방식으로 깨우쳐주는 것이 대부분에 해당한다.

19세기 남명학파 학자들의 잠 작품은 왜 이러한 성향을 가질까? 이것은 앞에서 언급한 시대적·역사적 배경이 큰 영향을 미친 것으로 보인다. 이 당시 남명학파의 학자들은 일본 및 서양의 외세 침입과 국내 정치의 문란 등으로 인해 나라의 존망에 대해 크게 우려하였으며, 더욱이 명나라가 멸망한 이후 도(道)를 온전히 보존하여 계승하고 있는 우리나라가 외세의 세력에 의해 점령되는 것은 도학(道學)의 단절이라는 종말을 초래할 것이라는 위기의식을 가졌다. 그리하여 그들은 엄격한 수양을 통해 자기를 올바르게 세우기 위해 분발하였을 뿐만 아니라, 함께 도학을 지켜나가야 할 이들에게 간절한 마음으로 권계하여 위기의 상황을 타개하고자 노력하였다.

단계 김인섭의 「동지잠(冬至箴)」[35]에 그와 같은 의식이 분명하게 드

---

35) 金麟燮, 『端磎先生文集』 卷11 「冬至箴」. "天有顯道 厥類惟彰 陰陽淑慝 是爲大防 陽爲君子 陰爲小人 君子小人 各以類臻 君子進用 而邦其昌 小人進用 乃底滅亡 古今鑑戒

러나고 있다. 그 가운데 일부를 살펴보기로 한다.

> 뒤를 이은 우리들, 어찌 이전 일들 거울삼지 않겠는가? 지금의 일들 돌아보니, 눈물이 쏟아져 내린다. 감히 온전함을 바랄 수 있으랴? 어찌 편안함을 구할 수 있으랴? 종사는 무력하고, 백성은 비참히 짓밟히도다. 사람은 재앙만 자초하고, 하늘은 난리만 내리도다. 온 나라가 요동하여 술렁이고, 해와 달과 별은 어둠에 가려졌도다. 곡하려 한들 무슨 낯으로 하랴? 말하려 한들 무슨 보탬이 있으랴?
>
> 옷을 떨치고 멀리 떠나려 하지만, 굽어보니 망망할 따름이다. 높은 곳을 오르려 하나 사다리가 없고, 바다를 건너가려 하나 배가 없구나. 문을 닫아걸고 신음하며 앓으니, 허물이 없기만을 바랄 뿐이라. 외국말 날로 시끄러워지고, 이국 복장 껴입고 다니는구나. 시대가 막힌 때를 만나니, 추운 기세 들판에 덮혔도다. 음(陰)이 위에서 극성하고, 양(陽)은 아래에 전복되어 있도다. 군자는 비호를 받으며, 소인은 집을 무너뜨리도다.
>
> 성인께서 나를 속였겠는가? 기뻐하면서 속히 글을 쓰네. 난리가 극성하면 다스려지게 되고, 막힘이 끝나면 펼쳐지게 되나니. 만물이 통창하게 되고, 모든 생명 함께 의지하네. 밝고 밝은 태양, 동방을 환하게 비추네. 아름다운 궁궐에 봄이 깊고, 임금님 거둥하시는 길 볕이 길도다. 우리 젊은이들에게 기대하노니, 양덕(陽德)이 날로 형통해지리라. 후회에 이르지 말아서, 우리 삶을 마치기를.

이 잠을 살펴보면, 김인섭이 당시의 상황을 얼마나 절망적으로 인식

歷歷昭然 凡我嗣後 胡不監前 時値閉關 寒威閉野 陰極于上 陽反於下 亂極而治 否終則泰 萬物其通 群生咸賴 明明太陽 照臨震方 彤墀春深 黃道晷長 期余小子 陽德日亨 无底于悔 以畢吾生”

하였는가를 적나라하게 볼 수 있다. 임금은 꼭두각시처럼 아무런 권한이 없고 백성은 이중삼중으로 수탈을 당해 무참히 짓밟히는 상황이었다. 그가 보기에 사람들은 스스로 재앙만 자초하는 듯하고, 하늘은 오로지 난리만을 내리는 것처럼 여겨졌다. 곡을 하려고 해도 무슨 낯으로 할 수 있겠으며, 말을 하려 해도 아무런 도움도 되지 않는 현실에서, 차라리 세상을 떠나 산 속으로 숨거나 바다를 건너려도 해도 그럴 수 있는 형편이 되지 못하니, 문을 닫아건 채 앓아누워 신음하면서 자신의 허물을 줄일 수 있기를 바랄 뿐이라고 탄식하였다.

冬至箴
天有顯道厥類惟彰陰陽淑慝是爲大防陽爲君子
陰爲小人君子小人各以類臻君子進用而邦其昌
小人進用乃底滅亡古今鑑戒歷歷昭然凡我嗣後
胡不監前瞻顧時事有淚汎瀾敢冀得全敢望求安
宗社綴旒生靈糜爛惟人召禍惟天降亂九域飆

김인섭의 동지잠

그러나 김인섭은 이와 같이 지극히 어려운 상황 속에서도 한 줄기 희망을 발견하였다. 『주역(周易)』 박괘(剝卦)에 음이 극성한 그 때에 다시 양을 회복하게 된다고 하였으니, 난리가 극성하면 다스려지는 데로 나아가게 되고 막힘이 종결되면 펼쳐지게 되는 것이다. 그리하여 매우 곤궁하고 험난한 시대 상황 속에서도 다시 회복될 날에 대한 희망의 씨앗을 품을 수 있었으며, 그 씨앗을 젊은이들이 키워나가기를 기대하였다.

김인섭이 「동지잠」을 통해 자신의 현실 인식과 미래에 대한 희망, 그리고 젊은이들에게 거는 기대를 여실하게 보여주고 있듯이, 이 시기의 잠 작품들 속에는 어려운 시대 여건 가운데서도 자신에 대한 수양을 부단히 정진할 뿐만 아니라, 함께 도학을 지켜나가야 할 동지에게 보내는 권계가 간절하게 담겨 있다.

만성 박치복이 정용기(鄭龍基)를 위해 지은 「독서잠(讀書箴)」,[36] 김인섭이 동생에게 준 「지락잠(至樂箴)」,[37] 면우 곽종석이 지은 「활재잠(活齋箴)」,[38] 「실재잠(實齋箴)」,[39] 「입잠(立箴)」,[40] 「입이잠(廿以箴)」,[41] 「세

36) 朴致馥,『晩醒集』卷13「讀書箴」. "(爲鄭龍基作) 出自椰子裏 若波滾沙谷簸霧者 爾心兀然坐丌頭槁木而已 爾身在太行之巓歟 灩澦之潯歟 愼莫聽鯫生說 引爾誘爾 傍磎曲徑去歲聿云 暮不知尋 庸此爲屋漏誠 朝觀暮省 嚴似頂門針 爾果克勤克惕 無媿座右之言於皇上帝穆穆臨"

37) 金麟燮,『端磎先生文集』卷11「至樂箴」. "讀朱夫子至樂齋銘 依其韻 作此 示舍弟智夫氣鬱而病 何以發舒 須信晦翁 讀書得甦 如喫茶飯 久乃知味 患在不學 不學不至 無處不勉 無時不然 玩味之極 豈願羊羶 少有疑難 且以問知 由學至庸 自易及詩 次第以讀 必體于心 惟恐廢墜 履薄臨深"

38) 郭鍾錫,『俛宇集』卷144「活齋箴」. 원문의 분량이 많아 생략함.

39) 郭鍾錫,『俛宇集』卷144「實齋箴」. "權君子皦之室曰實齋 友人苞山郭鍾錫敢爲之箴曰 天維降萬 厥理一實 人維萬靈 厥稟最實 仁義禮智 性全其實 耳目四肢 體罔不實 性該萬善 其情則實 體必有則 其職之實 盡其實者 爲人之實 其實不盡 人之非實 子不于孝 非子之實 弟不于悌 非弟之實 實父實兄 我以不實 耳聰目明 否則失實 手恭足重 不然無實 實有是形 我反不實 思之汗悸 曷不圖實 惟實有要 一此心實 有情有職 念念必實 莫容些僞 以敗其實 屋漏幽隱 兢懼有實 應酬云爲 忠信之實 實心實學 行實言實 彼貌而假 心之不實 外名于人 禽獸其實 維念孜孜 以一于實 幽顯罔間 表裡俱實 俯仰無怍 人之方實 敬哉誠哉 夙夜惟實"

40) 郭鍾錫,『俛宇集』卷144「立箴」. "族子昌燮和顯天姿溫柔文雅 志學親仁 樂善常若不及 猶歉然不自滿也 嘗從余求一言以自飭 余謂吾人之恒悠悠無成者 坐不能自立也 不立而欲有進可得乎 爲之箴以勉之曰 維人之生 直立兩間 匪寢匪尸 寧或頹顚 敬以立心 義以立命 公以立德 勤以立行 維欲與怠 乃立之賊 造次克念 罔敢不飭 久乃堅植 不撓不屈 卓爾在中 上下串徹 身以道立 己立立人 勖哉昂昂 視爾脚跟"

41) 郭鍾錫,『俛宇集』卷144「廿以箴」. "李金吾明賚 余同庚友也 平生樂善好義 如恐不及 晩而隱居於汶水之東涯 杜門觀書 飭躬敎子侄 以爲政於家而不求之外也 有素屛十疊 要余題其面 以資麗澤之益 余不能辭 謹綴廿以字寫去 毋以我不逮而忽棄之 則他山之石 可以攻玉 其辭曰 孝以盡道 誠以立德 公以宅心 恬以節欲 嚴以治己 恕以及物 寬以容衆 明以擇術 簡以省事 勤以修業 謹以履常 毅以守執 虛以集善 勇以改慝 禮以制安 義以審得 默以寡怨 恭以遠辱 和以理生 儉以養福"

혼재잠(洗昏齋箴)」,[42] 「정와잠(靜窩箴)」,[43] 「박경희병잠(朴景禧屛箴)」[44] 등과 회봉(晦峰) 하겸진(河謙鎭)의 「제이일해벽첩사잠(題李一海壁貼四箴),[45] 「성헌잠(惺軒箴)」,[46] 「양호재잠(養浩齋箴)」,[47] 「증이경부삼잠(贈李璟

---

42) 郭鍾錫, 『俛宇集』 卷144 「洗昏齋箴」. "金君相惇爲齋於黃梅之壑 居諸子修業 扁曰洗昏 取古人梅花詩語也 豈亶梅然哉 其意蓋有在也 請余爲箴 箴曰 有山嵺巒 岩洞黝黝 行迷坐惛 我思窈糾 一朵天挺 粲其寒玉 有如種陰 瑞龍啣燭 氛消嵐化 復我虛明 我爰邁軸 如寐而醒 莫往非山 九有沈黑 魑犇鬼譹 載顚載溺 誰其指南 聖言如日 昭揭終古 不蝕不昳 我庸對越 天心煌煌 祓濯詖邪 洞然八荒 亦㝹方寸 氣拘物蔽 膠膠冥冥 乃塵乃翳 然此本明 未嘗息滅 其端微微 時勞而出 我其珍此 保養充廣 雲捲席撤 天輝晶朗 孰謂爾昏 一洗愈光 我扁我築 勖爾諸郞"

43) 郭鍾錫, 『俛宇集』 卷144 「靜窩箴」. "永嘉權君子愼之所日夕起處出入應接營爲 擧集於斗室之中 而不勝其紛綸也 扁之曰靜窩 屬余爲箴 人生而靜 渾然一善 孰堯而蹻 奚饕與戕 惟其有動 迺萬其舛 喜懼迭形 忿慾交喘 得喪險夷 來連往蹇 孰能槁木 而不舒卷 君子於斯 制之有典 方其靜時 如孩未娩 如泉斯蓄 如關之鍵 凝然穆然 神識㻌㻌 湛然而活 肅然若勉 及其動也 定理之顯 思無邪馳 行必義踐 足重手恭 氣舒志展 若后御極 高拱端冕 役使群物 不搖不轉 是謂能靜 動不我塡 其則不失 動靜一件 主宰惟敬 曷弛少選 然猶冥埴 不顚者鮮 盍致其知 博學明辨 人倫之彝 天地之撰 事物之宜 情僞醜變 由粗達精 酌深斟淺 森森經曲 毫析釐剸 不疑不惑 孰欺瓊碝 事至物來 如目斯晛 坦然順應 奚慴奚怏 天君愈卓 浩然仰俛 是曰知敬 交滋互闡 我愛權君 如璧不瑑 惟動是懲 揭靜自勔 我虞其偏 卽而推衍 爰諏墨卿 章之于扁"

44) 郭鍾錫, 『俛宇集』 卷144 「朴景禧屛箴」. "朴彌甥憙鍾景禧 有屛二六疊 要余爲箴語 屛焉而不倩飾於山水卉石翎毛之工 而必求之枯朽垂死之唾沫 其意抑有在歟 義不敢孤 聊綴蕪俚 庶資其顧省之萬一云 蒼虎漢案 茶壑病夫 肅肅冠襟 恒爾居位 念爾所生 愼爾所事 言而思玷 動而思躓 謀人思忠 遇物思義 善小而集 雲祥日瑞 惡微而萌 神嗔鬼恚 萬車逐逐 我攬我轡 千旗靡靡 我樹我幟 怨惟報直 恭不貌僞 毋徇于名 毋近于利 卑以自將 衆德之地 祝爾無疆 載錫爾類"

45) 河謙鎭, 『晦峯遺書』 卷37 「題李一海壁貼四箴」. 원문의 분량이 많아 생략함.

46) 河謙鎭, 『晦峯遺書』 卷37 「惺軒箴」. "(爲安衡允作 ○癸酉) 心主一身 敬爲心主 是學之要 而德之聚 持敬伊始 于何從入 惟古瑞僧 喚主自答 上蔡惺惺 亦用此法 惺則不昧 不昧則一 一故不貳 體用俱徹 安君之居 軒以惺名 吾友國重 實是作銘 我演其義 爲箴加勖 勖哉安君 無聽隔壁 常如上蔡 諄諄臨席"

47) 河謙鎭, 『晦峯遺書』 卷37 「養浩齋箴」. "崔君大汝 署其讀書之齋曰養浩 余爲演之而作箴 氣之曰浩然 何也 其大可以塞天地也 其養在於有所事也 其說本之曾子所聞之大勇 而其發揮以示人 自孟子始也 可謂建天地質鬼神而百世可俟也 無此則柔而不立 如倒東顚西

夫三箴)」,[48] 「제중섭병팔잠(題仲涉屛八箴)」,[49] 「강자맹묵첩잠(姜子孟墨帖箴)」[50] 등이 이러한 뜻에 부합하는 작품이라 말할 수 있다. 이 중에서 곽종석이 지은 「입잠(立箴)」을 대표적으로 살펴봄으로써, 거론한 작품들의 내용을 일일이 소개하는 번다함을 대체하려 한다.

사람이 살아가는 삶이란,	維人之生
천지 사이에 직립한 것이라네.	直立兩間
잠을 자거나 죽은 시체가 아니라면,	匪寢匪尸
어찌 무너져 쓰러질 수 있겠는가.	寧或頹顚
敬으로써 마음을 세우고,	敬以立心
義에 의해 천명을 세우네.	義以立命
公으로써 덕을 세우고,	公以立德
근면함으로 행실을 세우네.	勤以立行
오직 욕심과 나태함이	維欲與怠
세움을 해치는 적이라네.	乃立之賊
짧은 순간에도 생각을 놓치 말아	造次克念
감히 삼가지 않을 수 없네.	罔敢不飭
오래되면 견고히 서게 되리니,	久乃堅植
요동하지도 굽히지도 않으리.	不撓不屈
우뚝히 천지 가운데 서서,	卓爾在中

之爲扶醉也 無此則晝而不力 向道而行 中道而廢 終不能以有至也 養吾養也 氣吾氣也 大汝 宜知所以自勉於是也”

48) 河謙鎭, 『晦峯遺書』 卷37 「贈李璟夫三箴」. 원문의 분량이 많아 생략함.

49) 河謙鎭, 『晦峯遺書』 卷37 「題仲涉屛八箴」. 원문의 분량이 많아 생략함.

50) 河謙鎭, 『晦峯遺書』 卷37 「姜子孟墨帖箴」. “周官六藝 書居第五 字體變化 具見神造 純公如何 謂無知道 維射與御 所執雖卑 射以審中 御以範馳 況此心畫 心正筆正 卽此是學 曷不用敬 及其久熟 理妙俱臻 姸則爲惑 勁乃通神 余不解書 如瞽論視 所聞則然 勖哉姜子”

상하로 환하게 통하리라.	上下串徹
자신을 道로써 세울 수 있다면,	身以道立
자기도 서고 남도 세워 주리라.	己立立人
힘쓸지어다! 위풍당당하게 서서,	勖哉昂昂
너의 다리를 살필지어다.	視爾脚跟

이 작품은 곽종석이 1907년에 족자(族子) 곽창섭(郭昌燮)을 권계하기 위해 지은 것이다. 앞부분에서 사람이 천지 가운데 서 있어야 할 당위성을 설명한 후, 경(敬)·의(義)·공(公)·근(勤) 등에 의해 자신을 세우는 방법에 대해 제시하였다. 그리고 욕심과 나태함이 바르게 서 있는 것을 해치는 적이 되므로, 어떤 짧은 순간에도 감히 방심해서는 안 된다고 경계하였다. 그리하여 오래도록 이와 같이 서 있을 수 있다면, 요동하지도 않고 굽히지도 않아 우뚝하니 천지 가운데 서서 하늘과 땅의 이치를 환하게 깨우칠 수 있을 것이라고 하였다.

마지막 부분에 이르러 '자신을 도(道)로써 세울 수 있다면, 자신도 서고 남도 세워 주리라. 힘쓸지어다! 위풍당당하게 서서, 너의 다리를 살피지어다.'라고 권계함으로써, 곽종석이 곽창섭에게 이 잠을 지어주는 까닭을 분명히 드러내고 있다. 국내 정치의 문란과 외세 세력의 침입으로 인해 도학이 절체절명의 위기에 처한 상황에서, 자신을 도로써 올바르게 세울 수 있어야 남도 세워줄 수 있다. 그러므로 항상 위풍당당한 기개로 서 있는 가운데, 자신이 도에 확립되어 있는가를 항상 살펴야 할 것이라고 말하였다.

이것은 곽종석 스스로가 「계명잠(鷄鳴箴)」,[51] 「장부잠(丈夫箴)」,[52] 「강

---

51) 郭鍾錫, 『俛宇集』 卷144 「鷄鳴箴」. "鷄鳴而起 整我冠裳 心竅朗啓 晨氣淸凉 于時發見

덕잠(剛德箴)」,[53] 「오잠五箴)」,[54] 「제석잠(除夕箴)」,[55] 「원조잠(元朝箴)」,[56] 「입춘잠(立春箴)」[57] 등을 지어 도에 굳건히 서 있기를 끊임없이 노력하였을 뿐만 아니라, 앞으로 다음 세대를 이어가야 할 젊은이들에게 절망적 시대의 거센 물결에 휩쓸려 쓰러지지 말고 자신을 도에 우뚝이 세우기를 촉구한 것이라 이해할 수 있다.

尠不斯臧 繩頭以凝 我護我將 火然泉達 不息其功 竹牖東闢 出日曈曈 光明晃耀 上當天中 嚮晦淵默 腴眞葆聰 令終由始 闢榠宎宎 端本洪源 神氣舒翕 微乎微乎 無間不入 推以彌寶 一理融及 夫厥孳孳 孰非無斁 一念之差 乃舜乃蹠 毫不容間 盍愼其適 凡今之人 鷄鳴匪昔"

52) 郭鍾錫, 『俛宇集』卷144 「丈夫箴」. "厥初太極 溟涬無始 二五絪緼 日惟生爾 凡生之類 孰匪同胞 惟人最秀 天道孔昭 坤生用事 慝夢斯頻 而我幸甚 大丈夫人 明命在躬 五性實有 參三爲一 可大可久 夫何自迷 而莫之養 蔓艸靈臺 鷄犬斯放 言念厥初 能有存否 以豪杰姿 自甘髥婦 謂言聖哲 其神其天 何可當也 畏不敢前 莫曰可畏 匪別樣人 形軀靡忒 性道攸均 堯丈夫也 舜丈夫也 日禹湯文 丈夫人者 猗歟周公 豈不丈夫 顔曾思孟 丈夫同途 維彼丈夫 周程朱子 豈我相殊 大丈夫耳 爲之卽是 畏其謂何 維丈夫者 彼耶我耶"

53) 郭鍾錫, 『俛宇集』卷144 「剛德箴」. "一大曰天 惟剛厥德 渾然行健 終古不息 坤惟動剛 視天爲則 元亨利貞 播育靡忒 繼善成性 人爲物秀 仁體義用 秉牢積富 箕陳克潛 舜戒敎胄 集義生氣 貫塞宇宙 毅以自奮 確以立定 莊以矜持 敬以喚醒 勤以起惰 方以制行 勇以前往 强以久亘 公以體道 直以制慾 明以普照 嚴以愼獨 簡以省事 廉以遠辱 泰以處心 果以決曲 其高莫越 其大難周 其堅孰奪 其正何偸 其貞似石 其烈如秋 其威可畏 其業鮮儔 依阿骫骳 彼哉一種 脂媚韋軟 跟撓脊倗 成僧做道 兩不適用 樂厥批退 自手斷送 嬌嬌亢亢 亦云何物 黜舍互推 賁育交扢 睅目扼腕 麤啖勃鬱 投利如鶩 不覺其屈 君子克念 學以求篤 源泉日駛 進進相續 實新輝光 是曰大畜 我述此戒 朝暮以告"

54) 郭鍾錫, 『俛宇集』卷144 「五箴」. 원문의 분량이 많아 생략함.

55) 郭鍾錫, 『俛宇集』卷144 「除夕箴」. "一萬八千 七百二旬 爾生得日 亦旣陳陳 日其一知 亦幾知天 日其一行 亦幾安仁 爾怠弗念 動罔或吉 逝年不須 幾何其耋 嚮晦潛惟 惕焉慄慄 除舊圖新 自今惟一"

56) 郭鍾錫, 『俛宇集』卷144 「元朝箴」. "鷄初鳴戊戌歲 五十三生于世 如無生玩而愒 竦爾肩攝爾袂 日曈曨震出帝 一監玆無泄泄 新長長日有詣"

57) 郭鍾錫, 『俛宇集』卷144 「立春箴」. "歲庚子臘月十六日立春夜 夢得二句 曰終則有始 春生於冬 及寤而足之爲箴曰 終則有始 春生於冬 寂而能感 用具體中 敬而無失 循環不窮 瞑目凝然 生意融融"

이외에도 김인섭의 「신독잠(愼獨箴)」[58]·「산거사잠(山居四箴)」,[59] 곽종석의 「경연잠(經筵箴)」[60]·「서연잠(書筵箴)」[61]·「역고재잠(繹古齋箴)」,[62] 하겸진의 「자성사잠(自省四箴)」[63] 등이 있는데, 논리 전개상 자세한 서술은 생략하기로 한다.

經筵箴
帝王有學萬化之基姚姒心法周孔訓辭綱常禮義政刑威儀
體會躬行家齊國治是講是究陶鑄雍熙役藝事末揮戈業卑
不有實諦疇克信玆聖后御宇惟日孳孳延儒稽古搜微决疑
理欲之分敬怠其幾深認精察擴遏操持於緝乾乾發之施爲
誠民祈命夫豈予欺德流郵速遐邇咸歸同文與倫作天下師
臣拜稽首規于 丹墀

곽종석의 경연잠

58) 金麟燮, 『端磎先生文集』 卷11 「愼獨箴」. "明命赫然 上帝是臨 晷刻或放 乃獸乃禽 其端甚微 其幾甚危 潛滋暗長 遂與道離 所以君子 常存戒懼 無時不然 無物不具 於此尤嚴 必愼其獨 如對父師 若隕淵谷 爲聖爲賢 亶其在玆 箴揭座右 常目在之"

59) 金麟燮, 『端磎先生文集』 卷11 「山居四箴」. 원문의 분량이 많아 생략함.

60) 郭鍾錫, 『俛宇集』 卷144 「經筵箴」. "帝王有學 萬化之基 姚姒心法 周公訓辭 綱常禮義 政刑威儀 體會躬行 家齊國治 是講是究 陶鑄雍熙 役藝事末 揮戈業卑 不有實諦 疇克信玆 聖后御宇 惟日孳孳 延儒稽古 搜微決疑 理欲之分 敬怠其幾 深認精察 擴遏操持 於緝乾乾 發之施爲 誠民祈命 夫豈予欺 德流郵速 遐邇咸歸 同文與倫 作天下師 臣拜稽首 規于丹墀"

61) 郭鍾錫, 『俛宇集』 卷144 「書筵箴」. "於乎 寧一日不食 而不可一日不讀書 雖蒼黃顚沛 而不可頃刻不接賢士 孝親忠君之資於是 仁民愛物之推於是 宗社無疆天下悅服之基於是 於乎 不邇聲色 不殖貨利 不溺于宴安 不惑于便嬖 惟孳孳于爲善 居敬以集義 震驚而不喪匕鬯 离明而作兩照四 何莫非稽古親賢之致 臣拜作箴 告于有位"

62) 郭鍾錫, 『俛宇集』 卷144 「繹古齋箴」. 원문의 분량이 많아 생략함.

63) 河謙鎭, 『晦峯遺書』 卷37 「自省四箴」. 원문의 분량이 많아 생략함.

Ⅲ. 지리산권 서부 호남 유학자의 잠 창작과 시기별 특징

호남지역 유학자의 잠 작품을 어떤 내적 요인이나 외적 상황에 따라 엄밀하게 나눌 수 있는 분명한 지표가 마땅하지 않기 때문에, 조선 전기·중기·후기라는 대략적인 경계로 범위를 설정했다. 후기는 다소 다른 성격을 지니지만, 전기와 중기에는 箴 작품에 뚜렷한 영향을 끼친 학술적·역사적 계기가 보이지 않아 전체적인 흐름의 경향을 넓게 조망하는 방향에서 검토하고자 하기 때문에 이런 구획만으로도 충분히 시기별 내용과 특징을 정리할 수 있으리라 판단된다.

1. 해석과 차운을 통한 의리의 발현

호남지역 유학자들의 전기 잠 작품은 소연(蘇沿 1390~1441)이 창작한 것으로부터 이항(李恒 1499~1576)이 지은 것에 이르기까지 총 6편이 지어졌다. 작자 및 작품을 도표로 정리해보자면 다음과 같다.

작자 및 생몰년	작품명
蘇　沿(1390~1441)	視民如傷箴, 淸愼勤箴,
柳崇祖(1452~1512)	大學箴
宋　純(1493~1582)	敬次朱子敬齋箴
羅世纘(1498~1551)	戒心箴
李　恒(1499~1576)	自强齋箴

소연으로부터 이항에 이르기까지 100년이 넘는 시기 동안 5명의 유학자에 의해 6편의 잠 작품이 창작되었으니, 그 수량이 매우 적다고 말할 수 있다.

먼저 소연의 잠 작품을 살펴보자면, 「시민여상잠(視民如傷箴)」[64]은 제목 아래에 '재니성시(宰尼城時)'라는 주석이 부기되어 있다. 이를 통해 이 작품은 그가 1433년 니성(尼城, 충남 논산시 노성[魯城]의 옛이름)에 현감으로 부임한 당시 지은 것이라는 사실을 알 수 있다. '시민여상'이란 제목은 『맹자(孟子)』 「이루(離婁)」 하편에 나오는 말을 인용한 것으로, 중국 주나라 문왕(文王)이 '다친 사람을 돌보듯이 백성을 보살폈다'는 고사를 가리킨다. 또한 북송(北宋)의 명도(明道) 정이(程顥 1032~1085)은 산서성(山西省) 택주(澤州)의 진성현령(晉城縣令)으로 재임할 때 '시민여상'을 좌우명으로 삼아 큰 치적을 올렸으므로 백성들이 그를 부모처럼 따랐다고 한다.

소연은 문왕이 백성을 정성스럽게 다스린 고사와 후대의 정호가 그것을 본받아 실천한 일을 염두에 두고 니성현을 다스릴 적에 이 말로 자신을 경계하고자 했다고 보인다. 그러므로 그는 '시민여상'의 의미를 "하늘과 땅이 일리(一理)이며, 사물과 내가 동포라. 그 사이에서 중용을 행하여, 너무 따라주지도 고집하지도 말라. 처음 관직에 임명된 선비, 마음을 어떻게 보존해야 하나. 사람들 구제하고 사물을 사랑하여, 온화하게 다스려야 하리. 정성스러운 뜻으로 감동시켜, 항상 다친 사람 돌보듯 해야 하리. 측은하게 여기는 인(仁)으로 행해야지, 어찌 관리의 재능으로만 할 뿐이랴. 근본을 거슬러 올라가고 아래를 따라 내려오면, 이 마음이 아닌 것이 없어라.……"라고 해석했다.

소연의 「시민여상잠」은 개인적인 필요에 의해 창작된 사잠이며, 수

---

64) 蘇沿, 『杏亭集』 卷之下 「視民如傷箴」. "乾坤一理 物吾同胞 那間克中 毋韋毋膠 一命之士 苟存心何 濟人愛物 爲政之和 誠意以動 恒若傷哉 惻隱其仁 奚啻吏才 溯本沿末 莫非此心 聖恩罔極 幸是宰臨 謨拙斡旋 治昧寬猛 爲此之懼 書座右警"

사 기법은 『맹자』의 '시민여상'이 지닌 의미가 무엇인지에 대해 해석하고 그 내용을 실천하려 한 의리의 발현을 채택하고 있다.

다른 작품인 「청신근잠(淸愼勤箴)」[65]은 관리로서 지켜야 할 덕목으로 청렴[淸]·신중[愼]·근면[勤]을 제시한 후, 이 세 가지를 항상 생각하며 실천하기를 기약하는 내용이다. 그러므로 「청신근잠」은 관리가 지녀야 할 덕목을 해설한 사잠이다.

유숭조(柳崇祖 1452~1512)의 「대학잠(大學箴)」[66]은 「성리연원촬요(性理淵源撮要)」와 함께 중종(中宗)에게 지어 올린 것으로, 「대학삼강팔목잠(大學三綱八目箴)」 또는 「대학십잠(大學十箴)」으로 일컬어지기도 한다. 「대학잠」과 「성리연원촬요」는 중종의 특명으로 간행 반포되었으므로, 당시 학계에 많은 영향을 끼친 저술이라고 말할 수 있다.[67]

유숭조는 서문에서 임금을 비롯하여 신하와 백성들이 『대학』을 공부해야 하는 이유에 대해 다음과 같이 밝혔다.

> 신 숭조는 듣건대, 주자가 말씀하길 "『대학』의 도는 그림쇠[規]·곱자[矩]·수준기[準]·먹줄[繩] 등의 표준과 같으니, 먼저 자신을 다스린 이후에 다른 이들을 다스리는 것이다."라고 했습니다.
>
> 신은 삼가 그 말을 이어서, "『대학』의 도는 곧 수신·제가·치국·평천하의 규·구·준·승으로서 방형·원형·평형·직선의 지극한 것을 만든다."라고 풀이한 적이 있습니다. 임금된 자는 『대학』의 도를 환하게 드

65) 蘇沿, 『杏亭集』 卷之下 「淸愼勤箴」. "做官有符 日淸曰愼 勤且隨之 績可益晉 一人無此 孰能爲公 三事到極 百行無窮 伊昔君子 胡不是焉 念玆在玆 永勿隳旃"

66) 柳崇祖, 「大學箴」. 원문의 분량이 많아 생략함.

67) 김기현, 「柳崇祖의 道學과 思想史的 位相」, 『퇴계학보』 제109집, 퇴계학연구원, 2001, 228쪽.

러내지 않을 수 없으니, 규·구·준·승이 그곳으로부터 나오기 때문입니다. 신하된 자는 『대학』의 도를 강론하지 않을 수 없으니, 규·구·준·승이 그를 통해 시행되기 때문입니다. 백성된 자는 『대학』의 도를 알지 못해서는 안 되니, 규·구·준·승을 마땅히 따라야 하기 때문입니다.68)

유숭조는 『대학』의 도란 집을 지을 때 사용하는 그림쇠[規]·곱자[矩]·수준기[準]·먹줄[繩] 등의 표준과 같다는 말69)을 인용한 후, 그 구절을 부연하여 수신·제가·치국·평천하를 실현하기 위해 반드시 필요한 표준으로서 방형·원형·평형·직선의 완전한 모양을 만들려면 규·구·준·승을 사용해야 하는 것과 같다고 전제했다. 그리하여 임금은 규·구·준·승의 표준이 나오는 곳이기 때문에 『대학』의 도를 환하게 드러내지 않을 수 없고, 신하는 표준을 시행하는 역할을 담당하므로 『대학』의 도를 강론하지 않을 수 없으며, 백성은 표준을 따라야 하

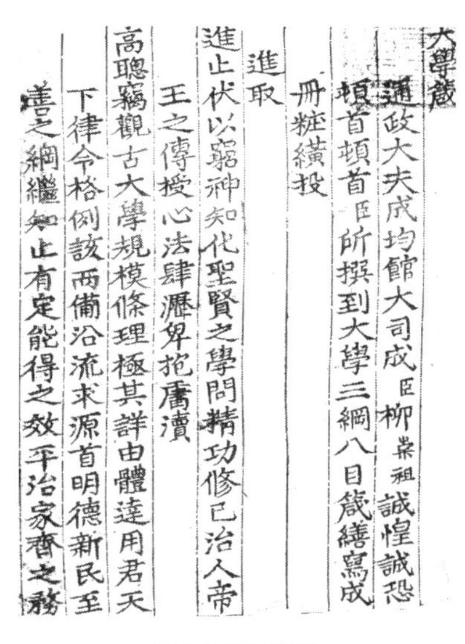

大學箴
通政大夫成均館大司成臣柳崇祖誠惶誠恐
頓首頓首臣所撰到大學三綱八目箴繕寫成
冊粧纊投
進取
進止伏以竊神知化聖賢之學問精功修己治人帝
王之傳授心法肆瀝畀抱屬瀆
高聽竊觀古大學規模條理極其詳由體達用君天
下律令格例該兩備沿流求源首明德新民至
善之綱繼知止有定能得之效平治家齊之務

유숭조의 대학잠

68) 柳崇祖, 『大學箴』 「大學箴序」. "朱子曰 大學之道 猶規矩準繩 先自治而後 治人者也 [臣] 竊嘗繼之曰 大學之道 乃修齊治平之規矩準繩 而爲方圓平直之至也 爲君者 不可不明大學之道 規矩準繩之所自出 爲臣者 不可不講大學之道 規矩準繩之所由施 爲民者 不可不知大學之道 規矩準繩之所當從"

69) 유숭조는 이 구절을 朱子의 말이라고 했는데, 사실은 『論語』 「八佾」 제22장 '管仲之器小哉'의 朱子註에 인용된 楊雄의 말이다. 원출처는 『楊子雲集』 「先知篇」에 나오는 구절로, 원문은 "大器 其猶規矩準繩乎 先自治而後治人之謂大器"이다.

는 대상이므로 『대학』의 도를 알지 못해서는 안 된다고 설명했다.

『대학』의 도를 환하게 드러내고 강론하며 알아야 하는 당위성에 대해 서문에서 설명한 내용을 살펴보자면, 유숭조는 『대학』을 임금으로부터 일반 백성에 이르기까지 누구나 배우고 익혀야 하는 매우 중요한 경서로 인식하고 있음을 확인할 수 있다. 따라서 그는 성균관 대사성으로 재직할 때 『대학』의 도를 표준으로 삼아 나라를 다스려나가기 바라는 마음에서 중종(中宗)에게 올린 것이었다.

유숭조의 「대학잠」은 「명명덕잠(明明德箴)」·「작신민잠(作新民箴)」·「지지선잠(止至善箴)」·「사무송잠(使無訟箴)」·「격물치지잠(格物致知箴)」·「근독잠(謹獨箴)」·「정심잠(正心箴)」·「수신잠(修身箴)」·「제가치국잠(齊家治國箴)」·「혈구잠(絜矩箴)」 등 10개 잠을 통해 『대학』의 핵심 내용을 밝힌 것이다. 지리산권 동쪽지역의 남명학파 학자인 서계(西溪) 박태무(朴泰茂, 1677~1756)가 『대학』의 내용을 대학(大學), 명명덕(明明德), 신민(新民), 지지선(止至善), 삼강령(三綱領), 격물(格物), 치지(致知), 성의(誠意), 정심(正心), 수신(修身), 제가(齊家), 치국(治國), 평천하(平天下), 팔조목(八條目), 정주대공(程朱大功) 등 15가지 조목으로 나누어 「대학잠」을 지은 일이 있었다.

두 작품은 「대학잠」이라는 제목으로 『대학』의 뜻을 해석하여 의리를 발현했다는 점에서는 동일하지만, 유숭조의 작품은 임금의 통치를 돕기 위해 지어진 관잠인데 비해 박태무의 것은 스스로 학문에 힘쓰기 위해 창작된 사잠이다. 그리고 창작 시기도 유숭조의 「대학잠」이 대략 200년 정도 앞서며, 분량의 측면에서도 비교가 안 될 만큼 훨씬 방대하다.

그럼에도 불구하고 현존하는 한문 작품 가운데 『대학』의 의미를 잠의 형식을 통해 밝힌 것이 두 사람의 「대학잠」과 백불암(百弗庵) 최흥원(崔興遠 1705~1786)의 「독대학잠(讀大學箴)」[70] 외에는 보이지 않는다는 점을 생각한다면, 그 희소성도 중요한 의미를 지니겠지만 그것과 아울러 지리산 권역의 동쪽과 서쪽이라는 지역 범위에 함께 포함되고 있다는 점에서 상호 비교 검토될 충분한 이유를 가진다. 하지만 여기서는 지면 관계상 더 이상의 논의는 생략하며 별도의 논고를 통해 두 작품을 비교할 수 있기를 기약한다.

송순(宋純 1493~1582)의 「경차주자경재잠(敬次朱子敬齋箴)」[71]은 주자가 지은 「경재잠(敬齋箴)」[72]에 차운한 사잠으로, 전대 잠 작품의 내용을 해석하고 그 형식을 모방하여 의리를 발현한 것이다. 송순의 작품은 주자의 「경재잠」을 보다 분명하게 부연 설명했다. 「경재잠」에서는 분명하게 드러나지 않는 경(敬)의 개념 정의가 「경차주자경재잠」에서는 선명하게 드러나 있기 때문이다. 주자는 경의 의미를 구체적 모습으로 제시하려 했다면, 송순은 그런 구체적 표현을 해석하여 기존의 경 개념으로 부연 설명하고자 한 것이라 이해된다.

나세찬(羅世纘 1498~1551)의 「계심잠(戒心箴)」[73]은 잠 앞에 붙여진 서문

---

70) 崔興遠, 『百弗菴集』 卷13 「讀大學箴」. "讀書如何 不可貪務 先以大學 作爲間架 逐段熟讀 致思詳精 須令所究 了了分明 方可取次 改讀後段 看第二段 還思前段 後段前段 文義續連 既通大意 又好熟看 却以他書 填補去讀 體統既具 功用乃博"

71) 宋純, 『俛仰集』 續集 卷1 「敬次朱子敬齋箴」. "大哉斯銘 開覺後民 居敬伊何 常尊德仁 豈敢罔謹 帝降之則 心或惰荒 衆欲來克 人不鑑此 甘爲鄙卑 行違悖理 言煩傷支 古人事天 今人頹紀 奈此罔念 自暴自委 所以君子 常敬于心 爾心無貳 上帝實臨 謹嚴奉持 造次顚沛 賢師所訓 佩服無怠"

72) 朱熹, 『晦庵集』 권85 「敬齋箴」. "正其衣冠 尊其瞻視 潛心以居 對越上帝 足容必重 手容必恭 擇地而蹈 折旋蟻封 出門如賓 承事如祭 戰戰兢兢 罔敢或易 守口如甁 防意如城 洞洞屬屬 罔敢或輕 不東以西 不南以北 當事而存 靡他其適 弗貳以二 弗參以三 惟精惟一 萬變是監 從事於斯 是曰持敬 動靜無違 表裏交正 須臾有間 私欲萬端 不火而熱 不氷而寒 毫釐有差 天壤易處 三綱既淪 九法亦斁 於乎小子 念哉敬哉 墨卿司戒 敢告靈臺"

73) 羅世纘, 『松齋遺稿』 卷3 「戒心箴」. 원문의 분량이 많아 생략함.

의 첫 구절이 '신(臣)은 듣건대'라는 말로 시작되고 있으므로, 임금에게 올린 관잠인 것을 알 수 있다. 그는 1533년 문과중시에 장원으로 뽑혔지만 대책문(對策文)에서 김안로(金安老)의 전횡을 통박하는 글을 썼다가 그의 모함을 받아 고성(固城)에 위리안치(圍籬安置)되었으며, 중종 32년(1537) 김안로가 사사되자 유배에서 풀려나 예문관 봉교로 복직되었다. 그 뒤 1544년 이조참의·동부승지·대사성 등을 거쳐 한성부 부윤으로 동지춘추관사를 겸하여 『중종실록(中宗實錄)』의 편찬에 참여했다.[74]

『중종실록』에 의하면, 중종은 1511년 11월 25일 신하들에게 계심잠(戒心箴)을 지어 올리라는 명을 내린 일이 있었다. 또한 1516년 11월 29일 홍문관이 계심잠을 지어 올렸는데, 고과(考課)에서 조광조(趙光祖)가 장원했다는 기사가 실려 있다. 그리고 1543년 10월 17일 계심잠을 제목으로 하여 성균관 유생들에게 짓게 하라고 승지에게 명한 일이 있었다. 이처럼 중종은 여러 차례 신하들과 유생들에게 자신을 경계시킬 계심잠을 지어 올리도록 명을 내린 사실이 확인된다. 따라서 나세찬의 「계심잠」도 중종의 하명에 응하여 지은 것이라 추론해 볼 수 있다.

그 내용은 마음을 보존하고 함양하는 방법에 대해 해설한 것으로, 잠의 수사 기법 가운데 덕목의 해설에 해당한다. 그는 마음의 주인을 삼가고 두려워하는 계신(戒愼)과 공구(恐懼)로 파악하여 공경하고 또 공경하여 깊은 연못가에 임한 듯 얇은 얼음 위를 걷는 듯이 행하는 마음 수양만한 것이 없다고 말한다. 그리하여 하루 경계하면 한날 동안 요순(堯舜)이 되고 종신토록 경계하면 평생 동안 요순이 되며, 경계하느냐 그렇지 않느냐에 따라 천리(天理)가 보존되고 인욕(人欲)에 사로잡히게

---

74) 오병무, 「湖南儒學史」(上), 『남도문화연구』 第5집, 순천대학교 남도문화연구소, 1994, 53쪽.

된다는 말로 종결지었다.

이항(李恒)의 「자강재잠(自强齋箴)」[75]은 『중용』에 보이는 '자강불식(自强不息)'에 근거하여 부단히 학문을 배우고 심신을 수양함으로써 성인의 경지에까지 이르도록 노력하자는 내용이다. 작품 아래에 "학자는 성인을 기약하여 미칠 수 있다고 생각해야 한다. 자잘하게 작은 성공을 거두려는 마음이 있으면 이는 스스로 한계를 긋는 것이니, 함께 큰일을 해나갈 수가 없다. 이것은 곧 성문(聖門)의 죄인이다. 성문의 죄인일 뿐만 아니라, 또한 오당(吾黨)의 죄인이다. 그러므로 대순(大舜)으로써 끝을 맺은 것이다."[76]라고 해설을 부기하여 자강부식의 노력이 추구하는 목적은 성인이 되는 데에 있다는 사실을 거듭 강조했다.

「자강재잠」은 서재의 이름인 '자강(自强)'이 추구해야 하는 목적과 실천 방법을 서술한 작품으로, '자강부식'의 의리적 해석에 중점이 있다. 따라서 의리의 발현을 수사 기법으로 삼은 사잠이라고 분류할 수 있다.

이상 살펴본 바와 같이, 전기에 해당하는 호남지역 유학자의 잠 작품들은 6편 가운데 2편이 중종에게 올려진 관잠이다. 그리고 경전 구절을 해석한 것이 3편, 전대의 작품에 차운하여 계승한 것이 1편으로, 의리의 발현을 수사 기법으로 삼은 작품이 상당한 비율을 차지한다. 이러한 점은 아래에서 검토할 중기의 잠 작품들이 수양의 덕목에 대해 스스로 실천할 것을 다짐하거나 타인에게 권면하는 내용이 압도적으로 많다는 사실과 비교해 볼 때, 전기의 잠 작품들이 가지는 특징이라고

---

75) 李恒, 『一齋集』 雜著, 「自强齋箴」. "大道無邊 那許功輪 日知日行 賴在聖謨 博文於事 約禮於心 然非持敬 邪思難禁 合其內外 一於動息 功無間斷 心無走作 强兮强兮 難以智力 學到求仁 庶可自强 學力之大 極天無强 穆穆其德 乾乾不息 舜何人哉 可至聖域"

76) 李恒, 『一齋集』 雜著, 「自强齋箴」. "學者以聖人爲可期及 稍有小成之心 是自畫 不可與有爲 乃聖門之罪人也 不啻聖門之罪人 抑亦吾黨之罪人也 故以大舜終焉"

규정할 수 있다.

2. 자성과 훈계를 위한 덕목의 해설

중기는 잠을 지은 유학자가 4명밖에 되지 않아 전기에 비해 인원수가 더욱 줄었지만, 작품의 수량은 7편으로 1편이 더 늘어난 셈이다. 하지만 안방준(安邦俊 1573~1654)으로부터 황윤석(黃胤錫 1729~1791)에 이르기까지 150년이 넘는 시기 동안 4명의 유학자가 7편의 작품을 지었다는 것은 전기와 마찬가지로 매우 영성한 상황이라고 밖에 말할 수 없다.

작자와 작품을 정리하자면 아래와 같다.

작자 및 생몰년	작품명
安邦俊(1573~1654)	口箴
愼天翊(1592~1661)	自戒箴, 樂命箴
黃　暐(1605~1654)	莫見乎隱箴
黃胤錫(1729~1791)	自警箴, 客中題壁三箴, 集古訓題斗兒冊房示箴

안방준의 「구잠(口箴)」[77]은 시의적절하게 말해야 한다는 것을 경계한 작품으로, 수양의 덕목을 해설한 사잠이다. 그 내용이 짧고 간결하지만 '언(言)'자가 계속적으로 반복되어 깊은 각인을 불러일으킨다. 전문을 소개하자면, "말해야 할 때 말하고 말하지 않아야 할 때 말해선 안 되네. 말해야 할 때인데 말하지 않아서는 안 되고 말하지 않아야

---

77) 安邦俊, 『隱峯全書』 卷9 「口箴」. "言而言 不言而不言 言而不言不可 不言而言亦不可 口乎口乎 如是而已"

할 때인데 말해서는 또한 안 되네. 입이여, 입이여. 이와 같이 할 따름이라."라고 서술했다.

신천익(愼天翊 1592~1661)의 「자계잠(自戒箴)」[78]은 중(中)·화(和)를 실천하는 것이 곧 인(仁)을 행하는 일이라고 제시한 후 이것을 통해 자신의 선한 본성을 회복하기를 기약한 내용이다. 이 작품 역시 수양의 덕목을 해설한 사잠이다. 「낙명잠(樂命箴)」[79]은 음양(陰陽)의 성쇠와 화복(禍福)의 전환은 늘 반복되며 명(命)은 은미하지만 도(道)는 매우 분명하므로, 군자는 자신에게 주어지는 존망의 명을 즐거이 받아들인다는 내용이다. 3언 6구의 간결한 문장으로 천명을 기꺼이 받아들이려는 의지를 분명하게 표현하고 있으니, 덕목을 해설한 사잠이다.

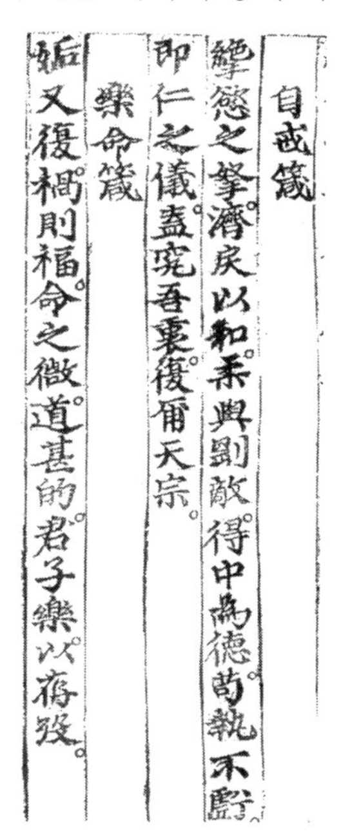
自戒箴
擬慾之挐 濟戾以和 柔與剛敵 得中爲德 苟執不虧
卽仁之儀 盍究吾衷 復爾天宗
樂命箴
姤又復 禍則福 命之微 道甚的 君子樂 以存歿

신천익의 자계잠과 낙명잠

황위(黃暐 1605~1654)의 「막현호은잠(莫見乎隱箴)」[80]은 『중용』 제1장에 보이는 '은미한 데에서 드러나지 않음이 없다.[莫見乎隱]'의 구절에 대해 그 의미를 해석해 의리를 발현한 작품이다. 그런데 작품의 내용 가운데 '필부

78) 愼天翊, 『素隱遺稿』 卷1 「自戒箴」. "擬慾之挐 濟戾以和 柔與剛敵 得中爲德 苟執不虧 卽仁之儀 盍究吾衷 復爾天宗"

79) 愼天翊, 『素隱遺稿』 卷1 「樂命箴」. "姤又復 禍則福 命之微 道甚的 君子樂 以存歿"

80) 黃暐, 『塘村集』 卷5 「莫見乎隱箴」. "天地之大 最貴者人 人有誠心 能大能新 萬化之本 一身之主 愈危愈微 易失難久 無時豫怠 宜察宜省 奈何不戒 克念則聖 奈何不愼 罔念作狂 幼學壯行 闇然日章 猶水就下 若火之燃 不愧屋漏 自其操存 幾則已動 莫見乎隱 長欲幽暗 離道之遠 無形無跡 必顯必著 雖欲掩之 衆所共覩 在於匹夫 尙且如此 況今人辟 可不敬止 誠之有要 其在心歟 爰念古人 精一執中 此焉則鏡 竭臣丹忠"

에 있어서도 오히려 이와 같을진대, 하물며 지금 임금된 이가 공경하지 않을 수 있겠는가.'라는 부분을 살펴본다면, 자신을 경계하기 위한 사잠이 아니라 임금에게 지어 올린 관잠이라는 사실을 알 수 있다. 같은 시기에 활동한 활재(活齋) 이구(李榘 1613~1654)도 동일한 제목으로 잠을 지었는데, 그 내용에서 '하물며 이 분은 임금이니 힘쓰지 않을 수 있겠는가.'[81]라고 언급한 것에 근거하자면 당시 '막현호은(莫見乎隱)'에 관한 잠을 지어 올리라는 임금의 명이 있었다고 추론해 볼 수 있다.

황윤석(黃胤錫)의 「자성잠(自省箴)」[82]은 스스로 수양하기 위해 덕목을 해설한 사잠이다. 서문에서 선하지 않음을 알고도 행하는 자는 사람이 아니며, 고쳐야 한다는 것을 알고도 하지 않는 자도 사람이 아니라고 규정했다. 그리고 사람으로서 사람이 아니라면 죽어서도 편안하지 못하며, 살아서도 아무런 유익을 끼치지 못한다고 설명했다. 게다가 한 가지 악한 생각이라도 하늘은 반드시 알며 한 가지 그릇된 생각이라도 하늘은 벌을 줄 것이므로, 사람으로서 사람이 아닌 것에 대해 삼가 경계로 삼아 하늘이 악한 생각을 알고 그릇된 생각을 벌하는 일이 없도록 해야 한다고 경각시켰다. 그런 후 4언 8구의 「자성잠」을 서술했다.

「객중제벽삼잠(客中題壁三箴)」[83]은 제목 아래에 '당시 동부(東部)에서 당직을 섰다'라는 주석이 부기되어 있는 것으로 보아 관청에서 직일을

---

81) 李榘, 『活齋集』 卷7 「莫見乎隱箴」. "矧伊人辟 其可不勉"

82) 黃胤錫, 『頤齋遺藁』 卷13 「自省箴」. "知不善爲之者 人耶否也 知可改不之者 人歟未也 人而否 其死爲無寧 人而未 其生爲何益 且夫一念之惡天必識 毋或曰天奚以識 一慮之辟天則殛 毋或曰天安能殛 天非識以目而識以不目之目 奚翅如十指之嚴 天非殛以刃而殛以不刃之刃 奚翅若五刑之戮 然則其必以人而否爲戒而愼無乎天識其惡 亦必以人而未爲警而愼無於天殛其辟 始所謂人而人 而更何有知而爲 乃所謂人之人 而又安有知而不也耶 間私語 天聽若雷 毋曰高高 而惟愼哉 暗室欺心 神目如電 毋曰冥冥 而畏其顯"

83) 黃胤錫, 『頤齋遺藁』 卷13 「客中題壁三箴」.

담당하며 3편의 잠을 지은 것이라고 알 수 있다. 그런데 제목에서 '벽에 적다[題壁]'라는 말을 썼으므로, 자신을 경각시키고자 한 것일 뿐만 아니라 주위의 사람들과 경계의 내용을 공유하고자 하는 의도도 저변에 담겨 있다고 이해된다.

첫 번째 잠[84]에서는 자신의 말과 행동을 삼가 해야 한다고 경계했다. 몸은 매우 막중한 것인데 혹 검속하지 않고 마음은 참으로 위태로운 것인데 혹 수렴하지 않아 남들이 보는 드러난 곳에서 종종 말을 실수하게 되며 아무도 없는 은밀한 곳에서 왕왕 행실을 소홀히 하게 된다고 전제했다. 그런 후 세상 사람들이 모두 자신이 사람이라고 말하지만, 이와 같이 행하면서도 사람이라고 말하는 것이 옳겠느냐고 탄식했다. 결론적으로 그것을 면할 수 있는 방법은 깊은 연못가에 임한 듯 얇은 얼음을 밟는 듯 삼가고 조심하는 것이라고 제시했다.

두 번째 잠[85]은 한때의 욕심을 참지 못해 평생을 망치고 일시적인 분노를 참지 못해 큰일을 그르치는 경우가 있다고 서술한 다음 '분노를 징계하고 욕심을 막아라[懲忿窒慾]'는 수양의 방법을 처방했다. 그런데 '청컨대 우선 징질(徵窒) 두 글자에 종사하기를'라는 표현으로 제시하고 있으므로, 경계의 대상이 자신뿐만 아니라 타인에게도 함께 열려 있음을 분명하게 확인할 수 있다.

마지막으로 세 번째의 잠[86]에서는 과거는 출신(出身)을 하기 위한 것

---

84) 第一首의 원문은 다음과 같다. "莫重者身而或不撿 莫危者心而或不收 言往往失之於居顯 行往往忽之於處幽 世之人固具曰余人 噫若是尙可曰人 不惟自今如臨而如履兮 庶不至泛泛而悠悠"

85) 第二首의 원문은 다음과 같다. "有不忍一時之慾而誤平生 有不忍一時之忿而躓大事 是孰重孰輕孰利孰害 蓋不須畢拆方弓而辨之易矣 嗟玆昧者汨相尋於旣覆 卓彼智者獨先覺於未至 蒙其昧者邪智者耶 請姑事懲窒之二字"

集古訓題斗兒冊房示箴
至要敎子。至樂讀書。眞實心地。刻苦工夫。夙興夜寐。
日乾夕惕。履冰蹈虎。臨淵隕谷。

황윤석의 집고훈제두아 책방시잠

이므로 그릇된 방법을 통해 구하려 해서는 안 되며, 사환(仕宦)은 임금을 섬기기 위한 것이기에 개인적인 이익을 도모해서는 안 된다고 전제했다. 그리하여 의로움이 있는 곳이라면 가혹한 형벌을 받더라도 조금도 피해서는 안 되며, 형세가 쏠리는 곳이라면 부귀영화가 있을지라도 혹 좇아가서는 안 된다고 말했다. 자신을 등용해준다면 예악(禮樂)을 계승하고 형정(刑政)을 보완할 것이며, 등용해주지 않는다면 전원에서 즐거워하고 강호에서 근심하면서 살아가리라고 포부를 말했다. 그리고 마지막 부분에서는 등용되든 은거하든 본래 분명한 도리가 있으니, 옛사람들과 더불어 같은 무리가 되는 데에 부끄럽지 않아야 한다고 경계했다.

「집고훈제두아책방시잠(集古訓題斗兒冊房示箴)」[87]은 자식을 훈계하기 위해 생활 속에서 실천해야 할 덕목을 해설한 사잠이다. 자식을 가르치는 것은 지극히 중요한 일이며, 책을 읽는 것은 매우 즐거운 일이라고 서두를 열었다. 그런 후 진정 실심(實心)으로 각고의 공부를 하되 아침 일찍 일어나 저녁 늦게 잠들고 하루 종일 부지런히 노력해야 한다고 훈계했다. 그리고 얇은 얼음을 디디는 듯 호랑이를 밟는 것처럼, 깊은 연못가에 서 있는 듯

86) 第三首의 원문은 다음과 같다. "科擧所以出身 其可曲徑求諸 仕宦所以事主 其可鑽穴圖諸 義之所在 雖虀粉不當少避 勢之所歸 雖鍾駟不當或趨 有用我者 述禮樂而贊刑政 無用我者 樂畎畝而憂江湖 余蓋將有意而學 未之能信也 然用晦自明 尙毋愧古人之與徒乎"

87) 黃胤錫, 『頤齋遺藁』 卷13 「集古訓題斗兒冊房示箴」. "至要敎子 至樂讀書 眞實心地 刻苦工夫 夙興夜寐 日乾夕惕 履冰蹈虎 臨淵隕谷"

아득한 골짜기에 떨어질 것처럼 항상 삼가고 조심해야 한다고 권면했다.

이상 살펴본 바와 같이, 중기에 창작된 호남지역 유학자의 잠 작품은 『중용』 제1장의 '막현호은'을 해석한 황위의 「막현호은잠」을 제외하고는 모두 생활 속에서 실천해야 할 수양의 덕목을 해설한 내용들이다. 다만 경계하는 대상이 자신에게 한정되느냐 아니면 자식이나 주변의 타인에게 확장되느냐의 차이가 있을 뿐, 개인적인 용도인 사잠의 범위를 벗어나는 작품은 없다.

3. 도학의 수호를 위한 자기 확립과 타인 권계

후기는 전기 및 중기에 비해 거의 5~6배가 넘을 정도로 많은 분량의 잠 작품이 창작되었다. 그리고 경계의 내용과 방법이 이전과 달리 다양하게 확산되는 경향을 보인다. 기정진(奇正鎭 1798~1880)으로부터 류영선(柳永善 1893~1961)에 이르기까지 100년 동안 14명의 유학자에 의해 37편의 잠이 지어졌다.

작자 및 생몰년	작품명
奇正鎭(1798~1880)	書室箴
曺毅坤(1832~1893)	不足畏箴
金漢燮(1838~ ?)	主一齋箴, 紙尺箴, 讀書箴
田　愚(1841~1922)	九容箴, 友石箴, 心箴, 士箴
奇宇萬(1846~1916)	三山書室課程箴
吳駿善(1851~1931)	訥齋箴, 蒙齋箴
李鍾宅(1865~ ?)	蒙養齋箴
孔學源(1869~1939)	自箴, 過不及箴
崔秉心(1874~1957)	躁箴

鄭 琦(1879~1950)	自警箴, 月湖書室箴, 立志箴
鄭衡圭(1880~1957)	浩氣箴, 夜氣箴, 性師心弟箴
金澤述(1884~1954)	次敬齋箴, 元朝自警箴, 八如箴, 愼口箴, 愼言箴, 戒酒箴, 酒箴, 財箴
權純命(1891~1974)	求道齋箴, 克己箴
柳永善(1893~1961)	次范氏心箴, 愼言箴, 謹行箴, 書室箴, 戒貨色箴

기정진의 「서실잠(書室箴)」[88]은 독서를 방해하는 무지(無志)·구습(舊習)·기품(氣稟) 세 가지 요소를 서술한 후, 구습(舊習)을 바꾸기 위해 용기가 필요하고, 기품을 변화하기 위해 경(敬)이 있어야 하며, 유지(有志)는 원기(元氣)와 같으므로 이것이 없으면 약을 쓸 수가 없다고 설명했다. 그리고 흠칫 놀라며 돌이켜 구하는 것이 자기에게 달려 있을 뿐이니, 늙었다 말하지 말고 안자(顔子)를 닮도록 노력해야 한다고 경계했다. 이 작품은 독서의 방해 요소와 그것에 관한 처방을 설명하는 방식으로 경계한 것이니, 덕목을 해설한 사잠이다.

88) 奇正鎭, 『蘆沙集』 卷25 「書室箴」. "道入無間 載之維書 匪精匪細 曷造門閭 讀書鹵莽 恒病存焉 匪我獨然 而人不然 我究病源 首先責志 士鮮有志 書歸虛器 古有顔淵 舜何予爲 舜有微言 顔淵不知 寧不憤悱 鑽之爲期 是之謂志 志壹氣隨 志苟低陷 書吾何有 人道書好 讀以備數 蠶絲牛毛 眯眼疾首 勉彊思索 脂畫冰鏤 其次舊習 難一二計 或汨嗜欲 天君已醉 投之理義 圓鑿方枘 罥若放豚 熟處在彼 或貪名利 父敎兄勉 見彈意忙 筭䭆情轉 褚小綆短 宜得之淺 或有小數 雕繪文詞 黃白覓對 月露爭奇 雖値肯綮 眼走毛皮 此其大者 餘可類推 其三氣稟 靜躁皆咎 靜者簡便 惡煩就陋 躁者急迫 貪前畧後 維此三患 爲眼中翳 辣椒皮呑 明珠櫝買 假使經子 如誦己言 書肆則可 無救童昏 病旣診脉 藥豈無術 舊習曷革 勇爲眞訣 氣稟曷變 敬是蔘朮 學之有志 譬則元氣 元氣內虧 藥無所施 惕然反求 在我而已 無曰言耄 維顔是似"

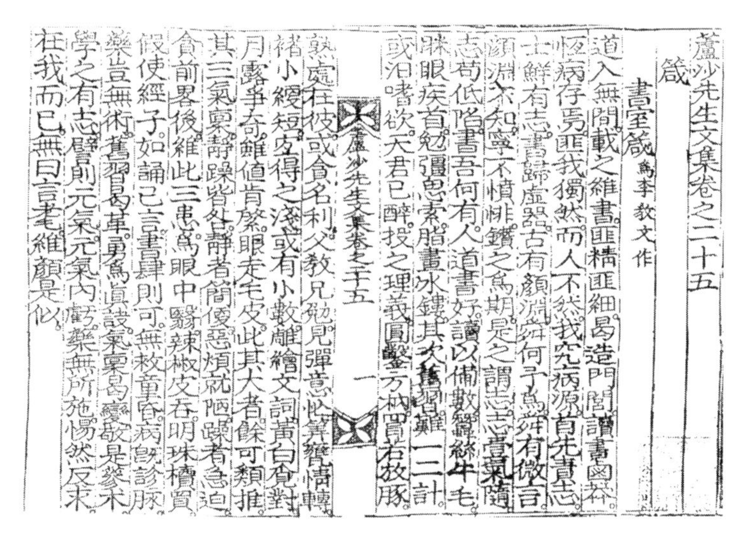
蘆沙先生文集卷之二十五
箴
書室箴 爲李敎文作
道入無間 載之維書 匪精匪細 曷造門閭 讀書罔益
厥病存焉 匪我獨然 而人不然 我究病源 首先責志
士鮮有志 書歸虛器 古有顔淵 舜何予爲 舜有微言
顔淵不知 寧不憤悱 鑽之爲期 是之謂志 志壹氣隨
志苟低陷 書吾何有 人道書好 讀以備數 爵絲牛毛
眯眼疾首 勉彊思索 脂畫氷鏤 其次舊習 難一二計
或汨嗜欲 大君已醉 投之理義 圓鑿方枘 罟若放豚
蘆沙先生文集卷之二十五 一
孰處在彼 或貪名利 父敎兄勉 兒彈意怡 [illegible]情轉
緖小緩短 亦得之淺 或有小數 離繪文詞 黃白競對
月露爭奇 雖値肯綮 眼走毛皮 此其大者 餘可類推
其三氣稟 靜躁皆然 靜者簡傲 惡煩就陋 躁者急迫
貪前畧後 維此三患 爲眼中翳 辣椒皮呑 明珠櫝買
假使經子 如誦己言 書肆則可 無救童昏 病旣診脉
藥豈無術 舊習曷革 勇爲眞訣 氣稟曷變 敬是參朮
學之有志 譬則元氣 元氣內虧 藥無所施 惕然反求
在我而已 無曰言耄 維顔是似

기정진의 서실잠

이와 같은 성격의 작품으로는 족(足)·수(手)·목(目)·구(口)·성(聲)·두(頭)·기(氣)·입(立)·색(色)의 구용(九容)을 해설한 전우(田愚)의 「구용잠(九容箴)」,[89] 조급함에 대해 경계하고 그것을 극복할 덕목을 서술한 최병심(崔秉心)의 「조잠(躁箴)」,[90] 증자(曾子)가 사(士)로서 가져야 할 덕목으로 말한 넓음[弘]과 굳셈[毅]을 자신의 부절(符節)로 삼는다고 각오한 정기(鄭琦)의 「자경잠(自警箴)」,[91] 김택술(金澤述)이 불혹(不惑)의 나이에 자신

89) 田愚, 『艮齋集』 後編 卷18 「九容箴」. 원문의 분량이 많아 생략함.

90) 崔秉心, 『欽齋集』 前編 卷16 「躁箴」. "人之情性 莫病於躁 躁根不除 百病相導 惟躁則急 志在速得 偶不稱心 憤怒盈色 惟躁則狹 百憂來集 小事小故 不能容納 躁則無禮 擧動麤鄙 尊卑乖常 漸失綱紀 躁則傷德 不知愛物 下我之人 恣意嗔責 躁能損身 病疾叢紛 火氣上躁 如灼如焚 躁能敗名 事不經心 未爲惡事 先出惡音 惟躁之人 至多罪愆 不知省己 尤人怨天 惟躁之人 罪愆至多 天怒人責 災害則罹 爰有藥言 去躁之方 勉爾和順 去爾傲剛 靜則思理 動則持氣 忍之一時 利之終世 上畏天威 下懼人情 古之賢德 至今令名 嗚呼戒哉 愼厥動處 賢愚禍福 爾惟自取"

91) 鄭琦, 『栗溪集』 卷15 「自警箴」. "載之重矣 非弘曷居 行之遠矣 非毅曷圖 子輿一言 二字

을 돌아보며 수양에 힘쓸 것을 다짐한 「원조자경잠(元朝自警箴)」,[92] 입·술·재물을 삼가도록 경계한 「신구잠(愼口箴)」[93]·「주잠(酒箴)」[94]·「재잠(財箴)」,[95] 류영선이 말·행실·재화·여색을 삼가도록 경계한 「신언잠(愼言箴)」[96]·「근행잠(謹行箴)」[97]·「계화색잠(戒貨色箴)」,[98] 공부에 매진할 것을 각오한 「서실잠(書室箴)」[99] 등 11편이 이에 속한다. 따라서 기정진의 「서실잠」과 합한다면 총 12편이 된다.

수양이나 윤리 덕목을 해설한 내용의 측면에서는 동일하지만, 타인을 경계시키기 위해 지어진 작품들이 있다. 김한섭(金漢燮)이 독서하는 어린 자식에게 종이와 자에 비유하여 깨끗함과 올곧음을 힘쓰라고 권면한 「지척잠(紙尺箴)」,[100] 윤맹원(尹孟元)에게 독서의 의미와 방법에 대해 가

元符 一乃心畫 乃謨克厥 終欽厥初"

92) 金澤述, 『後滄先生文集』 卷21 「元朝自警箴」. "爾年不惑 蚩蚩蒙士 爾年强仕 如用何以 舍日無聞 矧爾見惡 歲不我與 永歎寐寤 人欲猛省 承我皇考 存心益密 教自艮老 欽斯遵斯 將墜將失 庶收晩暮 終始惟一"

93) 金澤述, 『後滄先生文集』 卷21 「愼口箴」. "四十見惡 先聖所棄 見惡以何 言行尤悔 悔固可疚 尤益見愧 圭玷難磨 駟馳曷及 矧玆樞機 禍難交集 今將中身 尙不愼口 念及其終 痛心疾首 守口如甁 晦翁規箴 無口之匏 李相默沈 我其法此 懲前毖後 愼旃愼旃 庶免大咎"

94) 金澤述, 『後滄先生文集』 卷21 「酒箴」. "酒固從酉 肅殺西方 醉亦從卒 是爲死亡 盞疊兩戈 宜其見戕 壺藏惡體 豈得有臧 危似危字 觴可訓傷 承尊有禁 斝則嚴頭 聖人垂戒 旣切且周 如何人士 造次失玆 千古衛武 亦有悔詩"

95) 金澤述, 『後滄先生文集』 卷21 「財箴」. "錢帶雙戈 殺人之器 利傍立刀 亦一同類 財音同災 貨則禍聲 穀雖活人 待殳成形 少不謹愼 立喪其生 胡世之人 惟是之貪 哀哉北邙 寃鬼如林"

96) 柳永善, 『玄谷集』 卷18 「愼言箴」. "心之動 宣由言 言不審 失爾身 矧樞機 災從始 簡近道 勿妄訾 金百緘 圭卅復 曷不愼 宜兢惕"

97) 柳永善, 『玄谷集』 卷18 「謹行箴」. "知爲先 行爲重 儼若思 敬而竦 必愼獨 要克終 帝臨汝 宜反躬 惟靠性 勿信心 篤志實踐兮 吾知其履薄臨深"

98) 柳永善, 『玄谷集』 卷18 「戒貨色箴」. 원문의 분량이 많아 생략함.

99) 柳永善, 『玄谷集』 卷18 「書室箴」.

르쳐준 「독서잠(讀書箴)」,[101] 전우가 김석규(金錫奎)의 '우석(友石)'이라는 자호(自號)를 부연하여 수양에 힘쓸 것을 권고한 「우석잠(友石箴)」,[102] 전시봉(全時鳳)과 이근(李根)에게 마음 수양에 힘쓰라고 권면한 「심잠(心箴)」,[103] 흥양구경회제현(興陽久敬會諸賢)에게 선비로서 매진해야 할 덕목에 관해 해설한 「사잠(士箴)」,[104] 기우만(奇宇萬)이 삼산서실(三山書室)의 제생들에게 생활하면서 행해야 할 실천 덕목을 게시한 「삼산서실과정잠(三山書室課程箴)」,[105] 오준선(吳駿善)이 정현춘(鄭鉉春)의 눌재(訥齋)

---

100) 金漢燮, 『吾南先生文集』 卷2 「紙尺箴」. "內潔爾心 如斯之白 外整爾容 如斯之直"

101) 金漢燮, 『吾南先生文集』 卷2 「讀書箴」. "歲庚寅春 余別構數間茅棟於朱雀山陽 以爲晩暮棲息之計焉 隣居有尹丱孟元 晝 宵同處 以替我灑掃 而小大學及魯論等書 漸次讀之 至甲午六月二十七日平明 出一小紙 要余著讀書箴 以爲畢生服膺之資 當此東邪騁怪小大淪胥之日 誠不易得之事也 余見嫉賊徒 極知死亡無日 而深嘉其志 力疾以書 以爲相訣云 道統緖 上自唐虞 繼往開來 孔孟程朱 人非學問 曷知所趨 眞實心地 刻苦工夫 知行一致 乃成眞儒 嗟爾小子 事親和愉 餘力以學 庶開昏愚 讀書之法 靜坐中孚 開卷肅然 勿放須臾 小學四子 熟讀涵濡 畢生服膺 誓爲聖徒 匪我刱說 惟聖之謨"

102) 田愚, 『艮齋集』 後編續 卷7 「友石箴」. "金聚五(錫奎) 居立石 以友石自號 愚爲作箴而勖之 欲與石爲友 常憂不稱渠 斷盡一點塵俗想 讀破十年孟朱書 吾以述石丈意 用作友石之模 苟使聚五能 此石丈惡得而辭諸"

103) 田愚, 『艮齋集』 後編續 卷7 「心箴」. "心之爲物 變動無門 淵淪天飛 遂喪厥眞 藉用誠敬 得名爲君 儼臨靈臺 百體攸尊 心君雖隆 孰與性天 天命不易 宜監于殷 於皇上帝 及爾遊衍 嗚呼心乎 日夕惕乾"

104) 田愚, 『艮齋集』 後編續 卷7 「士箴」. "帝仁降衷 聖惻設敎 凡厥庶民 安有不肖 由氣或沴 心自棄暴 旣褻性命 亦罵忠孝 吁此帝聖 疇倚疇恃 恃儒維持 亂庶遄止 士也不承 天心其寧 亦粤先聖 視而不瞑 苟或念此 何忍不敬 敬之如何 心兮學性"

105) 奇宇萬, 『松沙集』 卷23 「三山書室課程箴」. "夙興盥漱 衣帶必飭 堂室灑掃 几案拂拭 明牕棐几 斂膝對册 心存敬謹 體無攲側 潛心就課 從朝至食 食至則起 相讓卽席 食畢散步 或降或陟 風乎卽旋 以尋紙墨 五行十行 克楷字畫 非要字好 心正斯覩 硯具旣撤 課讀是力 孜孜不輟 久久玩索 旣久而解 少選暇隙 迨此暇矣 質疑辨惑 旣而瞿瞿 復尋課讀 讀而不止 以至午刻 旣午課程 朝後是式 夕亦如之 夜分而宿 課日爲程 循環不息 勿忘勿助 是謂學則 逐日記事 自朝至夕 陰晴風雨 往來賓客 文義講說 言語酬酌 此於日用 不少爲益 凡厥動止 小心翼翼 行步安詳 出言寡默 由此做去 庶乎不忒"

가 지니는 의미를 부연 설명하여 수양에 힘쓰도록 권면한 「눌재잠(訥齋箴)」,[106] 문창선(文昌善)의 몽재(蒙齋)라는 서재 이름을 해설하고 경계시킨 「몽재잠(蒙齋箴)」,[107] 이종택(李鍾宅)이 몽양재(蒙養齋)라고 서재 이름을 붙인 곡구(谷口)의 정군(鄭君)에게 그것이 가지는 의미를 해석하고 경계시킨 「몽양재잠(蒙養齋箴)」,[108] 정기(鄭琦)가 기세직(奇世稷)의 월호서실(月湖書室)을 위해 지은 「월호서실잠(月湖書室箴)」,[109] 박윤숙(朴允肅)을

---

106) 吳駿善,『後石遺稿』卷14「訥齋箴」."人有一身 言爲之文 樞機之要 禍福之門 躁妄爲害 支離傷煩 何以守之 其言欲訥 周廟金緘 羲繇囊括 溫然含默 內斯靜專 凡今之人 異言是喧 侏離無愧 詖淫自賢 獸跡橫行 鴂舌瀾飜 正義不明 吾道將堙 誰能操心 防微塞源 鄭君元卿 老柏肖胤 持身謹節 克守先訓 訥以爲齋 以寓戒愼 吉人辭寡 君子言訒 默以識之 行則斯敏 期期吃吃 亦爲實踐 口容必止 心體必穩 人不可先 後之何損 衆人皆惑 我獨守謹 內藏我和 不以自衒 可言而言 知微之顯 不違於道 訓謨可撰 遵晦沃明 居貞理順 訥乎訥乎 勉之加勉"

107) 吳駿善,『後石遺稿』卷14「蒙齋箴」."文友昌善 扁其讀書之室 曰蒙齋 屬余爲箴 余謂蒙非嘉號 擇而自警者 其亦取諸亨貞之德而作聖之功耶 吾知君早從勉菴崔先生 薰其德 而悅其道 其有得於啓發之功也深矣 吁 其敬也夫 睠焉萬物 化化生生 始生蒙昧 養以後成 養之如何 必以其貞 剛柔相應 其義則亨 艮坎爲體 取象山泉 遇險而止 果行必前 漸進有序 是謂育德 教人發蒙 自養省察 良知良能 是天所賦 苟能充之 仁宅義路 聖功在玆 允矣時中 哀哉衆人 暴棄天衷 幼而蒙蔀 長益浮靡 惟此文君 早自得師 旣去愚蒙 有孚發若 于以養之 亨貞厥德 克念厥初 先難後獲 勉哉敬哉 永永無斁"

108) 李鍾宅,『六峯遺集』卷4「蒙養齋箴」."凡人之身 在乎所養 性命之原 太極生兩 虛靈不昧 如指諸掌 氣質所拘 昏而魍魎 物欲之蔽 蒙而莽蒼 其昏曷明 其蒙曷爽 昔者羲易 山泉出上 是之謂蒙 果育之象 自養養蒙 那穢滌盪 非我求童 聖功可想 谷口鄭君 淸粹這象 遵道而廢 悔多旣往 於是爲齋 以蒙揭牓 心慕寒暄 五十如囊 送子抱贄 華島函丈 函丈有訓 程朱是倣 明者之養 工不費枉 有爲亦若 趨向相髣 養身養德 大哉蕩蕩 孰謂子蒙 無愧俯仰 坐對月岳 去蒙卽朗 蓮塘花發 有時愛賞 物質變化 無復擾攘 仁門義路 所居地塽 人百己千 雖愚必晃 養之之功 誠哉非誷 包蒙則吉 晨夕書幌 燮也受訓 惟敬及長 來余索言 奈欠閒敞 何以藥之 切身痛癢 我作斯箴 有同勸獎 自幼至老 莫如自彊"

109) 鄭琦,『栗溪先生文集』卷15「月湖書室箴」."奇君希文 忠信儒雅 有好古之風 長城之月汀里 其所居也 儲書千卷 游息其中 扁之曰月湖書室 而請余以勸戒之辭 樂聞而爲之題 道入無間 載之維書 匪精匪細 曷造門閭 翳我滄翁 啓來皦如 書是維何 天心聖謨 煌煌洋洋 有赫其臚 理義淵窟 綱常畫圖 動息存養 應酬疾徐 常塗變轍 細大與俱 爲人由是 不離須臾 如生有食 如邁有途 而不于斯 蠢蝡其徒 肆古環堵 有書盈車 惟其爲患 名存實虛

위해 지은 「입지잠(立志箴)」,[110] 김택술(金澤述)이 안영태(安永台)에게 8가지 비유를 통해 입지(立志)·방사(防私)·처선(處善)·징악(懲惡)·기서(嗜書)·경타(警惰)·정맹(精猛)·신매(迅邁)에 힘쓸 것을 권면한 「팔여잠(八如箴)」,[111] 제생들에게 말을 삼갈 것을 경계시킨 「신언잠(愼言箴)」,[112] 자신과 아우를 경계하기 위해 지은 「계주잠(戒酒箴)」[113] 등의 14편이 있다.

위에서 열거한 작품들을 통해 확인할 수 있듯이, 후기의 잠 작품들은 타인을 경계시키기 위한 것이 많은데, 비단 덕목을 해설한 잠뿐만

走皮忘髓 買櫝還珠 苟已其病 憤悱反隅 持志以立 主敬以居 遵窾批卻 爬櫛精粗 量前照後 毫毛錙銖 若葱斯劈 若草斯鉏 始疑俄渙 昔窒今疏 知既明矣 思罔或逾 泳泳之熟 應務有餘 泛曲是當 孚及豚魚 毫芒或失 朔南其趨 所以先哲 昭示元符 間斷爲敗 二三爲痛 矧今漆土 聖謝神徂 叢咻迭嚇 萬誘紛掔 大典大經 已祭之芻 有美奇君 志出夫夫 樂我縞綦 彼哉如荼 月湖之濱 山明水紆 茅茨淸楚 吉士攸廬 秩秩牙籤 充宇溢櫨 斯焉足多 矧保天初 樂善好義 有蔚其譽 我豔且勗 用是貢愚 淸晝靜夜 明燈熏罏 齊其思慮 整其衿裾 對越千古 寤寐孔朱 一息尙存 勿惰勿渝 勗哉希文 爲君子儒"

110) 鄭琦, 『栗溪先生文集』 卷15 「立志箴」. "朴君允肅 妙年志學 不鄙相從 心乎愛爾 於其歸 遂作箴以贈之 穹隤茫茫 人則藐爾 惟心之故 參乎天地 有萬其蠢 微是奚異 然惟是心 乍三乍二 于天于淵 如湯如冰 一瞬之放 千里其騰 所以古人 最先立志 志維伊何 氣之將帥 是帥不立 師無統紀 以是對敵 焉往不殆 矧彼外至 誘引如餌 可榮可辱 可戚可喜 膏羶于口 馨香于鼻 悅耳媚目 不一其致 此志一差 萬仞其坑 況世垂梢 異說交橫 滔滔胥溺 假面猩猩 我生爲人 何修作程 在昔賢聖 示我周行 載在靑編 皦乎日星 切己從事 念念靡慝 此志一立 透金徹石 卓彼先覺 實是我師 毋曰我騃 效斯則斯 爲聖爲賢 非高非遠 只在吾志 强則軆健 罔克之間 聖狂是爭 念玆在玆 無忝爾生"

111) 金澤述, 『後滄先生文集』 卷21 「八如箴」. "立志如柱 防私如城 處善如宅 懲惡如坑 嗜書如炙 警惰如毒 精猛如隼 迅邁如騄"

112) 金澤述, 『後滄先生文集』 卷21 「愼言箴」. "金口胡緘 白圭胡復 言爲樞機 吉凶是卜 惟詩與箴 疇不誦讀 然而忽易 由無責辱 上士達理 無事亦肅 中人知戒 見責而勖 朝悔暮復 下愚碌碌 嗚呼小子 爲爾忠告"

113) 金澤述, 『後滄先生文集』 卷21 「戒酒箴」. "何諧妹邦 何疏儀狄 小則敗事 大則亡國 毫不差爽 驗諸往迹 然猶有失 由不親歷 一敗猶可 再敗何則 懲小戒大 訓自大易 敗不知戒 不亡安適 轉禍爲福 機在頃刻 占有悔 悔在吉凶之間 過宜改 改爲聖狂之幾 悔而不改 凶而已矣 改復有悔 狂而已矣 嗚呼 悔不深 悔改不眞 改頻悔頻 改之頃 老且逝矣 可不悲哉 作此愼言戒酒二箴 與舍弟汝安共勉 余時年五十有五 汝安四十"

아니라 의리를 발현한 작품들에도 이러한 경향이 두드러지게 나타난다. 김한섭이 위관일(魏貫一)의 주일재(主一齋)라는 서재를 위해 '주일(主一)'의 의미를 해설하고 경계시킨 「주일재잠(主一齋箴)」,[114] 권순명(權純命)이 이성호(李性浩)의 구도재(求道齋)를 위해 도의 의미와 구도의 방법에 대해 해설한 「구도재잠(求道齋箴)」,[115] 제생들이 극기(克己)의 올바른 뜻을 이해하여 실천하도록 권면한 「극기잠(克己箴)」[116] 등 3편이 있으므로, 앞의 14편과 합한다면 모두 17편이 되며, 전체 작품수의 46%에 해당하는 비율을 차지한다.

이러한 경향은 지리산 동부의 남명학파 학자들에게도 동일하게 나타나고 있다. 그 까닭은 앞에서 이미 서술하였듯이, 구한말의 절박한 시대적·역사적 상황으로 인해 잠을 통해 동도(同道)의 사람들에게 권면하고자 하는 의식이 반영된 현상이라고 이해할 수 있다.

호남지역 유학자들이 창작한 총 37편의 잠 작품 중에서 덕목을 해설하여 자신을 경계한 12편, 타인을 권면한 14편, 의리를 발현하여 타인을 권고한 3편을 살펴보았는데, 이제 남은 것은 의리를 발현하여 자신을 경계한 8편의 작품이다. 조의곤(曺毅坤)의 「부족외잠(不足畏箴)」[117]은

---

114) 金漢燮, 『吾南先生文集』 卷2 「主一齋箴」. 원문의 분량이 많아 생략함.

115) 權純命, 『陽齋集』 卷11 「求道齋箴」. "李孟吾性浩 築室陝川之吾道山中 艮翁顏以求道 純命爲之述其意 彌天大道 備在吾心 心苟自小 惟道是尋 道卽在我 何嘗遠人 前天後天 孔元朱眞 人能弘道 非道弘人 人心有覺 道體無爲 一經一傳 萬世蓍龜 嘻彼別宗 猶尊靈識 如盲摸象 忽抱佛脚 維潭維華 紹孔朱嫡 吾輩小子 幸生其後 被恩罔極 得免異趣 嗟我孟吾 以心求道"

116) 權純命, 『陽齋集』 卷11 「克己箴」. "人有心與氣質 本體同用乃異 心苟自作主宰 惟性理之是視 彼萬般病根由 於是 漸覺消磨 用是先儒克氣 可作聖門瓜牙 此其可疑可破 將云惟使惟任 苟或任之使之 奚異導惡不禁 上蔡曾謂克性 滄洲亦云勝氣 此爲儒家眞詮 嗟小子其欽畏"

117) 曺毅坤, 『東塢遺稿』 卷3 「不足畏箴」. "宣尼有言 後生可畏 所畏何事 聖言猶謂 眇爾小

공자(孔子)가 말한 '후배를 두려워 할만하다[後生可畏]'라는 구절을 해석하여 불혹의 나이에 이른 자신을 각성시키고자 했다.

공학원(孔學源)의 「자잠(自箴)」[118]은 학파마다 성리설(性理說)이 달라 분분한 논쟁이 일어나는 것을 지적하며, 이기심성론(理氣心性論)에 관한 자신의 견해를 잠의 형식을 통해 명료하게 밝히고자 한 작품이다. 「과불급잠(過不及箴)」[119]은 공자가 말한 '지나친 것은 모자라는 것과 같다[過猶不及]'라는 구절에 대해 해석하여 자신을 경계한 내용이다. 정형규(鄭衡圭)의 「호기잠(浩氣箴)」[120]과 「야기잠(夜氣箴)」[121]은 맹자(孟子)가 제기한

子 年富力强 學與日進 德與年長 聖賢可做 何憂不及 然或蹉過 四十五十 年與時馳 意與歲去 一步未進 百事靡逮 枯落坎坷 無聞無稱 疇昔期望 今焉無凭 神舍塗漆 天君迷昏 面目可憎 言語奚論 先生長者 豈肯與之 不肯與之 況復畏爲 此歲將除 余年不惑 名言在玆 愧懼雙極 跪硊踧踖 惘然莫喻 至哉格言 聞諸皐比 子之基本 眇齡其由 失之眇齡 歎復奚留 況又我年 四十將再 前車宜鑑 盍謂君輩 視我基本 顧不在子 若日到今 無奈云爾 止斯安暴 是豈聖旨 推之可畏 尙在前頭 旣往莫追 將來可收 余受此言 敢不唯命 往者尙失 來者敢望 有始非難 克終惟艱 自今以往 造次之間 努力勿惰 斯誠或酬 爰作警箴 以備桑楡"

118) 孔學源,『道峯先生遺集』卷8「自箴」. "夫子言道 道卽是理 天人人物 該括終始 一云無極 爰曁周子 二五順布 動靜是巳 紫陽乃作 註解總紀 性命形氣 雙關是倚 原頭流行 昭晢如指 言成後先 意則一視 夫何紛紛 降自諸氏 曰理曰氣 而此而彼 所執各殊 群論并起 仇讐之若 氷炭乃宵 天下之生 群聖之旨 先覺使後 遠取自邇 大化無跡 惟人所視 妙用不測 如無所使 其無間斷 誠一已矣 諸說一出 其論愈鄙 形氣爲主 大本則弛 補偏遺全 醫惡病美 帥卒倒置 二一不揣 厥由安在 不思巳耳 形而上下 聖言可俟 性善浩氣 鄒聖有以 道不可離 焉有他技 其言爲氣 餒於無是 濂翁晦老 同一其揆 何取何舍 誰譽誰毁 天降人性 何預査梓 亦降嘉種 焉用虛秕 若夫不善 非材之耻 聖不已甚 斯邁斯止 如執所憾 專主那裡 頭腦不正 工效何恃 己私易錯 天公難詭 聖謨洋洋 載在經史 平心朗讀 嗟今人士"

119) 孔學源,『道峯先生遺集』卷8「過不及箴」. "桐以材招伐 膏以明自焚 非材非明 而自招禍孼者 人之才勝德薄也 知此可以免矣 馬牛馳與耕本性 非驂乘服耟 遂失其本性 若不受箝制 徒然奔馳馬牛乎 終亦不保其性命 知此庶乎免矣"

120) 鄭衡圭,『蒼樹集』卷8「浩氣箴」. "浩然之氣 人之正氣 自反而縮 何往有畏 自反不縮 氣便有餒 養氣有度 只在集義 所行不忒 俯仰無愧 學至於此 其氣自生 凡今之人 存心不

夜氣箴
夜氣之說孟子始作蓋惟良心孰無其發朝晝所爲
牿之反復至於夜深萬機自息淸明在躬正好著力
因此克明厥初乃復嗚乎是訓百世有功我作斯箴
銘諸肚中
性師心弟箴
性師心弟我先師艮齋先生訓也世人不問
當理如何輒詆之以好奇創新然則孟子所
謂浩氣夜氣果有前輩說乎發揮道妙語隨
時異是爲教術況近日有心尊性卑之說若

정형규의 야기잠과 성사심제잠

'호연지기(浩然之氣)'와 '야기(夜氣)'에 대해 그 의미를 밝혀 스스로 수양에 힘쓸 것을 각오한 작품들이다. 그리고 「성사심제잠(性師心弟箴)」[122]은 스승인 간재(艮齋) 전우(田愚)가 주창한 '본성은 스승이며 마음은 제자이다[性師心弟]'라는 성리설에 대해 부연 설명한 내용이다. 전기의 유숭조는 잠이라는 문체로 『대학』의 내용을 해석하여 경전의 의미를 밝힌 것에 비해, 후기의 공학원과 정형규는 성리설에 관한 견해를 개진하여 자신 및 학파가 주창하는 학설을 분명하게 드러내고자 했다.

김택술의 「차경재잠(次敬齋箴)」[123]은 전기의 송순이 지은 「경차주자

誠 臨事而懼 氣何浩然 吾黨學者 刻骨勉旃"

121) 鄭衡圭, 『蒼樹集』 卷8 「夜氣箴」. "夜氣之說 孟子始作 蓋惟良心 孰無其發 朝晝所爲 牿之反復 至於夜深 萬機自息 淸明在躬 正好著力 因此克明 厥初乃復 嗚乎是訓 百世有功 我作斯箴 銘諸肚中"

122) 鄭衡圭, 『蒼樹集』 卷8 「性師心弟箴」. "性師心弟 我先師艮齋先生訓也 世人不問當理如何 輒詆之以好奇創新 然則孟子所謂浩氣夜氣 果有前輩說乎 發揮道妙 語隨時異 是爲教術 況近日有心尊性卑之說 若此說盛行 將使學者盡入於佛氏之門 豈不可畏乎 故曰性師心弟 以明吾儒本天之學 與異端本心之學 不同也 敢作箴 揭于壁上 朝夕視爲警 歸求有師 師曰是性 至尊無對 孰敢不敬 君子學道 學之者弟 雖有聰明 不敢自恃 所以我師 分以師弟 懇告來學 可不深體 學問要法 莫切於斯 常人之心 出入無時 難操易失 如何則可 將性做主 方有其軌 邪者可正 曲者可直 一心動靜 自然中節 主宰之名 於斯可得 若曰心尊 性必居卑 釋氏本心 與此奚異 士趨不正 孰開群蒙 極言痛辨 爲世盡忠 嗚乎今者 誰知斯功"

123) 金澤述, 『後滄先生文集』 卷21 「次敬齋箴」. "凝爾心神 斂爾聽視 如臣在廷 受命于帝

경재잠」과 마찬가지로 주자가 지은 「경재잠」에 차운하여 그 의미를 밝힌 작품이며, 류영선의 「차범씨심잠(次范氏心箴)」[124]은 중국 남송의 학자인 범준(范浚)이 지은 「심잠(心箴)」에 차운하여 의리를 발현한 잠이다.

후기에 지어진 37편의 잠 작품들을 모두 검토해보았다. 이 시기는 이전보다 양적으로도 월등하게 많을 뿐만 아니라, 수사 기법도 다양한 양상으로 서술되었다. 타인을 경계한 작품이 큰 비중을 차지하는 점은 지리산권 동부의 남명학파와 동일하게 나타나는 현상이지만, 자신 및 학파가 주창하는 성리설을 잠의 문체로 드러내어 밝히고자 한 것은 남명학파는 물론 호남지역 내에서도 이전에 없는 독특한 특징이라고 말할 수 있다.

Ⅳ. 지리산권 유학자의 잠에 나타난 동이성

이상으로 앞에서 고찰한 내용을 정리해보자면 다음과 같다. 먼저 지리산권 동부 남명학파의 잠 작품은 학파가 형성되어 전성기를 누린 16~17세기, 인조반정으로 인해 큰 타격을 입고 침체되었던 18세기, 남명학파의 부흥기이자 도학이 위협받던 시기인 19세기로 나누어 살

遵爾規矩 執爾恪恭 如侯守國 不失其封 小而喫飯 大而承祭 順應事物 勿問難易 內若修政 外若防城 審愼公私 勿混重輕 莫迷東西 莫顚南北 天然有中 我其可適 不疑於二 不惑於三 所存惟一 衆理可監 苟其如此 是謂能敬 動靜不違 表裏交正 純德無間 終始一端 愼無暫忘 竟至十寒 至行無差 精粗一處 愼無或忽 馴致敗斁 千聖宗旨 曷不欽哉 我庸作箴 銘諸靈臺"

124) 柳永善, 『玄谷集』 卷18 「次范氏心箴」. "於赫天君 浩浩無垠 虛靈洞澈 宰爾一身 一身三才 眇若倉米 發揮萬變 其機自爾 位育極功 實賴此心 師性爲君 從欲乃禽 戒懼常存 無間動靜 惟危惟微 非直是病 防微提撕 操而束之 曠宅舍路 存者幾希 消僞惟誠 敵邪是敬 人極旣立 百官聽令"

펴보았다.

16~17세기의 잠 작품은 남명학파의 종장인 남명 조식이 창작한 것으로부터 동계 권도가 지은 것에 이르기까지 총 26편이 전해지는데, 그 특성은 크게 세 가지로 요약할 수 있다. 첫째, 창작 동기에 있어 타인을 깨우쳐주기 위한 것보다는 자신을 경계하기 위한 작품이 많다. 둘째, 호흡법의 수양 방법을 사실 그대로 기술한 곽재우의 「조식잠」을 제외하고는 대부분의 작품들이 덕목을 해설하는 방식으로 서술했으며 수사 기법에 있어 진지하고 엄숙한 면모를 띠고 있다. 셋째, 수양의 중요성을 제기하고 자신이 추구해야 할 수양 방법을 확립하여 실천하고자 다짐하는 것으로 내용을 구성하고 있는 작품들이 많다.

이 세 가지 사실에 근거해 본다면, 이 시기에 창작된 남명학파의 잠 작품은 단순히 자신을 경계하는 차원에 머무르지 않고 자신을 어떻게 수양할 것인지에 대한 방법을 모색하여 확립하고자 노력하는 성향을 보이고 있다. 그러므로 위에서 제기한 거의 대부분의 작품이 자신을 경계하기 위해 창작되었으며 진지하고 엄숙하게 의리를 발현하는 방식으로 서술되어 있다는 사실도 이 시기의 잠 작품이 지니는 이와 같은 성향과 긴밀하게 연관되어 나타나는 현상이라고 이해된다.

18세기는 인조반정과 무신사태로 인해 남명학파가 매우 침체된 시기였다. 이러한 때를 살았던 박태무는 매우 많은 분량의 잠 작품을 창작하였으며, 그 내용은 모두 자신이 추구하는 수양의 목표와 실천 방법을 표방한 의리의 발현이었다. 「침잠(枕箴)」은 베개를 제목으로 설정하였으므로 가탁의 풍자나 은유를 사용하여 서술할 듯하지만, 그 내용을 보면 일말의 풍자나 은유도 나타나지 않은 채 수양에 대한 결연한 의지를 직설적으로 표현하였다. 그리고 베개뿐만이 아니라, 그가 생활하는 주변의 모든 사물에 수양의 지향과 의지를 담아 이름을 붙임으로써 한 순간도 방심하지 않으려는 자세를 견지하였다.

박태무가 수양에 대한 결연한 의지를 잠 작품에 담아 자신을 한결같이 붙잡아 지키려 한 까닭은 남명학파의 일원으로서 그가 처한 시대의 학파적 상황과 무관하지 않으리라 생각된다. 인조반정으로 인해 남명학파가 심각한 타격을 입은 상황에서 무신사태까지 일어나게 되자, 남명학파의 학자들은 더 이상 발을 붙일 곳이 없을 만큼 운신의 폭이 좁아졌다. 이러한 상황에서 남명학파의 학자로서, 그 시대를 어떻게 극복해 나갈 것이며 후대의 학자들에게 학맥을 이어줄 것인가에 대한 문제는 자신이 짊어지고 가야 할 막중한 사명일 수 밖에 없었다.

따라서 그는 외부를 향한 항거가 아니라 자신을 견고하게 붙잡아 지키는 수양에 착념하여 스스로를 올바르게 세우고자 노력하였다. 이것은 그 자신을 지켜나가는 일이기도 하지만 더 나아가 남명학파의 명맥이 끊어지지 않고 이어질 수 있는 하나의 방법이 된다는 점을 생각할 때, 18세기 남명학파가 극심한 침체기를 겪은 때에 박태무가 고뇌하고 선택한 삶의 방향성을 충분히 짐작할 수 있다.

19세기에 창작된 잠 작품의 특징은 타인을 위해 지은 작품이 상당 부분을 차지한다는 점이다. 그리고 타인을 위한 작품의 내용에 있어서도 상대방에게 필요한 어떤 주제를 설정하여 권면하거나 건물 이름에 담긴 의미를 부연하여 주인이 상고하게 함으로써 권계하는 등의 방식으로 깨우쳐주는 것이 대부분에 해당한다.

이 당시 남명학파의 학자들은 일본 및 서양의 외세 침입과 국내 정치의 문란 등으로 인해 나라의 존망에 대해 크게 우려하였으며, 더욱이 명나라가 멸망한 이후 도를 온전히 보존하여 계승하고 있는 우리나라가 외세의 세력에 의해 점령되는 것은 도학의 단절이라는 종말을 초래할 것이라는 위기의식을 가졌다. 그리하여 그들은 엄격한 수양을 통해 자기를 올바르게 세우기 위해 분발하였을 뿐만 아니라, 함께 도학을 지켜나가야 할 이들에게 간절한 마음으로 권계하여 위기의 상황을 타개하고자 노력하였다.

莫見乎隱箴

天地之大最貴者人人有誠心能大能新萬化之本
一身之主愈危愈微易失難久無時豫怠宜察宜省
奈何不戒克念則聖奈何不愼罔念作狂幼學壯行
闇然日章猶水就下若火之燃不愧屋漏自其操存
幾則已動莫見乎隱長欲幽暗離道之遠無形無跡
必顯必著雖欲掩之衆所共覩在於匹夫尙且如此
況今人辟可不敬止誠之有要其在心歟爰念古人
精一執中此焉則鏡竭臣丹忠

황위의 막현호은잠

호남지역 유학자의 잠 작품은 어떤 내적 요인이나 외적 상황에 따라 엄밀하게 나눌 수 있는 분명한 지표가 마땅하지 않기 때문에, 조선 전기·중기·후기라는 대략적인 경계로 범위를 설정했다. 후기는 다소 다른 성격을 지니지만, 전기와 중기에는 잠 작품에 뚜렷한 영향을 끼친 학술적·역사적 계기가 보이지 않아 전체적인 흐름의 경향을 넓게 조망하는 방향에서 검토하고자 했기 때문이다.

전기의 잠 작품은 소연이 창작한 것으로부터 이항이 지은 것에 이르기까지 총 6편이 지어졌다. 그 가운데 2편이 중종에게 올려진 관잠이다. 그리고 경전 구절을 해석한 것이 3편, 전대의 작품에 차운하여 계승한 것이 1편으로, 의리의 발현을 수사 기법으로 삼은 작품이 상당한 비율을 차지한다.

중기는 잠을 지은 유학자가 4명밖에 되지 않아 전기에 비해 인원수가 더욱 줄었지만, 작품의 수량은 7편으로 1편이 더 많은 늘어났다. 하지만 안방준으로부터 황윤석에 이르기까지 150년이 넘는 시기 동안 4명의 유학자가 7편의 작품을 지었다는 것은 전기와 마찬가지로 매우 영성한 상황이라고 밖에 말할 수 없다.

『중용』 제1장의 '막현호은'을 해석한 황위의 「막현호은잠」을 제외하고는 모두 생활 속에서 실천해야 할 수양의 덕목을 해설한 내용들이다. 다만 경계하는 대상이 자신에게 한정되느냐 아니면 자식이나 주변의 타인에게 확장되느냐의 차이가 있을 뿐, 개인적인 용도인 사잠의 범위를 벗어나는 작품은 없다.

후기는 전기 및 중기에 비해 거의 5~6배가 넘을 정도로 많은 분량의 잠 작품이 창작되었다. 그리고 경계의 내용과 방법이 이전과 달리 다양하게 확산되는 경향을 보인다. 기정진으로부터 류영선에 이르기까지 100년 동안 14명의 유학자에 의해 37편의 잠이 지어졌다.

이 시기는 이전보다 양적으로도 월등하게 많을 뿐만 아니라, 수사 기법도 다양한 양상으로 서술되었다. 그리고 무엇보다 타인을 경계한 작품이 큰 비중을 차지하고 있는데, 이것은 구한말의 절박한 시대적·역사적 상황으로 인해 잠을 통해 동도(同道)의 사람들에게 권면하고자 하는 의식이 반영된 현상이라고 이해할 수 있다. 또한 자신 및 학파가 주창하는 성리설을 잠의 문체로 드러내어 밝히고자 한 것도 이전 시기에는 없는 하나의 특징이라고 말할 수 있다.

이러한 결과를 추출해 볼 때, 지리산권 동부와 서부의 잠 작품이 가지는 특성은 전기와 중기는 서로 다른 양상을 보이지만 19세기 조선 말기에 이르러선 공통된 분모를 많이 가진다는 사실을 확인하게 된다. 전기와 중기에 다른 양상이 많은 이유는 지리산권 동부와 서부의 유학자 및 학파가 견지한 학문 성향에 연유된 것이라고 이해된다.

동부지역의 남명학파는 종장인 남명 조식으로부터 학문의 이론 탐구보다 생활 속에서의 실천을 강조하는 특징을 가졌기 때문에, 잠을 통해 삶의 지향점과 수양 방법을 제시하고 실천하려는 의지가 강하게 나타난다. 따라서 잠의 내용도 수양의 내용 및 방법을 서술한 것이 매우 구체적이며 실질적이다.

이에 비해 호남지역 유학자의 전기 잠 작품은 수량이 적을 뿐만 아니라, 그 내용도 6편 가운데 2편이 임금을 위해 지은 관잠이며 나머지 4편은 경전을 해석하거나 전대의 작품에 차운한 것이다. 중기는 전기보다 자율적으로 자신을 성찰하고 수양하는 일에 관심을 가지고 방법을 제시하는 경향이 짙어졌다고 비교할 수 있지만, 4명의 유학자가 지은 7편의 잠 가운데 임금의 명으로 지은 관잠이 1편이며 타인을 권면하기 위해 지은 작품이 2편이 되므로 그 차이가 크다고 말할 수 없다. 그리고 수양 방법의 제시가 남명학파에 비해 원론적이고 추상적인 측면이 많다.

하지만 19세기 조선 말기에는 동부와 서부 모두 잠의 창작이 활발하며, 이를 통해 자신을 경계하고 타인을 권면하려는 의도가 두드러지게 나타난다. 이는 조선 말기의 시대적 상황이 잠을 창작하려는 동기를 촉발시킨 것으로, 잠이 가지는 문학적 특성이 어려운 역사적 조건 속에서 절실한 도구로 요청되어 활용된 것이라 파악된다.

이 연구는 지리산권 유학자의 잠 창작이 가지는 의미 및 작품에 드러난 내용과 특성을 살펴본 것이다. 이와 같은 탐구의 축적을 통해 궁극적으로 도달하려는 목표는 지리산권 동부와 서부의 유학자 및 학파는 어떤 다양한 특성이 어울려 구성되어 있는지를 정리하는 작업이며, 그 결과에 기반하여 지리산권의 유학 사상을 범주화하여 묶을 수 있는 공통된 특질이 무엇인가를 밝히는 일이라고 말할 수 있다. 그러므로 이 글에서 지리산권 유학자의 잠 작품을 주제로 탐색한 내용은 지리산권의 유학 사상을 해명하기 위한 일련의 진행 과정 가운데 한 부분이다.

■ 별표 1

지리산권 동부 남명학파의 잠 작품 서지사항

성명	생몰	작품명	서지사항
曺 植	1501~1572	誠箴	『南冥先生文集』 卷5(南冥學研究所 所藏本, 2면 右)
曺 植	〃	贈叔安(箴)	『南冥先生文集』 卷5(南冥學研究所 所藏本, 2면 右)
河 沆	1538~1590	誡酒箴	『覺齋集』 卷之中(韓國文集叢刊 48, 512면 下右)
金宇顒	1540~1603	進聖學六箴	『東岡集』 卷15(韓國文集叢刊 50, 389면 上右)
金宇顒	〃	進御書存心養性箴	『東岡集』 卷15(韓國文集叢刊 50, 393면 上左)
河應圖	1540~1610	自警箴	『寧無成齋先生逸稿』 卷1(南冥學研究所 所藏本, 6면 左)
成汝信	1546~1632	學一箴	『浮查集』 卷4(韓國文集叢刊 56, 109면 上左)
成汝信	〃	晩寤箴	『浮查集』 卷4(韓國文集叢刊 56, 109면 上左)
成汝信	〃	惺惺齋箴	『浮查集』 卷4(韓國文集叢刊 56, 109면 上左)
郭再祐	1552~1617	調息箴	『國譯 忘憂先生文集』, 李載浩 譯註, 集文堂, 234면
李 坱	1558~1648	自儆箴	『月澗集』 卷3(韓國國學振興院 所藏本, 29면 左)
曺以天	1560~1638	儆身箴	『鳳谷逸稿』 卷2(南冥學研究所 所藏本, 3면 右)
崔 晛	1563~1640	友愛箴	『訒齋集』 卷11(韓國文集叢刊 67, 368면 上右)
鄭 蘊	1569~1641	元朝自警箴	『桐溪集』 卷2(韓國文集叢刊 75, 181면 上右)
曺 璨	1569~1652	八戒箴	『鳳岡集』 卷之二下(南冥學研究所 所藏本)
朴壽春	1572~1652	自警箴	『菊潭集』 卷2(韓國歷代文集叢書, 45면 左)
朴壽春	〃	言行箴	『菊潭集』 卷2(韓國歷代文集叢書, 46면 右)
文 後	1574~1644	敬義箴	『練江齋集』 卷2(南冥學研究所 所藏本, 5면 左)
權 濤	1575~1644	養心寡欲箴	『東溪集』 卷6(南冥學研究所 所藏本, 5면 右)
權 濤	〃	心者形之君箴	『東溪集』 卷6(南冥學研究所 所藏本, 5면 右)
權 濤	〃	自養箴	『東溪集』 卷6(南冥學研究所 所藏本, 5면 左)
朴泰茂	1677~1756	晩悔箴	『西溪集』 卷5(南冥學研究所 所藏本, 57면 左)
朴泰茂	〃	大學箴	『西溪集』 卷5(南冥學研究所 所藏本, 58면 右)
朴泰茂	〃	座隅箴	『西溪集』 卷5(南冥學研究所 所藏本, 61면 左)
朴泰茂	〃	枕箴	『西溪集』 卷5(南冥學研究所 所藏本, 62면 左)
朴泰茂	〃	書室箴	『西溪集』 卷5(南冥學研究所 所藏本, 62면 左)
朴致馥	1824~1894	讀書箴	『晩醒集』 卷13(南冥學研究所 所藏本, 1면 右)
金麟燮	1827~1903	至樂箴	『端磎先生文集』 卷11(慶尙大 文泉閣 所藏本, 2면)

성명	생몰	작품명	서지사항
金麟燮	〃	愼獨箴	『端磎先生文集』卷11(慶尙大 文泉閣 所藏本, 2면)
金麟燮	〃	冬至箴	『端磎先生文集』卷11(慶尙大 文泉閣 所藏本, 3면)
金麟燮	〃	山居四箴	『端磎先生文集』11卷(慶尙大 文泉閣 所藏本, 3면)
郭鍾錫	1846~1919	經筵箴	『俛宇集』卷144(韓國文集叢刊344, 73면 上右)
郭鍾錫	〃	書筵箴	『俛宇集』卷144(韓國文集叢刊344, 73면 上右)
郭鍾錫	〃	繹古齋箴	『俛宇集』卷144(韓國文集叢刊344, 73면 上左)
郭鍾錫	〃	鷄鳴箴	『俛宇集』卷144(韓國文集叢刊344, 73면 下右)
郭鍾錫	〃	丈夫箴	『俛宇集』卷144(韓國文集叢刊344, 73면 下左)
郭鍾錫	〃	剛德箴	『俛宇集』卷144(韓國文集叢刊344, 73면 下左)
郭鍾錫	〃	活齋箴	『俛宇集』卷144(韓國文集叢刊344, 74면 上右)
郭鍾錫	〃	五箴	『俛宇集』卷144(韓國文集叢刊344, 74면 下右)
郭鍾錫	〃	除夕箴	『俛宇集』卷144(韓國文集叢刊344, 75면 上右)
郭鍾錫	〃	元朝箴	『俛宇集』卷144(韓國文集叢刊344, 75면 上右)
郭鍾錫	〃	立春箴	『俛宇集』卷144(韓國文集叢刊344, 75면 上右)
郭鍾錫	〃	實齋箴	『俛宇集』卷144(韓國文集叢刊344, 75면 上左)
郭鍾錫	〃	立箴	『俛宇集』卷144(韓國文集叢刊344, 75면 下右)
郭鍾錫	〃	卄以箴	『俛宇集』卷144(韓國文集叢刊344, 75면 下右)
郭鍾錫	〃	洗昏齋箴	『俛宇集』卷144(韓國文集叢刊344, 75면 下左)
郭鍾錫	〃	靜窩箴	『俛宇集』卷144(韓國文集叢刊344, 76면 上右)
郭鍾錫	〃	朴景禧屛箴	『俛宇集』卷144(韓國文集叢刊344, 76면 上左)
河謙鎭	1870~1946	自省四箴	『晦峯先生遺書』卷37(慶尙大 文泉閣 所藏本, 26면)
河謙鎭	〃	題李一海壁貼四箴	『晦峯先生遺書』卷37(慶尙大 文泉閣 所藏本, 27쪽)
河謙鎭	〃	惺軒箴	『晦峯先生遺書』卷37(慶尙大 文泉閣 所藏本, 29쪽)
河謙鎭	〃	養浩齋箴	『晦峯先生遺書』卷37(慶尙大 文泉閣 所藏本, 29쪽)
河謙鎭	〃	贈李璟夫三箴	『晦峯先生遺書』卷37(慶尙大 文泉閣 所藏本, 30쪽)
河謙鎭	〃	題仲涉屛八箴	『晦峯先生遺書』卷37(慶尙大 文泉閣 所藏本, 31쪽)
河謙鎭	〃	姜子孟墨帖箴	『晦峯先生遺書』卷37(慶尙大 文泉閣 所藏本, 32쪽)

■ 별표 2

지리산권 서부 호남지역 유학자의 잠 작품 서지사항

성명	생몰	작품명	서지사항
蘇　沿	1390~1441	視民如傷箴	『杏亭集』 卷之下(國立中央圖書館, 39면)
蘇　沿	〃	清愼勤箴	『杏亭集』 卷之下(國立中央圖書館, 40면)
柳崇祖	1452~1512	大學箴	『大學箴』(國立中央圖書館, 1면)
宋　純	1493~1582	敬次朱子敬齋箴	『俛仰集』 續集 卷1(韓國文集叢刊 026, 321면 下右)
羅世纘	1498~1551	戒心箴	『松齋遺稿』 卷3(韓國文集叢刊 028, 103면 上右)
李　恒	1499~1576	自强齋箴	『一齋集』 雜著(韓國文集叢刊 028, 433면 下右)
安邦俊	1573~1654	口箴	『隱峯全書』 卷9(韓國文集叢刊 080, 463면 上左)
愼天翊	1592~1661	自戒箴	『素隱遺稿』 卷1(韓國文集叢刊 續025, 202면 上左)
愼天翊	〃	樂命箴	『素隱遺稿』 卷1(韓國文集叢刊 續025, 202면 上左)
黃　暐	1605~1654	莫見乎隱箴	『塘村集』 卷5(國立中央圖書館, 3면)
黃胤錫	1729~1791	自省箴	『頤齋遺藁』 卷13(韓國文集叢刊 246, 287면 下左)
黃胤錫	〃	客中題壁三箴	『頤齋遺藁』 卷13(韓國文集叢刊 246, 287면 下左)
黃胤錫	〃	集古訓題斗兒册房示箴	『頤齋遺藁』 卷13(韓國文集叢刊 246, 287면 下左)
奇正鎭	1798~1880	書室箴	『蘆沙集』 卷25(韓國文集叢刊 310, 545면 上右)
曺毅坤	1832~1893	不足畏箴	『東塢遺稿』 卷3(國立中央圖書館, 22면)
金漢燮	1838~ ?	主一齋箴	『吾南先生文集』 卷2(國立中央圖書館, 129면)
金漢燮	〃	紙尺箴	『吾南先生文集』 卷2(國立中央圖書館, 131면)
金漢燮	〃	讀書箴	『吾南先生文集』 卷2(國立中央圖書館, 131면)
田　愚	1841~1922	九容箴	『艮齋集』 後編 卷18(韓國文集叢刊 335, 349면 下左)
田　愚	〃	友石箴	『艮齋集』 後編續 卷7(韓國文集叢刊 336, 307면 下右)
田　愚	〃	心箴	『艮齋集』 後編續 卷7(韓國文集叢刊 336, 307면 下左)
田　愚	〃	士箴	『艮齋集』 後編續 卷7(韓國文集叢刊 336, 307면 下左)
奇宇萬	1846~1916	三山書室課程箴	『松沙集』 卷23(韓國文集叢刊 345, 554면 下左)
吳駿善	1851~1931	訥齋箴	『後石遺稿』 卷14(國立中央圖書館, 3면)
吳駿善	〃	蒙齋箴	『後石遺稿』 卷14(國立中央圖書館, 4면)
李鍾宅	1865~?	蒙養齋箴	『六峯遺集』 卷4(國立中央圖書館, 200면)
孔學源	1869~1939	自箴	『道峯先生遺集』 卷8(國立中央圖書館, 101면)

성명	생몰	작품명	서지사항
孔學源	〃	過不及箴	『道峯先生遺集』 卷8(國立中央圖書館, 102면)
崔秉心	1874~1957	躁箴	『欽齋先生文集』 前編 卷16(國立中央圖書館, 92면)
鄭　琦	1879~1950	自警箴	『栗溪先生文集』 卷15(國立中央圖書館, 39면)
鄭　琦	〃	月湖書室箴	『栗溪先生文集』 卷15(國立中央圖書館, 39면)
鄭　琦	〃	立志箴	『栗溪先生文集』 卷15(國立中央圖書館, 41면)
鄭衡圭	1880~1957	浩氣箴	『蒼樹集』 卷8(國立中央圖書館, 111면)
鄭衡圭	〃	夜氣箴	『蒼樹集』 卷8(國立中央圖書館, 112면)
鄭衡圭	〃	性師心弟箴	『蒼樹集』 卷8(國立中央圖書館, 112면)
金澤述	1884~1954	次敬齋箴	『後滄先生文集』 卷21(國立中央圖書館, 136면)
金澤述	〃	元朝自警箴	『後滄先生文集』 卷21(國立中央圖書館, 136면)
金澤述	〃	八如箴	『後滄先生文集』 卷21(國立中央圖書館, 136면)
金澤述	〃	愼口箴	『後滄先生文集』 卷21(國立中央圖書館, 137면)
金澤述	〃	愼言箴	『後滄先生文集』 卷21(國立中央圖書館, 137면)
金澤述	〃	戒酒箴	『後滄先生文集』 卷21(國立中央圖書館, 137면)
金澤述	〃	酒箴	『後滄先生文集』 卷21(國立中央圖書館, 138면)
金澤述	〃	財箴	『後滄先生文集』 卷21(國立中央圖書館, 138면)
權純命	1891~1974	求道齋箴	『陽齋集』 卷11(國立中央圖書館, 74면)
權純命	〃	克己箴	『陽齋集』 卷11(國立中央圖書館, 75면)
柳永善	1893~1961	次范氏心箴	『玄谷集』 卷18(國立中央圖書館, 96면)
柳永善	〃	愼言箴	『玄谷集』 卷18(國立中央圖書館, 97면)
柳永善	〃	謹行箴	『玄谷集』 卷18(國立中央圖書館, 97면)
柳永善	〃	書室箴	『玄谷集』 卷18(國立中央圖書館, 97면)
柳永善	〃	戒貨色箴	『玄谷集』 卷18(國立中央圖書館, 97면)

자연 지배의 '전장(戰場)'으로서의 원시림, 지리산

1930년대 학생기행문을 중심으로

◉

박찬모

Ⅰ. 일제 강점기의 지리산행

1938년, 노산 이은상은 지리산(智異山)에 올랐다. 그는 1931년 묘향산에 올라 '귀명축가(歸命祝歌)'를 부르며 '겨레'의 운명을 주재하는 '님[壇君]'에게 '자식'으로서의 자신의 육신과 영혼을 바치고, '형제'들의 귀의를 촉구하였다.[1] 민족의 시조(始祖)에게 귀명(歸命)함으로써 혈연 공동체의 결속을 희원하던 그의 묘행산행은 민족의 기원과 신성을 복원하는 종교적 배례(拜禮)에 다름 아니었다.[2] 지리산행도 이와 크게 다르지 않다. 그러나 이 무렵은 미나미지로[南次郎] 조선 총독의 부임과 중

---

1) 이은상, 「香山遊記」(제 24신), 『동아일보』, 1931. 7. 24.

2) 일제 강점기 지식인들의 국토기행문에 대한 연구로는 구인모, 「국토순례와 민족의 자기구성」, 『한국문학연구』 27호, 2004 ; 서영채, 「최남선과 이광수의 금강산 기행문에 대하여」, 『민족문화연구』 24호, 2004 ; 서영채, 「기원의 신화를 향해 가는 길」, 『한국근대문학연구』 12집, 2005 ; 복도훈, 「미와 정치: 국토순례의 목가적 서사시」, 『한국근대문학연구』 제6권 2호, 2005 ; 최현식, 「민족과 국토의 심미화」, 『한국시학연구』 15집, 2006 ; 박진숙, 「식민지 근대의 심상지리와 『문장』파 기행문학의 조선표상」, 『민족문학사연구』 31집, 2006 등이 있다.

천왕봉 정상에 선 이은상

일전쟁의 발발로 인해 조선 민족의 정체성과 생존권이 위협받고 있는 상황이었다. 이은상은 지리산 천왕봉(天王峯)에서 민족의 신성한 개벽(開闢)을 연출하고 그곳에서 샤먼(Shaman)이 됨으로써 식민지 지식인으로서의 내면적 절망과 비한을 극복하고자 하였다. 그에게 지리산은 민족의 영장(靈場)이자 개인적 구원의 제장(祭場)이었다.[3]

이은상이 지리산을 오른 1938년까지 '답파코스'가 정립되지 않은 상태였지만,[4] 1920년대 중반부터 동아일보사와 조선일보사, 중외일보사 등 신문사 주최로 지리산 등척(登陟)·탐승(探勝)·탐험(探險)은 지속적으로 시행되고 있었다. 1937년에는 산청 쪽에 등산도로가 착공되고,[5] 1938년에는 지리산을 국립공원화하려는 계획이 추진되었던 것[6]으로

3) 박찬모, 「자기 구제의 '祭場'으로서의 대자연, 지리산」, 『현대문학이론연구』 제41집, 현대문학이론학회, 2009, 76~80쪽.

4) 「그리운 남국의 명산」, 『조선일보』, 1938. 7. 23.

5) 「지리산 공원화에 앞서 등산 도로를 개척」, 『조선일보』, 1937. 11. 6.

6) 지리산 국립공원화는 1937년 京都帝大의 다무라[田村] 박사가 지리산과 한라산을 조사하고 국립공원으로의 요소를 갖추고 있다고 발표하면서 그 논의가 본격화된다. 이후 전라남도와 경상남도에 의해 실지답사가 진행되고, 등산 도로가 착공되는 등 지리산 국립공원계획화가 활기를 띠게 된다.(『동아일보』, 1937. 6. 12 ; 『동아일보』, 1937. 9. 13. ; 『동아일보』, 1938. 6. 20 등 참고) 국립공원30년사』에 따르면 지리산의 국립공원화는 중일전쟁 이후 일본 자체의 국립공원 행정이 정체됨으로써 이 계획이 무위에 그치고 만다고 지적하고 있다.(국립공원관리공단, 『국립공원30년사』, 1998, 99쪽) 그러나 「영봉 지리산의 국립공원 구체화—삼도 관계협회 조직」(『매일신보』, 1941. 6. 12) 등을 참고할 때 중일전쟁 발발 이후에도 국립공원화는 계속 추진되고 있었던 것으로 보이며, 태평양 전쟁 개시 이후 그 논의가 정체된 것으로 보인다.

미루어볼 때 지리산을 찾는 탐방객수가 1930년대 중반 이후까지 꾸준히 증가했던 것으로 추측된다.[7] 그리고 이 무렵 "등산계의 센세이션을 불러일으키"[8]며 언론의 주목을 받는 산행이 등장하는데, 1937년 양정고등보통학교(養正高等普通學校) 산악부(이하 양정산악부) "오용사(五勇士)"[9]의 지리산행이 그것이다. 이들의 산행 계획은 『경성일보』와 『조선일보』에 보도되고, 이들의 8일간의 산행(3. 18.~3. 25.)은 이후 「지리산 등반기」라는 제하로 1937년 5월 1일부터 5회에 걸쳐 『조선일보』에 연재, 소개되었다. 이 기행문은 『조선일보』에 1936년 8월 11일부터 14일까지 4회에 걸쳐 실린 이학돈의 「지리산 등척기」와 더불어 지리산과 관련된 1930년대 중후반의 대표적인 학생 기행문이라고 할 수 있다. 본고가 주목하고자 하는 대상은 바로 이 두 기행문이다.

널리 알려져 있다시피 옛 선비들의 지리산 유람록으로는 조식(曺植)의 「유두류록(遊頭流錄)」을 비롯하여 김종직(金宗直)의 「유두류록(遊頭流綠)」, 김일손(金馹孫)의 「속두류록(續頭流錄)」, 유몽인(柳夢寅)의 「유두류산록(遊頭流山錄)」 등 다수가 있다.[10] 그러나 근대 이후 지리산 기행문으로는

---

7) 한 기사에 따르면, 지리산약수주간을 맞이하여 "지리산과 섬진강의 승경을 차저오는 관광객 저 웅전거벽의 화엄사와 천은사를 순례하러오는 사람들이 실로 수천수만으로 인산인해"를 이루었다고 한다. 「지리산 약수주간」, 『조선일보』, 1940. 3. 31.

8) 『경성일보』, 1937. 3. 17.

9) 『조선일보』, 1937. 3. 26. 이들에 대한 기사는 3월 18일, 20일, 23일에 지속적으로 등장한다. 오용사는 최기덕, 안필수, 김상국, 이상선, 전일로 다섯 명의 산악부원이다.

10) 최석기는 조선시대 지식인들의 지리산 유람록을 100여 편으로 추정하고 있다. (최석기, 「지리산유람록을 통해 본 인문학의 길 찾기」, 『남도문화연구』 18집, 순천대 남도문화연구소, 2010, 201쪽) 지리산 유람록은 『선인들의 지리산 유람록』(최석기 외, 돌베개, 2000), 『용이 머리를 숙인 듯 꼬리를 치켜든 듯』(최석기 외, 보고사, 2008), 『선인들의 지리산 유람록3』(최석기 외, 보고사, 2009), 『선인들의 지리산 유람록4』(최석기 외, 보고사, 2010)이 출간되었다.

앞서 개관한 두 편의 학생 기행문과 이은상의 「지리산 탐험기」[11] 정도이다.[12] 그런데 옛 선비들의 '유람'과 근대적 지식인인 이은상의 '탐험'은 몇 가지 점에서 흡사하다. 예컨대 조식은 선인들의 발자취와 자연물에 대한 관조를 통해 산행을 심성 수양의 계기로 삼았으며,[13] 이은상 또한 여러 문화 유적을 통해 천신신앙(天神信仰)의 유적을 확인함으로써 민족적 주체성을 확립하는 계기로 삼았다.[14] 성찰의 측면에서 보자면, 조식과 이은상에게 지리산은 대자연 그대로가 아니라 자신의 사상과 관념을 투영시킨, 관념에 의해 재구성된 자연이라는 점에서 둘은 닮은꼴이라고 할 수 있다. 곧 관념에 의해 반성된(reflected) 자연과 구성적 주체라는 측면에서 그들의 지리산행은 유사한 성격을 지닌 것이었다. 그렇다면 앞서 언급한 두 편의 학생 기행문에 나타난 지리산에 대한 인식과 그 태도, 그리고 이에 함축된 인식상의 특징은 어떠한 것일까. 본고가 학생 기행문을 통해 규명하고자 하는 것은 바로 이것이다.

이와 함께 본고는 1900년대부터 해방 이전까지를 시간적 범위로 신문과 잡지 등에 사용된 '등산'[15]이라는 어휘의 용례와 그 의미 등에 대

---

11) 이은상의 「지리산 탐험기」는 5박 6일 간(7.29.~8.3.)의 산행 기행문이며, 『조선일보』에 1938년 7월 30일부터 9월 24일까지 34회에 걸쳐 연재되었다.

12) 최남선은 「尋春巡禮」의 말미에 "이 아래는 지리산이라 하여 따라 일편을 만들겠"다고 부기하고 있으나, 그와 관련 기록은 찾을 수 없다. 최남선, 「심춘순례」, 『육당 최남선 전집6』, 현암사, 1973, 389쪽 참고.

13) 최석기, 「남명의 산수유람에 대하여 -「유두류록」을 중심으로」, 남명학연구원, 『남명사상의 재조명』, 예문서원, 2006, 328~335쪽 참고.

14) 박찬모, 앞의 논문 참고.

15) 본고에서는 '등산'과 '登攀', 그리고 '登陟'을, '산악을 오른다'라는 의미자질을 공유하고 있는 유의어로 간주한다. 참고로 국립국어원 표준국어대사전에 나오는 등산과 등반, 등척의 뜻은 다음과 같다. 등산 : (1) 험한 산이나 높은 곳에 이르기 위하여 오름 (2) 「불교」 승려가 수도를 위하여 산에 들어가 머무름. ; 등반01 : 험한 산이나 높은

해 시론적(試論的)으로 논구해보고자 한다. 이는 학생 기행문에 드러난 산행의 의미를 보다 분명하게 이해하고, 아울러 식민지 시기 등산에 함축된 문화적·정치적 함의 등을 살펴볼 수 있는 밑바탕이 될 수 있기에 학생기행문에 대한 논의에 앞서 살펴보고자 한다.

Ⅱ. '등산'의 용례와 그 의미

근대 이전 '등산'이란 어휘는 동아시아 문명권에서는 '공자가 동산에 올라서는 노나라가 작다고 여기고 태산에 올라서는 천하가 작다고 여겼다[孔子登東山而小魯 登泰山而小天下]'에서와 같이, 일반적으로 고유명사와 함께 쓰였다. 그렇지만 이 경우 산에 '(걸어) 오르는 행위'보다 그 대상이 되었던 산의 특수성과 그 의의가 강조되었으며, 또한 그 산에 대한 주체의 인식이 중요한 요소였다. '(걸어) 오르는 행위'는 그와 같은 목적을 위한 수단에 불과했으며 더욱이 남여(藍輿)를 타고 산에 오르는 데에서 알 수 있듯이 그것은 필수적이지 않았다. 이처럼 근대 이전에 '(걸어) 오르는 행위' 자체는 특정한 목적을 위한 예비 행위 혹은 잉여 행위에 불과했다. 등산의 이와 같은 용례는 1900년대를 거쳐 1920년대까지도 간헐적으로 나타난다. 「황성신문(皇城新聞)」의 잡보(雜報)란에서는 "등산도주(登山逃走)", "등산분피(登山奔避)", "등산흔 엽부(獵夫)", "등산피신(登山避身)"[16] 등의 표현이 보이는데 이때 '등산'은 축자적인 자의(字意) 이상의 목적과 의의를 갖지 않는다. 1920년대에 간간

곳의 정상에 이르기 위하여 오름 ≒ 반등 ; 등척 : 높은 곳에 오름 ≒ 登高01.

16) 각각은 『황성신문』, 1900. 3. 1. ; 1900. 3. 6. ; 1900. 3. 24. ; 1907. 9. 22.

히 나타나는 "등산액사(登山縊死)"[17] 또한 같은 용례라고 할 수 있다.

등산이라는 행위 그 자체에 특별한 목적 혹은 의의가 수반되는 용례는 1920년대 이후에 비로소 나타나기 시작한다. 이러한 용례는 주로 '놀이', '탐승', '탐험', '건강', '체위 증진' 등과 관련되어 이 용어가 사용되면서부터이다. 이들의 용례와 그 의미를 살펴보기로 하자.

> 평양에는 매년 단오를 기하야 남녀가 산에 등하야 소창(消暢)하는 풍습이 잇는 바 작년에는 경찰서의 금지로 다년 습관의 등산회(登山會)도 중지되얏든바 금년에는 해금이 되어 비상한 성황으로 등산하얏더라 관제묘(關帝廟) 이북의 규수처녀(閨秀淑女)의 녹의홍상(綠衣紅裳)은 산형(山形)을 채색하고 공중으로 내왕함 갓흔 추천(鞦韆)은 선인(仙人)의 하강(下降)함 갓도다[18]

위 인용문은 평양에서는 매년 단오에 산에 올라 소창(消暢)하는 풍습이 있으며 젊은 남녀들이 산에 올라 그네타기 등을 행했다고 기록하고 있다. '소창'과 '풍습'이란 표현에서 미루어 짐작할 수 있듯이 일종의 (민속)놀이의 일환으로 등산과 그네타기 등이 이뤄졌음을 알 수 있다.[19] 이 이외에도 천도교 소년회에서 "회원 백 여 명이 북악산에 올나서 여러 가지 자미있는 류희를 하얏다"[20]는 기록도 있으며, 등산 자체를 하

---

17) 「亡妻를 생각하야 등산액사」, 『동아일보』, 1923. 9. 3.

18) 「평양단오절의 성황」, 『동아일보』, 1920. 6. 26.

19) 전통오락 진흥 문제와 관련하여 손진태는 장려하고 싶은 전통오락으로 "단오의 씨름과 추천"를 꼽고 있다. 「향토예술과 농촌오락의 진흥책」, 『삼천리』 제13권 제4호, 1941. 4. 1, 224쪽 전통오락과 관련된 논의는 1940년대 전시체제 하에서 '노동 후 위무'와 불가분의 관련을 맺고 있는 논의이다. 이에 대해서는 등산과 관련하여 제한적으로 이후에 논의하고자 한다.

나의 '자미(滋味)'로 이용하는 사례[21]도 찾아볼 수 있다. 이처럼 등산이 '풍습(민속놀이)', '류희', '자미' 등과 통사적으로 결합되어 있는 양상을 확인할 수 있다. 그러나 이들 모두는 '등산'이 놀이나 유희라는 목적을 달성하기 위한 필수불가결한 행위가 아니라는 점에서, '등산'이 축자적으로 사용된 것으로 볼 수 있다.

한편, 놀이 등과 관련해서 등산을 풍속 개량의 방편으로 활용하는 경우와, 이와 반대로 등산을 풍기를 문란케 하는 행위로 지목하여 부정적으로 평가하는 경우가 있다. 인천의 제물포 청년회에서는 월미도 망월등산대(望月登山隊)를 조직하여 '내한등산(耐寒登山)'을 계획하는데, "뜻인즉 재래 묵은 인습으로 정월대보름에 행하는 모든 노름을 업시하고 자못 현대덕인 등산망월(登山望月)을 하자는 것"이 그 취지이다.[22] 곧 등산을 인습을 일소할 수 있는 대안으로서 활용하고 있는 것이다. 반면에 '등산놀이'에 대한 부정적 시각도 확인할 수 있다. 「통영 부녀자들의 폐습(弊習)」에서는 "등산노름" 등으로 "방가희학(放歌戱謔)이 기(其) 극(極)에" 이르러 풍기가 문란해지고 있으니 이에 대한 주의가 필요하다고 경계하고 있다.[23] 이러한 풍조가 통영 지역에 국한된 문제는 아니었던 것으로

---

20) 「天道少年登山」, 『동아일보』, 1921. 9. 12.

21) 신고산 지역의 청년회 체육부는 지역 사람들에게 출발 시각을 알리지 않은 채 인근 風流山 산상에 올라 그곳에서 煙火를 피운 후 "시내서 이 發煙을 본 시각을 最先 회관에 記送하는 인사에게 상품을 與"한다는 "자미잇는 계획"까지 세운다. 「新高山登山隊 자미잇는 계획」, 『동아일보』, 1924. 6. 23.

22) 「제물청년주최로 등산망월계획 – 종래 습관을 버서나서 용긔잇는 새시험으로」, 『동아일보』, 1924. 2. 20.

23) 「통영 부녀자의 폐습」, 『동아일보』, 1921. 6. 4. 아울러 『동아일보』 1925. 4. 29. 이 '지방단평'에서는 "외지에 유학하다가 退學歸家한 소년 사오 명은 날만 새면 기생과 連肩携手하고 登山飮酒가 日甚타고 父兄은 요리집이나 내는 것이 得策일 듯"이라면 조롱섞인 기사를 내보내고 있다.

보인다. 1927년 『동아일보』의 사설은 '등산임수(登山臨水)'에 대해서 "노작(勞作)이 업는 휴가한양(休暇閒養)과 여유가 업는 등산임수는 어느 의미에 잇서서 일종의 향락적(享樂的) 유희(遊戱)며 방랑적(放浪的) 고통(苦痛)에 불과"하다고 지적한 후, '등산임수'에 깔린 "향락적 기습성(氣習性)과 유탕적(遊蕩的) 기분"을 "풍기숙청(風紀肅淸)의 의미"에서 경계해야 한다고 주장하고 있다.[24] 곧 두 기사문은 등산을 풍기문란 행위로 보고 이에 대한 주의를 촉구하고 있는 것이다.

그런데, 위와 같은 기사들에서는 등산이 축자적 의미 이상의 특정한 목적과 의의를 갖는 것으로 인식된다는 점에 주목할 필요가 있다. 풍속 개량과 관련한 논의에서는 인습을 대체할 수 있는 건전한 놀이로, 풍기 단속과 관련해서는 '향락적' 놀이로 인식되고 있는 것이다. 특히 후자의 경우 "등산임수의 정취를 감상하랴면 몬저 노고 역작을 힘쓰지 아니하면 아니될 것"이라는 당부의 말에서 엿볼 수 있듯이 '노고와 역작'이 전제된 등산에 대해서는 그것을 "흉회(胸懷)의 쾌활을 도(圖)"[25]하는 '휴양'으로 인식되고 있다는 점을 간과할 수 없다. 곧 '노작과 여유', '노고와 역작'의 전제 여부에 따라 등산에 대해 상반된 가치 평가를 내리고 있는 것이다. 이렇게 보자면, 놀이 등과 관련지어 볼 때 등산이란 용어가 축자적인 의미에서 점차 그 의미가 확장되어 놀이와 휴양의 의미를 함축하게 되는 양상을 확인할 수 있는 것이다.

둘째, 탐승 혹은 탐험과 관련된 용례이다. 탐승은 근대 이전부터 명승(名勝)을 찾는 행위를 의미하는 용어로 사용되었는데,[26] 등산이란 용

24) 「등산과 임수 몬저 노작(勞作)을 힘쓰라」, 『동아일보』, 1927. 8. 15.

25) 위의 글.

26) 『稼亭集』 권 10. "지금 선생으로 말하면 풍속을 관찰하고 교화를 선양할 책임도 없이

어와 결부된 것은 근대에 이르러서인 것으로 보인다. 근대에 들어 대표적인 탐승지로 꼽히는 곳은 금강산이었다. 금강산의 명성은 예로부터 널리 알려져 있었지만 경원선의 개통(1914년)과 만철경관국(滿鐵京管局) 등의 지속적인 도로시설 정비, 철원-김화 간 금강산 전기철도의 개통(1924) 등으로 1920년대 무렵부터 관광지화 된다. 1921년에 한 신문기사에서는, 관광객의 증가 추세가 현저하다고 지적한 후, 그 원인 등에 대해 "동지(同地)에 승경이 일반에게 선전됨과 일면으로 등산열(登山熱)이 점차 발흥(勃興)하는 조후(兆候)"[27]라고 분석한다. 이 기사는 금강산의 뛰어난 경치가 일반인들에게 널리 알려지고 한편으로는 등산열의 발흥으로 탐승객이 증가하고 있다고 진단하고 있는 것이다. 이는 탐승과 등산을 불가분의 관계로 인식하고 있다는 점에서 등산의 목적에 탐승의 의미가 부가되는 계기를 잘 드러내 준다고 할 수 있다. 1930년대 초반까지 여러 산악부들의 산행에서 "역사탐구를 겸한 등산여행……고적명승지 순유(巡遊)", "역사선생과 묘향산 등산과 사적(史的) 탐구"[28]와 같이 등산과 탐승이 병행되고 있음을 확인할 수 있는데, 이는 이광수·최남선·이은상 등 지식인의 금강산 탐승과 학생들의 금강산 수학여행

자연의 승경을 찾아다니는 것으로 일을 삼고 있다. 그리하여 만 길 높이의 풍악과 雪山을 마음껏 관람하고, 다시 鐵關을 넘어 동해로 들어와서 國島의 기이한 비경을 끝까지 돌아보았으며, 마침내는 해안을 따라 남하하여 叢石亭의 옛 碑碣과 三日浦의 丹書 여섯 글자를 어루만져 보았다. (…) 선생의 유람이야말로 원하는 대로 실컷 구경했다고 이를 만하다. (今先生無觀風宣化之勞 以尋眞探勝爲事 縱觀楓岳 雪山萬仞 又踰鐵關入東海 以窮國島之奇祕 遂遵海而南 摩挲叢石亭之古碣 三日浦之丹書六字 (…) 其於游觀 可謂厭飫矣) 한국고전종합DB(http://db.itkc.or.kr/) 참고.

27) 「등산열의 발흥」, 『동아일보』, 1921. 9. 14.

28) 「연전산악부일행 한라산에 등산」, 『동아일보』, 1931. 7. 7 ; 「등산과 수영부 묘향산과 원산에, 미문고보교」, 『동아일보』, 1931. 7. 21.

등의 연장선상에 있는 것이다.[29] 그러나 여기서 간과할 수 없는 것은 탐승과 결부된 관광이다. 1934년 조선총독부 철도국에서 간행한 『조선여행안내기』에는 "행락에 적절한 승경"[30]을 지닌 등산의 적소로 지리산·계룡산·북한산·천마산·묘향산·내장산·금강산·백두산 등지가 선정되어 있으며, "자연에 대한 친밀한 사랑의 정감"[31]이 솟아나는 캠핑의 명소로 지리산·장수산·삼방·한라산 우이령·금강산 등이 꼽히고 있다. 이는 금강산 탐승에서도 알 수 있듯이, 승경과 고적답사를 위한 등산이 조선총독부의 관광정책과도 밀접한 관련성을 맺고 있음을 보여주는 것이라고 할 수 있다.[32]

한편 "전조선문사(全朝鮮文士)"들에 의해 금강산과 더불어 '반도팔경(半島八景)'[33] 중의 하나로 꼽혔던 백두산의 경우는 탐승보다는 탐험이라는 용어와 결합되는 사례가 많다. 대표적으로 조선일보사가 1936년에 실시한 '백두산 탐험'을 꼽을 수 있다.[34] 조선일보는 백두산 탐험의 목적이 '모험심'과 '과학적 탐구심'의 양성에 있다고 밝히고 있으며[35]

---

29) 이러한 탐승이 단순히 견문을 넓히거나 휴양에 그치는 것이 아니라 고적답사를 통한 조선 역사의 재인식으로 이어지고 있음을 간과할 수는 없다. 최남선과 이광수의 금강산 탐승에 대해서는 서영채, 「최남선과 이광수의 금강산 기행문에 대하여」, 앞의 논문 참고. 그리고 수학여행에 대해서는 이승원, 『학교의 탄생』, 휴머니스트, 2005 참고.

30) 조선총독부 철도국, 『조선여행안내기』, 조선총독부철도국, 1934, 217쪽.

31) 위의 책, 222쪽.

32) 조선총독부의 관광정책과 식민지 관광에 대해서는 조성운, 『식민지 근대관광과 일본시찰』, 경인문화사, 2011 참고.

33) 「전조선문사공천 新選 '半島八景' 발표, 그 취지와 본사의 계획」, 『삼천리』 제1호, 1929. 6. 34쪽.

34) 조선일보사는 1936년부터 1940년까지 백두산·한라산·지리산·묘향산·설악산을 차례로 '탐험'하는 '산악순례사업'을 실시한다.

35) 『조선일보』, 1936. 8. 7.

실제로 역사학·생물학·지리학·의학과 관련된 학자가 다수 참여하고 산행 이후 여러 학술 강연회를 개최하는 데에 알 수 있듯이,[36] 백두산 탐험은 고봉 등정의 '모험'과 학술적·과학적 조사가 큰 비중을 차지하고 있었던 것이다. 1938년 이은상이 참여한 '지리산 탐험' 또한 탐험단 모집기사에 "지리의 고검(考檢) 박물(博物)의 채집을 지망하는 학도들과 준령험애(峻嶺險崖)를 답파코저 하는 등산가들에게 미성(微誠)이나마 알마즌 기회를 제공"하고자 한다며 학술적 성격과 함께 그 모험적 성격을 강조하고 있다. 비록 백두산 탐험과 비교해 볼 때 다수의 학자가 동반한 것은 아니었을지라도 조선일보사가 지령(紙齡) 6000호와 혁신 5주년 기념사업으로 1938년 3월부터 실시하기 시작한 '조선향토문화조사사업'의 조사책임자와 편집위원을 역임하고 있던 이은상과 최익한이 '지리산 탐험'에 참여하고 있다는 점,[37] 그리고 이은상의 「지리산 탐험기」가 '문화 향도기(嚮導記)'적 성격을 지니고 있다는 점[38] 등을 고려해 보자면, 그 학술적 성격도 가볍지 않았음을 짐작

智異山探險團員募集

出發 七月二十八日夜
歸還 八月四日朝
定員 二十五名
會費 三十三圓
八日七泊

主催 朝鮮日報社

'지리산탐험단' 모집 기사

36) 강연회는 다음과 같다. 「백두산 개관」(서춘), 「통신에 대하여」(이상호), 「백두산과 생물학적 고찰」(김병하), 「백두산과 식물학적 고찰」(장형두), 「백두산과 역사적 고찰」(사공환), 「백두산과 지리적 고찰」(강재호), 「백두산과 위생학적 고찰」(신성우). 조선일보 80년사 편찬실, 『조선일보 80년사』(상), 2000, 453~454쪽 참고.

37) 「제4회 산악탐험단원명부(지리산)」(조선일보사, 『지리산탐험앨범』, 1938)과 「조선향토문화조사사업」(『조선일보』, 1938. 3. 5) 참고.

할 수 있다. 아울러 모험의 강조는, 뒤에서 자세히 살펴보겠지만, 1930년을 전후로 해서 대두된 알피니즘(alpinism) 산행과 연동된 것으로 볼 수 있다. 요컨대 등산이 탐승 혹은 탐험이란 용어와 관련될 경우, 탐승/등산에 있어서는 명승(고적) 답사와 관광이, 탐험/등산에 있어서는 모험과 학술조사가 각각 강조되고 있는 양상을 확인할 수 있는 것이다.

셋째, 건강과 관련된 용례이다. 이 경우 등산은 수영 등과 함께 운동 혹은 휴양 방법의 하나로 인식되고, 위생 담론과 결부된 사례가 많다. 놀이 등과 관련해서는 유희적인 측면이, 탐승은 문화적 측면이, 그리고 탐험이 알피니즘적·학술적 측면이 내포되어 있었다면, 이 경우 위생적인 측면이 강조된다.

> 각종 질병에 대하야 주의할 것은 첫재 우리 톄질의 뎌항력을 튼튼히 할 것이니 즉 병에 걸이기 쉬운 소인를 맨들지마자는 것임니다 (…) 평소에 랭수욕 랭수마찰 해수욕 급 등산 기타 뎍당한 운동을 계속하여 신톄를 튼튼히 할 것임니다.[39]

위 인용문은 각종 질병을 예방하기 위해서는 평소에 등산 등 적당한 운동으로 신체의 저항력을 강화하는 것이 필요하다고 지적하고 있다. 일찍이 체육이 위생 담론과 결부되어 민족 개조론의 일환으로 논의되었지만[40] 20년대 중반까지 등산이 체육의 하나로서 인식되지는 않았

---

38) 박찬모, 앞의 논문, 68~71쪽 참고.

39) 「환절기의 위생」, 『동아일보』, 1927. 10. 12.

40) "조선에서 무엇이야 필요하지 아니하랴마는 체육은 가장 필요한 것 중의 하나일 것이다. 건전한 정신은 신체에서 난다하는 羅馬人의 격언은 낡은 줄 모르는 진리다. 조선 민족은 신체로부터 개조되어야 할 것이다. (…) 민족자체의 개조는 위생과 체육에 의해야 할 것은 물론이려니와 그 중에 적극적 효과를 가진 것은 체육일 것이요". 『동

던 듯하다.[41] 등산이 위생 담론과 밀접한 관련을 맺게 된 것은 등산이 하계운동[42]과 여성에게 적합한 운동[43]으로 인식되고, 심신 회복을 도모하는 효과적인 하계 휴양 방법으로 인식되면서부터이다. 그렇지만 이 경우도 "최(最)히 근년 학교서는 휴가를 이용하는 방법으로서 (…) 소위 원외학교(園外學校), 야림교수(野林教授), 천막교수(天幕教授), 등산, 해수, 나체(裸體), 일광욕 등 참으로 잘들 생각하여서 만흔 유익을 보는 바"이지만 "일반 사회에서는 아직도 이러한 것을 무의미하게 방관시(傍觀視)"[44]하고 있다는 진단에서 알 수 있듯이, 건강 증진을 위해 등산을 했던 부류들은 방학이나 휴가를 지닐 수 있었던 학생과 일부 계층으로 제한되어 있었던 것으로 보인다.[45]

등산이 건강을 증진시킬 수 있는 방법의 하나로 널리 인식되는 시점은 1929년 조선일보사와 신간회의 '생활개신운동'이 시작되면서부터로

아일보』, 1923. 10. 19.

41) 담양청년회에서는 "일반의 건강방법으로 早起登山을 실행"한다는 기록이 보이지만, 등산을 운동으로 인식했던 것 같지는 않다. 「담양청년회 발기」, 『동아일보』, 1920. 6. 19.

42) "모든 사람들은 모도 여름날이 닥치어 오는 것을 싫어할찌라도 그 절기가 바삐 돌아오기를 손곱아 기다리어서 자기 천지가 온 듯이 날뛰며 춤추는 것은 오직 '썸머 스폿스맨'들이다. 하기 운동으로는 수영, 등산, 정구 등이 적당할 것이다." 진변, 「이상적 운동경기 배구=빨레뽈, 설비간단 위험절무 老少同樂 기술용이」, 『동광』 제14호, 1927. 6. 1. 61쪽.

43) 「여자의 체질에 접합한 운동경기」, 『동아일보』, 1927. 11. 18.

44) 정석태, 「夏節의 위생상식」, 『별건곤』 제8호, 1927, 127~128쪽.

45) 부르디외는 문화자본과 상징자본, 그리고 자본총량에 따라 '계급 및 사회직업 범주'들의 문화적 실천과 취향이 다르다고 지적한다. 그에 따르면 등산은 대학교수, 중등교사, 상급기술직, 예술제작자 등의 취미로 꼽힌다. 부르디외가 보기에 취미 활동은 개인적 기호의 문제가 아니라 상징자본의 확보를 위한 과정이자 '구별짓기'를 위한 전략적 활동인 것이다. 삐에르 부르디외(최종철 옮김), 『구별짓기 : 문화와 취향의 사회학(상·하)』, 1996 참고.

추측된다. 1929년 5월 16일 '생활개신 대선전'을 기해, 조선일보사에서는 "조선사람아! 새로 살자"라는 슬로건을 내걸고 건강증진, 소비절약, 허례폐지, 조기운동, 색의단발, 상식보급의 6개 조항을 구체적으로 제시하였다. 서울의 경우 종로 기독교청년회관에서 강연회가 열렸으며, 이 운동에 전국의 신간회 지회·기독교 청년회·체육회·여자청년회·소년회 등 각종 사회단체들이 호응하였다.[46] 특히 건강증진의 일환으로 조기운동과 등산을 비롯하여 건강진찰, 시민대운동회, 부인야유대회, 운동회, 질병예방 강연 등이 진행되었는데, 이 무렵을 전후해서 건강과 관련해서 등산 활동의 효용이 일반인들에게까지 확산된 것으로 추측된다.[47]

넷째, 근대적 등산 개념으로 사용된 용례이다. 이 경우 등산은 산에 오르는 것 자체가 목적이 되는 것으로 알피니즘과 동일한 의미를 지닌다. 이 경우 등산은 등산 이외의 여타의 다른 목적들을 모두 배제하는 개념이다.

> 산에 들어가 그 아름다움과 그 청정(淸靜)함을 마음껏 맛보고 (…) 식물연구나 역사, 풍속의 조사를 하던지 곤충채집을 하던지 하여라 적어도 심신단련이 되게 하여라 하야 산을 맛티 학교 교실처름 생각하는 선생들도 잇고 인생은 투쟁이다 전력(全力)을 다하야 산과 싸화라 그 상대는 바위다 눈이다 어름이다하야서 맛티 계급투쟁에 대한 기세로 산을 정복하려는 소장파(小壯派)도잇다. (…) 여하간 등산은 산에 오른다는 것 그

46) 조선일보 80년사 편찬실, 『조선일보 80년사』(상), 2000, 328~329쪽 참고.
47) 조선일보와 신간회의 생활개신운동에 맞추어 일제는 『매일신보』를 통해 3월 1일부터 6개월 동안 건강증진운동(의학박사들의 강연회, 위생 영화 상영, 무료 진찰과 건강상담)을 추진하는데, 이 또한 이러한 인식의 확산에 일조했을 것으로 추측된다.

자체에 깁븜을 발견하는 것에 틀님이 업다. 만약 금일의 등산의 목적이 여기에 잇슴이 분명하다면 이 기원은 아즉 그럿케 오래지 안타.[48]

인용문에 따르면, 등산의 목적과 종류는 세 가지이다. 산의 아름다움과 청정함을 음미하는 등산, 그리고 탐구와 조사를 위한 등산, “계급투쟁”과 같은 기세로 산을 정복하려는 등산이 그것이다. 또한 그에 따르면, 등산의 목적은 등산 그 자체에서 기쁨을 발견하는 것이며, 이러한 목적과 의미로 볼 때 등산의 기원은 오래되지 않았다는 것이다. 이 글에서 여객(旅客)의 산길 찾기와 사냥과 수렵을 위한 산행 등 “무위의 산행”이나 “수단으로서의 등산”을 배제하고 있음은 물론이다. 그런데 이 글에서는 등산의 의미를 검토한 이후 “알프스의 최고봉 몬·프란 등반”과 “도·소-슈-ㄹ”[49] 등에 대해 언급하며 ‘등산도의 변천’ 과정을 ‘산악연구시대’와 ‘등산의 르네상스’로 나누어 서술한다. ‘도·소-슈-ㄹ’는 근대 등산(등반)의 아버지라고 일컬어지는 스위스의 자연과학자 오라스 베네딕트 드 소쉬르(Horace Bénédict de Saussure)를 일컫고, ‘몬·프란’이 알프스의 몽블랑(Mont Blanc, 4807m)을 지칭하고 있음은 두말할 나위가 없다.[50] 이 글은 알피니즘의 역사를 서술하고 있

智異山登攀隊

開場

養正 山岳部 1937

日本

◇五百米

◇千五百

『조선일보』, 1937. 3. 20.

48) 최영일, 「등산도의 변천 및 斯界에 光輝잇는 선구들」, 『신민』 68호, 신민사, 1931, 54쪽.

49) 위의 글, 55쪽.

50) 이용대, 『알피니즘, 도전의 역사』, 마운틴북스, 2007, 16쪽.

는 것에 다름 아니다. 그렇다면 "산에 오른다는 것 그 자체에 깁븜을 발견하는 것"은 "산을 정복하려는 등산"을 뜻하는 것과 다르지 않다. 곧 탐승뿐만 아니라 탐험과도 명확하게 구별하여 그 알피니즘적 등산에 대해서 지적하고 있는 것이다.

알피니즘적 등산이 대두된 배경으로는 1920년대 중반 이후 외국인들의 암벽등반, 알피니즘과 순수한 등산운동을 담고 있는 영화와 서적의 보급, 그리고 1931년 순수산악회인 〈조선산악회(朝鮮山岳會)〉(1931)의 창립 등을 거론할 수 있다.[51] 곧 1930년을 전후해서 탐승 위주의 방식에서 탈피하여 암벽등반 등 근대적 등산 운동이 널리 확산되고, 한국적인 알피니즘이 형성되었던 것이다.[52] 그리고 이런 추세에 맞게 등산에 대한 의미도 30년대 이후에는 보다 세분화되고 명확해진다. "근래에는 외국의 등산열의 영향이 만흔 것과 곳곳에 교통이 열닌 까닭으로 백두산 등산가도 잇고 또는 금강산 등지는 수학여행의 필요지로 해마다 만흔 사람이 가"지만 "금강산은 그 경치에 동경(憧憬)하야 가는 것이고 등산을 목적한 등산은 안이다. 등산은 등산이 그 목적이고 경치구경은 그 부대조건(附帶條件)의 소부분 밧게 안이 된"[53]다는 설명은 이와 같은 맥락에서 이해될 수 있다. 결국 1930년대에 등산 목적이 "공리(公利)를 초월(超越)한 것"[54]으로 이해되고, 알피니즘의 대두와 더불어 비로소

51) 정명수와 임형칠은 우리나라 등산의 역사를 근대 등산 이전과 이후로 구별하여 1920년대 이전까지를 근대 등산 이전의 등산사로 간주한다. 그리고 근대 등산사를 1) 근대 등산의 태동기(1920~1930), 2) 근대 등반의 형성기(1930~1945) 3) 근대 등반의 발전기 4) 히말리즘과 현대등반으로 정리한다. 정명수·임형칠, 『등산과 야외활동』, 조선대학교출판부, 2003, 10~12쪽.

52) 위의 책, 11쪽.

53) 이일, 「등산과 야영」, 『가톨릭청년』 1권3호, 1933, 8, 가톨릭청년사.

54) 김상용, 「여름과 등산 – 산에 올라 영기를 잡으라」, 『중앙』 2권 7호, 조선중앙일보사,

등산의 중의성에 주목하게 된 것이다.

다섯째, 등산을 체위 향상의 방편과 오락의 하나로 규정하고, 등산의 효용을 "국가제일주의, 국방제일주의, 경언(更言)하면 전체주의의 사상"[55]으로 전유하는 경우이다. 등산을 체위 향상과 오락의 수단으로 삼고, 이를 통해 신민의 의무를 다할 수 있으리라는 이러한 논의는 1937년 중일전쟁 이후에 본격적으로 대두된다. 1938년 지리산 탐험대를 모집하는 기사에서도 "시국이 더욱 긴박하여 가고 있는 때에 인적자원의 큰 요소인 체위 향상을 도모하는 견지로서도 이 산을 찾는 것은 의미 깊은 일"[56]이라고 쓰고 있다.

> 경성이나 평양 같은 대도시의 시대청년남녀들은 일요일이나 혹은 공휴일같은 날을 이용하여 산으로 야외로 혹은 천변으로 등산이나 '하이킹'이나 '픽닉' 등을 행하는 일이 무척 증가하여졌다. (…) 자연과 친할 수 있는 기회를 지어 몸의 건강을 증진시키는 의미에서 매우 좋은 일이요 장려할만한 일이다. 더욱이 오늘날은 국가로서 대동아공영권의 큰 이상을 실현하기 위하여 관민일치, 신도실천(臣道實踐)을 요하는 중대시기니만큼 우리 인민 각자의 보건이란 것이 여간 중대시되는 바가 아니다. 만일 우리의 몸이 약하여 맡은 직무를 충분히 이행치 못한다거나

1934.7. 62쪽. 그에 따르면 등산의 公利는 여섯 가지이다. "1. 등산은 위없는 운동이라 □石없이 그대 몸이 든든해 질 것이다. 2. 고결 호방 대담 침착 剛毅의 심성을 기르랴거든 산에오르라. 3. 史實을 城□와 祠宇에 임하야 실지로 배우라. 4. 동식물 지질 지리 천문 광물연구자도 산에 아니 오르면 井中蛙를 면키 어렵다. 5. 詩囊이 가볍거든 산에오르라 文□가 말랏거든 산에 오르라. 6. 猝富를 꿈꾸거든 산에 오르라. 발뿌리에 채이는 한덩이돌이 일확천만금의 그대의 꿈을 실현케할 것이다."

55) 조선총독부 사회교육과장 계광순, 「총독부고등관 諸氏가 전시하 조선민중에 전하는 書, 대동아공영권건설과 조선민중」, 『삼천리』 제13권 제4호, 1941. 4, 31쪽.

56) 「그리운 南國의 명산」, 『조선일보』, 1938. 7. 23.

> 혹은 병상에 누워 국가를 위한 아무런 봉공(奉公)이라도 할 수 없다고 하면 우리는 실로 나라의 큰 폐해를 끼치는 대죄인이라고 할 수 있는 것이다. 그러므로 우리 각인(各人)은 국민의 체위 향상과 민중의 보건사상보급에 매우 치력(致力)하고 있는 당국의 지도에만 순응해서가 아니라 우리 각자가 솔선하여 내 한 몸과 내 가정의 건강증진에 대하여 될 수 있는 한 마음을 다하고 힘을 들이지 않으면 안 될 것이다.(…) 도시인과 실내직업에 종사하는 사람들에게는 등산이나 야외산책처럼 일반적으로 마음과 몸에 유익되는 일은 별로 없을 것이다.[57]

인용문 따르면, 대도시의 젊은 남녀들이 휴일을 이용하여 등산 따위를 행하고 있는데 몸의 건강을 증진시킨다는 점에서 장려할 만하다는 것이다. 이와 함께 대동아공영권이라는 이상을 실현하기 위해 각자는 체위 향상과 보건사상 보급에 최선을 다해야 한다는 것이다. 이러한 논의는 앞서 검토한 바와 같이 등산을 건강 증진의 방편으로 삼는 인식과 크게 다르지 않는 것처럼 보인다. 그렇지만 앞의 경우 위생 담론과 결부되어 그것이 사회 운동 차원에서 확산되었더라도 "등산, 해수욕, 여행 등 자기 일신의 휴양과 편의를 위한 것"[58]이었음을 부정하기는 쉽지 않다. 이런 점을 고려해 보자면 등산을 '전체주의 사상'으로 전유하는 이러한 인식은 전 시기의 논의와 대별되는 것이 아닐 수 없다. 인용문에서 볼 수 있는 바와 같이, 대동아공영권의 이상을 위해 직무와 봉공을 이행하는 신민으로서 "솔선하여" 마땅히 해야 할 의무 중의 하나로 등산이 인식되고 있는 것이다.

아울러 등산은 체위 향상뿐만 아니라 장기전(長期戰)을 대비하는 전

57) 추산암, 「등산과 교외산책」, 『건강생활』 제31권 6호, 시조사, 1941.7, 209쪽.
58) 「귀향하는 학생 제군에게」, 『동아일보』, 1932. 7. 16.

시 하에서 "민중으로 하여금 명랑한 생활을 가지도록"하는 "건전한 오락" 중의 하나로 간주된다. 조선총독부 사회교육과장 계광순(桂珖淳)은 "생산확충, 총후봉사(銃後奉仕), 또는 자기의 직장에서 최선을 다해서 근로에 열중해야 할 것은 재언(再言)을 요하지 않지만, 이러한 근로 뒤에는 반드시 생리적으로 피로라는 것이 따라오고, 이 피로를 위유(慰癒)하여 다시 충실한 기력을 회부(恢復)하기 위해서는 반드시 오락이라는 것이 필요"하다고 전제한다. 그리고 이어 이러한 '노동 후의 위무'를 위해 필요한 건전한 오락의 하나로 등산을 꼽는다. 등산 등의 오락을 통해 "근로민중으로 하여금 명랑성을 가지게 하고 및 보건까지 꾀"[59]할 수 있다는 것이다. 체위 향상을 목적으로 한 것과 마찬가지로 이 또한 등산이 '신체의 국가화'[60]에 활용되고 있는 것으로서, 일제의 대륙침략이 본격화된 이후 양질의 병력자원과 노동자원을 얻기 위해, 그리고 효과적인 '총후봉사'를 위해 등산이 신체의 훈육과 국민 형성의 수단으로 활용되고 있는 것이다.

지금까지 살펴본 바와 같이 등산이란 용어는 근대에 들어 초기에는 축자적으로 사용되다 1920년대 이후부터 다양한 담론과 사회적 · 문화적 맥락 속에서 그 의의와 효용이 부가됨으로써 놀이, 휴양, 탐승, 탐험, 건강, 알피니즘, 체위 향상 등과 결부되어 다의적 의미를 내포하게 되었다.

---

59) 조선총독부 사회교육과장 계광순, 앞의 글, 32쪽.

60) 유근직은 '라디오 체조'와 '황국신민체조'와 같은 천황제 이데올로기와 결합된 체조의 철저한 실시를 통해 한국 청소년들의 신체는 개개인의 신체가 아닌 국가에 귀속되고, 국가를 위해 헌신해야 하는 '국가의 신체'로 변용되었다고 지적하며, 이러한 의미로 '신체의 국가화'를 사용한다. 유근직, 「식민지 체조교육과 한국인의 신체형성에 관한 역사적 고찰」, 『한국체육학회지』, 제38권 제2호, 한국체육학회, 1999, 29~32쪽 참고.

Ⅲ. 지리산, 또 다른 근대적 시선 : 탐험과 정복의 전장

지리산으로 출발하기 전 이은상의 주된 내적 정조는 '회색(悔塞)'과 '민연(憫然)'이다. 이러한 정조는 묘향산행을 앞두고 "새나라의 순결한 국민"[61]이 되겠다며 그의 염원을 표현하던 모습과도, '신산(神山) 성역(聖域)의 영적(靈跡)'[62]을 더듬어 조선의 민족문화를 재건하겠다는 각오를 밝히던 설악산행의 모습과도 매우 다른 것이다. 이러한 정조가 중일전쟁 이후 조선의 정세 악화에서 비롯된 것임은 두말할 나위가 없다. 그렇다면 이은상과는 달리, 중일전쟁이 발발하기 전에 지리산에 오른 학생들의 모습은 어떠했을까.

> 등산에 대한 경험과 기술이 충분치 못한 우리로서는 일편 공포의 감을 늣기면서도 감히 저 험준한 지리산 정복을 목표하고 (…) 경성을 떠낫다. (…) 그러나 극도로 긴장한 우리로서 잠이 든다는 것은 용이한 것이 안이엿다. 조치원이 지나고, 대전이 각가워오도록 일행은 한숨도 잠을 일우지 못하엿다.
>
> (…) 밤은 점점 깁허가고, 비는 여전히 계속하야 내린다. 곤(困)하든 일행은 잠이 들기 시작한다. 나는 매우 근심이 되여 잠은 들지 안코, 시간이 지날수록 신경이 예민하여진다. 그리고 별별 생각이 다 떠오른다. 만일 비가 그치지 않으면 엇저나? 혹 비는 긋치드라도 중복(中腹) 이상에는 눈이 잇슬터인데 길을엇지 차저갈가? 밋그럽지나 안흘가? 밤은 이미 기퍼졋다. 나는 들낙날낙하며 하울을 원망도 하고, 또 한울에 대하여 애원도 하여보앗다. 극도로 피곤하엿든 몸인지라 자정이 너무니 더 견딜 힘이 업시 그만 잠에 잠기엿다.[63]

---

61) 이은상, 「향산유기」(제 1신), 『동아일보』, 1931. 6. 11.
62) 이은상, 「설악행각」, 『동아일보』, 1933. 10. 15.

최기덕을 포함한 양정산악부 오용사는 1937년 3월 18일 목포행 열차를 타고 경성을 떠난다. 그리고 19일 저녁 무렵 구례 화엄사에 도착하여 그 인근에 숙소를 정한다. 인용문에서 명시적으로 언급된 바와 같이, 지리산 산입에서 1박을 하기 전까지 그들을 지배하는 주된 정조는 '공포의 감'이다. '긴장'과 '근심', 하늘에 대한 원망과 애원, 불면과 극도의 피곤 등 문면의 표현을 통해 그 '공포감'을 여실히 느낄 수 있다. 그리고 이런 공포감은 지리산이라는 험준한 대자연과 맞서기에는 역부족인, 다시 말해 오용사가 "등산에 대한 경험과 기술이 충분치 못한" 과소적(過小的) 주체이기에 비롯된 것이다. 〈백령회〉와 함께 한국인이 주축이 된 최초의 산악단체들 중의 하나로 꼽히는 양정고보 산악부가 창립된 것은 1934년 무렵이다. 하지만 산악부가 학교로부터 공식적인 예산 지원을 받기 시작한 시기는 1937년 4월로, 재정적인 지원이 있기 전까지 그들의 등산 활동은 허술한 개인장비에 의존할 수밖에 없었다. 산악부의 태동과 더불어 1934년부터 암벽등반 활동이 실시되었다고 하지만 재정적인 이유 등으로 인해 산악부원들의 경험과 기술은 일천할 수밖에 없었던 것이다.[64] 그런 까닭에 그들에게서, 대자연 속에서 유유자적하며 사물을 완상하는 모습을 찾기란 쉽지 않다. 노고단의 운해(雲海)와 반야봉의 낙조(落照)를 바라보며 오용사가 '신선의 심경'과 '환희'를 맛보기도 하지만, 그들은 허리에 단도를 찬 채 늘상 "짐승 퇴

63) 최기덕, 「지리산 등반기」, 『조선일보』, 1937. 5. 1. 본문을 서술하는 과정에서 최기덕과 이학돈의 학생기행문의 일부를 인용할 경우에는 괄호 속에 게재일자만을 표기하고자 한다.

64) 양정산악 60년사 편찬위원회, 「산악부의 기원」·「양정산악부 배지와 등산장비」, 『양정산악 60년사』, 양정산악회, 1997, 152~158쪽 참고. 앞으로 이 책을 인용할 경우 논의에 대한 이해를 돕기 위해 절의 제목을 덧붙인다.

거령의 호각”(5.2.)을 불고 다니며 그 긴장만큼이나 “공포의 땀”(5.4.)으로 흥건하다. 이렇듯 천왕봉에 오르기 전까지 오용사는 혹독한 불안과 공포 속에서 모험을 감내하며 “정복을 목표”(5.1)로 등산한다.

이러한 양정고보 오용사들의 모습에 비해 「지리산 등척기」에서 엿보이는 이학돈의 태도는 한층 여유롭다.

學生通信

智異山登陟記 (一)

이학돈의 「지리산등척기」

K형! 산이라면 누구나 금강산을 첫 손가락에 꼽지 안소. 그러나 금강산은 놀기만 조하하는 유람객들의 비위에 맛추어 그의 장엄한 자연미를 여지업시 파괴하여 인공적으로 일대 유원지를 만들엇스니, 수 천 년을 직혀오든 산악의 처녀성은 뭇사람의 발미테 유린을 당하고 기생탕자들의 노리터로 변한 지가 오래요. (…) 금강산은 그만큼 속화(俗化)하지 안헛겟소.

식물채집을 하는 여가에 하로에도 몃 번식 절 누대(樓臺)에 올라 동남으로 멀리 천왕봉을 바라보오. (…) 그 준초(峻峭)한 산세(山勢)와 유정(幽靜)한 협곡미(峽谷美)! 일초(一草) 일석(一石)이 자연 그대로의 옛 모양을 변하지 아니하고, 비에 젓고 바람에 부닷처 뿌서지면 뿌서진 그대로 너머지면 너머진 그대로 삼엄(森嚴)함과 침묵 가운데에 수 천 년을 굿게 직혀오든 산악의 처녀성은 속인의 발밋테 유린되지 아니하고, 차아(嵯峨)히 운소(雲霄)에 솟아 잇는 그 웅장한 기세, 지리산의 산악미는 오즉 웅장과 엄숙으로써 표현할 수 잇슬 것이오.[65]

---

65) 이학돈, 「지리산 등척기」, 『조선일보』, 1936. 8. 11.

이학돈은 금강산이 속화(俗化)된 것에 대해서 개탄한다. 그에 따르면 금강산은 유람객들로 그 장엄한 자연미가 파괴되고 인공화된 유원지로 변모해, '산악의 처녀성(處女性)'은 유린되고 기생과 방탕한 사내들의 놀이터가 되어 버렸다는 것이다. 하지만 지리산은 금강산과 다르다. 그가 "식물채집을 하는 여가"에 바라보는 지리산은, 처녀성을 지닌 천혜의 원시림이자 처녀지로서 "웅장과 엄숙"의 산악미를 지닌 곳이라는 것이다. 그에게 지리산은 '산악미'뿐만이 아니라 '협곡미(峽谷美)'와 '암층미(岩層美)', 그리고 '임상미(林相美)' 등을 고이 간직한 곳으로, 곧 심미적 관조의 대상이다. 이러한 그의 여유로움은 금강산과 지리산의 비교에서 알 수 있듯이 합리적 관찰자의 시선에서 비롯된 비평적 태도와 그의 심미적 태도에서 기인하고 있는 것이며, 그의 지리산행은 오용사와 달리 휴양에 가까워 보인다. 이렇게 보자면 지리산에 임하는 오용사와 이학돈의 태도와 그에 따른 지리산의 표상, 산행의 의미는 매우 현격한 차이를 보이는 듯하다. 그렇지만 각기 다른 태도와 표상 그 이면에 공통된 인식 또한 두드러지게 나타난다.

우선 그들에게 지리산은 도시와는 대조되는 공간이다. 이학돈에게 지리산은 "소연(騷然), 잡연(雜然)한 도회지의 분위기"와는 다르게 "정연(靜燃), 적연(寂然)한"(8.11.) 처녀성을 지닌 원시림으로 표상되고, 이러한 인식은 오용사에게도 별반 다르지 않다.

> (…)그네들은 그 거짓업는 눈으로 우리를 볼 수 업든것이엿다. 몃 가족을 이리저리 몰어서 겨우 한 칸(間) 방을 우리에게 빌려준다. 천사와 가튼 그네들! 진세(塵世)를 몰르는 그네들! 솔찍한 그네들! 깨끗한 그네들! 우리 눈에는 뜨거운 눈물이 흐른다! 고맙고 반갑기 짝이 업다. 우리

> 는 그들에게 백배사례(百拜謝禮)하고 방에 들어 저녁밥을 먹엇다. 그들의 눈은 이상하게도 커진다. 처음 보는 쌀밥! 오래간만에 보는 쌀밥이엿다. 그들은 이곳에서 오직 감자만을 상식(常食)하는 가련한 사람들이다. 어두운 등잔불에 자세히 보이지는 안흐나 그 혈기업는 안색과 힘업는 눈동자 엉쿠러진 머리 멀-것케 빗취는 근육 등 모-든 것이 가엽고 불상하기 짝이 업엇다. 그러나 그들의 얼굴에는 알 수 업는 인자한 빛을 볼 수가 잇섯다.[66)]

화엄사에서 하룻밤을 머물고 20일에 출발한 오용사는 당일 노고단과 반야봉에 오르고 연동의 민가에 도착한다. 그리고 21일 칠불암과 범왕리를 거쳐 덕평에 이르게 된다. 본래는 세석평전까지 오를 계획이었으나 산길을 잃게 되고, 우여곡절 끝에 덕평마을에 도착하게 된 것이다. 그렇지만 그들은 마을에서조차 숙소를 구하지 못하는, "일야(一夜)를 곱게 샐 수 업는 가엽슨 객"(5.5)이 되고 만다. 그때, 인용문에서 볼 수 있는 것처럼 덕평(德坪)마을 사람들이 방 한 칸을 마련해 준다. 최기덕은 오용사에게 숙소를 제공해준 덕평마을 사람들을 가련하지만 인자함을 지닌 존재로 표현한다. 지리산은 속세의 때가 묻지 않은 태고지민(太古之民)의 존재들이 머물고 있는 곳으로, 이학돈과 마찬가지로 오용사에게 지리산은 '진세(塵世)'와는 다른 순수의 공간인 것이다.

산을 도시와 대조되는 공간으로 바라보는 이러한 시선이 이들만의 것이 아님은 물론이다. '노작' 없는 '등산임수'를 비판하던 사설에서도 "홍진만장(紅塵萬丈)의 도시를 써나서 혹은 봉만(峯巒)이 중첩(重疊)하고 수림이 울창한 산간벽지에 입하야 만곡(萬斛)의 양미(凉味)로 심신의 휴

66) 최기덕, 앞의 글, 1937. 5. 5.

양을 기"[67]한다고 언급되고 있듯이, 산은 도시와 대비되는 휴양의 공간이며 그런 만큼 탈마법화된 공간으로 인식된다. 그렇지만 지리산을 '도시/진세'와 대비되는 공간으로 보는 이러한 시각은 이은상의 그것과는 다소 차이가 있다.

> 가다가 산죽(山竹)도 일경(一景)이요, 가다가 목련도 일경이나 두어군데 전나무 껍질이 보기 흉하게도 벗겨진 것이 이상도 하야 무르니 곰의 작난이라고 한다. 먹을 것을 구하야 헤매던 곰이 나무껍질을 벗기고 수체(樹體)에서 흐르는 감즙(甘汁)을 빠라 그 주린 창자를 채우던가. 저것들에게도 먹는 근심이 저러하고나 아니 먹는 근심은 사람보다 오히려 더할 것이니, 이게 다 일체 중생의 번뇌일른가.
>
> 반수직이나 되나 보다. 땅 속으로 나리고, 바닷속으로까지 나리나보다. (…) 인생의 가는 길은 오르기도 어렵거니와 나리기도 어려운 것이다. 이도 또한 화택기생(火宅寄生)의 번뇌일른가.
>
> 어디로선지 이 신성한 전당 속으로 새어 들어온 진세의 우수(憂愁). 등산임수(登山臨水)에 가는 곳마다 제가 지고 다니는 근심의 그물을 끄내어 쓰고 속으로 눈물짓는 사람은 불행한 사람이다.[68]

이은상은 "호록(婷綠)이요, 심록(深綠)이죠, 연록(軟綠)이 아니면 농록(濃綠)이어서 천지가 온통 녹색으로만 꾸며 있는" 직전계곡에 들어서서, 수액(樹液)을 먹으며 주린 배를 채우는 곰의 "먹는 근심"과 자신의 험난한 산행을 '번뇌'로 파악한다. 직전계곡를 통과하는 '코스'가 "전인(前人)에게서 들은 바 없는 모험노정(冒險路程)"[69]의 행로이지만 이은상은 그

67) 「등산과 임수 몬저 勞作을 힘쓰라」, 앞의 글.

68) 이은상, 「지리산 탐험기」, 『조선일보』, 1938. 8. 21.

곳에서 '몽경(夢境)'과 '흥취(興趣)'를 만끽하면서도 한편으로는 '화택(火宅)의 번뇌'[70]와 '진세의 우수'를 곱씹고 있는 것이다. 이은상에게 화택과 진세, 번뇌와 우수는 다르지 않다. 그리고 그의 '번뇌'가 민족의 실존적 위기와 결부되어 있다는 점을 고려해보자면, 진세는 결코 도시라는 단일하고 협소한 의미로 환원될 수 없는 것이다. 실상 그가 언급하는 진세는 민족의 기원과 신성이 보존된 "신성한 전당"과 구별되는 식민지 조선의 현실이며, "진세의 우수"란 급변하던 시국과 언론 활동을 중단할 수밖에 없었던 자신의 처지와 불가분의 관련을 맺고 있는 것이다. 요컨대 오용사와 이학돈에게 지리산이 도시와 대별되는 원시림이자 탈마법화된 공간에 불과하다면, 이은상에게 지리산은 신성한 성소이면서도 조선의 현실을 성찰할 수 있는 매개체가 되고 있는 것이다. 감자만으로 연명하던 덕평마을민들이 호세(戶稅)니 지세(地稅) 따위를 언급하며 서울 혹은 만주로 가고 싶다고 말할 때, 오용사가 "어안이 벙벙"(5.5.)하였던 까닭도 실상은 현실 인식이 결여된 그들의 이와 같은 표상에서 기인하는 것이라고 할 수 있다. 사하라 사막에 사람들이 모여드는 '근일'의 현상에 대해서 "조선은 천연적으로 건강에 적당한 공기를 가졌으니, 사하라 사막까지 가지 아니하여도 얼마든지 건강을 증진시킬 수 있고 미용은 가질 수 있지 않겠소"(8.11.)라는 이학돈의 언급 또한 같은 맥락에서 이해할 수 있다. 이처럼 두 주체들에게 지리산은 식민지 현실이 탈각된, 도시와 대비되는 원시의 공간으로 표상되고 있는

---

69) 위의 글, 1938. 8. 29.

70) 화택은 법화경의 비유품에 나오는 말로 '三界無安 猶如火宅 衆苦充滿 甚可怖畏', 즉 '삼계가 편안치 않음이 불난 집과 같아 여러 고통이 가득하니 심히 두렵고 두렵다'라는 문구에서 유래한다.

것이다.

아울러 그들에게 지리산은 정복의 대상이다. 오용사들이 공포를 극복하며 성취하고자 했던 '숙망(宿望)'은 산정에 오르는 것이다. 오용사들의 득의만만한 태도는 노고단과 반야봉을 정복한 이후 천왕봉에 오른 순간 최고조에 이른다.

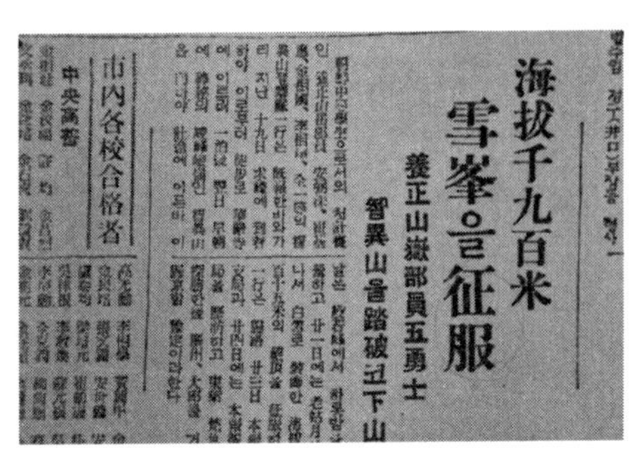

海拔千九百米
雪峯을征服
養正山嶽部員五勇士
智異山을踏破코下山

市內各校合格者
中央高普

『조선일보』, 1937. 3. 26.

> (…) 오전 열두시 정각! 저 천왕봉(주봉)을 완전히 정복하엿다. 그 순간 우리는 흘으는 땀도 억제할 수 업시 잇는 목소리를 다하야 "만세"를 연하야 불렷다. (…) 해발 일천 구백 십오미돌(米突)! 그 얼마나 놉흔 산인가! 우리가 그 얼마나 두려워하든 산인가! 우리의 숙망(宿望)은 오늘(이십이일)로서 유감업시 성취되고 말았다. (…) 우리는 마치 최후의 승리를 획득한 패왕과가고, 첩첩이 업데인 연맥들은 굴복을 드리는 것 갓다.[71)]

천왕봉을 정복한 그들은 환호한다. 지리산의 연봉(連峰)과 연맥(連脈)들이 그들의 발밑에 굴복하고, 그들은 최후의 승리를 획득한 패왕이 된다. 천왕봉에게 이별을 고하고 내려오는 길은 적설(積雪) 때문에 그 여정이 쉽지 않다. 그렇지만 그들은 연맥을 굴복시킨 '패왕'이다. 최기덕은 "용감한 우리 일행! 그들은 승리에 만족을 어더, 이 모-든 장애물

71) 최기덕, 앞의 글, 1937. 5. 5.

을 힘잇게 물리치며 역진(力進)! 또 역진"(5.6.)했다고 기록한다. 그들의 산행은 '최후의 승리'를 위해 "감투(敢鬪)하는 혈전적(血戰的) 등반"[72]이자 "계급투쟁"과 다르지 않으며, 그런 까닭에 그들의 산행은 군사행동을 방불케 한다. 장백산맥(長白山脈)의 두로봉(頭露峯) 정상에 올라 "통쾌한 정복의 희열"[73]을 느끼던 세부란스의학전문 산악부 김동주는 출발 전의 각오를 다음과 밝히는데, 잠시 다음의 인용문을 주목해보자.

> 맹장용사(猛將勇士)가 조국을 위하야 적지(敵地)로 향할 때의 감정은 산병자(山兵子)가 대산험난(大山險難)을 바라고 출발할 때의 그것과 흡사할지니 우리가 일종 투의(鬪意)에 가득차 등산복에 몸을 싸고 배낭을 등에 메며 픽켈을 손에 들어 등정할 때마다 고시(古詩)의 명장웅사(名將雄士)의 갑주용마(甲胄龍馬)에 일창일검(一槍一劍)으로 정벌(征伐)의 길에 올으는 광경을 방불(彷佛)히 하는 것이다.
>
> 우리는 힘을 다하고 맘을 기우려써 정복코자 하는 팔천 이백여 척의 장백산맥 두로봉을 완전히 등파(登破)하고 청년남아의 의기(意氣)를 길우고 오리이다.[74]

인용문에 따르면, 큰 산을 오르는 자의 심경은 조국을 위해 적지로 뛰어드는 '맹장용사'처럼 '투의(鬪意)'로 가득하며, 산을 등정하는 일은 정벌과 유사하다는 것이다. 세의전 산악부들에게 등산은 적(敵)을 '정벌'하고 '정복'하는 일과 흡사하며, 창과 검이 아니라 "픽켈을 손에 들"고 '맹장용사'와 '명장웅사'의 '투의'를 기르는 일에 다름 아니다. 곧 이

---

72) 김상용, 「등산백과서」, 『춘추』 제3권 제8호, 조선춘추사, 1942. 8, 138쪽.
73) 김동주, 「산악은 젊은 조선을 부른다! 장백산맥 등척기」, 『동아일보』, 1937. 8. 12.
74) 위의 글, 1937. 8. 5.

들에게 산에 오르는 일은 적진에 뛰어들어 승리를 쟁취하는 것과 별반 다르지 않다. 최기덕이 언급하고 있는 '최후의 승리'와 '패왕', 그리고 '역진' 또한 이러한 맥락과 동궤에 있는 것이며, 곧 이들에게 산악은 승리를 쟁취해야만 하는 정복의 전장(戰場)인 것이다.

오용사와 달리 이학돈은 천왕봉 정상에 올라, "이 봉에 발을 올나노앗슬 때의 삼엄(森嚴)함과 성스러운 심정을 엇지 이 붓으로 형용하겠소"라며, 천왕봉의 위치와 그 모습, 그리고 주변의 풍광 등을 비교적 담담한 어조로 표현한다. 아래의 인용문 전반부에서 볼 수 있듯이 이러한 그의 태도는, 앞서 언급한 대로, 지리산을 바라보는 합리적 관찰자의 시선에서 비롯된 것이며, 특히 지리산이라는 대상이 주체에 의해 미적으로 표상된 결과라고 할 수 있다.

> 이 천왕봉은 지리연산(地異連山)의 바로 중앙이 되오. 서남의 반야봉과 함께 하늘을 만지는 이대 수봉(秀峰)으로 신봉(神鳳)이 춤추고 대학(大鶴)이 활개벌일듯한 웅건회소(雄建恢疎)한 경상(景像)인데 층리집결(層理集結)의 담자(淡紫)한 암층이 서동(西東)으로 늘어 잇서 기수준초(寄秀峻峭)하고 방전소탈(磅磚疎脫)하며 층리(層理)의 틈틈마다 나즈막나즈막하게 풀이 나고, 그 사이에 간간이 분홍과 황색의 꼿도 피여 잇소.
>
> 안계(眼界)는 운무에 가리여 전망할 수도 업고, 비와 함께 멀리 동남쪽에서 불어오는 폭풍은 그 세가 자못 맹렬하야 정면으로 바로 설 수가 업고, 바람에 날니어 가버리지나 안흘까 두려운 생각도 나오.
>
> (…) 아침 다섯 시를 넘어 하날이 밝어옴을 기다려 나는 토굴(土窟)을 나와 세 번 심호흡하고 천왕봉 절정 서쪽에 흘립한 암벽에 기어올나갓소. 바람에 불녀떠러질가 암석을 붓들고 간신히 머리를 들어 사방을 전망하니, 운무는 땅과 하날 사이를 완전히 듸덥허 천왕봉을 둘여싸고잇

는 수백 수천의 준봉은 한 개도 볼 수가 업소.

나는 힘끗 고함(高喊)처 보앗스나 그 음파는 곳 강한 기류의 진동에 공명하야 어데로인지 살아저버렷소. 나는 한기를 이기지 못하야 암벽에서 기어나려와서 조반을 끄내어 먹고 바위틈으로 돌아다니며 십여 종의 고산식물을 채집하엿소.75)

그렇지만 인용문의 후반부 또한 경시할 수 없다. 흐린 안계(眼界)와 궂은 날씨 때문에 '두려움'에 떨던 그는 정상에서 내려온다. 이후 그는 토굴로 잠시 몸을 피한 후 낙조(落照)가 빚어내는 "웅장영롱한 극치미"(8.14.)와 노인성(老人星)을 보기 위해 하룻밤을 그 곳에서 머물게 된다. 그렇지만 폭풍우가 그치지 않아 낙조와 노인성을 보지 못하게 된다. 이학돈은 일출(日出)만이라도 보기 위해 새벽녘에 암벽을 기어 천왕봉에 오르지만 연무가 가득하여 그조차도 볼 수 없게 된다. 그는 천왕봉 산정에서 힘껏 "고함(高喊)"쳐 보지만 어떠한 반향(反響)도 없이 허공으로 사라질 뿐이다. 그는 내려와 바위틈에서 고산식물을 채집하고, 이후 벽송사로 내려오는 귀로에서도 "약 이십 종의 식물을 채집"(8.14.) 하며 하산한다. 이 대목에서 확인할 수 있는 것처럼, 그는 험악한 일기(日氣)와 그 때문에 비롯된 악조건 가운데에서도 천왕봉의 여러 장관에 강한 집착을 드러내고, 한편으로 열악한 여건 속에서도 냉정하고 집요하게 식물 채집을 수행하고 있는 것이다. 실상 이 같은 그의 태도는 전날 천왕봉에 올랐을 때 그가 보여준 관조적인 태도와는 확연한 차이가 있는 것이다. 특히 그의 계획과 행위에 담긴 집착과 집요함에 주목하자면, 천왕봉에서의 그의 '고함'의 의미는 분명해진다. 그것은 미적

75) 이학돈, 앞의 글, 1936. 8. 13~14.

대상을 향한 탄성이 아닐 뿐만 아니라 자신의 계획을 무위로 만들어버리는 위력적인 대자연 앞에서 행하는, 무력할 수밖에 없는 존재의 절규 또한 아니다. 그의 행동은 천왕봉을 정복한 산악부원들의 환호와 '희열'과는 변별되지만, 김동주가 언급한 '투의' 혹은 '의기'와 다르지 않다. 다시 말해, 그의 행동에는 지리산을 심미적이고 학술적인 대상으로 치환하여 그 대상을 자신의 인식 아래에 굴복시키려는 의지가 강하게 드러나고 있는 것이며, 이 때문에 그의 고함은 절규라기보다는 '투의'에 가까워 보인다는 것이다. 곧 그는 미적 태도를 바탕으로 지리산을 탈마법화된 원시림으로 관조하는 한편, '투의'를 통해 지리산 위에 군림하며 그것을 객체화하고자 하는 것이다. 원시림으로서의 지리산은 지배의 대상에 불과한 것이다.[76]

이렇게 보자면 오용사에게는 노고단과 비로봉, 천왕봉이 알피니즘적인 의미에서 정복의 대상이었다면, 이학돈에게 지리산은 심미적·학술적 탐구를 통한 지배의 대상이었다고 할 수 있다. 그러나 방법에 있어서 이러한 차이는 표면적인 것에 불과하다. 몽블랑 초등정으로 공포와 신앙의 대상으로 산을 바라보던 시대가 막을 내리고 산업혁명 등의 시대적 변화 속에서 인간이 신화의 세계에서 벗어나 스스로 세계의 중심에 서게 되는 계기가 되었음을 고려해보자면,[77] 알피니즘 또한 계몽적 이성에 의한 자연 지배의 또 다른 기획이라는 점에서 오용사와 이학돈의 지리산 표상과 자연 인식은 동일한 인식론적 기반을 공유하고 있

---

76) 아도르노에 따르면, 계몽적 이성은 탈마법화된 자연 위에 군림해왔으며 이를 통해 자연은 단순한 객체의 지위로 떨어지고, 지배의 대상이 되었다고 지적한다. M.호르크하이머·Th.W.아도르노(김유동·주경식·이상훈 옮김), 『계몽의 변증법』, 문예출판사, 1994, 23~38쪽 참고.

77) 이용대, 앞의 책, 20~28쪽.

는 것이라고 할 수 있다. 요컨대 오용사와 이학돈에게 지리산은 도시와 대비되는 탈마법화된 원시림이며, 계몽적 이성 주체를 '패왕'으로 호명할 수 있도록 해주는 객체이자 그들 주체에게 '승리'를 헌사하기 위한 전장에 불과했던 것이다.

Ⅳ. 자연 지배와 제국주의의 함수관계

1492년은 프랑스 샤를 8세의 시종인 드 보프레가 순수한 목적으로 몽테귀유(2085m) 정상에 오른 해로서 콜럼버스가 아메리카 대륙을 발견하고 지리학적 탐험의 시대를 연 해이기도 하다. 그리고 등산의 황금시대인 1854~1864년 10년 동안에 무려 100여 개의 처녀봉이 등정되는데, 이 시기에 활동한 대부분의 등반가들은 영국인들로서 그들의 활동이 왕성했으므로 당시 알프스를 영국령이라고 부르기도 했다.[78] 이 시기는 팍스브리태니카(Pax Britanica)의 시기로서, 영국은 여러 대륙에 식민지를 건설한 거대 제국이 된다. 20세기 들어 나치 독일은 베를린 올림픽(1938. 8.)을 앞두고 독일인의 위대성을 과시하기 위해 알프스의 3대 북벽 중의 하나인 아이거(Eiger) 북벽의 초등정을 부추기고, 1938년 독일과 오스트리아인이 함께 초등정에 성공하게 된다. 이런 맥락에서 1786년 몽블랑 초등정 이후 등장한 알피니즘은 서구 제국주의 침략과 정복 이데올로기로부터 시작된 선전물로 평가된다. 산악 등반과 오지 탐험 등 극한의 자연환경을 정복하는 산악인, 탐험가, 모험가를 개척자로 만들어 미개한 국가의 식민 지배를 정당화했다는 것이다.[79]

---

78) 위의 책, 17쪽과 33쪽.

알피니즘에 함축된 이러한 국가주의적·제국주의적 함의는 결코 간과할 수 없는 요소이다. 1930년 오사카 간사이 대학[大阪關西大學] 산악부는 "금강산을 등산"하고 평양을 거쳐 만주까지 답파한 후 "귀지(貴地)를 밟는다는 것은 우리 산악대가 아니면 맛볼 수 업는 쾌유(快愉)가 잇는 동시에 이로써 우리는 조선에 대한 정당한 이해를 체득하려는 준비운동"[80]이라고 조선과 만주 답파의 의의를 설명한다. 그들 산행에 담긴 알피니즘과 학술적 탐험이 식민지에 대한 제국의 이해로 귀결되리라는 점은 명약관화해 보인다. 그리고 지리산을 정복했던 양정산악부는 1943년 "대자연을 도장으로 심신을 단련하여 전력증강(戰力增强), 성전완수(聖戰完遂)"와 곤충·식물·광물 등의 "조사 연구"를 목표로 '양정산악부 백두산 탐구 등행(登行) 연성회(鍊成會)'를 갖게 된다.[81] '전력증강'과 '성전완수'라는 산행의 목적과 "조직 편성을 하는데 전시이기 때문에 군사용어가 많다"[82]라는 훗날의 평가에서 알 수 있듯이, 양정산악부의 백두산행은 조선인 징병제와 학도병제의 시행을 위한 학교의 병영화와 불가분의 관계를 맺고 있었던 것이다.[83] 곧 이학돈과 오용사의 산행에 기저에 있던 계몽적 이성의 정복욕은 태평양전쟁 이후 '국가

79) 박승옥, 『상식:대한민국 망한다』, 해밀, 2010, 240쪽.

80) 「조선과 만주의 산야를 답파, 그 쾌감을 말하는 관대산악부일행」, 『동아일보』, 1930. 3. 20.

81) 양정산악 60년사 편찬위원회, 「백두산 하계등반(1943)」, 앞의 책, 207쪽.

82) 위의 책, 209쪽.

83) 조선인 징병제와 학도병제 도입 이전에도 등산은 병영생활을 위한 좋은 체험으로 인식된다. "중학생 이, 삼명이 가진준비로 라이스카레를 만들어 一碗을 권하는데 실로 風味滿點이다. 이런데서도 自作生活하는 군인의 생활을 依倣해봄도 의미있는 일임은 물론, 등산에의 신체단련과 정신수양은 비상시에의 국민생활에 있어 가장 필요함은 다방면으로 해석할 수 있다." 최봉칙, 「등산의 초보지식」, 『춘추』 제2권 제5호, 조선춘추사, 1941. 9, 142쪽.

제일주의·국방제일주의·전체주의의 사상'으로 전유되어 전투 수행과 총후 봉사를 위한 효과적인 방편으로 활용되고 있는 것이다. 이를 2장에서 검토했던 등산의 통시적 의미 변화와 관련지어 요약하자면, 축자적인 의미로 사용되어 오던 등산이란 용어가 1920년대 이후 다양한 사회적·문화적·정치적 맥락에서 놀이, 명승(고적) 답사, 관광, 탐험과 학술조사, 정복, 체위 향상, 노동의 위무라는 목적 혹은 의의가 결부되어 그 의미장이 확장되어 오다가 태평양전쟁 이후에는 결국 '성전완수'를 위한 '전체주의의 사상'이라는 제국주의적 혹은 식민주의적 담론 속으로 포섭되고 있는 것이다. 특히 3장에서 검토한 바와 같이 지리산을 정복의 원시림으로 간주하던 주체들에게 현실과 민족에 대한 성찰이 희소했던 만큼 그들의 도구적 이성은 대동아공영권이라는 "야만상태"[84]로 유인·동원될 개연성 또한 높았다고 할 수 있다.

84) M.호르크하이머·Th.W.아도르노, 앞의 책, 15쪽.

지리산에 대한 시적 인식의 변화 연구

시선의 이동과 이미지의 운동성에 주목하여

◉

장은석

Ⅰ. 서론

현대문학사에서 지리산이 문학적 인식의 대상으로 가장 강력하게 부각된 시기는 1980년대라고 규정할 수 있다. 전쟁 이후 지리산에 관한 여러 종류의 수기와 자료들은 일정 시간을 거치면서 다양한 형태로 정리된다. 분산된 자료들은 정치적 억압의 그림자에서 벗어나면서 차차 제 형태를 갖추고, 마침내 1970년대에 이르러 문학사의 중요한 작품들이 탄생할 수 있는 동력을 제공한다. 현대소설사에서는 장중한 지리산의 위용을 닮은 방대한 규모의 작품들이 이때 등장한다. 이병주의 『지리산』이나 박경리의 『토지』, 조정래의 『태백산맥』 같은 작품들은 각각 1970년대 초반부터 1980년대 후반에 걸쳐 집필되면서 현대문학사의 중심에 지리산을 깊이 인각시킨다.

언급한 소설은 분량이나 밀도, 문학적 형상화의 측면에서 한국문학사에 중요한 산맥을 형성한다. 현대시사의 측면에서도 지리산과 직접 관련된 시가 가장 많이 배출된 시기는 1980년대라고 할 수 있다. 이기

형은 연작시집 『지리산』을 1988년에 출간한다. 오봉옥의 『지리산 갈대꽃』이나 정규화의 『지리산수첩』도 모두 1980년대에 등장하였다. 그러나 현대시사의 관점에서 지리산이 시적 인식의 대상으로 자리 잡게 되는 과정은 조금 다른 방식으로 파악할 필요가 있다. 단순히 표제에 지리산을 정면으로 내걸었다거나, 시 속에 지리산을 직접 소재로 삼고 있다는 사실만으로 시를 평가할 수 없기 때문이다. 무엇보다도 시적 인식의 과정은 대상을 세밀하게 묘사하거나 관찰하는 것에 머물지 않는다. 시적 형상화는 대상의 표면을 조금 낯설게 그려내거나 거기에 감정을 덧입히는 것이 아니라, 인식 주체와 대상의 관계가 미적인 언어로 표출되는 방식을 통해 이해해야 한다.

지리산

이와 같은 관점에서 현대시사를 자세히 들추어보면 지리산이 관찰의 대상일 뿐 아니라 실존적 차원에서 시적 인식체로 변화하는 과정을 살필 수 있다. 더불어 이런 시도는 지리산이라는 외부적 자연물 또는 하나의 공간적 배경을 현대시가 어떻게 주체적으로 수용하는지 드러낸다. 따라서 본고는 지리산이 시 속에 하나의 풍경이나 배경으로 등장하는 것과 같은 기준에서 벗어나서 그것이 시적 주체와 어떤 관계를 가지는지에 초점을 맞추어 작품을 선정하고 논지를 진전하려 한다.

Ⅱ. 역사적 응어리의 하강과 침잠 : 추상적 원경의 시선

1970년대에 지리산이 품고 있는 역사적 상처와 고통이 환기하는 상실감은 시적 주체의 입장에서 쉽게 범접할 수 없는 틀을 형성한다. 김지하가 "눈 쌓인 산을 보면 피가 끓는다"[1]고 했던 것처럼, 겨레의 절망과 한탄은 당대에 쉽게 수용할 수 없을 정도로 응어리를 이루고 있었다. 이 시기에 어떤 시인들은 이 응어리를 우선 풀어내려는데 초점을 맞추고 있었다. 산정에서부터 흘러내리기 시작한 물줄기들이 오랜 시간에 걸쳐 계곡을 만들고 등성이를 넘어 마침내 큰 강을 이루듯이, 이 시인들은 차마 가까이 다가가지 못하고 멀리서 지리산을 바라본다.

> 저문 강물을 보라. 저문 강물을 보라.
> 내가 부르면 가까운 산들은 내려와서
> 더 가까운 산으로
> 강물 위로 떠오르지만
> 또한 저 노고단(老姑壇) 마루가 떠오르기도 한다.
> 그러나 강물은 저물수록 저 혼자 흐를 따름이다.

1) 김지하, 「지리산」 부분, 『타는 목마름으로』, 창작과비평사, 1982.

저문 강물을 보라.
나는 여기 서서
산이 강물과 함께 저무는 것과
그 보다는 강물이 저 혼자서
화엄사(華嚴寺) 각황전(覺皇殿) 한 채 싣고 흐르는 것을 본다.

저문 강물을 보라.
강물 위에 절을 지어서
그 곳에 죽은 것들도 돌아와
함께 저무는 강물을 보라

강물은 흐르면서 깊어진다.
나는 여기 서서
강물이 산을 버리고
또한 커다란 절을 버리기까지
저문 강물을 쉬지 않고 볼 따름이다.

이제 산 것과 죽은 것이 같아서
강물은 구례(求禮) 곡성(谷城) 여자들의 소리를 낸다.
그리하여 강 기슭의 어둠을 깨우거나
제자리로 돌아가서
멀리 있는 노고단 마루도 깨운다.
깨어 있는 것은
이렇게 저무는구나.
보라. 만겁(萬劫) 번뇌 있거든 저 강물을 보라

– 고은, 「섬진강에서」 전문, 『문의마을에 가서』, 민음사, 1974.

1974년에 『문의 마을에 가서』라는 시집으로 죽음의 이미지들을 다양하게 촉발하던 고은 초기시의 빛나는 자질은 지리산에서도 유감없이 드러난다. "저문 강물을 보라"라는 안타까운 탄식의 호격은 3연까지 반복되면서 흐르는 섬진강 위로 산을 호출한다. 이처럼 "내가 부르면/ 가까운 산들은 내려와서/ 더 가까운 산으로/ 강물 위로 떠오르지만", 또 한편으로 노고단 마루의 높이는 쉽게 다가갈 수 없고, 강물은 또 저 혼자 흐른다. 아무리 불러도 금방 움직이지 않는 거대한 자연의 두 흐름은 이처럼 원경에서 포착되어 함께 어우러진다. 2연의 "나는 여기 서서/ (…) / 본다"라는 부분을 유심히 살펴보면 더 잘 알 수 있다.

저무는 시적 인식은 높은 산에서부터 낮게 흐르는 강으로 이어지면서 하강의 운동성을 따라 죽음의 이미지가 된다. 죽음의 기운을 가득 품은 이미지들은 시적 주체의 호명 속에서 함께 섞인다. 저무는 소멸의 운동성은 이미지들로 하여금 산정에서 흘러내려 강물을 따라 흐르게 만든다. "흐르면서 깊어"지는 강물은 4연에 이르면 결국 "산을 버리"지만, 시적 주체는 어쩌지도 못하고 그 흐르는 "강물을 쉬지 않고 볼 따름이다."

산이 품고 있던 응어리들은 이미지들의 섞임을 거치면서 서서히 아래로 내려가고 마침내 강물을 따라 먼 곳으로 흘러간다. 이 과정에서 "산 것과 죽은 것이 같아"지는 경험은 평범한 화해가 아니다. 마지막 연에서 섞여 흐르는 강물의 움직임이 "구례 곡성 여자들"이 내는 구슬프고 기이한 소리로 전환되면서 이미지들의 운동성은 절정을 이룬다. 공간을 둘러싼 사람들에게 맺힌 비탄과 한스러움을 풀어내는 이 소리는 "강 기슭의 어둠을 깨우"고 "노고단 마루도 깨운다." 끝없이 아래로 침잠하는 움직임을 지닌 이미지들은 시인의 시선에 따라 높아졌다가

노고단

낮아지고 함께 섞이다가 결국에는 강물을 따라 흘러나간다. 절망적인 하강의 운동성은 이 과정에서 마치 하나의 씻김굿처럼 주체를 흔들어 깨운다. 모든 번뇌가 하나의 흐름이 된다.

'저물다'라는 말에 집약된 죽음의 이미지는 김수복의 「지리산 타령」에서 더 구체화된다. 시적 주체는 여전히 원경에서 대상을 포착하고 있지만 이제 주체의 시선은 높아지고 낮아지기 보다는 오히려 더 가까워졌다가 멀어진다.

> 날이 저물자
> 지리산 손금 사이로
> 우리의 잠자는 마을과 빈 들이
> 우리의 가복(家伏)과 마른 풀섶이
> 숨죽이며 계곡으로 뻗는구나.
> 지리산 핏줄같은 계곡으로
> 우리들 깊은 상처 속의 피가 돌아
> 지리산 살 속으로 들어가고
> 우리들 저문 살 속의 뼈들은
> 튼튼한 굴밤나무로 서서
> 바람이 불 적마다
> 우르르 우르르 우는구나

우리들의 영혼은
지리산 풀잎 위로 내리는
달빛처럼 투명하게 깨어나고
저문 강물은 춤추며 넘쳐
우리들의 서러운 노래 속으로 차 오른다.
흐르고 흘러 우리들의 노래는
빈 들에 서릿발처럼 돋아나고
이 세상의 모든 귀들을 깨우는구나.

(중략)

우리가 엄천강 가에 실버들로 늘어지면
지리산 거대한 그림자가
우리들의 핏줄 속으로 스며들었다가
썰물처럼 빠져나가는 것을
우리들은 저문 강가에 누워 알았다.
우리들의 살 속에는
산다화(山茶花)도 지고
망개 넝쿨도 지고
노고단 구름도 진다.
우리들의 깊은 살 속에
핏줄처럼 지리산 능선이 걸려 있고
지리산 깊은 살 속에
우리들의 핏줄이 계곡으로 뻗어 있다.
우리들의 태어남도 우리들의 죽음도
지리산 그림자에 묻혀 있다.
박힌 총알처럼 묻혀 있다.

– 김수복, 「지리산 타령」 부분, 『지리산 타령』, 한국문학사, 1977.

"손금→계곡→핏줄"로 이어지는 전이의 과정은 그대로 지리산을 상처 가득한 살결을 가득 품은, 생생한 우리들의 몸으로 바꾸어 놓는다. 다시 계곡을 따라 피가 흐를 때마다, 바람이 불 때마다 "우르르 우르르 우는", "우리들의 영혼"이 "달빛처럼 투명하게 깨어나고", "서러운 노래 속으로" "저문 강물"이 차오른다. 차오르고 돋아나고 깨우는 운동성은 마치 타령의 가락이 보여주는 다채로움처럼 서러움을 가득 품은 상처를 어루만진다.

고은이 보여준 거시적 하강의 움직임을 그대로 품은 채 김수복은 더 세밀하고 다채로운 가능성들을 만들어낸다. 주체의 시선은 마을과 빈들에서부터 굴밤나무와 작은 풀잎에 이르기까지 바람을 따라 내달리면서 세계를 깨우는 하나의 소리를 만들어낸다. 이 시에서도 마찬가지로 죽음의 이미지는 시 전체를 강력히 지배하고 있다. 그러나 시인은 지리산의 "거대한 그림자"에 짓눌려서 계속 지고 저무는 대상들을 춤추는 가락으로 뒤흔든다. 다양하게 분화되는 시선을 통해 침잠하던 운동성은 조금씩 활기를 얻는다. 지리산은 이제 더 이상 범접할 수 없는 추상적 상징물이 아니라 우리들의 뜨거운 핏줄이 뻗어있는 구체적 대상으로 바뀌기 시작한다.

Ⅲ. 잉태된 기운의 생성과 산포 : 구체적 감각의 시선

하강의 침윤함과 죽음의 기운으로 가득 차 있던 지리산은 1980년대에 응어리를 풀어내고 새로운 생동감을 얻는다. 멀리서 바라보는 추상적 대상으로서의 지리산, 상징적 공간으로서의 지리산의 길목에서 잉태된 생성의 기운은 더 구체적인 사람과 사물들 사이로 퍼진다. 가령, 널리 알려진 곽재구의 「화개 장터」에서 지리산과 섬진강의 조우는 배경 이상의 의미를 지닌다.

> 작은 토담 타고 돌다 칡꽃 한 묶음 깨금발로 던지면
> 꽃내음보다 먼저 토방문이 열리고
> 그때 처음 사랑을 알았지
> 섬진강 푸른 강물과 지리산 산바람이
> 어느 산곡에서 속삭이다 함께 어둠에 드는지도 알았지
> 그 이쁜 전라도 가스나 동란 끝나고 죽었지
> 산사람 밥 한 솥 푸짐하게 해낸 죄로 강물되어 떠났지
> 탁수기씨 화개 장터에서
> 반달낫 갈며 한 오십년 살았지
> 고스레 고스레 거칠은 강바람에 소주 한잔 부으며
> 앞으로도 한 백년 운천리 백사장 별을 헤겠지
>
> – 곽재구, 「화개 장터」 부분, 『서울 세노야』, 문학과지성사, 1990.

지리산에서 시작한 화개천과 섬진강이 합류하는 지점에서 열리는 화개장의 독특한 위치적 특성은 이미 잘 알려져 있다. 지역의 특색이 강한 우리의 현실에서 양쪽의 경계에 위치한 장터의 상징성은 남다르다. 무엇보다 예로부터 이곳은 지리산 일대의 산간 부락들을 이어주는 상업적 중심지의 역할을 했다는 사실을 기억할 필요가 있다. 비록 지금은 화개장이 별도로 만들어져 있지만, 원래 화개장은 섬진강 물길을 따라 모인 경상도와 전라도 사람들과 지리산 주변의 부락이 모두 한데 어우러지는 만남과 교류의 접점이었다. 그러나 화개장의 명성은 빨치

산 토벌이라는 비극적 사건에 이어 산림 남획으로 인해 지리산에서 흘러내린 토사가 섬진강 바닥을 메워 뱃길이 사라지면서 퇴색하기 시작한다.

섬진강

이 시에서 지리산은 비로소 역사적이고 상징적인 공간에서 벗어나 구체적인 생활의 터전으로 인식되기 시작한다. 김수복이 원경의 시선을 좀 더 가까이 당겼다면, 곽재구는 그것을 산에 고정시키는 것이 아니라 퍼뜨려서 주변 부락의 "작은 토담"과 "산곡"으로 펼쳐놓는다. 아픔과 고통의 절망에서 잉태된 기운은 "꽃내음"처럼 "토방문"을 열고, 그 속에서 비로소 "섬진강 푸른 강물"과 "지리산 산바람"은 "처음 사랑을 알"게 된 연인처럼 함께 속삭이게 된다. 화개장이 이미 과거의 빛을 잃은 오늘날까지 이 시가 사람들에게 깊이 남아있는 이유는 이처럼 "전라도 가스나"가 "동란 끝나고 죽었지"라는 역사적 비극, 그 절절함에 기대고 있는 것이 아니라 반대편에 "한 오십년" 산 "탁수기씨"가 앞으로

도 "한 백년 운천리 백사장 별을 헤겠지"라는 생명력의 무한한 가능성을 지니기 때문일 것이다. 핏줄 같은 계곡을 타고 흐르던 바람은 이런 식으로 개별 사물들과 우리의 일상 속으로 자연스럽게 스며든다. 섬진강 푸른 강물과 지리산 산바람이 어느 산곡의 한 지점에서 응축되지만 결국은 운천리 백사장 별로 산포되는 이미지의 움직임이야말로 이 시가 겨레의 숨겨진 마음 어느 자리에 계속 소환될 수밖에 없는 이유라고 할 수 있다.

> 남원에서 섬진강 허리를 지나며
> 갈대밭에 엎드린 남서풍 너머로
> 번뜩이며 일어서는 빛을 보았습니다
> 그 빛 한 자락이 따라와
> 나의 갈비뼈 사이에 흐르는
> 축축한 외로움을 들추고
> 산목련 한 송이 터뜨려 놓습니다
> 온몸을 싸고도는 이 서늘한 향기,
> 뱀사골 산정에 푸르게 걸린 뒤
> 오월의 찬란한 햇빛이
> 슬픈 깃털을 일으켜 세우며
> 신록 사이로 길게 내려와 그대에게 가는 길을 열어 줍니다
> 아득한 능선에 서 계시는 그대여
> 우르르우르르 우뢰 소리로 골짜기를 넘어가는 그대여
> 앞서가는 그대 따라 협곡을 오르면
> 삼십 년 벗지 못한 끈끈한 어둠이
> 거대한 여울에 파랗게 씻겨 내리고
> 육천 매듭 풀려나간 모세혈관에서

철철 샘물이 흐르고
더웁게 달궈진 살과 뼈 사이
확 만개한 오랑캐꽃 웃음 소리
아름다운 그대 되어 산을 넘어갑니다
구름처럼 바람처럼
승천합니다

– 고정희, 「지리산의 봄1: 뱀사골에서 쓴 편지」 전문, 『지리산의 봄』, 문학과지성사, 1987.

한편 고정희는 지리산을 휘감던 바람, "남서풍 너머" 한 자락 바람 속에서 "번뜩이며 일어서는 빛"을 본다. 예리한 빛의 이미지는 외로움과 같은 목련을 터뜨려 서늘한 향기가 은은하게 산을 감싸게 만든다. 봄의 기운, 생성의 향기는 약동하는 우레 소리로 연결된다. 상처를 돌며 끓어오르던 피는 이내 샘물로 바뀐다. "육천 매듭 풀려나간 모세혈관에서/ 철철" 흐르는 샘물이 어떻게 우리의 살과 뼈를 덥히고 오랑캐꽃을 만개시키는지 살펴보자. 그 기운이 점점 달아올라 산을 넘고 구름과 바람처럼 승천하는 과정에 좀 더 주의를 기울일 필요가 있다.

1987년에 고정희가 내놓은 『지리산의 봄』에 수록된 「지리산의 봄」 연작은 응어리에 짓눌린 지리산에 잉태되기 시작한 생명의 기운에 뜨거운 숨을 불어 넣는다. 약동하는 봄의 기운은 다양하게 움직이기 시작하면서 연속적인 이미지들을 만들어내면서, 마치 산의 형태를 그리는 것과 같은 곡선의 자취를 아로새긴다.[2] 연작 중에서도 여기 인용한 첫

2) 고정희의 시집 『지리산의 봄』에는 아래와 같은 열편의 연작시가 있다.
「지리산의 봄 1: 뱀사골에서 쓴 편지」
「지리산의 봄 2: 반야봉 부근에서의 일박」
「지리산의 봄 3: 연하천 가는 길」
「지리산의 봄 4: 세석고원을 넘으며」

번째 시는 이미 살펴본 것처럼 이미지의 시적 변용이 놀랍도록 자연스러우면서도 신비롭다. 문득 일어난 빛이 닿는 자리마다 향기가 피어나고 슬픈 깃털이 일어나며 길이 열린다. 협곡을 따라 흐르는 물이 어느 지점에서 솟아나는 샘물이 되었다가 상승하는 온도에 따라 기화되는 과정은 조금의 인위적인 것도 찾아볼 수 없고, 거의 자연의 리듬과 닮았다. 김수복이 만들어내던 이미지가 타령조의 소리에 실려 있었다면 고정희가 보여주는 이미지의 리듬은 지리산과 그 속에 담긴 모든 자연현상이 만들어내는 고유의 내재적 아름다움을 표방한다.

Ⅳ. 심화된 인식의 결집과 확산 : 투시적 마음의 시선

김수복이 끌어당긴 시선을 고정희가 구체적인 운동의 감각으로 전환시키고 있는 것은 사실이지만 여전히 시적 주체의 시선은 일정한 거리를 지닌다. 앞서 인용한 「지리산의 봄1: 뱀사골에서 쓴 편지」에서도 잘 알 수 있듯이 시적 화자를 스치는 주변 사물은 관찰의 대상에 머문다. 일어나는 빛이나 피는 꽃, 그리고 솟는 샘물은 모두 주체 외부에

「지리산의 봄 5: 백제와 신라의 옛장터목에서」
「지리산의 봄 6: 천왕봉 연가」
「지리산의 봄 7: 온누리 봄을 위해 부르는 노래」
「지리산의 봄 8: 백무동 하산길」
「지리산의 봄 9: 물소리, 바람 소리」
「지리산의 봄 10: 달궁 가는 길」
뱀사골에서 반야봉을 거쳐 세석고원을 넘고 백무동으로 내려오는 과정을 담고 있는 이 연작 시편들은 계곡을 따라 오르내리는 등반과 하산의 리듬을 연속적으로 지니고 있어서 마치 어떤 여정을 다루는 한 편의 시를 대하는 것과 유사한 시선의 운동 곡선을 형성한다.

있다. 시적 주체는 그들을 깊이 응시하지만 여전히 일정한 시적 거리를 유지한다. 모든 사물은 하나의 자연 현상으로서 외부에서 시적 주체를 깨우는 대상이 될 뿐, 주체와 직접 교감하지는 못한다.

여러 산봉우리에 여러 마리의 뻐꾸기가
울음 울어
떼로 울음 울어
석 석 삼년도 봄을 더 넘겨서야
나는 길 뜬 설움에 맛이 들고
그것이 실상은 한 마리의 뻐꾹새임을
알아냈다.

지리산 하(下)
한 봉우리에 숨은 실제의 뻐꾹새가
한 울음을 토해 내면
뒷산 봉우리 받아넘기고
또 뒷산 봉우리 받아 넘기고
그래서 여러 마리의 뻐꾹새로 울음 우는 것을
알았다.

지리산 중(中)
저 연연(連連)한 산봉우리들이 다 울고 나서
오래 남은 추스림 끝에
비로소 한 소리없는 강이 열리는 것을 보았다.

섬진강 섬진강

그 힘센 물줄기가
하동 쪽 남해를 흘러 들어
남해 군도의 여러 작은 섬을 밀어 올리는 것을 보았다.

봄 하룻날 그 눈물 다 슬리어서
지리산 하(下)에서 울던 한 마리 뻐꾹새 울음이
이승의 서러운 맨 마지막 빛깔로 남아
이 세석(細石) 철쭉꽃밭을 다 태우는 것을 보았다.

– 송수권, 「지리산 뻐꾹새」 전문, 『지리산 뻐꾹새』, 미래사, 1991.

뻐꾹새의 울음소리에 주목해보자. 여러 산봉우리에서 떼로 우는 뻐꾹새들. 첫 연의 3행까지에서 이 울음소리는 앞서 다른 시인들에게 살펴보았던 바람 소리나 우레 소리와 별다르지 않다. 그러나 삼 년의 봄을 지내면서 '나'는 이 "길 뜬 설움에 맛이" 든다. 이와 같은 경험의 과정을 거치니 '나'는 여러 뻐꾹새의 울음이 "실상은 한 마리의 뻐꾹새임을/ 알아"내게 된다.

1970년대의 시인들이 멀리서 산을 바라보았다면, 1980년대의 시인은 좀 더 가까이 다가가서 산맥과 계곡과 봉우리로 들어선다. 그러나 여전히 그곳의 사물들은 배경에 지나지 않았다. 1990년대 송수권의 시를 더 자세히 읽어보면, 마침내 산을 오르던 사람이 사물을 일반적인 현상이나 배경으로서가 아니라, 교감의 주체로 받아들이고 있다는 사실을 알 수 있다.

2연에서 뻐꾹새를 왜 그냥 '뻐꾹새'라고 표현하지 않고 "한 봉우리에 숨은 실제의 뻐꾹새"(강조점 필자)라고 표현하고 있는지 생각해볼 필요가 있다. 1연에서 여러 마리 뻐꾹새라는 대상은 '나'의 인식을 거쳐 한 마리로 바뀐다. 응축된 시선은 이제 2연에서 '나'를 넘어 다른 여러 마리의 뻐꾹새, 즉 새로운 주체로 확장될 수 있는 가능성을 얻게 된다. 이미지의 집약과 분산, 시선의 응축과 확산은 개인으로서의 '나'를 공동체로 연결시킨다. 비로소 지리산은 그저 역사적 응어리를 가득 품은 어떤 외부적 덩어리가 아니라, 구체적인 개인(들)의 울음(설움)을 품은 실존적 공간이 된다.

세석평

실제 뻐꾹새가 토해낸 울음은 뒷산 봉우리로, 또 그 뒷산 봉우리로 이어진다. 그리고 마침내 여러 마리의 뻐꾹새의 울음소리로 바뀐다. 모였다가 흩어지는 이미지의 운동성은 어떤 이념의 푯대 아래 모인 연대가 아니라 '실제' 그곳에서 살아가는 사람들의 어떤 집단적 정서를 품은 연합으로 구체화된다. 여러 마리의 뻐꾹새가 한 마리가 되었다가 다시 여러 마리가 되는 과정에서 우리는 주체의 시선이 주변의 모든 대상이나 사물, 그리고 모든 사람들과 실존적인 관계를 형성하게 되는 것을 목격할 수 있다.

미지의 개인들, 시대의 장막에 가려진 보통 사람들의 서러움과 슬픔은 이와 같은 방식으로 내면화된다. 모든 과정을 거치고 난 후, "연연(蓮蓮)한 산봉우리들이 다 울고 나서", 오랜 추스름의 끝에 비로소 "소리 없는 강"이 열린다. 김수복 시에서 춤을 추듯 넘치던 역동적 이미지의 강은 이처럼 송수권에게서 침묵의 이미지로 바뀐다. 그러나 온갖 종류의 서러움을 오랫동안 추슬러 탄생한 이 침묵의 강은 "남해 군도의 여러 섬을 밀어 올"릴 정도로 "힘센 물줄기"를 지닌다. 또 "한 마리 뻐꾹새 울음"은 "세석(細石) 철쭉꽃밭을 다 태"울 정도의 위력을 지닌다.

어제 하루는 화엄 경내에서 쉬었으나
꿈이 들끓어 노고단을 오르는 아침 길이 마냥
바위를 뚫는
천공 같다, 돌다리 두드리며 잠긴
산문(山門)을 밀치고 올라서면 저 천연한
수목 속에서도 안 보이는
하늘의 운판(雲板)을 힘겹게 미는 바람소리 들린다
간밤에는 비가 왔으나, 아직 안개가
앞선 사람의 자취를 지운다, 마음이 구절양장(九折羊腸)인 듯
길을 뚫는다는 것은
그렇다, 언제나 처음인 막막한 저 낯선 흡입
묵묵히 앞사람의 행로를 따라가지만
찾아내는 것은 이미 그의 뒷모습이 아니다
그럼에도 무엇이 이 산을 힘들게 오르게 하는가
길은, 누군들에게 물음이
아니랴, 저기 산모롱이 이정표를 돌아

의문부호로 꼬부라져 우화등선(羽化登仙)해 버린 듯 앞선 일행은
꼬리가 없다, 떨어져도 떠도는 산울림처럼
이 허방 허우적거리며 여기까지 쫓아와서도
나는 정작 내 발의 티눈에 새삼스럽게 혼자 아픈가
길섶 풀물에 든
낡은 경(經)소리 한 구절 내내 떨쳐버리지 못해
시큰대는 발자국마다 마음 질척거리는데
화엄은 화음 속에 얼굴 감추고 하루종일
굴참나무 잔가지에 얹히는 경전(經典)을 들어 나를 후려친다

– 김명인, 「화엄(華嚴)에 오르다」 전문, 『물 건너는 사람』, 세계사, 1992.

지리산 화엄사를 오르는 한 사람이 있다. 시 속의 '나'는 화엄사 경내에서 쉬었다가 노고단으로 올라가고 있는 중이지만, 이 시의 주체가 향하는 곳은 화엄사라는 절이 아니라 화엄(華嚴)이라는 어떤 지경이다. 그러니까 이 시에 드러나는 등정의 과정은 실제 산을 오르는 행위인 동시에 마음을 다스리고 내면의 고뇌를 채찍질하는 의식이기도 하다. 주체의 시선은 사물을 관찰하는 것을 넘어서 사물의 내부를 뚫고 들어간다.

어떤 경지를 향해 오르는 발걸음이 바위를 뚫는 천공 같이 무거운 것은 지극히 당연하다. 알 수 없이 오묘한 진리처럼 "잠긴 산문(山門)을 밀치고 올라서면", 보이지 않는 "하늘의 운판(雲板)을 힘겹게 미는 바람소리"가 들린다. 올라갈수록 이미 앞서 간 사람의 자취를 지우는 비와 안개가 자욱하다. "길을 뚫는다는 것", 마음의 자리를 바라본다는 것은 이처럼 언제나 처음처럼 막막하다. "묵묵히 앞사람의 행로를 따라가지만", "그의 뒷모습"에서 무엇을 찾을 수 있는 것도 아니다. 늘 의문부호

로 꼬부라지는 지리산 첩첩의 산길은 그래서 아무리 올라도 쉽지가 않고 힘이 든다.

화엄사

해탈의 경지, 내면의 고통으로부터 자유로운 지경에 이르는 것은 이처럼 끝없이 지난하게 마련이다. 자꾸 "허방"에 걸려 "허우적거리"기 일쑤이다. '나'와 '앞서 간 사람들'의 관계는 본체와 현상계가 모든 동떨어져 있는 것이 아니라 하나의 걸림 없는 상호관계 속에 있다는 화엄사상의 원리에도 닿아있다. 더불어 "내 발의 티눈에 새삼스럽게 혼자 아픈" 모습에서 '나'는 전체 속의 하나이고, 하나 가운데 전체이지만 그러면서도 모든 존재는 각기 나름대로의 개성과 본래의 면목을 보유한다는 생각과도 맞닿아 있다.

실제로 화엄사에 오르는 '나'의 여정을 투시의 시선으로 포착하고 있는 이 시는 구절양장처럼 굽이굽이 펼쳐진 지리산의 복잡한 길에, 고통의 경주로부터 벗어나려 하지만 계속 길을 찾지 못하고 막막해하는 우리 모두의 생의 여정을 함께 포개놓는다. '나'의 마음은 비와 안개, 허방과 티눈에 가로막혀 어쩔 줄 모르고 흔들린다. 그리고 이런 '나'의 흔들림은 오직 시 속의 '나'만의 것은 아닐 것. 앞서 산을 오른 수많은 사람들의 "꼬리없는", "산울림"과 같은 흔적들이 계속 '나'를 흔든다. '나'의 흔적 또한 아마 다른 사람에게 그럴 것이다. 높은 산의 복잡한 길을 오르는 과정을 주체의 내면적 고뇌와 다른 주체들과의 공통적 운명으로 바꾸어놓고 있는 이 놀라운 투시의 시선은 지리산을 단순한 역사적 상징물이나 소박한 정서의 공간에서 끌고나와 시적 인식이 보여줄 수 있는 미적 가능성의 한가운데 배치한다.

얼굴을 감추고 있는 화엄에 오르는 것, 내면의 조화를 다른 것들과의 '관계' 속에서 발견하는 것, 그러면서도 '나'의 내면을 잃어버리지 않는 것이야말로 누구나 갈망하는 생의 원리일 것이다. 인용한 시는 지리산에 얽힌 비극적 사건을 나열하거나 노출하는데 치중하는 어떤 시편들이나 지극히 개인적인 추상의 공간으로 쉽게 치환하는 다른 시편들과 분명히 구분된다. 이 시는 현대시가 주체의 시선을 변화시키는 것을 통해 어떻게 결집된 내면의 고뇌를 공동체의 아픔으로 승화시킬 수 있는지를 잘 보여준다. 또 장엄하고 범접할 수 없는 위엄과 분노를 지닌 지리산은 이와 같은 시적 인식을 거치면서 비로소 생생하고 구체적이면서도 모두에게 실존적인 공간으로 다시 태어나게 된다.

나는 앞장서서 뱀의 불빛들을 이끌고 나아간다
등성이에 올라서서도 길은 어렴풋이 이어진다
억새밭 사이로 짐승이나 산사람이 다녔을 것 같은

길을 조심스럽게 따라 올라간다
아 그 사람들은 어떻게 이 길을 걸었을까
불빛 하나 없이 소리도 내지 않고
이 칠흑의 어둠을 어떻게 헤집고 나아갔을까
아주 조금씩 밤이 벗겨져간다
내 기다림의 오랜 침묵이 저절로 입을 벌린다
헤드랜턴을 꺼버리자 길이 회색빛으로 드러나고
나는 신생(新生)으로 서서
처음인 듯 숲과 동쪽 하늘을 내 눈에 빨아들인다
반야봉 북쪽 골짜기 내려다보니
탐스런 꽃봉오리 같은 새벽 안개 넓게 피어올라
우리들 살아 있음의 이 기쁨
먼저 간 그들과 함께라는 것을 알겠구나!

– 이성부, 「반야봉 꽃안개: 내가 걷는 백두대간 65」 부분, 『지리산』, 창작과비평사, 2001.

길 위에 놓인 자취, 반복된 등정의 흔적으로 교감의 가능성을 만드는 시도는 이성부에 의해 더 구체화된다. 불빛도 하나 없이 칠흑의 어둠을 뚫고 나아가는 우리 모두의 행보를 '나'는 이제 "앞장서서 뱀의 불빛들을 이끌고 나아간다." 수없이 많은 짐승과 사람들이 길을 내고 만들어 갔듯이 "아주 조금씩 밤이 벗겨져간다." 오랜 침묵과 기다림의 과정 속에서 무언가가 "저절로 입을 벌"릴 때, 비로소 먼 곳에서 새벽 안개가 피어오른다. 회색빛으로 스며드는 이 신생의 빛은 우리 모두의 시선이 헤드랜턴 따위에 의지하지 않고도 무한한 거리감을 확보할 수 있도록 만든다. 모든 사람들, 뿐만 아니라 살아있는 모든 생명체의 존재 의미를 밝힌다.

지리산 능선

V. 결론

산을 하나의 장소를 넘어 어떤 공간으로 취급해보자. 지표면에서 공중을 향해 높이 치솟은 산은 그 고도만큼의 신성을 지닌다. 고대부터 오늘에 이르기까지 거대한 산들이 은둔의 처소가 되어 왔다는 사실을 떠올려보자. 그러나 백두대간이 국토를 가로지르고 작은 언덕에서부터 높은 산들이 평야보다 훨씬 더 많은 면적을 차지하는 우리나라의 경우 산은 절대적 신성의 의미보다 일상적이고 친숙한 원형적 공간인 경우가 더 많다.

특히 지리산과 같이 방대한 넓이와 높이를 점유하고 있는 산은 구성원들의 생활과 밀접한 관련을 맺고 있다. 이 독특한 공간은 오랜 시간을 거치면서 역사적이고 사회적인 것과 정신적이고 문화적인 것들을 함께 품게 되었다. 이곳에는 역사적 상처와 고통스런 죽음의 사건들과 일상의 세세하고 사소한 이야기들, 그리고 태고부터 내려온 정신적 깊이의 사상들이 함께 서려 있다. 공간의 역사가 존재하는 것이다. 특히 그 중에서도 지리산은 격동의 현대사를 정면에서 겪어내면서 굴절된 비극적 자질들을 더 많이 품게 되었다.

공간의 역사는 늘 새로 쓰이는 것이다. 우리는 지리산에 서린 비극의 흔적을 탐문하면서 새로운 교훈을 얻을 수도 있고, 거기에 담긴 정신적 깊이에 몰두하면서 그것을 신성화할 수도 있다. 그러나 어느 경우든 지금 그곳에 실제 거주하는 사람들의 가치와 연결되지 못하는 노력들은 공허할 수밖에 없다. 한쪽을 가리고 특정한 부분에 몰두하는 태도는 오히려 점점 공간을 황폐화시키게 되기 때문이다.

시인은 사물과 대상을 관찰하고 그것을 낯설게 인식한다. 시인의 독특한 시선은 언어라는 미적 자질을 통해 공간을 재편하고 그것의 의미를 새로 구축한다. 이런 점에서 시인과 시는 창조적 공간에 생의 근거와 리듬을 만들어나가는 실질적 선두주자다. 시적 인식은 일상적 언어로는 미처 도달할 수 없는, 서로 다른 주체들 사이의 소통과 공감을 가능하게 만드는 고도의 시도에 해당한다. 그런 점에서 우리는 마치 전쟁의 상흔처럼 언어를 다루고 파편처럼 시어를 전시하는 시편들이나 아무도 알 수 없는, 고고한 이념의 경지만을 탐문하는 시편들 사이에서 드문 몇몇의 시편들을 구별할 필요가 있다. 새로운 시선을 향해 끊임없이 질문을 던지고 언어의 리듬 속에 이미지들의 움직임을 개발하는 시들을 존중하고 아끼는 것이 결국은 갱신된 공간 속에서 우리의 실질적 가치를 발굴하고 나아가 미래의 전망을 세우는 일이 될 것이기 때문이다. 또 이런 노력은 지리산이 우리의 구체적인 현실 속에 새로 자리매김하는데 시가 기여할 수 있는 지점을 만들어 낼 것이다.

저자 프로필

이상구

고려대학교에서 박사학위를 취득하였고, 현재 순천대학교 국어교육과 교수로 재직하고 있다. 저역서로는 『17세기 애정전기소설』, 『숙향전』, 『낙안과 낙안읍성』(공저) 등이 있으며, 「홍길동전의 서사전략과 작가의 현실인식」, 「고소설에 나타난 성적 욕망과 정절」, 「구운몽의 형상화 방식과 소설미학」 등 다수의 논문이 있다.

김상일

동국대학교에서 박사학위를 받았으며, 현재 동국대학교 국어국문학과 교수로 재직하고 있다. 저서로는 『불가의 글쓰기와 불교문학의 가능성』(공저), 『근대동아시아의 불교학』(공저) 등이 있으며, 「조선전기 훈구사대부의 유불교유론과 승려와의 교유시」, 「한·중 선승의 산거시 비교」 등 다수의 논문이 있다.

이동재

성신여자대학교에서 박사학위를 취득하였으며, 현재 공주대학교 한문교육과 부교수로 재직하고 있다. 저서로 『매계(梅溪) 조위(曺偉)의 삶과 문학』, 『조선의 젊은 선비 개성을 가다』, 2007년 개정 중학교 『한문』 1·2·3학년 교과서(공저), 2009년 개정 중학교 『한문』 교과서(공저) 등과, 국역서로 『매계집』 등이 있으며, 「조선초기 백제 회고시 연구」 등 다수의 논문이 있다.

김진욱

조선대학교에서 박사학위를 취득하였으며, 현재 순천대학교 지리산권문화연구원 HK 연구교수로 재직하고 있다. 저역서로는 『바람은 풍경으로』, 『향가문학론』, 『송강 정철 문학의 재인식』 등이 있으며, 「지리산권 사찰 제영시 연구」, 「한시에 투영된 지식인의 청학동 인식 연구」 등 다수의 논문이 있다.

강정화

경상대학교에서 박사학위를 취득하였으며, 현재 경상대학교 경남문화연구원 HK교수로 재직하고 있다. 저역서로는 『지리산, 인문학으로 유람하다』(공저), 『선인들의 지리산 유람록 1-6』(공역), 『남명과 지리산 유람』이 있으며, 「한말 지식인의 지리산 유람」, 「지리산 유람록으로 본 최치원」 등 다수의 논문이 있다.

전병철

경상대학교에서 박사학위를 취득하였고, 현재 경상대학교 경남문화연구원 HK교수로 재직하고 있다. 저역서로는 『송정 하수일』, 『남명선생편년』(공역) 등이 있으며, 「대산 이상정 성리설의 회통적 성격」, 「1930년대 강우유림(江右儒林)의 소사동유(蕭寺同遊)와 유민의식(遺民意識)」 등 다수의 논문이 있다.

박찬모

전남대학교에서 박사학위를 취득하였으며, 현재 순천대학교 지리산권문화연구원 HK교수로 재직하고 있다. 저서로 『문학이론의 경계와 지평』(공저), 『지리산과 인문학』(공저) 등이 있으며, 「'전시(展示)'의 문화정치와 '내지' 체험」, 「자기 구제의 제장(祭場)으로서의 대자연, 지리산」, 「조선산악회와 지리산투어리즘」 등 다수의 논문이 있다.

장은석

고려대학교에서 박사과정을 수료하였으며, 현재 호서대학교 국어국문학과에 출강하고 있다. 저서로는 『문화콘텐츠와 인문학적 상상력』(공저) 등이 있으며, 「관계의 모험을 감행하는 시적 에로스」, 「번식하는 말, 그 끝없는 펼침」 등의 글을 발표하였다.